党的出版故事

尚莹莹 章泽锋 赵莹 －著－

中宣部主题出版重点出版物
『十四五』国家重点出版物出版规划项目

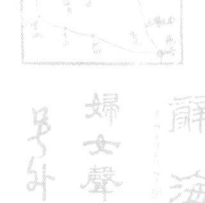

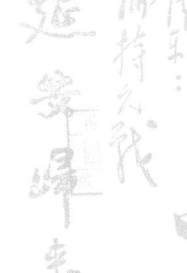

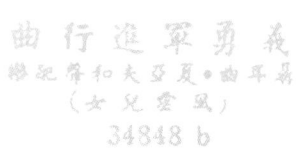

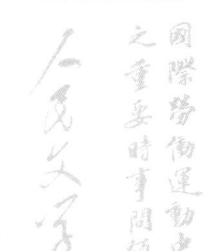

北方联合出版传媒（集团）股份有限公司
春风文艺出版社
·沈 阳·

图书在版编目（CIP）数据

党的出版故事/尚莹莹，章泽锋，赵莹著. —沈阳：
春风文艺出版社，2023.9
ISBN 978 - 7 - 5313 - 6451 - 1

Ⅰ. ①党… Ⅱ. ①尚… ②章… ③赵… Ⅲ. ①纪实文
学 — 中国 — 当代 Ⅳ. ①I25

中国国家版本馆CIP数据核字（2023）第098058号

北方联合出版传媒（集团）股份有限公司
春风文艺出版社出版发行
沈阳市和平区十一纬路25号　邮编：110003
辽宁新华印务有限公司印刷

责任编辑：姚宏越　　　　　　　　责任校对：张华伟
封面设计：今亮后声·张今亮　姜蕙　幅面尺寸：165mm × 230mm
字　　数：437千字　　　　　　　印　　张：26.5
版　　次：2023年9月第1版　　　印　　次：2023年9月第1次
书　　号：ISBN 978-7-5313-6451-1
定　　价：69.00元

目录 CONTENTS

第一章
追寻信仰的星光

马克思主义东来

《近世社会主义》

① 《论人民民主专政》，《毛泽东选集》第四卷，人民出版社1991年版，第1471页。

"十月革命一声炮响，给我们送来了马克思列宁主义。"①其实，早在十月革命前，中国人已经开始注意到马克思和他的学说。清末深重的民族危机中，中国先进分子"开眼看世界"，译介了大量国外新思想新思潮。马克思主义，作为众多西方先进学说中的一种，也随之传入中国。

最早引介马克思主义来华的是英国传教士李提摩太。1899年，他与中国人蔡尔康合译《社会进化论》部分章节，出版为图书《大同学》，第一次出现中文"马克思"及对《共产党宣言》的部分内容阐述。此后，又有戢翼翚等留日学生在东京成立译书汇编社。1901年，该社所办《译书汇编》月刊译载日本人有贺长雄所著《近世政治史》，设立专门章节介绍马克思创立第一国际的情况。1903年，《译书汇编》第11期发表马君武所撰《社会主义与进化论比较》，成为中国人阐述马克思主义要点的第一篇专文。但是这些介绍篇幅都不长，缺乏系统性。

1903年，中国出现了翻译出版日本社会主义著作的第一个高潮。这一年，福井准造的《近世社会主义》、幸德秋水的《社会主义神髓》、岛田三郎的《社会主义概评》、村井知至的《社会主义》、久松义典的《近世社会主义评论》、西川光次郎

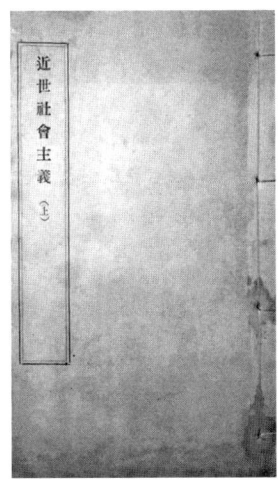

《近世社会主义》（上）
广智书局 1903 年出版

的《社会党》、大原祥一的《社会问题》等书接踵而来，出现了 10 多个日文社会主义著作的中文译本。

其中，《近世社会主义》对马克思介绍最为详细，阐述最为全面。这本书的日文原著 1899 年 7 月 16 日出版发行，发行人是福井准造本人，经销处是东京市神田区一桥通町 7 号有斐阁书房，日本时事报社印刷，日文版有 20 万字。1903 年 2 月，经湖南人赵必振译成中文，由广智书局分上下两册出版，铅活字印刷。该书被认为是中国近代第一本较系统介绍社会主义学说的译著，赵必振由此成为中国翻译社会主义专著的第一人。

《近世社会主义》中文译本总共 4 编 16 万余字，依次介绍并批判了英法空想社会主义、热情赞扬以马克思学说为主的德意志社会主义，还介绍了社会主义各种流派及欧洲社会党派活动情况。在第二部分中，作者以较大篇幅系统介绍马克思的生平和学说著作，包括剩余价值理论，《哲学的贫困》《共产党宣言》《英国工人阶级状况》《政治经济学批判》和《资本论》等著作的写作过程，以及第一国际的活动及巴黎公社的情况，称赞马克思为"一代伟人"、《共产党宣言》是"一大雄篇"、《资本论》是"一代之大著述，为新社会主义者发明无二之真理"，预言"二十世纪者，社会主义时代也"。

该书译者赵必振是清末维新改良派人物，原名厚屏，为表振兴国家之意改名"必振"。1900 年，八国联军入侵，中华民族风雨飘摇。赵必振参加唐才常等人发起的反清武装自立军，负责在常德老家组织会员。自立军起义失败后，赵必振被清廷通缉，逃往日本，由此接触日本国内蓬勃发展的社会主义学说，并决心以新思想催国人觉醒，从而救国家逃离苦难。1902年，风声稍松，赵必振就携带一批日文书籍潜回上海，专心译书。在上海的3年时间，他译出20多种日文书，大部分交由改良派控制的广智书局出版，《近世社会主义》的翻译出版就在这一时期。

该书对早期传播马克思主义起了重要作用，影响了一批先进知识分子。据日本社会党人向坂逸郎回忆，郭沫若1955年访问日本，在九州大学演讲时说："在贵国的人们当中，有人似乎担心中国会输出'赤色'思想的问题。可是事实上，我学的社会主义思想是从日本传来的。"一席话引得众人哈哈大笑。郭沫若又接着说："我开始学习社会主义，是读了贵国福井准造先生的《近世社会主义》这本著作。"可见该书在当年的影响力之大。

1919年5月1日，北京《晨报》在第7版副刊上推出一期"劳动节纪念专号"。这是中国报刊首次以专号形式纪念五一国际劳动节。

这期专号一共刊发了5篇文章：

打头的是署名渊泉（陈溥贤）的《人类三大基本的权利》。这三大基本权利是生存权、劳动权和劳动全收权。"我们要想做一个真正的人，非得这三种的权利不可。我们要得这三种的权利，非先改造完全的社会不可。"

二条位置是署名守常（李大钊）的《"五一节"（May Day）杂感》。文章热情地赞美这个工人争取来的节日："（劳动节）是世界工党第一次举行大祝典的日子！是世界工人的唯一武器——'直接行动'（Direct Action）造成的日子！是世界工人的神圣经典颁布的日子！"

第三篇是署名一粟（高一涵）的《对于劳动节的感想》。文章呼吁政治平等，"劳动者和资本家在政治上差不多有同等参与的资格，社会生计上的不平等，未尝不可假平等政治的机会，使之归于平等"。

还有两篇分别是署名一湖的《二十世纪之大问题》和署名辛木的《饭碗问题》，痛陈劳动者遭受的不平等待遇，呼唤无产阶级进行革命反抗。

《晨报》是五四时期最有影响力的大报之一，为梁启超、汤化龙等人主持下的政治团体研究系的机关报。研究系控制的《晨报》，何以能拿出副刊来组织一期政治性如此鲜明的专号呢？

《晨报副刊》第 111 号
（1923年）

　　这就要说到其中的关键人物——李大钊了。

　　李大钊，字守常，是中国最早的马克思主义传播者，中国共产党的主要创始人之一。当时他的身份是北京大学图书馆主任，但是图书管理并非其本行，政治学才是他的专长。李大钊曾在北洋法政专门学校学习政治经济6年，又东渡日本入早稻田大学政治本科深造一年半，精通日文和英文。在日期间，他潜心研究日本社会主义领袖幸德秋水的著作，广泛阅读日文版、英文版的马克思主义著作，对马克思主义基本原理有深刻的领悟和理解。可以说，李大钊成为中国第一代马克思主义的旗手，与其深厚的理论功底密不可分。

　　李大钊与《晨报》渊源颇深。早到1916年《晨报》（当时叫《晨钟报》）创刊之时，刚从日本学成归国的李大钊就被聘为编辑部主任，实际主持了筹备和创立工作，发刊词《〈晨钟〉之使命——青春中华再造》即其手笔。1919年2月，李大钊重回《晨报》担任《晨报副刊》主编。他迅即将这个副刊改组为一个马克思主义传播的重要阵地，开设"自由论坛""马克思研究"等专栏，并亲自撰写了不少重要政论文章，如《劳动教育问题》《青年与农村》和《现代青年的方向》等。

　　李大钊非常重视《晨报副刊》这个平台。因为它有一个得天独厚的优势——日报，每日出版。这就解决了月刊《新青年》和周刊《每周评论》发文不够及时的问题。

　　在马克思主义的引领和李大钊的努力下，《晨报副刊》团结了一批进步人士。

出现在"劳动节纪念专号"头条位置上的陈溥贤，曾担任《晨报》驻日本记者，经常在各大报刊上发表评介马克思主义的文章，是"五四"前后引介马克思主义的重要人物之一。还有高一涵、陈独秀、罗家伦、孙伏园和鲁迅等一众《新青年》作者班底，都为《晨报副刊》贡献了不少稿件。

1921年10月，孙伏园接任副刊主编。《晨报副刊》由原来第7版独立出来，成4开4版单张小报。报头题作"晨报副镌"，报眉"晨报附刊"由鲁迅题写。不过大家习惯叫它《晨报副刊》，并将其与《时事新报》的副刊《学灯》、《民国日报》的副刊《觉悟》和《京报》的副刊《京报副刊》，合称为民国时期"四大副刊"。

话说回来，这一期"劳动节纪念专号"有什么影响呢？天亮前的第一声鸡鸣总是略显孤单，可随后就会有千百声呼应响起。李大钊在当期文章中预言："我们中国今年今日注意这纪念日的人还少。可是明年以后的今日，或者有些不同了，或者大不同了。"

果然，一年后，1920年5月1日，"北李南陈"在京沪两地领导了声势浩大的集会游行活动，除《新青年》以7卷6号出版"劳动节纪念号"之外，《觉悟》《星期评论》《新社会》《北京大学学生周刊》等重要刊物，纷纷推出纪念劳动节的专号，"劳工万岁"口号遍呼大江南北。

1921年5月1日，中国工人阶级也开始"直接行动"，登上政治舞台。在北京共产党早期组织领导下，京汉路长辛店铁路工人会宣告成立。工人们唱着《五一纪念歌》走上街头，开始了轰轰烈烈的工人运动。"美哉自由，世界明星，拼吾热血，为他牺牲，要把强权制度一切扫除净，记取五月一日之良辰。红旗飞舞，走光明路，各尽所能，各取所需，不分贫富贵贱，责任唯互助，愿大家努力齐进取。"这首《五一纪念歌》是李大钊指导北大学子创作，邓中夏等人教授给工人们传唱的。长辛店工人运动在早期工运史上有重要地位，它是马克思主义同中国工人运动相结合的起点和典范。

1919年《晨报副刊》首推"劳动节纪念专号"，最初只有微薄之力，但是真理的力量唤起了劳动者的觉醒，工人运动如春雷响彻神州。这不是偶然的，而是20世纪历史潮流的必然，是马克思主义在中国落地生根的回声，是中国共产党出世的前奏。

『问题与主义』之争

1918年底，陈独秀、李大钊在北京创办了政治性周刊《每周评论》。当时，陈独秀受蔡元培之邀，正在北京大学文科学长任上，因此编辑部就设在北大红楼文科学长的办公室里，发行所则设在宣武门外骡马市大街米市胡同79号的安徽泾县会馆。

《每周评论》逢周日出刊，分4版，4开一张，政治立场鲜明，与综合性内容为主的《新青年》形成互补。《每周评论》的编撰班底与《新青年》基本相同，仍是北大这个新文化大本营的一众主将，参与创刊筹备会的有陈独秀、李大钊、张申府、高一涵、高承元、周作人等人。陈独秀被推选为主编，其余为撰稿人。陈独秀（笔名"只眼"）在发刊词中说，《每周评论》的宗旨就是"主张公理，反对强权"8个大字。由于常发表激烈的政治言论，《每周评论》的生命周期并不长，从创刊到被查禁，只出版了37期。

短短8个月的报刊生命中，《每周评论》发生了一件影响中国近现代思想文化史的重大事件，那就是"问题与主义"的论争。1919年7月20日，胡适在第31期头版头条位置发表了著名的《多研究些问题，少谈些"主义"》，在舆论界立即激起千层浪花。7月24日，"研究系"重要成员蓝公武（笔名"知非"）开始在《国民公报》上连载发表《问题与主义》，从哲学角度阐述"主义"的重要性，表达不同意见。胡适认为"很有许多地方可以补正我的原作"，遂摘要转载到《每周评论》第33期。紧接着，在河北老家避难的李大钊给胡适寄去商榷文章《再

《每周评论》1919年
第35号发表李大钊
《再论问题与主义》

论问题与主义》，胡适照原样刊发在第35期最显要的位置。为回应蓝李二君的文章，把自己的意思说得更明白，胡适又写作了《三论问题与主义》与《四论问题与主义》，分发在《每周评论》第36期和第37期上。可惜的是，第37期被北洋军阀查封，只存第一版。

在陈独秀主理下，《每周评论》政治言辞一向激烈，更热衷于介绍和评论"主义"，何以忽然话锋急转，劝人"少谈些主义"起来了？原来，6月11日，陈独秀、李大钊、高一涵等人在前门外"新世界游艺场"散发传单，陈独秀被暗探抓走了。同行的一众紧急撤离，李大钊为避风头也离京回了河北昌黎老家。

这种情况下，胡适从第28期开始接任《每周评论》主编。胡适，新文化运动主将，实用主义哲学家杜威的高足。1917年，陈独秀受蔡元培之聘就任北大文科学长时，就表示："文科学长之职，我只可暂代。我推荐一人，此人眼下正在美国，倘若他返回中国，即请他担任文科学长。此人之才，胜弟十倍。"陈独秀口中之人正是胡适。在他力邀下，胡适终于在当年夏天回到故国，就任北大哲学研究室主任兼文科教授。从此，寄稿笔谈变成了面对面地、直接地加入新文化运动的舆论阵地中。胡适回国初曾立志"二十年不谈政治，二十年不干政治"。然而，《每周评论》是一张专谈政治的报纸，接管后他自然无法全然回避政治主张了。如他晚年在《胡适口述自传》中所言："我既然无法避免谈政治，我就决定谈点较基本的问题。"5月间，胡适刚刚迎接杜威来华讲学，这个时候正是实用主义大热。

1919 年 6 月起，《每周评论》上接连刊发几篇胡适的实用主义倾向文章。比如，第 28 期那篇热情洋溢的《欢迎我们的兄弟——〈星期评论〉》，赞扬新创刊的《星期评论》有 3 个特色：一是有一贯的团体主张，二是这种主张是几年研究的结果，三是所主张的都是脚踏实地的具体政策而非抽象的空谈。文章说："现在的舆论界的大危险就是偏向纸上的学说，不去实地考察中国今日的社会需要究竟是什么东西。"又说："要知道舆论家的第一天职，就是细心考察社会的实在情形。一切学理，一切'主义'，都是这种考察的工具。"胡适在文尾承认有个人借题发挥的议论，而这个议论已经有了"问题与主义"的趋向。

果然，3 周后，胡适就做了一篇大文章，直抒胸臆喊话国人"多研究些问题，少谈些主义"。文章中有一段话颇为著名，常被引用："我们不去研究人力车夫的生计，却是高谈社会主义！不去研究女子如何解放，家庭制度如何救正，却去高谈公妻主义和自由恋爱！不去研究安福部如何解散，不去研究南北问题如何解决，却是高谈无政府主义！我们还要得意洋洋的夸口道：'所谈的是根本解决。'老实说，这是自欺欺人的梦话！这是中国思想界破产的铁证！这是中国社会改良的死刑宣告！"

虽然《多研究些问题，少谈些"主义"》反对的是对一切"主义"的空谈，并不专门针对马克思主义，但是，马克思主义者李大钊很快写来长文回应。他明确表达了自己的"主义观"："我可以自白，我是喜欢谈谈布尔扎维主义的。当那举世若狂庆祝协约国战胜的时候，我就作了一篇《Bolshevism 的胜利》，登在《新青年》上。"但是，另一方面，李大钊也承认实用的重要，他说："我们的社会运动，一方面也要宣传理想的主义。这是交相为用的，这是并行不悖的。不过谈主义的人，高谈却没有甚么不可，也须求一个实验。这个实验，无论失败与成功，在人类的精神里，终能留下个很大的痕影，永久不能消灭。"在文章中，他向胡适喊话："主义的本性，原有适应实际的可能性。不过被专事空谈的人用了，就变成空的罢了。那么，先生所说主义的危险，只怕不是主义的本身带来的，是空谈他的人给他的。"

其实，反对空谈也正是胡适立论的本意之一。他在第一篇文章里写道："读者不要误会我的意思。我并不是劝人不研究一切学说和一切'主义'。学理是我们研究问题的一种工具。没有学理做工具，就如同王阳明对着竹子痴坐，妄想格物，那是做不到的事。"经过蓝公武与李大钊两篇文章论理，胡适认为"把我的一点意思发挥得更透切明了，还有诸多匡正的地方"，又作《三论》《四论》，从内容来看颇多补正说明的意味，火药味并不浓。值得玩味的还有，《三论》《四论》文前题记特意从以往的"▲"变成阴阳太极图，似乎传达一种"包容""和谐"的态度。

可以说，这场论争在当时并不是势如水火的纸上战争，双方在辩论中互相切磋、不断补正。《胡绳论"从五四运动到人民共和国成立"》一书中，将"问题与主义"之争定性为"朋友之间的争论，他们的主要区别在于主张改良还是革命"。

大家还普遍认为，这场争论产生了一个非常积极的作用，双方对外来的主义要适应中国国情这一问题达成了共识。从这一点上来说，《每周评论》确实在思想史、马克思主义传播史上有非同一般的地位。

引发浙江『一师风潮』的《非『孝』》事件

叶蓁蓁，木欣欣，碧梧万枝新；

之江西，西湖滨，桃李一堂春。

这优美的词句，是民国年间浙江省立第一师范学校的校歌，由李叔同、夏丏尊两位大师联袂创作。当年，新文化运动的中心，北方有北京大学领袖群伦，南方有浙一师、湖南师大敢为人先。浙一师作为新文化的代表，"五四"期间有一件大事不得不说。

五四运动风起云涌，4日北京学生火烧赵家楼，活捉章宗祥，消息传到浙江已是6日，适逢杜威来华正在杭州城演讲。浙一师在内的杭州各校师生迅即组成联合救国学生会，3000多人一起走出象牙之塔，浩浩荡荡往十字街头去了。

杭州负责接待杜威的是浙一师的校长经亨颐。他是位颇为开明的校长，一向推动教育改革运动，奉行学生自治原则。11日送走杜威后，经校长还随游行学生一起上街，"助呼万岁"。在各校校长与军警协调下，浙江学生游行活动场面没有失控，经亨颐在日记中记载"秩序良好"。谁能想到，日后还有一场风起云涌的"一师风潮"？

浙江省立第一师范学校，简称"浙一师"，前身是浙江省立两级师范学堂，为贡院旧址所建。浙一师学风活跃，荟萃了众多名师，沈钧儒、李叔同、夏丏尊、马叙伦、鲁迅都曾在此任教；也教出了不少有名的学生，画家丰子恺、潘天

刊载《非"孝"》的
《浙江新潮》第2期
（1919年）

寿，作家柔石，数学家陈建功，还有早期共产党人俞秀松、施存统皆曾求学于此。

以培养小学教师为主要办学目标的浙一师，放眼全国各大高校，并不算得出众，何以能吸引这么多名流驻足呢？这就应了一句话："大学者，非有大楼之谓也，乃有大师之谓也"①。北大有蔡元培，浙一师有经亨颐。这位经校长，自1913年学校成立即在任，教育思想很先进，一向奉行卢梭"爱的教育"理念。他认为，师范学校培养的是未来的老师，所以人格要健全、品德要高尚，"德、智、体、美、群"需全面发展。在经亨颐"人格教育"的主张下，浙一师崇尚"自动、自由、自治、自律"，校风开明，学生思想也比较进步。特别是新文化运动以来，经校长积极推进白话文，以《新青年》《每周评论》上的白话文为篇目重编了国语教材，还聘请了持新思想的国文教师，其中最著名的就是"四大金刚"——陈望道、夏丏尊、刘大白和李次九。他们的到来，为浙一师带来了思想上的活力，也为日后的"一师风潮"埋下了伏笔。

众所周知，"一师风潮"因一本学生自办刊物《浙江新潮》引发。那么，为什么要费这么多笔墨介绍浙一师的校长经亨

① 出自1931年梅贻琦在清华的校长就职演说。

颐？只因这场风潮的中心，就是经亨颐。或者说，"一师风潮"的别名就是"经校长保卫战"！

这场风潮是由一本刊物和一篇文章引发的。

1919年11月1日，浙一师、甲种工业学校和省一中等杭州学校28人共同参与，创办了学生进步刊物《浙江新潮》。浙一师的学生俞秀松为创刊号撰写了《发刊词》，表明这些青年学子办刊的热望：

> 第一种旨趣，就是谋人类——指全体人类——生活的幸福和进化；
> 第二种旨趣，就是改造社会；
> 第三种旨趣，就是促进劳动者的自觉和联合；
> 第四种旨趣，是对于现在的学生界、劳动界加以调查、批评和指导。

这篇发刊词带着五四时期特有的激情和以文章投身社会运动的意味，和从前的《双十》完全不同。

《双十》是《浙江新潮》的前身，由省立第一中学查猛济、阮毅成和省立甲种工业学校沈端先、蔡经铭等人合力创办。沈端先是著名作家、早期共产党人夏衍的原名。《双十》是五四运动之后浙江学子办的一份进步刊物，旬刊，因在1919年10月10日出创刊号，也为纪念1911年10月10日爆发的辛亥革命，取名《双十》。校长经亨颐、"四大金刚"、沈玄庐等人都为它捐过款。

两期过后，《双十》办刊的队伍扩大了。大家觉得这个名字不能直抒胸臆，半个月的刊期也太长，于是在俞秀松提议下改作《浙江新潮》，每周一刊，4开4版，铅印。各校学生轮流编辑，第1期为甲工学校，第2期为第一中学，第3期为施存统。

就在第2期，《浙江新潮》出了大事件，登了施存统一篇《非"孝"》，整个杭州城爆发了一场"地震"。

《非"孝"》写了什么，引来全国千余篇文章口诛笔伐？《非"孝"》有多大的能量，让省政府立时决定查封《浙江新潮》，罢免经亨颐，解聘"四大金刚"，开除施存统，改组浙一师？

可惜，这期《浙江新潮》很长时间都无人得见。直到2021年，才在鲁迅博物馆钱玄同捐赠品中找到一本。《非"孝"》大体意思是反对不平等的"孝道"，主张平等的爱。

据施存统本人所写《回头看二十二年来的我》和《我写"非孝"的原因和经过》两文，他并非空谈封建礼教而去全盘否定孝道，而是从自身际遇出发，想把母亲无医而逝的痛苦以及对决心脱离家庭、对父亲不再尽孝的意思写出来，所以文章最初名字为《我为什么要做一个不孝的儿子》。然而，"写到了三千多字，还只讲到孝的如何不自然、不平等和偏面性，还没有讲到本题，而《浙江新潮》的篇幅有限，不能登载过长的文章，只好临时变更计划，把原来的题目改成《非孝》"。这就变成一篇专指封建礼教的战斗檄文，当局的神经一下子被刺痛了。

由于施存统是浙一师学生，《浙江新潮》刊有"本社通讯处由浙江杭县贡院第一师范转"字样，早就看不惯浙一师的省府把枪口对准了校长经亨颐。浙江省省长齐耀珊、教育厅厅长夏敬观，亲自上阵，指斥经亨颐"在校刊行《浙江新潮》，提倡过激主义，种种邪说，流毒无穷"，列出他"非圣、蔑经、公妻、共产"四大罪状，责其引罪辞职。经亨颐当场断然拒绝。

浙江省府忌惮浙一师新文化运动中枢的地位，誓要借机拔除学校进步势力。省政府通令免职经亨颐，解聘陈望道、夏丏尊、刘大白和李次九，开除施存统。浙一师的同学们震怒了，发动了学生运动，要求挽留经校长，保护浙一师。很多同学放了寒假也不回家，留在学校继续抗议。"挽经护校"一直持续到第二年春末夏初，有半年之久。高潮发生在1920年3月29日，当天几百军警将一师团团围住，要将学生们强行拉出学校。学生们围坐在一起与军警对峙，誓死不屈，更有甚者当场挥刀以血明志。在社会各界支援下，省府收回解散浙一师的命令，4月17日学校复课。这就是有名的"一师风潮"，它被视为五四运动在南方的延续。

这场学潮的导火索《浙江新潮》仅出版了3期。在印刷厂排印的第3期被当局搜走，已排好的铅版也被拆毁，后来还是送至上海由《星期评论》社代印，才有了第3期。

"一师风潮"中离开学校的师生，如陈望道、施存统、俞秀松，后来也都到了上海。他们继续发挥办刊办报的专长，成为中国共产党和中国共产主义青年团创建早期的重要成员。

三益里17号的『三驾马车』

1919年，上海法租界白尔路三益里17号，住着大名鼎鼎的李氏两兄弟。哥哥李书诚是国民党元老，早年参加过辛亥革命，此时寓居在家专心读书。弟弟李汉俊从东京帝国大学毕业归国不久，热烈投入了革命活动中。

怎样搞革命呢？当下最时兴的就是办刊办报。

1919年6月3日，戴季陶、沈玄庐和孙棣三联名在《民国日报》上发表公告，宣布《星期评论》正式创立。5天后，第1期面世，以后每逢周日出刊。

沈玄庐撰写了创刊公告，提出创办《星期评论》的目的：

> 中国人渐渐的觉悟起来了，中国人渐渐知道从国家的组织，政治的内容，社会的里面，思想的根底上去打算了。但是人的究竟，国家的究竟，社会的究竟，文明的究竟，是甚么样，应该怎么样，好像大家还不曾有彻底的思索，明白的理会，切实的主张。我们出版《星期评论》就是把我们所自信的彻底的思索，明白的理会，切实的主张，写了出来，供天下人研究，求天下人批评。

这份新刊的风格和北京的《每周评论》很像，很快就被引为同道。仅仅出刊20多天，胡适就在《每周评论》上撰长文《欢迎我们的兄弟——〈星期评论〉》，赞美新刊持一种"团体主张"又有"实际的研究"，不仅引为同类要"另眼看

《星期评论》"劳动日纪念"（1920年）

待"，还在篇尾喊出"《星期评论》万岁"，实在有一种特别的期待！

《星期评论》都谈了什么，迅速跃升为和《每周评论》并举的两颗明星？当然，最流行的社会主义和马克思主义学说，是必不可少的。据统计，《星期评论》全部54号76张报纸中，出现"社会主义"这一名词的就达45张，提到"马克思"216次、"恩格斯"34次，是早期马克思主义传播的重要阵地。

创刊后不久，李汉俊也加入《星期评论》编辑阵营，成为主笔之一。第二年初，李汉俊干脆把编辑部直接搬到家中。说句题外话，李汉俊特别愿意贡献自己的家来干革命工作，中共一大也是在他家里开的，更确切说是他哥哥李书诚家，兄弟俩住在一起。他的嫂嫂薛文淑回忆，家里经常进出一些"穿长袍的先生和剪短发、穿裙子的青年女性，都是来找汉俊的"。

三益里17号热闹了起来，成了进步思想的大本营。引领这个思想阵地的，是戴季陶、沈玄庐和李汉俊3位主笔，他们被称为《星期评论》的"三驾马车"。

戴季陶，祖籍浙江吴光（今湖州），生于四川广汉。他是《星期评论》的发起者和主编，曾参加筹建上海的中国共产党早期组织。

和同时代的许多人一样，戴季陶的政治意识也启蒙自日本。15岁时，他从四川启程，千里迢迢远渡日本，就读于日本大学法律系。读书期间，他革命与热血的气质逐渐显露，不仅积极投身留日学生爱国运动，还组织中国留学生同学会并被推选为会长。由于文笔出众，他回国后进入《天铎报》做记者，发表许多抨击清政府的政论文。这些文章以"天仇"为笔名，以表与之"不共戴天之仇"。不久，命运女神向他伸出了橄榄枝。1911年12月25日，20岁的戴季陶早早来到上海码头，迎接、采访自海外归来的孙中山，得到赏识，自此一步跨进国民党核心领导层。

新成立的中华民国政局动荡。1918年，因桂系军阀操纵国会，孙中山愤而辞去大元帅之职，闲居上海莫利爱路29号，闭门写作《孙文学说》《实业计划》等书稿。作为追随者，戴季陶一直紧随孙中山左右。因此，当孙中山来沪，戴季陶也跟着来到上海，迎来一段比较轻闲的时光，当然心情是苦闷的。当浙江同乡沈玄庐提出办一本刊物时，两人一拍即合，迅速创办了《星期评论》周刊。

历史如此吊诡，这位日后与共产党人泾渭分明的国民党元老，在主理《星期评论》时差一点加入中国共产党。他文章写得最多，介绍马克思主义学说和马恩生平的文章最用力。因此，当1920年4月俄共（布）远东局代表维经斯基来沪，打算筹划建立共产党组织时，就把开大会、小会地点定在了戴季陶家里——新渔阳里6号。常常在那里开会的有陈独秀、戴季陶、沈玄庐、李汉俊、张东荪、邵力子，这些人都是"大笔杆子"，分别主持着《新青年》《星期评论》《时事新报》和《民国日报》。维经斯基当时的设想是："把这几个刊物的主持人物联合起来，发起成立中国共产党或是中国社会党。"戴季陶起草了《中国共产党纲领》的最初草案。

到了5月，戴季陶忽然提出：要退出！为什么？据参加会议的周佛海回忆，戴季陶说过"孙先生在世一日，他不能加入别党"[1]。李达回忆，"孙中山知道了这件事，就骂了戴季陶一顿，戴季陶就没有参加组织了"[2]。

《星期评论》的另外两位主笔，沈玄庐和李汉俊则加入了上海共产主义发起组。先说这位沈玄庐，生在浙江萧山县大地

① 周佛海：《扶桑笈影溯当年》，《一大回忆录》，知识出版社1980年版，第66页。

② 李达：《中国共产党的发起和第一次、第二次代表大会经过的回忆》，《一大回忆录》，知识出版社1980年版，第13页。

主之家，家境颇为富足，人称"三先生"，却领导了衙前农民斗争。他思想开明，倡导平等，在家里要儿子、儿媳直呼其名。沈玄庐不仅是上海共产党早期组织创建者之一，也是同盟会元老，身兼多重身份。《星期评论》发起人也是他的一个重要身份。沈玄庐很看重这个刊物，一年中为《星期评论》写了121篇文章。

李汉俊主理《星期评论》后，刊物的马克思主义倾向愈加明显。李汉俊是中共一大代表，在建党过程中发挥了重要作用。舆论和理论，中国共产党"两论"起家，理论当家。李汉俊的理论水平很高。他12岁被哥哥李书诚带往日本留学，旅日期间对马克思主义学说产生了浓厚兴趣，以至于从学数学转向研究马克思主义，后来又拜马克思主义经济学家河上肇为师，成长为中共早期著名的理论家。他还有一个特别的优势——懂日、英、法、德等多种语言，尤其是德语使他能够直接阅读马克思主义原著。马林盛赞他是"最有理论修养的同志"[1]。建党早期，李汉俊担当了很多马克思主义著作译介工作。他翻译的《马格斯资本论入门》作为"社会主义研究小丛书第二种"出版，有很大的影响。

"社会主义研究小丛书第一种"，则是陈望道翻译的《共产党宣言》。翻译这本书的起因是《星期评论》的约稿。原来，戴季陶在日期间就想把《共产党宣言》译成中文，却一直未能如愿，等到主编《星期评论》时，就打算物色合适译者，翻成中文在周刊上连载。于是，经由邵力子推荐，戴季陶找到了陈望道。陈当时正困于《非"孝"》事件，不得不离开浙江一师，赋闲在义乌老家。他利用这段时间译出了第一个《共产党宣言》中文全译本。

"有一个怪物，在欧洲徘徊着，这怪物就是共产主义。"在《星期评论》的催产下，全译本《共产党宣言》出现在中国。

① 李玉贞主编：《马林与第一次国共合作》，光明日报出版社1989年版，第191页。

毛泽东办的第一张报纸

　　1918年8月，毛泽东第一次来到北京。此行，他是为新民学会的同学申请赴法勤工俭学而来。由于人地两生，最初来京的十几天便寄住在恩师杨昌济位于鼓楼后豆腐池胡同的家中。杨昌济是毛泽东在湖南省立第一师范学校的老师，当年春天受蔡元培之邀北上，眼下在北京大学教授伦理学。

　　在北京开销很大，毛泽东托老师找一份工作。杨昌济很看重这位一师出来的高足，希望他入北京大学，为将来打下"可大可久之基"，便找到刚刚接任北大图书馆主任的李大钊，向他推荐了自己这位得意门生。在北大红楼一层图书室，25岁的毛泽东和29岁的李大钊第一次会面，得到一份工作。这份新工作是登记新到报刊和阅览者姓名，管理15种中外报纸，月薪8元。

　　虽然薪水不高，职级低微，但是北大学术自由、兼容并包的气氛让青年毛泽东大开了眼界。他本就是敏感时政、热心研究社会问题的热血青年，在这里如鱼得水饱饮着各种思想。其中，1918年10月成立的新闻学研究会给他的影响最大。新闻学研究会由蔡元培亲自创办，聘请邵飘萍、徐宝璜两位新闻学教育奠基人任导师。毛泽东在北京住了大半年，新闻学的课就听了6个月，获得蔡校长亲自颁发的半年听课证书。北大之行，使毛泽东接受了系统的新闻学理论和业务培训，为他不久后的第一次办报实践打下基础。

　　除了专业能力，他的思想也在起着变化。1936年，毛泽东接受斯诺采访时说："我在李大钊手下在国立北京大学当图书馆助理员的时候，就迅速地朝着马

《湘江评论》创刊号
（1919年）

克思主义的方向发展。"①

    1919年4月，毛泽东回到湖南任长沙修业学校教员，广泛联络新闻界、教育界和各方革新人士。不久，五四运动爆发，湖南各界震动，一时学生罢课、工人罢工，各种运动风起云涌。6月3日，毛泽东发起成立湖南学生联合会，7月14日《湘江评论》周报正式创刊，毛泽东任主编兼主要撰稿人。这是他办的第一张报纸。

    《湘江评论》是4开4版铅印周报，每版分4栏，形式上模仿"舆论界的明星"——《每周评论》，以新闻、述评为主，白话文写作，每期1.2万字左右。《湘江评论》名义上为湖南学生联合会机关报，但文章大多是毛泽东一人所撰，在现存4期及一号增刊共83篇文章中独占40篇，创刊号撰稿26篇，几乎包揽全部篇幅。这些文章思想进步，言论激烈，被称为"湘江的怒吼"。

    在发刊词中，毛泽东开篇直言："世界什么问题最大？吃饭问题最大。什么力量最强？民众联合的力量最强。什么不要怕？天不要怕，鬼不要怕，死人不要怕，官僚不要怕，军阀不要怕，资本家不要怕。"篇尾大声疾呼："时机到了！世界的大

① ［美］埃德加·斯诺：《西行漫记》，董乐山译，解放军文艺出版社2002年版，第117页。

潮卷得更急了！洞庭湖的闸门动了，且开了！浩浩荡荡的新思潮业已奔腾澎湃于湘江两岸了！顺他的生。逆他的死。如何承受他？如何传播他？如何研究他？如何施行他？是我们全体湘人最切最要的大问题。即是'湘江'出世最切最要的大任务。"

这种畅快淋漓的风格迅速得到青年人的响应。《湘江评论》创刊号开印 2000份，当天就全部售出。第二天，毛泽东到印刷厂增印了 2000 份，仍不能满足需要。于是从第 2 期开始刊印 5000 份，畅销湘江两岸，成为湖南省印量最大的报纸，影响遍及全国，受到李大钊、陈独秀、胡适等人的高度评价，是五四运动以后影响最大的学生报刊之一。

李大钊称赞《湘江评论》是全国最有分量、见解最深的刊物之一。

胡适在《每周评论》第 36 期上，专门撰写介绍文章说道："《湘江评论》的长处是在议论的一方面，《湘江评论》第二、三、四期的《民众的大联合》一篇大文章，眼光远大，议论也很痛快，确实是现今的一篇重要文字。还有'湘江大事述评'一栏，记载湖南的新运动，使我们发生无限乐观。武人统治之下，能产生出我们这样的一个好兄弟，真是我们意外的欢喜。"

到 8 月上旬，仅创办一月余，湖南军阀张敬尧镇压爱国运动，解散学联，《湘江评论》也被查禁。从创立到停刊一共出版 4 期，加上随第 2 期一起印发的《临时增刊》第 1 号，共 5 张报纸，存世极为稀少。其实，《湘江评论》本已出到第 5 期，并都印刷出来了，结果被军警查封在印刷厂没有面世。但是，毛泽东当天曾到印刷厂取出一份印好的第 5 期报纸，通过邮局寄给他的国文老师黎锦熙。毛泽东前脚刚走，军警就上门焚毁了全部报纸。从理论上讲，第 5 期《湘江评论》还有幸存于世的一点希望，我们期待着它的出世。

承印《湘江评论》的是长沙当地规模较大的湘鄂印刷公司。亲手排印过这份报纸的印刷工人李健勋，回忆当年情形：

　　1919 年夏的一天，我们从领班手中接过文稿排字时，发现文章全都是通俗易懂的白话文，就感到新鲜，因当时还盛行文言文。第二天毛泽东来校对时，发现排错的字不少，就劝排字工人去他办的工人夜校补习，并说工人夜校不收学费。排字工人们说：我们是做工的人，就为了混口饭吃，"工"字出头就成"土"了。毛泽东忙解释：错啦，工人两字加起来就是"天"，天下就是工人农民的。①

1920年，湘鄂印刷公司的工人就发起罢工运动，反抗军阀统治与资本家剥削。排印《湘江评论》和毛泽东的话，对唤醒工人觉悟起了重要作用。

① 宗桦：《〈湘江评论〉在这里印刷——寻访湘鄂印刷公司》，《新湘评论》2011年第13期，第42页。

一期没标明的『马克思主义专号』

1919年1月，《新青年》发布第6卷分期编辑表：

第1期 陈独秀　第2期 钱玄同

第3期 高一涵　第4期 胡　适

第5期 李大钊　第6期 沈尹默

为什么会有这个编辑分工呢？其实，早先的《新青年》是不需要分工的。自1915年创立以来，一直是陈独秀独挑重担。一个人主编整本刊，又常兼主撰笔，有着过人的精力和精神。创刊号上，一篇檄文《敬告青年》，让科学与民主在青年心里扎了根，"德先生""赛先生"成为新文化运动的两面旗帜。

这种局面在1917年有了变化。这一年，北京大学校长蔡元培"三顾茅庐"，陈独秀终于从上海来京，赴任北大文科学长。《新青年》也随之北上，迁入学校给陈独秀安排的寓所——北池子箭杆胡同9号。

奉行"兼容并包"原则的蔡元培，为北大请来了陈独秀、胡适、李大钊、刘半农、钱玄同这些新派人物，也为辜鸿铭、王国维、梁漱溟、吴梅这些旧学耆宿提供讲台。初来到这里，陈独秀发现志同道合者猛地多了起来。于是，他开始为《新青年》招募新血，改组这个一人编辑部。

沈尹默在《我和北大》中回忆：《新青年》搬到北京后，成立了新的编辑委

《新青年》第6卷第5号
"马克思主义专号"
（1919年）

员会，编委7人：陈独秀、周树人、周作人、钱玄同、胡适、刘半农、沈尹默。并规定由7人编委轮流编辑，每期一人，周而复始。实际参与编辑工作的还有陶孟和、高一涵、李大钊等人。因此，就出现了开头的编辑分工表。每期轮值编辑不仅负责文字加工，更主要的工作是组约文稿，定稿定方向。因此，说是主编更恰当些。

1919年第5期，轮到李大钊当值主编。这一期，他组织了8篇和马克思主义有关的稿件：

《马克思学说》（顾孟余著，署名顾兆熊）

《马克思学说批评》（黄凌霜著，署名凌霜）

《俄国革命之哲学的基础（下）》（周作人译，署名起明）

《马克思的唯物史观与贞操问题》（陈豹隐著，署名陈启修）

《马克思的唯物史观》（陈溥贤著，署名渊泉）

《马克思奋斗的生涯》（陈溥贤著，署名渊泉）

《马克思传略》（刘秉麟著）

《我的马克思主义观（上）》（李大钊著）

这些文章中，并非全然是赞美马克思主义的。推介者、异见者、批评者，各种立场和声音，抱着研究与讨论的目的，汇聚在这里。其中，最重要、对后来影响最大的一篇是李大钊的《我的马克思主义观（上）》。这是一篇长文，全篇近3万字，由11个部分组成。这期发表的是前7个部分，后4个部分作为下篇发表在11月出版的第6期上。

其实，在前一年，李大钊已发表过《法俄革命之比较观》《庶民的胜利》和《Bolshevism的胜利》3篇文章。李大钊热情地讴歌十月革命，成为中国最早的马克思主义传播者。经过近一年的淬炼，《我的马克思主义观》一文系统地阐述了马克思主义理论："马氏社会主义的理论，可大别为三部。一是关于过去的理论，就是他的历史论，也称社会组织进化论。二为关于现在的理论，就是他的经济论，也称资本主义的经济论。三是关于将来的理论，就是他的政策论，也称社会主义运动论，就是社会民主主义。……而阶级竞争说恰如一条金线，把这三大原理从根本上联络起来。"

马克思主义理论体系的3个主要部分——马克思主义哲学、政治经济学和科学社会主义，在这篇文章里得到全面总结，分类基本与当代马克思主义理论体系一致，体现出李大钊作为第一代马克思主义者高超的理论水平。

这期专号在学术界有特别多的讨论，甚至是争议。其中一个争论的焦点——本号是否有明确的马克思主义宣传目的？因为，它并未在封面上标明是"马克思主义专号"。

《新青年》存续11年，出刊63期，封面或目录页明确标为专号的有7期，分别为"易卜生号""人口问题号""劳动节纪念号""共产国际号""国民革命号""列宁号""世界革命号"。按照惯例，每期都在封面"新青年"3个字下面打出专号名称，让人一目了然，以示区别和重要性。"马克思主义专号"则不在此列。这一期杂志封面没有任何痕迹来证明办刊的主题，甚至文章数量也无法提供特别有力的支撑。

那么，为何后人笃定它是一期专号呢？原因就在这篇《我的马克思主义观》里。大多数专号，都会有一篇重量级文章，多半是轮值主编的文章。除了增加分量，兼有说明专号主旨的作用。李大钊在这篇文章里写道：

但自俄国革命以来，"马克思主义"几有风靡世界的势子，德奥匈诸国的社会革命相继而起，也都是奉"马克思主义"为正宗。"马克思主义"既然随着这世界的大变动，惹动了世人的注意、自然也招了很多的误解。我们对于"马克思主义"的研究，虽然极其贫弱；而自一九一八年马克思诞生百年纪念以来，各国学者研究他的兴味复活，批评介绍他的狠多。我们把这些零碎的资料，稍加整理，乘本志出"马克思研究号"的机会，把他转介绍于读者，使这为世界改造原动的学说，在我们的思辨中，有点正确的解释，吾信这也不是绝无裨益的事。

原来，"马克思研究号"是李大钊在《我的马克思主义观》中提到的，后人自然不疑它专号的身份。至于专号的目的，介绍和研究应该是最接近历史情境的出发点。但是效果呢，应该说远远超过了学术范畴。

胡适曾经评价："二十五年，只有三个杂志可以代表三个时代，可以说创造了三个新时代。一是《时务报》，一是《新民丛报》，一是《新青年》。"[1]这期没有标明的"马克思主义专号"，在《新青年》诸期中也有这样标志性的意义。

① 《胡适之的来信》，《努力周报》1923年10月21日。

第一份马克思主义工人通俗刊物

1840年鸦片战争以来，国门洞开，西方列强纷纷来华办企业，中国第一批产业工人由此而生。洋务运动"师夷长技以制夷"，向西方学习开办企业，民族资本产业迅速崛起，为中国催生一个新的工人阶级队伍。

据统计，"五四"前后全国工人总数已达200万左右，而上海工人就占1/4。五四运动中，上海工人最早自动罢工，以声援学生爱国行动。随后几日内，北京、唐山、汉口、南京等大城市工人也纷纷响应，形成学生罢课、工人罢工、商人罢市的全国性斗争局面。中国工人阶级作为一支独立力量开始登上政治舞台。

中国革命是马克思主义与工人运动相结合的产物，劳工专政是中国共产党达到社会革命的重要手段。向工人阶级宣传马克思主义，启发他们的阶级觉悟，是建党前后的一个重要任务。陈独秀很早就主张为工人办刊办报。他曾在长沙《大公报》发表文章说："曾言劝上海朋友办报不应办雷同的报，像《劳动周刊》倒有办的必要。然则，却至今无人愿意办，难道不高兴和店员劳动界说话吗？"所以，1920年8月，上海共产党早期组织一成立，他马上将创办工人刊物列入计划。

当月15日，《劳动界》周刊正式创刊，成为第一份面向工人阶级宣传马克思主义的通俗刊物。该刊逢周日出版，32开本，每期16页，以新青年社名义发行，又新印刷所铅字排印，由陈独秀、李汉俊负责，主要撰稿人有陈独秀、李汉俊、陈望道、沈玄庐、李达、邵力子等上海共产党早期组织成员，维经斯基（化名吴

《劳动界》周刊第 8 期
（1920 年）

廷康）也在上面发表了来华后的第一篇文章。

李汉俊为《劳动界》撰写了发刊词。开篇就说："为什么要印这个报？因为工人在世界上是最苦的。"然后描写了种种工人遭受的不公和苦楚。结尾点出办此刊的用意："我们印这个报，就是要教我们中国工人晓得他们应该晓得他们的事情。我们中国工人晓得他们应该晓得的事情了，或者将来要苦得比现在好一点。"

为了让工人晓得这些事情，就得用他们听得懂的话来写文章。通过通俗生动的语言、浅显明白的事例和与工人切身相关的话题，让工人理解马克思主义，组织起来为"改良劳动阶级的境遇而斗争"，就是《劳动界》办刊的风格和目标。

《劳动界》设有演说、国外劳动界、国内劳动界等栏目，还不定期推出国内时事、国外时事、调查、小说等栏目。刊物注重与工人互动，欢迎工人投稿，经常登载读者来信。在第 2 期刊物开篇，就登出邀请工人来稿的话："本报宗旨，是要改良劳工阶级的境遇的，我们很欢迎工人将自己要说的话任意投稿到本报来，本报决计赶快登载。"

很快，《劳动界》就在工人阶级中起了很大反响。工人从刊物上知道了不单是自己一个人受压迫，还有千千万万个和自己一样的人在受苦，而且这苦是不应该受的。第 5 期"通信"栏目里登出一封杨树浦路电灯工人陈文焕的来信，说出广大工人读者的心声。他说：

你们所刊行一种出版物，叫做"劳动界"，已出版三册了，我买了几份，送给我们同伴的工人；我们同伴的工人，多欢喜看你们所办的"劳动界"唉！先生呀，这是甚么缘故呢？我们苦恼的工人，多是劳动界的一分子，从前受资本家的压迫，不晓得有多少年了！他们要我们工人长，不敢不长；要我们工人短，不敢不短；要我们东就东，要我们西就西；有话不能讲，有冤无处伸！现在有了你们所刊行的"劳动界"，我们苦恼的工人，有话可以讲了，有冤可以伸了，做我们工人的喉舌，救我们工人的明星呵！我代表我们一班很苦恼，有话不能讲，有冤无处伸的工人，祝你们所刊行的"劳动界"万岁！

"工人的喉舌""工人的明星"，这是对《劳动界》最大的褒奖，也是办刊成功的明证。从1920年9月至1921年3月，在不到一年的时间里，仅长沙文化书社一家书店就销售《劳动界》大约5000册，是同期《新青年》销售量的2.5倍。可见其受欢迎的程度！

刊物不仅启蒙了工人阶级斗争的思想，还推动了工人运动的发展，为马克思主义与工人运动相结合搭建了桥梁。1920年11月，我们党早期组织领导的第一个工会——上海机器工会正式成立，上文那位给刊物写信的陈文焕担任会计科长。12月，上海印刷工会成立；几天后，上海工人游艺会成立。《劳动界》的理论宣传工作在工人阶级组织中取得了实效。随后，各地一批向工人阶级传播马克思主义的刊物破土而出，北京办了《劳动音》、广州办了《劳动者》、湖南办了《劳工周刊》，一时间掀起向工人阶级传播马克思主义的热潮，为1922年至1923年第一次工运高潮的到来作了思想上的动员和理论上的准备。

由于政治观点鲜明，鼓动性强，《劳动界》1921年1月被军阀政府查禁，共出版24期，是同期国内创刊最早、出版时间最长、影响最大的工人刊物。目前全套刊物保存完整，为早期工运史留下了一份珍贵的史料。

信仰的源泉

2012年，习近平总书记参观《复兴之路》展览，走到《共产党宣言》展柜旁边时，兴致勃勃地给大家讲了一个故事：

一天，一个小伙子在家里奋笔疾书，妈妈在外面喊着说："你吃粽子要加红糖水，吃了吗？"他说："吃了吃了，甜极了。"结果老太太进门一看，这个小伙子埋头写书，嘴上全是黑墨水。结果吃错了，他旁边一碗红糖水，他没喝，把那个墨水给喝了。但是他浑然不觉啊，还说，"可甜了可甜了"。这人是谁呢？就是陈望道，他当时在浙江义乌的家里，就是写这本书。于是由此就说了一句话：真理的味道非常甜。①

① 《真理的味道如此甘甜：习近平讲故事》，《人民日报》（海外版），2017 年11 月2日。

《共产党宣言》是国际共产主义运动的第一个纲领性文献，第一次完整、系统地阐述了马克思主义的科学社会主义基本理论、基本思想，标志着马克思主义的诞生。陈望道，是第一个《共产党宣言》中文全译本的翻译者。1920 年出版后，各地共产党早期组织成员人人争读，为中国共产党的创建作了重要的思想理论准备。

第一、二版《共产党宣言》
中文全译本 又新印刷所
1920年8月、9月印刷

其实，在全译本之前，一些报刊已经屡次刊文介绍和节译《共产党宣言》。最早从1899年开始，英国传教士李提摩太就在《大同学》一文中节译《共产党宣言》并介绍马克思。朱执信、叶夏声、赵必振等人摘译《共产党宣言》的文章也比较有名。五四时期，《新青年》发表大量介绍马克思主义学说的文章，很多就引用了《共产党宣言》内容。其中李大钊的《我的马克思主义观》最为著名，里面引用了《共产党宣言》8个自然段。还有，《每周评论》《晨报》等一批报刊都热情译介过《共产党宣言》，梁启超也称赞它是世界上最高尚最美妙的主义。①

这样的一本书，却不曾有人全文翻译，实在是可惜！当时正在热心马克思主义传播的戴季陶，动了翻译的念头。但是，《共产党宣言》虽然只是薄薄的小册子，想译出来却没那么容易。他想起自己在日本留学时知难而退的经历，这次打算找人来译。译出后计划在自己主编的《星期评论》上连载。找谁呢？这个人既要有深厚的马克思主义研究功底，又要贯通中西、语言娴熟。邵力子推荐了陈望道。

陈望道，浙江义乌分水塘村人，少年就立有大志。据说，当年他打算东渡日本留学，父亲担心花费太多，"大洋一簸箕

① 梁启超1903年在《新民丛报》发表的《二十世纪之巨灵：托辣斯》一文中预言社会主义是"将来世界上最高尚最美妙之主义"。

一簸箕地往外倒"，迟迟没有答应儿子的请求。陈望道就抄录一首李白的"天生我材必有用，千金散尽还复来"，贴在墙上明志。几天后，他又向父亲表白心迹："自己愿做一个无产者，将来决不要家中一分田地和房产。"终于打动了一向开明的父亲。陈望道1915年赴日留学，在那里接受了马克思主义，逐渐成长为一个共产主义者。

当戴季陶找来时，陈望道刚回到义乌老家。"一师风潮"过后，这位思想先进、脾气火暴的国文老师愤而离开了学校。戴季陶给他一本日文版《共产党宣言》，又给他一本从北大图书馆借来的英文版《共产党宣言》。

1920年春节在2月份，义乌虽然地处江南，也还是春寒料峭。为了避门谢客，陈望道带着两本《共产党宣言》，还有《日汉辞典》《英汉辞典》等工具书，一头扎进柴屋里开始了翻译工作。屋里半间都是柴火，也没有一张像样的桌子。他就支起两条长板凳，上面横放一块铺板，算是书桌，又搬来几捆稻草，当成座椅，全神贯注、字斟句酌地译了起来。

整整两个月，陈望道的身心全被这部伟大的著作占据了，外界的事一概不问不知，就连母亲送来饭菜也是草草一吃。陈望道自幼习武，身体强健，可还是明显瘦了、憔悴了。母亲心疼，给他送来粽子和红糖，于是有了"真理的味道非常甜"的故事。

到4月份，陈望道译好了《共产党宣言》，又接到电报邀请他到《星期评论》当编辑。于是，他开心地带着书稿前往上海，住进《星期评论》编辑部——三益里17号李汉俊家。孰料，稿子还没开始发表，报纸却由于进步倾向被迫关张。陈望道又失业了，幸好不久受陈独秀之邀改任《新青年》编辑。

陈独秀开始想办法出版《共产党宣言》。形势紧张，公开出版比较困难。怎么办呢？当时正值维经斯基来华，寻找在中国建立共产党的可能性和组织成员，眼下就在上海。陈独秀和维经斯基一商量，维经斯基拿出一笔经费，在辣斐德路成裕里12号新建了一个小型印刷厂——又新印刷所，名字取自《大学》"苟日新，日日新，又日新"。《共产党宣言》来华，可不是一切都要重新开始了嘛！

1920年8月，又新印刷所印出《共产党宣言》第一版，红色封面，1000本，一抢而空。旋即在9月，又印出第二版1000本，用蓝色封面以示区别。大家都知道第一版有个小差错，就是标题错排成了"共党产宣言"。因为当时印刷是一个铅字一个铅字排印而成的，印错字序或有横卧字都很常见。这个初版本因为是错版，引起很多学者研究它的兴趣，也显得特别有纪念意义。

自陈望道首译《共产党宣言》后，新中国成立前又有其他6个译本先后出现，可见这本书的意义与价值。

1936年，毛泽东接受美国记者斯诺采访时说："有三本书特别深地铭刻在我的心中，建立起我对马克思主义的信仰。我一旦接受了马克思主义是对历史的正确解释以后，我对马克思主义的信仰就没有动摇过。这三本书是：《共产党宣言》，陈望道译，这是用中文出版的第一本马克思主义的书；《阶级斗争》，考茨基著；《社会主义史》，柯卡普著。"[1]

邓小平1992年在武昌、深圳、珠海等地讲话多次谈道："学马列要精，要管用的。……我的入门老师是《共产党宣言》和《共产主义ABC》。"[2]

1970年，陈云给二女儿陈伟华写信，教她学习马列主义的方法和途径，说"《共产党宣言》是必须看的"[3]。

周恩来、刘少奇、朱德等很多党的老一辈革命家，都受过这本书的影响。

不忘初心，牢记使命。回顾党走过的百年辉煌历程，《共产党宣言》是真理的味道，更是信仰的源泉。在继承和发扬中，中国共产党人走出了有自己特色的马克思主义道路。

① ［美］埃德加·斯诺：《西行漫记》，董乐山译，解放军文艺出版社2002年版，第116页。

② 《邓小平文选》第三卷，人民出版社1993年版，第382页。

③ 《陈云家书两封》（1970年12月14日、1973年8月7日），《党的文献》1999年第3期，第82页。

中国共产党第一份党刊

1920年11月7日，一份新刊物在上海静悄悄地创立了。民国时期，各种思潮似雨后春笋，新报刊如过江之鲫，几乎每周都有问世。但是，这份新刊却不同，不仅没有大张旗鼓的宣传，连发表文章的作者都一律署笔名，编辑部地址保密，刊物也不公开售卖。

可以说，这是一份秘密刊物。但是，刊物的名字，却是中国从未有过的，叫《共产党》!

《共产党》是一份月刊，16开本，每期约50页，由李达主编。它第一次在中国树起"共产党"的旗帜，响亮地喊出了"共产党万岁"的口号，阐明了建立中国共产党的主张，是中国共产党历史上的第一个党刊。

《共产党》创刊的日子别有深意。1917年11月7日，俄国爆发十月革命，一声炮响，给中国送来了马克思列宁主义。选择11月7日创刊，是为了纪念十月革命三周年，更是为了表明自己的主张。

在创刊号上，陈独秀写下一篇相当于发刊词的《短言》，文中说：

> 要想把我们的同胞从奴隶境遇中完全救出，非由生产劳动者全体结合起来，用革命的手段打倒本国外国一切资本阶级，跟着俄国共产党一同试验新的生产方法不可！

《共产党》月刊创刊号
（1920年）

"跟着俄国共产党"，这是明确了我们的建党方向和革命道路。

1920年8月，上海共产党早期组织成立，参加者有陈独秀、李汉俊、李达、杨明斋、陈望道和茅盾等人，陈独秀为书记。为了宣传马克思主义，在思想上统一全国各地的党组织，从而为创建全国性的无产阶级政党做准备，上海共产党早期组织创立了《共产党》月刊，编辑部就设在陈独秀老渔阳里2号的家中，与《新青年》合署办公，随《新青年》附赠发行。

《共产党》月刊由李达主编，其他成员主要担任撰稿的角色。李达是湖南零陵人，1913年赴日留学，起先学理科打算"实业救国"，走不通，开始转向"革命救国"的道路。在日留学期间，他深入研读了许多日文版的马列著作，并接连译出《唯物史观解说》《马克思经济学说》《社会问题总览》3本马克思主义原著，长达10万余字。可以说，李达对马克思主义有比较系统的研究，理论素养要高出同时代的大部分人。这个特长对建党太重要了！

1920年8月，他回国后去拜访陈独秀，一去就被留下当《新青年》的编辑，也住进了老渔阳里2号。《共产党》创刊后，编辑部也设在这里，具体就在李达的房间里。直到出至第6期时，李达搬到南成都路辅德里625号，也就是中共二大会址所在地，《共产党》月刊编辑部才随着搬家。

1920年11月到1921年7月，《共产党》月刊一共出版了6期，每期多时能印5000份，总共发表文章47篇，全部署作者笔名。如李达笔名胡炎、江春，李汉俊笔名汗、均，陈独秀笔名 TS，茅盾笔名 P. 生，施存统笔名 CT。由于一些笔名还没考证出来，现在还有 10 多篇文章不知道真实作者是谁。

上海共产党早期组织活动频繁，《共产党》月刊旗帜鲜明，纵然秘密出版，还是被法租界巡捕房盯上了。1921 年 4 月，月刊出至第 3 期，在印刷时被警察抓到，本来是《告中国农民书》篇首的第 2 页铅版也丢了。为表达愤慨和抗议，编辑部干脆将此页空白，仅用大号铅字印了 12 个字："此面被上海法捕房没收去了"！

经此"开天窗"事件，上海局势渐紧。正好陈独秀获邀就任广东省教育厅长，《共产党》月刊的出版印刷工作随《新青年》一起迁到广州。由于月刊没有公开发行，一直没有收入，办刊经费就靠李达、李汉俊这些大笔杆子给商务印书馆译著文稿。刊物迁穗后，广州共产党早期组织负担了一部分费用。陈公博在中共一大上作《广州共产党的报告》，说："每月从党员的收入中抽出百分之十来维持《共产党》月刊和负担工人夜校的费用。"[1]

作为第一本真正意义上的党刊，《共产党》月刊高举马克思主义大旗，对无政府主义、改良主义进行了彻底批判，在各地共产党早期组织和进步学生中产生了很大影响。毛泽东在长沙做共产主义组织工作时，就将《共产党》月刊作为一个重要材料，在进步学生中"秘密地广为散发"。湖南第一师范的张文亮在日记中写道："（1920 年）十二月二十七日，泽东送来《共产党》九本。"1921 年 1 月，在与蔡和森通信中，毛泽东高度评价这本刊物："出版物一层，上海出的《共产党》，你处谅可得到，颇不愧'旗帜鲜明'四字。"[2]

① 中共中央党史研究室、中央档案馆编：《中国共产党第一次全国代表大会档案文献选编》，中共党史出版社 2015 年版，第 16 页。

② 《给蔡和森的信》（1921 年 1 月 21 日），《毛泽东文集》第一卷，人民出版社 1993 年版，第 4 页。

第二章
开天辟地的大事变

党的初心与使命

毕泽东在《唯心历史观的破产》一文中说："中国产生了共产党，这是开天辟地的大事变。"习近平总书记在庆祝中国共产党成立100周年大会上讲道："这是开天辟地的大事变，深刻改变了近代以后中华民族发展的方向和进程，深刻改变了中国人民和中华民族的前途和命运，深刻改变了世界发展的趋势和格局。"

合抱之木，生于毫末；九层之台，起于累土。中国共产党的开天辟地之举，起源于百年前共产主义理想者的一次聚会——1921年7月23日开始召开的中国共产党第一次全国代表大会。

这次大会的出席者，有上海的李达、李汉俊，北京的张国焘、刘仁静，长沙的毛泽东、何叔衡，武汉的董必武、陈潭秋，济南的王尽美、邓恩铭，广州的陈公博，旅日的周佛海，以及受陈独秀派遣的包惠僧，他们代表着全国50多名党员。还有来自共产国际的代表马林和尼克尔斯基。这些人中，最大的是何叔衡，时年45岁；最小的是刘仁静，仅19岁，还是北大在读学生。

恰风华正茂，一如今日百年大党！

中共一大，核心议题是建党。1920年，在去往天津的骡车上，"南陈北李"商量的建党大事，就要在这次会议上完成。建立一个什么样的党？也就是中国共产党的性质、任务这些基本纲领，必须在会上明确下来并形成文件。所以，会期中一大半时间是起草并讨论党纲和工作计划。中共一大最后一天的会议，由于法租界密探前晚闯入，由李达的夫人王会悟提议转至嘉兴南湖游船上召开。

《中国共产党第一个纲领》
《中国共产党的第一个决议》
部分内容

在南湖游船上，与会代表通过了《中国共产党第一个纲领》《中国共产党的第一个决议》等文件，明确了党的名称、申明了党的政治主张、规定了党的奋斗目标和组织原则等最基础性内容。也就是说，在这艘游船画舫中，中国共产党正式建立了！

第一个纲领宣布：

一、本党定名为"中国共产党"。

二、本党的纲领如下：

（1）革命军队必须与无产阶级一起推翻资本家阶级的政权，必须支援工人阶级，直到社会阶级区分消除的时候；

（2）承认无产阶级专政，直到阶级斗争结束前，即直到社会阶级区分消灭的时候；

（3）消灭资本家私有制，没收和征用机器、土地、厂房和半成品等生产工具；

（4）加入第三国际。

……①

① 据中央档案馆译文版本。

041

百年风雨兼程，百年春华秋实，都来源于这闪亮的红色起点。可是，这么重要的历史文献，却在党的历史中遗失30多年，至今我们也还无缘得见中文原件。说起来，也有一段长长的故事呢。

当年，这些文件都是手写稿。中共一大选举陈独秀为中央局书记，由于他当时人在广东没来参会，就由广东代表陈公博会后将文件带回去。由于建党初期党的秘密性质，陈独秀决定不公开发表这些文件，因此没有出版的中文稿文献存世。中国共产党建立不久，党中央机关受到搜查，所保存的一大文件全部丢失。所以，很长一段时间里，我们党都没有任何关于这次会议的书面记载。《中国共产党人》第一卷《红尘》中记载，董必武1937年接受美国女作家尼姆·韦尔斯采访时惋惜地说："党的这个最早的文件，我们一份也没有了……"

这个巨大的遗憾，随着中共一大文件1957年俄文版的回归和1960年英文版的发现，得到了很大程度的弥补。起码在史料文本上，我们党历史上的第一次变得面貌清晰起来，党史相关研究也有了确定的依据。

我们最先得到的是俄文版中共一大文件。1957年，中共中央办公厅主任杨尚昆前往莫斯科交涉，要求苏联交还共产国际有关中共的档案。苏共研究后，答应还给我们一部分。于是，18箱原中共驻共产国际代表团的档案文件运回了中国，交由中央档案馆筹备处保存整理。中共党史专家仔细检视这批文献，意外发现其中竟然有中共一大文件！包括《中国共产党第一个纲领》《中国共产党的第一个决议》等，都是俄文打印稿。也许会有中文原件？专家们细细翻了几遍档案箱，始终没有更多的发现。

于是，专家们立刻着手将其译成中文，并把《中国共产党第一次代表大会》《中国共产党的第一个决议》和《中国共产党第一个纲领》3个文件，刊发在内部机密刊物《党史资料汇报》第6号、第10号上。

为鉴别这些文件的可靠性以及翻译的准确度，1959年中央档案馆筹备处派人将这两期《党史资料汇报》送给董必武阅鉴。董老是中共一大亲历者，1个月后他回信："这三个文件虽然是由俄文翻译出来的，在未发现中文文字记载以前，我认为是比较可靠的材料。"[①] 至此，中共一大情况终于有了确切的文献材料。

无独有偶，在极其接近的时间里，美国哥伦比亚大学的中国史教授韦慕庭（Clarence Martin Wilbur，1908—1997）发现了英文版的中共一大文献。原来，哥伦比亚大学图书馆在整理旧资料时，发现了一篇写于1924年1月的硕士论文，题目是 The Communist Movement in China（《共产主义运动在中国》），署名"Chen-Kungpo"。因为韦慕庭对中国共产党历史颇有研究，图书馆将这一消息通知了他。

韦慕庭阅读论文后，发现这篇文章附录部分大有来头。6篇文献分别是：

附录一 中国共产党的第一个纲领（1921年）；

附录二 中国共产党关于党的目标的第一个决议案（1921年）；

附录三 中国共产党宣言（1922年7月第二次代表大会通过）；

附录四 中国共产党第二次全国代表大会决议案（1922年）；

附录五 中国共产党章程（1922年）；

附录六 中国共产党第三次代表大会宣言（1923年）。

① 中央档案馆编：《中国共产党第一次代表大会档案资料》（增订本），人民出版社1984年版，第117页。

这些是中国共产党早期最重要的文献，当时公开消息显示附录一、二、四、五连中共自己也没有找到呢！这如何不使韦慕庭欣喜若狂？

于是，他停下一切其他工作，专心考证论文作者"Chen-Kungpo"到底是谁，因为一旦确定了他的身份，这篇文章是否可信的问题也就解决了。上穷碧落下黄泉，韦慕庭找到刚刚完成胡适口述、谙熟中国情况的哥伦比亚大学同事唐德刚教授，又联系到栖身香港的中共一大亲历者张国焘，终于确认这篇文章作者就是中共一大代表陈公博。1922年11月，陈公博取道香港，再由日本横滨登船赴美，到哥伦比亚大学注册读了硕士。

陈公博后来成了大汉奸，但他是中共一大亲历者确是事实。而且，他正是会后将文件带回给陈独秀的信使，有自己抄一份留存的可能。如果真这样，这些未面世的文件就是惊天发现了！1960年，哥伦比亚大学将韦慕庭考证文章作为绪言，出版了《共产主义运动在中国》英文版。

但是，中美两国隔绝的关系，使这项研究很长时间不为中国人所知。直到1972年，在中国革命博物馆党史陈列部工作的李俊臣，偶然在一份日文刊物《东洋文化》上发现美国出版了这本书，最后在北京图书馆找到了原版书，将其翻译成中文后，与俄文稿两相对比，内容基本一致。说明这份文件确实可靠。

现在，只有一个未解之谜了。就是《中国共产党第一个纲领》序号编排了15条，却在第10条后直接跳到第12条，遗失了第11条，而且俄文版和英文版同时出现这种情况。俄文版中第11条注明"遗漏——译者"。那么说明，两者依据的中文底稿就没有第11条。

很多学者研究过这个问题，有人认为是原稿抄漏了或是标号跳数了，有人认为是此条争议较大，定稿时删除或搁置了。由于档案文献史料不足，莫衷一是，至今也还没有各方都认可的定论。也许，这个谜题的解开要等待下一个惊天大发现了。

党建立的第一家出版社

1921年，中共一大在上海召开，核心工作是建党。会上通过《中国共产党的第一个决议》，对宣传工作提出纲领性要求："一切书籍、日报、标语和传单的出版工作，均应受中央执行委员会或临时中央执行委员会的监督。每个地方组织均有权出版地方的通报、日报、周刊、传单和通告。不论中央或地方出版的，一切出版物，其出版工作均应受党员的领导。任何出版物，无论是中央的或地方的，均不得刊登违背党的原则政策和决议的文章。"①

一大会上，党中央决定创建自己的出版机构。两个月后，李达在上海建立了人民出版社。这个在党的旗帜下出生的出版社长子，开始了与党同心、与民同行的百年历程。

1921年9月1日，在《新青年》第9卷第5号上，人民出版社公开发布了第一个通告：

> 近年来新主义新学说盛行，研究的人渐渐多了，本社同人为供给此项要求起见，特刊行各种重要书籍，以资同志诸君之研究。

> 本社出版品的性质，在指示新潮底趋向，测定潮

① 《中国共产党的第一个决议》，中央档案馆编，《中共中央文件选集》第一册，中共中央党校出版社1989年版，第6-7页。

人民出版社出版的部分书籍（1921—1922年）

势底迟速，一面为信仰不坚者祛除根本上的疑惑，一面和海内外同志图谋精神上的团结。各书或编或译，都经严加选择，内容务求确实，文章务求畅达，这一点同人相信必能满足读者底要求，特在这里慎重声明。

通告还列出了计划出版和已经出版的图书书目，共49种，包括《马克思全书》15种、《列宁全书》14种、《康民尼斯特丛书》11种，其他图书9种。

人民出版社创建后，一应工作全由李达负责。他既是人民出版社的创建者、领导者，又是具体工作的开展者和执行者。作为中共一大代表、党的主要创始人之一和早期领导人，李达在中央局负责宣传工作，是坚定的马克思主义理论家，此前他就主持编辑《共产党》月刊和《新青年》杂志，有非常丰富的编辑出版经验。

不分昼夜、躬耕陋室，李达的工作成效十分显著。到1922年11月，人民出版社已经陆续出版了15种新书：《马克思全书》3种、《列宁全书》4种、《康民尼斯特丛书》4种，以及《李卜克内西纪念》《两个工人谈话》《太平洋会议与吾人之态度》《俄国革命纪实》4种临时宣传小册子。从这份出版目录可以看出，党的早期出版工作以介绍马列主义理论为重点，积极服务于党的革命宣传工作大局。

1926年，蔡和森任中共驻共产国际代表。他在向中共旅俄支部作的《中国共产党史的发展（提纲）》报告中，评价人民出版社"为我党言论机关，出版了很多书籍，对思想上有很大的影响"①。

上海租界各国势力鱼龙混杂，人民出版社并没有正式合法的地位。李达后来回忆说："人民出版社由我主持，并兼编辑、校对和发行工作，社址实际在上海，因为是秘密出版的，所以把社址填写为广州昌兴马路。"②广州地址实为《新青年》社址，真正的编辑部就设在李达家中——上海市南成都路辅德里625号，这里也是中共二大会址。"投身革命即为家"，人民出版社的创办，足证此言不虚。

1923年秋，人民出版社与新青年社合并，南迁至广州。由于党中央在上海，没有一个正式的出版机构，工作十分不便。这时，新青年社在广州也遭到了查封。党中央决定在新青年社和人民出版社的基础上，由中央直接投资，改名"上海书店"，在上海公开挂牌营业。最初负责人为张伯简（化名"洪鸿"），中共上海地方执委会委员徐白民任经理，后由毛泽民负责上海出版工作。③

1923年11月，上海书店开业，在《民国日报》《前锋》《新青年》等报刊上登载广告，说明自己的宗旨：

> 我们要想在中国文化运动上尽一部分的责任，所以开设这一个小小的书铺子。我们不愿吹牛，我们也不敢自薄，我们只有竭我们的力，设法搜求全国出版界关于这个运动的各种出版物，以最廉价格供献于读者之前，这是我们所愿负而能负的责任。

上海书店是公开机构，但它对外的身份是一间普通书店，承担马列主义理论出版和党的宣传任务是隐蔽的。书店老员工郭雁回忆："为了争取合法的公开地位，上海书店在门市只卖'中间'书店的出版物，如亚东图书馆出版的《三国演义》《红

① 蔡和森：《中国共产党史的发展（提纲）》，《蔡和森的十二篇文章》，人民出版社1980年版，第20页。

② 李达：《中国共产党的发起和第一次第二次代表大会经过的回忆（1955.9）》，《李达全集》第十七卷，人民出版社2016年版，第370页。

③ 徐白民：《上海书店回忆录》，张静庐辑注：《中国现代出版史料甲编》，上海书店出版社2011年版，第61~66页。

楼梦》，民智书局、新文化书社等出版的书籍，并兼售一些文具用品。上海书店发行党的宣传刊物是采取公开与秘密相结合的方式。"这个时期党的出版工作非常弱小，编辑出版介绍马克思主义和中国共产党的书刊工作都是游击式的，一旦被敌人发现，就马上转为地下或者更改社名。

1926年2月，上海书店被迫关张，同年12月在汉口开办长江书店。12月7日，长江书店在《申报》登载广告，说明"继承上海书店营业……所有上海书店从前对外账目，概由本店全权清理"。而后，关停，再开张。又有无产阶级书店（上海，1928年）、华兴书局（上海，1929—1931年）、启阳书店（上海，1931—1932年）、北方人民出版社（保定，1931—1932年）等前赴后继进行着党的出版事业。

这些书店是地下出版者、党的宣传者和秘密工作者，不但承担着党的宣传工作，还是秘密革命活动站和消息传递联络点。可以说，党的组织工作开展到哪里，出版机构就建立到哪里。出版工作熔铸在党的血液和基因里，是党的革命工作运行的有机组成部分。这一特点，从建党的第一天起就没有改变过。

马克思主义
妇女解放的第一声

马克思说："没有妇女的酵素就不可能有伟大的社会变革。"① 20世纪初的救国图存、民族解放运动，中国女性未曾缺席。她们不仅是催化革命的酵素，更是在场者、记录者和直接行动者。

在党的早期历史上，有一位杰出女性经常被提起，这就是李达能干的夫人王会悟女士。当中共一大会议被租界密探闯入被迫中断时，是她出主意将会址转移至嘉兴游船上，边游湖边开会，顺利躲过了巡警的干扰。其实，在会前，她还为全国各地来开会的代表妥善安排了住处。这个住处就是博文女校的宿舍，在一大会址的旁边。

王会悟和博文女校颇有渊源。这得从学校的来历说起。1907年清政府颁布我国第一部女学章程，女子教育合法化，在开风气之先的黄浦江两岸，涌动着一股兴办女子学校的春潮。博文女校就是在昌明女子教育、再造"国民之母"的潮流中创办的。章太炎唯一女弟子黄绍兰、黄兴夫人徐宗汉、章太炎夫人汤国梨等人为主要创办者。1919年，这些进步女性以博文女校为大本营，又成立中华上海女界联合会，以"竭女子之知能，启发国民之自觉，提倡社会服务"②为宗旨，是近代历史上

① 《马克思致路德维希·库格曼（1868年12月12日）》，中央编译局编译：《马克思恩格斯选集》第四卷，人民出版社2012年版，第480页。

② 《女界联合会第三次筹备会》，《申报》1919年7月5日。

《妇女声》平民女校
特刊号（1922年）

有名的妇女运动团体。上海女界联合会的会长徐宗汉，思想进步，倾心于妇女解放事业。王会悟初到上海时，曾做过徐宗汉的秘书，协助她处理联合会的工作。

　　1921年，一大过后，党对妇女工作非常重视。陈独秀和负责宣传工作的李达，为了推动党领导下的妇女运动，决定以办学校、办报刊的形式，在劳动妇女中间开展宣传工作。于是，他们派王会悟找到徐宗汉，希望将上海女界联合会改组为中华女界联合会，并以该会名义办一份妇女刊物、办一所平民女子学校。徐宗汉欣然同意。很快，中华女界联合会完成了改组，并在《新青年》第9卷第5号上刊发了改组宣言和章程，宣布"拥护女子在社会上政治的及经济的权利，反抗一切压迫"。陈独秀将此宣言和章程寄发给各地党组织，希望地方党组织以此为范例开展妇女工作。

　　经过紧张的筹备，1921年12月13日，中国共产党创办的第一份妇女刊物——《妇女声》在上海法租界贝勒路375号正式创刊了。刊物对外以中华女界联合会机关刊物的名义出版，实际上由李达任主编，王会悟、王剑虹负责编辑。《妇女声》是半月刊，版面为8开，每期4版，主要栏目有言论、小说、讲演、国内消息、通讯等，当时在上海的共产党人如陈独秀、施存统、李达、邵力子等人，大多为其撰过稿。该刊在邵力子主持的《民国日报》印刷所内印刷。

　　《妇女声》大声疾呼妇女解放，而且是底层最受压迫的劳动妇女的解放。这是它区别于其他妇女报刊的显著特色，体现了中国共产党把妇女运动纳入整个无产阶级解放运动的马克思主义妇女观。正如恩格斯所同意的傅立叶的观点："在任何社会中，妇女解放的程度是衡量普遍解放的天然尺度。"[①]中国社会经历漫长的封建社会、半殖民地半封建社会，妇女是最受损害、最被侮辱的群体，这个压迫的根本来源是不平等的阶级统治。只有党领导的无产阶级革命，才是消除压迫和剥削的最终途径。《妇女声》虽然只办了10期，但是从第1期起就有明确的阶级性，因此特别能促动女性的觉醒。创刊宣言写道："女子是人类社会底一分子，有应尽的义务和应享的权利，应当自己支配自己的生活。经济组织变化的结果，迫使我们离开家族奴隶的境遇，走到社会中来，要完成我们历史的使命。"这个使命，就是"宣传被压迫阶级的解放，促醒女子加入劳动运动"。王会悟、王剑虹和中华女界联合会的骨干是撰稿的主力。1922年4月，美国妇运领袖和人口专家桑格夫人访华，王剑虹代表《妇女声》采访后写下《节制生育与保持恋爱》，王会悟也撰写了《我对"产儿限制论"的意见》。她们都同意桑格夫人的节育理念，反对把妇女当作"延续种族的机械"这种腐朽的旧观念，在社会上引起很大反响。

　　1922年2月，为了培养妇女工作的力量，党组织又与中华女界联合会商定，成立了一所妇女学校，这就是赫赫有名的平民女校。李达任校长，仍由王会悟、王剑虹负责具体工作。学校不大，学生也不多，初期只有20多人，半工半读，倡导知识女性与劳动妇女相结合，是我们党建立的第一所妇女干部学校。学生虽少，普遍文化程度也不高，但是老师都特别有学问，有李达、邵力子、沈泽民、茅盾、陈望道、施存统、张太雷、恽代英等人。丁玲、王一知、杨之华等人都是平民女校的学生，后来升入上海大学。学校提倡学生到工厂去，和女工交心，组织她们开展工会运动，推动了早期妇女解放运动。

① 《反杜林论》，中央编译局编译：《马克思恩格斯选集》第三卷，人民出版社2012年版，第647页。

① 见《妇女声》1922年第6期所载陈独秀《平民教育》、沈泽民《这不是慈善事业呢》、邵力子《平民女学底前途》、李达《平民女学是到新社会的第一步》。

② 向警予：《上海女权运动今后应注意的三件事》，《妇女周报》1923年11月8日。

《妇女声》和平民女校是党领导妇女工作开出的两朵姊妹花。学校开学时，《妇女声》第6期特别出版了"平民女校特刊号"，以示祝贺。在这期特刊号上，陈独秀发表《平民教育》，希望平民女校做一个"风雨晦冥中的晨鸡"，使教育从贵族化转向平民化；沈泽民说，平民女校是"平民求学、平民精神的养成所"；邵力子说"一个平民女校救不了多少苦女子，但若第一个能办有成效，将来就会产生无数的平民女校"；李达更明确指出"平民女学是到新社会的第一步"。①

《妇女声》于1922年6月停刊，平民女校也于年底停办，但它们在妇女运动历史上的贡献和地位不容小觑。正如党中央第一任妇女部主任向警予所评价："当时由妇女团体主办的、足以鼓动妇女思潮的出版物很少。《妇女声》虽然生命很短，却比较精彩。"②

中共二大与第一部党章的诞生

中共一大会议上，选举陈独秀、张国焘、李达组成中央局。陈独秀为中央局书记。4个月后，他向全党签发第一个文件《中国共产党中央局通告》，上面写道："明年七月开大会。"

这个"大会"，指的是中国共产党第二次全国代表大会，1922年7月16日至23日在上海召开。中共12名代表出席大会，代表了全国195名党员。

大家都知道，中共一大开在代表李汉俊家中，那是他的胞兄——同盟会元老李书诚的寓所。党成立后，处于地下状态。党的重要主张和党员身份要保守秘密，这是一大纲领中明确规定的。所以，中共二大仍然选择在代表家中召开。

开在哪里呢？李汉俊寓所，在一大会议上已经被盯上了。陈独秀住的环龙路老渔阳里2号，是原安徽都督柏文蔚的公馆，很宽敞适合开大会。可是，1921年10月4日下午，法租界巡捕房以宣传激进和赤化为名，把陈独秀、高君曼、包惠僧、杨明斋、柯庆施等人从家里抓走，虽在共产国际的营救下他们得以被释放，但这个地方也暴露了。张国焘领导的中国劳动组合书记部？更不可能了，由于领导和支援香港海员大罢工的活动被英租界当局察觉，这里已经接连受到各种骚扰和破坏。

选来选去，觉得中央局宣传主任李达家比较合适。这是一间石库门房子，周遭整片建筑一模一样，不显山不露水。地址在南成都路辅德里625号，位于英美公共租界和法租界的交会处，军阀当局不便公开行动，俗称"三不管"地界。李

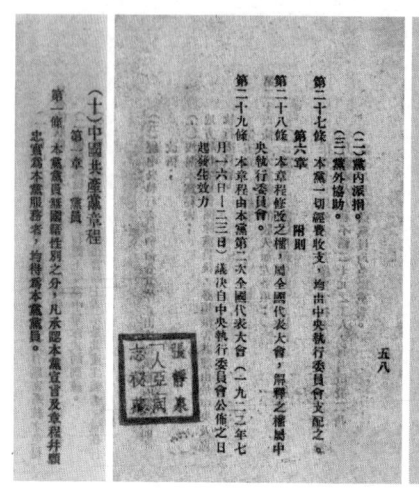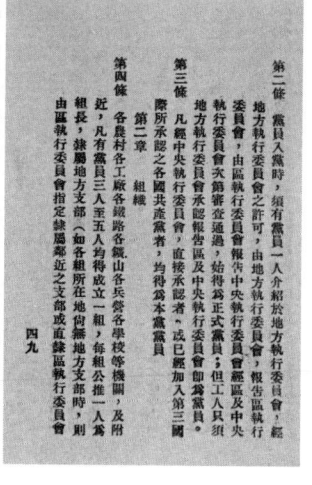

中共二大通过的第一部
党章内容（1922年）

达在这里办《共产党》月刊、办人民出版社，各地党组织经常往这里寄信寄文件，党员同志对这里比较熟悉，而且没有暴露过。还有一个好处，李达寓所位于深巷之中，前后门都可进出，后门对面是党创办的平民女校，万一有事也便于疏散。另外，李达和王会悟婚后不久，家中人口较少，来十几个人也不觉过于拥挤。于是，中共二大第一次全体会议就在李达家召开了。一张八仙桌，加上几把凳子，12位意气风发的党代表，经过数日辗转会议研究和讨论，为二大在党史上留下数个"第一"：

在中国革命史上，第一次明确提出了反帝反封建的民主革命纲领；

在中共二大通过的《关于"民主的联合战线"的议决案》中，第一次提出了党的统一战线思想；

第一次公开发表了《中国共产党第二次全国代表大会宣言》；

制定了第一部《中国共产党章程》；

第一次比较完整地对工人运动、妇女运动和青少年运动提出了要求；

第一次决定加入共产国际；

第一次喊响了"中国共产党万岁"的嘹亮口号。

尤其是第一部党章的诞生，使中国共产党有了根本遵循。这部党章共有6章29条，约4000字，详细规定了党员条件和入党手续，对党的组织原则、组织机构、党的纪律和制度等都作出具体规定。从此，我们党就按照党章来发展党员了，入党有了严格的标准和程序。

朱德在入党问题上就经历了一段曲折的考验。1909年，朱德在云南陆军讲武堂参加同盟会，追随蔡锷参加了响应武昌起义的云南起义，还参加过护国战争、护法战争，是有名的爱国将领。受俄国十月革命影响，朱德深信共产主义道路是拯救国家的出路所在。他在《辛亥革命回忆》一文中说过："我深深感到有必要学习俄国的新式革命理论和革命方法，来从头革命。"当他听说中国共产党成立的消息，就一路从云南来到上海，寻找党组织，申请加入共产党。1922年8月，朱德在上海闸北见到陈独秀，提出要入党。这时，中共二大刚刚结束不久，规定发展党员的《关于共产党的组织章程决议案》和包含在其中的党章也正式制定并在党内发布了。

陈独秀听说朱德是滇军旅长，根据党章要求，正色提出："要参加共产党的话，必须以工人的事业为自己的事业，并且准备为它献出生命。"①言下之意，朱德是个旧军阀将领，世界观和共产党人有很大不同，没有一个真诚追求和认真学习的过程，中共组织不可能吸收他。于是，朱德第一次入党申请，被我们党第一任最高领导人拒绝了。

中国共产党第一部党章第一条规定："本党党员无国籍、性别之分，凡承认本党宣言及章程并愿忠实为本党服务者，均得为本党党员。"所以党组织对任何人都敞开大门，只要能经得住严格考验、通过规定程序，就可入党。第二条规定："党员入党时，须有党员一人介绍。"然后，层层报告至中央执行委员会审查通过，才能成为正式党员。朱德同年9月乘坐"安

① ［美］艾格妮丝·史沫特莱：《伟大的道路——朱德的生平和时代》，梅念译，东方出版社2005年版，第179页。

吉尔斯"号邮轮赴法，后在德国柏林找到中共旅欧支部的周恩来，经过长谈了解，终于在11月由周恩来、张申府二人做介绍人，经中共中央正式批准，加入中国共产党。由此可见，我们党从幼年时期就特别注重按照党章办事，严格的组织制度和党员培养程序保证了党组织的健康发展。

第一部党章已知目前存世仅一本。它能保存下来，也有一段传奇。这部党章和中共二大会议通过的其他文件共10个，收录在同一本小册子里，党章印在最后10余页。这本小册子为铅印本，32开，封面盖有红色收藏章"张静泉'人亚'同志秘藏"，说明这个小册子的主人叫张静泉，大家习惯称他张人亚。他是何许人？张人亚和我们印刷出版业关系极大，曾做过中央苏区中央出版局局长、中央印刷局代局长。中共二大时，张人亚正在上海，是上海最早的21名工人党员之一，得以收到这份刚刚出炉的文件。他很注重保存文献，曾把包括党章在内的一大批中共早期图书文件带回老家宁波，由其父亲埋在伪装墓中。这部党章，就来自藏在墓穴中的文献，1951年由张父上交给国家，现藏于中央档案馆。

青年团理论宣传的先驱

《先驱》半月刊

20世纪初的东方，燃烧着赤色革命的火焰。十月革命一声炮响，在俄国大地上响起烈日惊雷，也震彻了整个亚欧大陆。青年，人类最富于生机和活力的群体，毫不犹豫地站到了历史的前台。

1919年11月，共产国际成立8个月后，欧洲14国共产主义青年团代表会聚柏林，成立青年共产国际，来领导世界各国青年在马列主义指导下开展革命斗争。这个组织也称为"少共国际"，赵世炎、周恩来在法国建立的中国共产党旅欧支部成立时叫旅欧中国少年共产党，早期便是团的组织，和少共国际也有来往。

1920年，维经斯基来华，帮助组织中国共产党及青年团。这样，中国的建党和建团工作差不多同时启动了。当年8月，上海成立共产党早期组织。紧接着，陈独秀指派组织内最年轻的党员俞秀松，担任上海社会主义青年团的负责人。是的，青年团建立时叫"中国社会主义青年团"，简称"S.Y."。到了1925年，在团三大时改名为"中国共产主义青年团"，以表明革命主张是实现共产主义。上海的团组织在全国建立最早，事实上承担了组织和领导各地青年团的工作，俞秀松担任中国社会主义青年团临时中央局书记。他主持制定了团的章程，分寄给全国共产主义者，倡议各地建立团组织。

当年11月，北京社会主义青年团在李大钊的领导下组建起来。邓中夏、张国焘、高君宇、刘仁静、高尚德、罗章龙等40多人参加成立大会，会址就在北京大学的学生会办公室。由于北京大学是学生运动的大本营，北京各大高校学生思想也多活跃进步，北京团的组织规模和影响都比较大，成为北方青年运动的革

《先驱》半月刊创刊号
（1922年）

命中心。1921年3月，北京团的第四次大会上，选举了11人的执行委员会，特别提到"书记1人，会计1人，组织3人，教育3人，出版3人"，张国焘当选为书记。在领导机关中专门分配3人负责出版工作，充分显示出北京团组织对思想宣传工作的重视。这样，最早的团刊《先驱》出现在北京也并不令人意外。

1922年1月15日，北京社会主义青年团创办《先驱》半月刊，4版8开，由团内骨干刘仁静、邓中夏担任主编。刘仁静是中共一大北京方面的代表，参会时才19岁，年纪最小，却酷爱理论研究，有"小马克思"之称。他参与了北大马克思主义研究会的发起工作，也是北京社会主义青年团的创始团员之一。他后来转为托派，曾探访流亡太子岛的托洛茨基，晚年在人民出版社从事编译工作，人生十分传奇。《先驱》第1至3期在北京编辑出版，刘仁静发挥了很重要的作用。他不仅是主编，还是主要作者，《先驱》发刊词即出自其手。发刊词说：《先驱》要告诉读者"他出世以后的使命"，这就是"努力唤醒国民的自觉，打破因袭、奴性、偷惰和倚赖的习惯，而代以反抗的创造的精神"，以至"达到理想的社会——共产主义的社会"。发刊词还说明："本刊的第一任务是努力研究中国的客观的实际情形，而求得一最合宜的实际的解决中国问题的方案。"

刘仁静热衷理论研究，《先驱》在他直接领导期间理论色彩浓重，政治嗅觉尤其敏锐。共产国际成立后，面对东方各国民族解放运动的日益高涨，关注重点逐渐由欧洲转向东方，列宁提出著名的东方战略。1922年1月21日至2月2日，共产国际在莫斯科召开远东劳动人民代表大会，向各国传达这个战略精神，中国也派出以张国焘为团长的44人代表团。会前几天刚创刊的《先驱》竟然捷足先登，在1月15日创刊号上刊载了列宁东方战略的相关理论文章，可见刊物对世界大势的把握程度。

刊物出到第3期，影响越来越大，遭到北洋政府查禁。组织决定从3月15日的第4期起转移到上海出版，并改为青年团临时中央局机关刊物，由时在上海的施存统负责主编工作，在北京的刘仁静、邓中夏以主要撰稿作者身份继续参与办刊工作。这样，《先驱》就从一个地方团刊变为团中央的机关刊。特别是5月份团一大在广州召开后，伴随着中国社会主义青年团的成立，《先驱》作为团中央机关刊物的地位正式确立。《先驱》将第8期编辑为"中国社会主义青年团第一次全国大会"专号，对团一大情况作了全方位的报道，并开始大量刊登团中央的文件、通告以及共产国际和少共的指示文件等。

《先驱》创刊之时，《共产党》已停刊，中共中央机关报《向导》尚未创立，党刊此时处于空窗期。因此，它也承载了党的不少宣传工作，在马克思主义理论宣传，报道和介绍苏俄及国际共产主义运动的情况，领导和组织团的建设等方面都作出了重要贡献，塑造了一代青年的革命信仰。方志敏自述，他在1922年仲夏看了《先驱》后，"非常佩服它的政治主张。它提出结成民族统一战线，打倒帝国主义，打倒军阀，在当时确为正确不易的主张。《先驱》的每篇文章，文章中的每句话，我都仔细看过，都觉得说得很对；于是我决心要加入社会主义青年团"[①]。

在施存统之后，蔡和森、高君宇也担任过刊物主编。1923年8月15日，《先驱》出完第25期，团中央决定将其停刊，另办一份机关刊。两个月后，《中国青年》出世，接过了引导青年斗争的使命。

① 方志敏：《方志敏文集》，人民出版社1985年版，第22页。

「中国革命理论和策略的向导！」

1922 年 8 月，中共二大刚刚结束，新一届中共中央执行委员会在杭州西湖举行会议。陈独秀、李大钊、蔡和森、张国焘、高君宇、马林、张太雷 7 人开会，专门讨论中央的宣传工作。这次会上，又提出创办一份专门党报的事情。共产国际驻中国代表马林很关心此事。早在筹建中国共产党过程中，他就建议中共创办一份党报。中共一大、二大都有党报宣传出版相关内容，只是一直没有实现。这次，中央下决心办报，提出在北京创办《远东日报》，专门宣传国民革命。马林反对，他认为党目前力量还不足，只应办一个周报。中央接受了马林的意见，决定办一张党中央的政治机关报，由蔡和森任主编负责筹办。这就是中国共产党报刊史上第一份中共中央机关报——《向导》周报。

1922 年 9 月 13 日，《向导》周报在上海创刊，16 开 4 版，陈独秀题写刊名，蔡和森撰写发刊词，明确提出中国共产党的奋斗目标是"反抗国际帝国主义""推倒军阀"，建立"统一、和平、自由、独立"的中国。该报受陈独秀直接领导，首任主编蔡和森，彭述之、瞿秋白也先后担任过主编。到 1927 年 7 月 18 日停办时，该报共出 201 期，是大革命时期影响最大的一份报刊。《新青年》载文称其"中国革命理论和策略的向导！全国最急进的刊物！已有四年的生命！销数达五万份！"由于该报立场鲜明，文字生动，又注重发行，销量很大，广受读者欢迎，又被誉为"黑暗的中国社会的一盏明灯"、四万万苦难同胞思想上的"向导"。

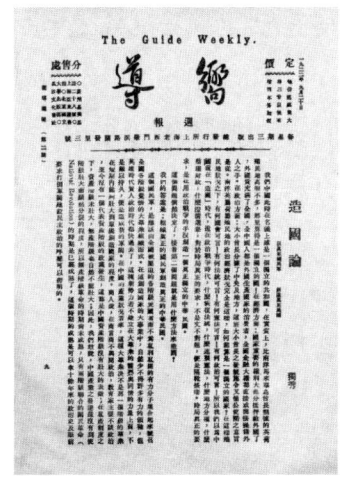

《向导》周报第 2 期
（1922 年）

中共早期领导人重要文章大都见于《向导》。当时最高领导人陈独秀是发表大户，一人就撰稿 270 多篇，几乎每期都有。蔡和森以"和森""振宇"等名撰稿 150 多篇。赵世炎以"施英"为名所写的《上海罢工潮》一至七论、毛泽东的《湖南农民运动考察报告》、瞿秋白的《农民政权与土地革命》等著名文章都刊于此报。

《向导》地位特殊，数量又大，印刷是一个大问题。党早期没有自己的印刷厂，就委托一家叫"明星印刷所"的私营机构来印制党的出版物。据当年参与工作的同志回忆，明星印刷所开在上海梅白格路（今新昌路）西福海里，老板叫徐上珍。《向导》下印时，由印刷工人出身、负责刊物印刷发行的徐梅坤与印刷所联系，负责编辑工作的张伯简送稿，印好后存放在马路对面租赁的空屋子里，随即通过各种渠道向全国发行。

从第 6 期起，《向导》编辑部短暂迁至北京，总发行通信处设在北京大学后门内景山东街的一个胡同里，联系人为早期党员罗章龙。这样，"北京大学第一院收发课"就成了刊物对外的联络地址，外地寄来的函件都由罗章龙转给编委会或蔡和森。

与此同时，同在北大的李大钊也非常关心《向导》的办报情况。1925 年 2 月 3 日，负责联络北京各报馆印刷工人的陈为人召集几名进步印刷工人去北大，说是李大钊要见大家。据亲历者刘明回忆，当天下午他和陈乔年、陈楚楠、陈为人、刘抵如5人早早到北大第一院第三教室等李大钊。作为党的主要创建人之一，李大钊在进步工人中威望极高，大家都怀着极其兴奋的心情去见他。李大钊进来后，亲切地和大家打了招呼，随后说："我们要建立一个印刷厂，主要的是印《向导》，你们把这工作做得好点快些。"①接着又说"我有点事，你们几位谈罢"，就离开了。

陈乔年接着主持会议，大家商量了十几分钟，决定用半个月左右时间建立一个小型印刷厂。陈乔年拿出华比银行钞票2000元，让陈楚梗主办、刘明协办，先去找厂址、买机器。下午3点钟散会，陈、刘两人先去西便门外赀来牟机器制造厂看印刷机，发现价格太贵，决定先买旧机器。后来，刘明打听到前门外兴隆街兴华斋刻字铺有一批机器和材料出售，看后觉得合适，就花了1400元买来日本十六页铅印机1部、二号脚踏机1部、二号至五号铅字铅空、字架字盘、油墨工具等，又到广安门内大街兴艺铁工厂买了铸字机、铡铅刀、浇铅条机等印刷厂必备器材。2月8日，大家在广安门内大街广安西里8号租了一处独门独院的房子，共有12间，这样印刷厂2月11日就正式开工了，比原计划缩短了一半时间。可见大家为党工作的心情多么迫切！

印刷工人是革命性特别强的工人阶级群体，1923年二七大罢工，身为京汉铁路印刷厂工人代表的刘明就冲在罢工前列，后来被开除。1924年，北京报业印刷工人又组织联合罢工，虽然取得胜利，但事后不少进步工人被开除。印刷厂成立后，招募了不少失业工人，除了为党服务，也让这些工人得到救济。这也是党组织出资办厂的一个目的。

这个印刷厂对外称"昌华印刷局"，陈楚梗任经理，刘明任厂长，主要印刷《向导》周报，也印刷中共北方委员会机关报《政治生活》和一些传单。《政治生活》排印时是手写原稿，

① 刘鉴堂：《回忆向导周刊在北京印行的经过》，张静庐辑注：《中国现代出版史料丁编》（上），上海书店出版社2011年版，第83页。刘鉴堂即刘明。

《向导》有时是原稿、有时是剪贴的印稿。印稿就说明《向导》在别处已经出版，北京是翻印。印好后，两种刊物一起送往北大。为应付检查，工人们白天排印普通市民稿件，夜间秘密印刷党的报刊。夜以继日，虽然加倍小心，还是引起了当局的注意，印刷厂搬过家改过名，最后于1926年随冯玉祥部队向西北转移，工人也分散到四处从事新的革命工作了。

随着时局的变化，位于上海的《向导》出版情况也很紧张。1927年4月，国民党发动反革命政变后，《向导》迁至武汉。7月15日，汪精卫公开叛变革命。7月18日，《向导》坚持出版了第201期，将中共中央《中国共产党中央委员会对时局宣言》全文刊载后被迫停刊，体现了出版工作为党的事业战斗到最后一刻的顽强精神。

永远青春的中国青年

《中国青年》

在党的百年出版史上，说到存续时间最长、最具战斗力和生命力的刊物，非团中央机关刊物《中国青年》莫属！1923年10月20日，团中央领导人邓中夏、恽代英筹划创立，历经三停三复，《中国青年》出版至今，几乎是党的同龄人。毛主席3次为它题写刊名。它是青年的良师益友、人生导师，如同刊名一般，百年风雨洗礼，仍是青春少年。

1923年，中共三大通过了《对于青年运动决议案》，紧接着召开的团二大贯彻党的精神，制定《教育及宣传决议案》，明确"教育工作是本团根本工作之一，以共产主义的原则和国民革命的理论教育青年工人、农民、学生群众是本团最重大的责任"①。这样，宣传工作就要跟上，转移到教育青年的重点上来。团中央停掉了原机关刊物《先驱》半月刊，改创立《中国青年》周刊，由团中央宣传部主任恽代英任主编，团中央执行委员会委员长邓中夏题写刊名。恽代英在发刊词中说："在政治黑暗、教育腐败、衰老沉寂的中国，因为还常听见青年界的呼喊，常看见青年界的活动，因此，许多人都相信中国唯一的希望便是靠这些勃勃有生气的青年。"但是，青年面对的环境是凶险的，"在社会上得不着指导他们纠正他们的人"，所以

① 李玉琦主编：《中国共青团团史简编》，中国青年出版社1997年版，第25页。

《中国青年》
"五月特刊号"
（1926年）

"常常苦闷于不知应当怎样做事，以及他们做的事不知应当怎样改良"。为给青年以实际的指导，帮助青年成长进步，中国社会主义青年团（1925年改名为"中国共产主义青年团"）中央决定为青年办一份"忠实的友谊刊物"。这就是《中国青年》的来由。

创立时，《中国青年》为周刊，32开，每期16页，100期以后页数有增加。早期，除恽代英外，林育南、萧楚女、李求实还先后负责主要编辑工作。党团的其他主要领导，如任弼时、刘仁静、刘昌群、陆定一等人都是主要撰稿者。大革命时期，《中国青年》最高发行量达到3万份，受到年轻人的广泛欢迎。

大革命失败后，《中国青年》第一次停刊。在1927年到1932年间，刊物曾以《无产青年》《列宁青年》等名称秘密出版。1939年4月，为了动员全国青年参加抗日战争，《中国青年》在延安复刊，为半月刊，中央青委宣传部部长胡乔木任主编，毛主席为它题写了刊名，1940年又题词"目前中国青年的唯一任务是打胜日本帝国主义"，鼓励青年积极投入全民抗战。这次办了一年多，1941年3月二次停刊。1948年5月，党中央迁至河北西柏坡，在早期团中央领导、时任中央书记处书记任弼时指导下，《中国青年》12月20日在西柏坡附近的嘉峪村二次复刊，多为半月刊。这一次毛主席又题写了刊名，并题诗一首："军队向前进，生产长一寸。加强纪律性，革命无不胜。"另题词"星星之火，可以燎原"，对刊物寄托了很大的期望，这也是对中国革命胜利前途的坚定信心。1965年，毛主席第三次为它题写刊名。"文革"十年，《中国青年》也被迫中断出刊，直到1978年第三次复刊，至今为半月刊。

除了3次题写刊名，《中国青年》还多次发表毛主席文章，得到毛主席"向雷锋同志学习"等重要题词，甚至毛主席逝世前床头的桌面上还摆着一本《中国青年》。可以说，这本刊物和毛主席有特别的缘分。

第一次结缘是在1926年。1925年底，《中国社会各阶级的分析》在国民党所办的《革命》半月刊上发表，之后毛泽东又对文章进行了精心修改，希望刊发在我们党的机关刊《向导》上。由于这篇文章强调农民运动，与陈独秀观点不一致，被时任党中央宣传部部长、《向导》主编彭述之拒稿。任弼时当时是团中央书记，他抵制了陈彭二人的错误决定，在1926年3月13日的《中国青年》第116、117期上登载该文。这篇文章是马克思主义与中国革命相结合的典范之作，也是毛泽东早年最重要的文章之一，经过《中国青年》之手，传递给千千万万的中国青年。文中对中国社会五大阶级的分析，向青年人指明了国民革命中谁是朋友，谁是敌人。在政治压力中坚持正确的原则，实事求是，不随波逐流，正体现了中国共产党人的坚强党性与无限忠诚，也表明了刊物的一贯立场——供给青年以革命人生观、革命理论、革命战术、革命经验，力尽所能满足青年的要求。

毛主席还给《中国青年》推荐好稿子。据中央广播电视大学出版社的王桂芹回忆，在北京实验中学上高中时，她与毛主席的女儿李敏同班。高三时，她暑假回乡参加劳动，结合体会写了一本日记，被李敏借回家去读。李敏读完觉得特别有趣，吃饭时对毛主席说："爸爸，我这里有篇同学写的日记，写得很有意思，您能看看吗？"没想到，日理万机的毛主席欣然同意，读完后还仔细圈点，写了批语，让李敏送到《中国青年》发表。《中国青年》1958年第4期发表了这篇《假期回乡日记》，同时刊登了主席的批语。想到把稿子拿给《中国青年》发表，说明主席信任这本刊物，也说明《中国青年》具有强大的影响力。

新中国成立后，《中国青年》继承了革命年代教育引导青年的宗旨，深入青年群体中，了解青年所思所想，挖掘并宣传青年英雄模范人物，如毛主席亲自题词表彰的刘胡兰和雷锋，还有黄继光、罗盛教、丁佑君、向秀丽、张华、王杰、张海迪等青年榜样，都通过刊物深入传播到青年人当中。特别是1963年《中国青年》将第5、6期合刊，编发了"学习雷锋同志"专辑，当中刊发有毛主席题写的"向雷锋同志学习"手迹。该期在全国青年中引起强烈反响，一时洛阳纸贵，刊物供不应求。杂志社接到一封读者来信，说买不到刊物，一所中学老师就用毛笔把刊物内容全抄写下来，贴在墙上，供广大师生阅读。编辑部马上用3本刊换来这份珍贵的手抄本，收藏到展览室中。当年10月，《中国青年》40年庆典，周总理来社专门看了这份展品，并在纸张紧缺的情况下指示给刊物增加纸张。

从创立之始，《中国青年》始终站在青年人的立场上，不论是50年代的回乡日记、60年代的雷锋专辑，还是80年代的潘晓来信，都在循着时代的脉搏，回答时代之问，为青年人把握航向，助力前行。异代不同时，宗旨始如一，永远和青年人做朋友，也许这就是《中国青年》百岁青春的奥秘。

来自『红色大学』的理论强音

1922年春，上海闸北青云路的一条弄路里，投机文人王理堂鼓吹男女同校、新式教育，引来四方进步学子报名求学，办起一所名为私立东南高等专科师范的学校。怎奈学校既无师资，又无设备，所承诺聘请陈独秀等名师教学更是一张空头支票。说好的进步学校，其实是名副其实的"野鸡大学"。更可甚者，开学未几，这位王校长把收上来的学费、伙食费一卷，径自跑到日本留学镀金去了。学生们大呼上当！

当时，"五四"余音犹在。这些学生大都经过新文化运动的洗礼，不少还是因参加学潮失学而来，有强烈的政治抱负和运动经验。于是，学生们秘密酝酿改组学校，并成立"十人团"作为领导核心。当年10月，"十人团"以公开伙食账目为名，召开全校大会，宣布驱逐校长，改组学校，全校学生"均一一签名书押，极端造成改组"。

赶跑了旧校长，自然要请一位新的来。请谁来？学生们的理想人选有陈独秀、章太炎和于右任。陈独秀行踪不定，章太炎避居苏州，都不太好找。同盟会元老于右任，彼时刚从西北靖国军总司令任上回沪，且多次发表教育救国的言论，学生们觉得比较适合，于是以学生自治会名义派代表去请。最初于右任并未答应，后来在学生们屡次热邀、共产党人邵力子力劝以及国民党人柏文蔚、杨杏佛、柳亚子等好友从旁建议下，终于答应就任，并将校名改为"上海大学"。10月23日上午，面貌一新的上海大学举行成立大会。当日，风云一变，落下大雨。在风声、雨声、读书

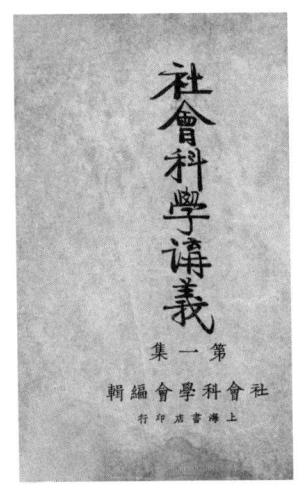

上海大学社会学系
《社会科学讲义》
上海书店1924年出版

声中，这所近代中国红色大学拉开了传奇大幕。

上海大学改组之际，正是国共合作的酝酿期。辛亥革命后，中国仍旧处在帝国主义和封建主义的压迫之下，军阀割据、民生凋敝的局面没有改变。革命的缔造者孙中山在几经挫折后，深感国民党内许多人已经日趋腐败，中国革命必须改弦易辙。他开始同共产党人建立联系，希望与共产党合作。中国共产党这一方面，从党的二大就开始设想建立统一战线的方式。1922年6月，中共中央第一次发表《中国共产党对于时局的主张》，就指出"中国现存的各政党，只有国民党比较是革命的民主派，比较是真的民主派"[①]。因此，国共双方都有强烈的合作意愿。这种政治局势下建立的上海大学，走合作之路也是顺理成章了。

于右任执掌上大之初，曾想把学校办成国民党的党办大学，以培养国民革命人才。他曾鼓励学生："上大不比其他学校，希望上大同学，每人都能成为一强有力之炸弹，将来社会上定能发生极大之影响。"随着孙中山提出"联俄、联共、扶助农工"三大政策，于右任认识到中共的重要性，便积极邀请共产党人合作办学。1923年4月，李大钊来沪，于右任就和他

① 中央档案馆编：《中共中央文件选集》第一册，中共中央党校出版社1989年版，第37页。

商量上海大学校务问题，并想邀请其来沪办学。于对李说："你来办吧，你内行，我外行。"李大钊是我们党在北方地区的主要领导人，走不开，于是推荐了邓中夏和瞿秋白到上海大学工作。邓、瞿二人入校之后，又有恽代英、蔡和森、施存统、陈望道、萧楚女、任弼时、李季等一大批共产党人进校执教，宣传马列主义，培养革命干部，为中国人民的解放事业和民族振兴输送了一大批干部。王稼祥、秦邦宪、杨尚昆、阳翰笙、施蛰存、戴望舒、匡亚明、丁玲、杨之华等人都是上大学子。上海大学是革命之师、反帝先锋，由此与北京大学、黄埔军校齐名，有"北有五四的北大，南有五卅的上大""武有黄埔，文有上大"等盛誉。

邓中夏到上海大学后，担任总务长，主管大小校务，成为学校的实际负责人。他是早期中共北方组织的领导人之一，有开办职工教育和领导工人运动的丰富经验，极具个人才能。他此次上任虽以个人身份，却受组织安排。邓中夏为上海大学延聘名师，规划蓝图，制定章程，提出办学宗旨为"养成建国人才，促进文化事业"，还请到孙中山担任名誉校董。这些都是符合办学发展和革命需要的举措。

1923年秋天，上大设立社会学系，由瞿秋白任系主任。在当年春天与于右任会谈时，李大钊就提出建立社会学系的想法。他认为：从中国革命的需要出发，上海大学应开办社会科学系，并以它为办校重点，培养国民革命骨干。因此，邓中夏到校后，就根据中共组织意图，创办了社会学系，并将其列为学校重点发展的学科，这在中国的大学中是一个首创。上大学生王家贵、蔡锡瑶回忆："当时邓中夏和瞿秋白立意把上海大学办成在社会学系方面有特色的学校。"[1]确实，1923年8月，瞿秋白在《民国日报》上发表《现代中国所当有的"上海大学"》，文中指出上大的责任就是"切实社会科学的研究及形成

① 王家贵、蔡锡瑶：《二十年代初期的上海大学社会学系》，《社会》1982年第3期，第47页。

新文艺的系统",决心将其建成南方新文化的中心。社会学系充当了这个中心的思想策源地。共产党人通过这个公开的平台,系统讲解马列主义,传播革命真理,培育革命新人。社会学系,其实就是马列主义系。果真,社会学系办成了上大的王牌专业,不仅学生人数最多,也最活跃。五卅运动中走在前列的,正是这些在上大接受了革命信仰教育的年轻人。

共产党人进入上大,共产党组织也建立在上大。1923年,上海大学组编为第一党小组,有成员11人。1924年,党员人数扩大到23人,团员有90多人,党团人数在各组中名列前茅。1925年中共四大后,上海大学党小组根据党章规定建立了支部,成为全市学校系统中唯一的党支部。组织的建设发展,为党吸收和培养了一大批革命骨干力量。中华书局印刷厂工人刘华,经过上大的培养,成长为工人运动的领导者;上大学生黄仁、何秉彝在五卅运动中壮烈牺牲,为革命献出了年轻的生命。青年是人生观和价值观的塑造期,他们义无反顾地投身于救国图存的民族解放事业中,正是学校点亮了人生的信仰之灯。

社会学系强,强在教师队伍上。任教的大多是共产党人,不少还是中共核心人物。著名左翼作家、曾就读于上大社会系的阳翰笙回忆:"瞿秋白讲《社会学》,就是讲的马克思主义的辩证唯物主义和历史唯物主义哲学。恽代英讲《国际政治与国内政治》,张太雷讲列宁的《帝国主义论》(英文版),邓中夏讲工人运动,就是讲工人阶级与资产阶级斗争的历史,讲十月革命和巴黎公社,讲各国革命运动史和中国工人运动情况。除任弼时教俄文课外,其他人都是讲解马列主义的经典著作,他们的学术水平都是第一流的,而且又是党的领导人,这些课程对我们启发很大。"[1]这些中共领导人本身也是年轻人,课后与学生打成一片,亦师亦友,好几对还结成了革命伴侣。比如瞿秋白的第一任妻子王剑虹、第二任妻子杨之华,张太雷的妻子王

① 王家贵、蔡锡瑶:《二十年代初期的上海大学社会学系》,《社会》1982年第3期,第48页。

一知，施存统的妻子钟复光都是上大学生。施存统还将自己的名字改为"施复亮"，以抒发"复光复亮，宗旨一样"的革命深情。

社会学系强，还强在广泛的影响力上，这里面就有出版的大功劳。1923年11月，我们党建立的第二家出版机构（第一家是1921年成立的人民出版社）上海书店开张。1924年起开始出版新书，最先推出的就是《社会科学讲义》。书店在《新青年》上打出新书广告："社会科学会诸君为普及社会科学知识于国人起见，现分任编印社会科学讲义托本书店发行。"并告知每月发行一次，包括6种讲义，定价大洋5角，两年出完，"第一次讲义准于民国十三年正月出版"。这个讲义就是根据上海大学社会学系的讲课内容整理而成的，里面收录了瞿秋白的《现代社会学》《社会哲学概论》，施存统的《社会思想史》《社会问题》《社会运动史》等课程内容。党在成立初期，理论研究比较薄弱，普通党员和进步学生、工人对马列主义还是一知半解。这套讲义使高深陌生的理论与中国革命实践结合起来了，既系统讲解了马列主义的原理，又通俗易懂便于掌握。比如，讲到"决定论与非决定论"时，瞿秋白将这个概念与中国哲学"有定"相类比。《大学》里有"知止而后有定"，即"有明确的目标，意志才能坚定"，以此解释"意识受到束缚的学说"，即决定论。这样，上海大学通过出版马列研究的书籍，将理论的强音、进步的思想、革命的火种传播到社会的各个阶层中。

革命家办刊办报，是中国共产党的优良传统。社会学系不少老师都是中共中央核心报刊的编辑人员，如蔡和森为《向导》主编，瞿秋白继任《向导》《前锋》主编，恽代英为《中国青年》主编。因此，上大进步学子皆以能在这些刊物上发表文章为荣耀。在上大不到5年的校史中，上大师生在中共报刊上发表了大量文章，自身也创办了10多种刊物，包括校刊《上大周刊》、文学系的《文学》、学生社团孤星社办的《孤星》等。其中，《孤星》影响力很大，孙中山曾为其题写一期刊名。这些报刊在当时发挥了思想前锋的作用，也为今天的党史研究留下珍贵记录。

1927年，国共合作彻底破裂。这座"赤色大学"早被反动的国民党右派视为心腹之患，也被迫停办。但是，共产党人用鲜血与真情铸就的革命信仰永不消逝。时至今日，六迁校址的上海大学，仍然在多地保存有旧址，彰显着永恒的革命价值。

一次未曾谋面的
合璧之作

《马克思主义浅说》

1925年3月，上海书店推出一本薄薄的小册子《马克思主义浅说》，全书一共41页，两万多字，定价1角。没想到，短短一年就印行了9版，成为当年有名的畅销书，尤其在青年学生群体中影响巨大，为传播马克思主义立下了功劳。

《马克思主义浅说》由中国青年社编辑，列入"中国青年社丛书"出版。封面注明"一峰 辟世合编"，并做内容提要介绍该书：

> 这是最通俗而最简单扼要的解释马克思主义的书。这最便于初次研究马克思主义的读者，可以使他们有一个明了的大概观念。每编附有名词释义，可以与本文相发明；附有问题待答，可供读者自己练习之用。我们印行这一本书，希望大家可以用做课本或是学会研究的材料，以推广马克思主义的宣传。
>
> 中国青年社

由此可知，该书是一本马克思主义的通俗理论读物。20世纪20年代，党还处在幼年时期，一般党员的理论水平都不高，大众对马克思主义的阅读和理解就更加困难了。因此，这种大众化、通俗性的理论读本就特别需要，也特别受欢迎。不过，深入浅出并非易事，作者非得吃透原著原文不可，对理论功底要求更高了。

《马克思主义浅说》受到读者热捧，说明作者很有水平。那么作者是谁呢？

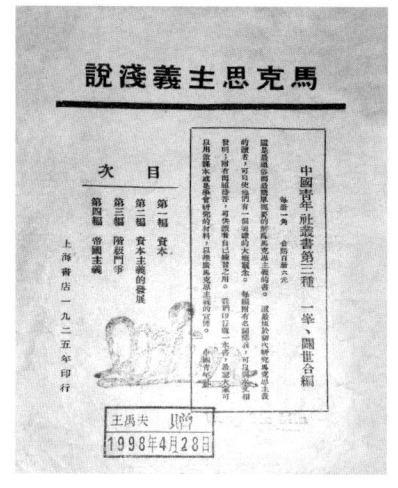

《马克思主义浅说》
上海书店1925年出版

我们从书上得知作者有两个:一峰和辟世,无疑都是笔名。

党的早期革命活动中,为了保护身份安全,发表文章多用笔名并不稀奇。几乎每个领导同志都以多个笔名行世,比如毛泽东曾化身"二十八画生""石山""子任"等,周恩来有"翔宇""飞飞""伍豪"等,张闻天的化名"洛甫"后来成为大家对他公开的称呼,而瞿秋白竟有70多个笔名,几乎"打一枪换一个地方",每发新文都换新名。所以,这本书以笔名出版在当时实属正常。现已考证清楚,"一峰"为旅法的少共成员张若名,"辟世"是中共早期党员、共青团领导人之一任弼时。编这本书时,张若名在法国读书,任弼时在苏联学习,两人并未见面,而是分别成稿合成此书,称得上一次未曾谋面的合璧之作。

《马克思主义浅说》有4部分:第一编资本,第二编资本主义的发展,第三编阶级斗争,第四编帝国主义。第一、三、四编由张若名完成,第二编由任弼时完成。可以说,张若名是该书的主要作者,不过一般人对她比较陌生。

实际上,张若名是五四时期著名的爱国女杰,担任过天津学生联合会的主要领导人,与周恩来、谭小岑、郭隆真、邓颖超等人一起发起了觉悟社。在觉悟社成立会上,大家拈纸团抓阄来决定对外代号。周恩来抓到5号,化名"伍豪";邓颖超抓到1号,化名"逸豪";张若名抓到36号,因此不少文章都用"衫陆"为笔名。觉悟社成立后,在发动天津学生爱国运动方面起了很大作用,也引来军阀政府的侧目。1920年1月,在学生游行示威和请愿活动中,张若名与周恩来、于方舟、郭隆真一同被捕，牢饭吃了半年之久。出狱后，张若名与周恩来、郭隆真、刘清扬一起登上"波尔多斯"号邮轮，开始赴法勤工俭学之旅。彼时的巴黎并不浪漫，一战过后经济萧条，失业遍地，留法学生从政治权利到经济生存都缺乏保障。在这种情况下，只有团结起来才能争取"生存权""求学权"。1922年6月，旅欧中国少年共产党在巴黎成立，周恩来成为领导人之一。1923年2月，少共在巴黎召开临时代表大会，决定加入中国社会主义青年团，成为其旅欧支部，团中央批准了这一要求。

在周恩来介绍下，张若名也加入少共并担任了执行委员。张若名显露非凡的语言能力和学术能力，很快熟练掌握了法语，阅读、翻译马克思主义法文原著得心应手。她常常在少共组织的共产主义研究会中担任主讲人，把理论解释得头头是道，成为组织所倚重的理论人才。周恩来建议她不仅要讲给大家听，还要写给更多人看。于是，她把讲稿整理成文，首先发表在少共机关刊《赤光》上，其中就有《剩余价值》《阶级斗争》《帝国主义浅说》。这是中国女性最早研究和传播马克思主义的文献，也是《马克思主义浅说》中张若名撰写部分的原稿出处，发表时采用了她在少共中的化名"一峰"。

1924年，周恩来回国，将张若名的文章带回国内发表。少共是团组织的一部分，文章发表在团中央机关刊物《中国青年》上，9月27日第46期和10月4日第47期上发表了《帝国主义浅说》。11月，该文又作为开篇编入中国经济研究会出版、上海新文化书社发行的《帝国主义与中国》一书。

另一位作者"辟世"即任弼时，也是团组织干将。他在1920年就已入团，1921年至1924年与刘少奇、萧劲光、蒋光慈等人一起赴苏联留学，其间苦学俄语，写出了《资本主义的发展》一文。1924年毕业回国后，任弼时按照党的安排到上海大学讲授俄语，同时参加青年团中央的工作，负责编辑《中国青年》等团中央刊物。

1925年3月，中国青年社将张若名的《剩余价值》改名为"资本"、《阶级斗争》保留原名、《帝国主义浅说》改名为"帝国主义"，与任弼时的《资本主义的发展》合编成一本书，即《马克思主义浅说》，作为"中国青年社丛书"的第三种，由上海书店正式印行。该书在沪上风行一时，在中央苏区和其他根据地也被反复翻印，非常受欢迎。

热的血
和冷的铁

1925年5月15日，日本纱厂资本家枪杀工人代表、中共党员顾正红。5月30日，上海学生2000余人在英租界游行示威，抗议日商暴行，声援工人运动，被租界巡捕抓走100多人。下午，上万上海市民聚集在英租界巡捕房门口，要求释放被捕学生，并高呼"打倒帝国主义"口号。谁知，英国巡捕竟突然向群众开枪，当场打死13人，重伤数十人，逮捕150余人，酿成震惊中外的五卅惨案。全国人民愤怒不已，各地纷纷游行示威，罢工、罢课、罢市，发动了一场轰轰烈烈的反帝爱国运动。

上海是当时全国舆论的中心，公共租界内就有号称"九家大报"的《申报》《新闻报》《时事新报》《神州日报》《中华新报》《新申报》《民国日报》《商报》《时报》。"顾正红事件"发生后，报界竟无人说一句公道话。5月30日的惊天惨案发生后，这些报纸也极为冷淡，有些消息都不登载，有些还要说些风凉话，甚至大举攻击和抹黑这场运动。

为加强领导五卅运动，中共中央5月31日召开紧急会议，决定由蔡和森、瞿秋白、李立三、刘少奇、刘华等人组成行动委员会，并决定特别发行一份机关报来指导斗争。这就是中国共产党创办的第一张日报——《热血日报》。

报纸名字为瞿秋白所取。商务印书馆为反对帝国主义强权，出资办了一份《公理日报》。瞿秋白认为其态度过于温和，说道："这个世界有什么公理呢？解

《热血日报》第5期
（1925年）

决问题的，只有热血！"①《热血日报》这个名字极具战斗性和鼓动性，得到中央批准。该报由瞿秋白任主编，郑超麟、沈泽民、何味辛等人组成编委会，编辑部设在上海北浙江路华兴坊567号，是一间破旧的平房。

　　会后仅用了3天时间筹备，6月4日，《热血日报》创刊号就正式出版了。瞿秋白是革命家、理论家，也是文学家，真不愧是大才子！"热血日报"这几个字由他题写，遒劲洒脱；发刊词也由他撰写，文采飞扬。请看：

① 郑超麟：《郑超麟回忆录》，东方出版社1996年版，第105页。

　　　　洋奴，冷血，这是一般舆论所加于上海人的徽号！可是现在全上海市民的热血，已被外人的枪弹烧得沸腾到顶点了！尤其是大马路上学生、工人同胞的热血，已经把洋奴、冷血之耻辱洗涤得干干净净。
　　　　民族自由的争斗是一个普遍的长期的争斗，不但上海市民的热血要持续地沸腾着，并且空间上要用上海市民的热血，引起全国人的热血；时间要用现在人的热血，引起继起者的热血。
　　　　创造世界文化的是热的血和冷的铁，现世界强者

占有冷的铁，而我们弱者只有热的血；然而我们果然
有热的血，不愁将来手中没有冷的铁，热的血一旦得
着冷的铁，便是强者之末运。

　　本报特揭此旨，敢告国人！

　　这篇236个字的战斗檄文，果真让人热血沸腾！

　　中国共产党是一个年轻的党，同志们也多是年轻人，瞿秋
白时年26岁。《热血日报》每日出版，对编辑工作提出巨大挑
战。上海6月间已进入暑期，编辑部房间狭小逼仄，陈设简陋，
瞿秋白、郑超麟几个人却毫不在意，常常围坐在屋内一张白木
长桌上，通宵达旦，挥汗如雨赶编新稿。

　　彼之砒霜，吾之蜜糖。这样艰苦的工作，共产党人却甘之
如饴。此前在上海大学做社会学系主任的瞿秋白，对妻子杨之
华说："这样的工作比在大学讲台上有效得多。"[1]于是，他清晨
早早起床，读完新材料后就开始在纸上耕耘起来，以至少每日
一稿的效率发表了25篇文章。其中撰写社论19篇，还不算发
刊词。在6月12日、13日两期上，瞿秋白分别用"热""血"
"沸""腾""了"5个单字做笔名，撰写8篇杂言。5个笔名合
在一起就是一句话，点出当时运动如火如荼的热烈场面。

　　作为党的第一份日报，《热血日报》体现出高超的新闻报
道水平。标题新颖有特色，能激发爱国民众的思想共鸣。比如
提问式的《政府派员是何居心?》，反问式的《谁是敌，谁是
友》，心理感知式的《最可怕的十秒钟》，皆是教科书级别的新
闻稿件。作为一张战时性质的报纸，《热血日报》不设广告，
还在每期报边大字加印运动口号，如"中国人不能受外国人统
治""取消一切不平等条约""全国各界联合一致对外"，让人
一看就懂，具有巨大的宣传鼓动效果。

　　《热血日报》与五卅运动紧密配合，在群众中影响很大。

① 王铁仙主编：《瞿
秋白传》，人民出版
社2011年版，第174
页。

出版到第10期，发行已达到3万份。这个数量超过了开张10年的老牌报纸《民国日报》，说明办报工作极为成功。随着运动的深入，帝国主义与军阀开始疯狂反扑。6月25日，大批巡警突袭承印《热血日报》的明星印刷所，查获了大量正在印刷中的报纸及其他革命书籍。"明星"被封，经理徐上珍被捕。这个印刷所本身是私人所办，并无政治性质，此前也曾为中共印刷过《向导》周报，这次因为《热血日报》而被查禁。

6月27日，《热血日报》在其他处印刷了第24期，被迫终刊。然而，24个昼夜带给国人的热血沸腾不会终结，反帝爱国的旗帜只会更加高扬。

『代表三万万九千万农民说话做事』

《中国社会各阶级的分析》
《湖南农民运动考察报告》

农民问题，是中国革命的基本问题；农民阶级，是中国革命的主要力量。党的早期，意识到农村与农民问题重要性的人不多，毛泽东是比较早地提出要重视农民问题的中国共产党人。他多次亲自和号召身边人员深入农村调查研究，为中国革命寻找出路。在土地革命战争时期，毛泽东创造性地提出了农村包围城市、武装夺取政权的思想，从而使中国革命面貌焕然一新。

这条以农村为中心的革命道路是怎么找到的呢？首先，出身农家的毛泽东对农民阶级有着朴素的天然感情。毛泽东曾和斯诺谈起少年读书时遇到的一个困惑。他说，年少时读了许多古典小说，却发现主人公都是王侯将相，从来没有人写过像自己周围一样的劳动人民。他为此纳闷了许久，最后才明白过来，写书的都是一些有钱有闲的人。而种田的农民终日劳累受苦，没有机会和条件读书识字，又怎能著书立说？农民当不了写书者，也就没人把他们的喜怒哀乐放在心上。那时，他就常常对人说：我们将来也要写书，写农民和工匠的书，把他们写成英雄豪杰。

就是因为深知农民的苦、农民的贫贱、农民遭受的不公，毛泽东才更加深刻地认识到农村蕴藏一股火山爆发前夕的力量，农民阶级有着革命斗争的强烈要求。他提出工人阶级领导、工农联盟为基础的新民主主义革命理论，不是一蹴而就的结果，而是经历了从朴素的直觉到形成革命理论的长期过程。其中，深入农村调研、领导农民运动的革命实践起了重要作用。

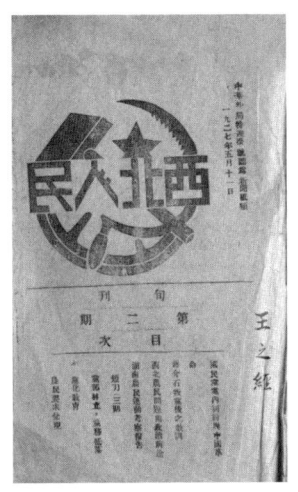

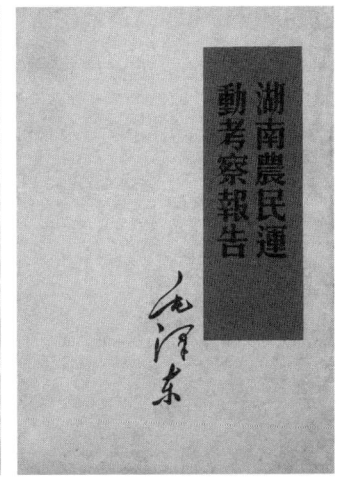

《西北人民》旬刊 1927 年第 2 期转载《湖南农民运动考察报告》

《湖南农民运动考察报告》单行本 人民出版社1951年出版

　　第一次在 1925 年。年初，已经当选中共中央执行委员会委员的毛泽东，在回韶山养病期间，走亲访友，了解农村情况，还和杨开慧一起办农民夜校，组织农民协会、"雪耻会"，并建立中共韶山支部，发动农民运动。在他的领导下，湖南成为全国农民运动最为积极热烈的地方。风起云涌之势引起湖南当局不快，省长赵恒惕下令逮捕毛泽东。于是毛泽东避走广州，途经长沙时写下著名的《沁园春·长沙》。"恰同学少年，风华正茂"，正应以青春之我"指点江山，激扬文字"！几个月后，毛泽东带着这次农民运动实践的收获，写成了《中国社会各阶级的分析》。时值国共合作时期，毛泽东任国民党中央宣传部代理部长，这篇文章就首发在国民革命军第二军司令部《革命》半月刊第4期上，刊发日期为1925年12月1日，也就是毛泽东回穗两个月后。原文开篇说："谁是我们的敌人？谁是我们的朋友？分不清敌人与朋友，必不是个革命分子。"文中逐一分析了中国社会各阶级的经济地位和政治态度，并就中国革命的对象、动力、性质和前途等问题展开一系列论述。该文陆续有多个版本问世，后经修订被收为《毛泽东选集》开卷之作。

　　第二次在 1927 年。大革命末期的这次湖南农民运动考察和随后写成的报告，可谓这一时期最系统、最深刻的农民问题总结。毛泽东的这次考察是应湖南全省第一次农民代表大会之邀成行的。1926 年 12 月 3 日，大会致电毛泽东，希望他"回湘指导一切"。于是，毛泽东作为国共两党共同委派的农民运动视察员，于12

月17日由汉口到长沙，参加大会并准备考察湖南农民运动情况。到了长沙，毛泽东接触社会各阶层方方面面的人，听到街谈巷议种种言论。情况却似乎并不乐观，社会中层以上人士至国民党右派一提到农村情况都异口同声"糟得很"，提到农民运动更气愤地称为"痞子运动""惰农运动"。情形究竟如何？毛泽东决定亲自前往农运最集中的湘乡、湘潭、衡山、醴陵、长沙5县调查实际情况。1927年初，毛泽东从长沙动身，历时32天，步行700多公里，用脚步丈量大地，摸清了农民运动的真实情况，写出两万余字的长文《湖南农民运动考察报告》。

报告说："农民在乡里造反，搅动了绅士们的酣梦。乡里消息传到城里来，城里的绅士立刻大哗。……一言以蔽之曰：'糟得很。'"实际情形呢？毛泽东以为"无数万成群的奴隶——农民，在那里打翻他们的吃人的仇敌。农民的举动，完全是对的，他们的举动好得很！""好得很"才是农民和革命的理论。报告热情赞扬了农民运动的革命性，并指出农民将是国民革命的主力军之一："国民革命需要一个大的农村变动……一切革命同志都要拥护这个变动，否则他就站到反革命立场上去了。"他强调"农民做了国民革命的主要工作"，并预言"很短的时间内，将有几万万农民从中国中部、南部和北部各省起来，其势如暴风骤雨，迅猛异常，无论什么大的力量都将压抑不住"。可以看出，通过对湖南农民运动的考察，毛泽东对农民运动的认识经历了一次质的飞跃。在这篇考察报告中，毛泽东准确判断出农民是中国革命的主力，是"革命先锋"，在历史的紧要关头为中国革命指明了向农村发展的方向。从这个角度说，考察湖南农民运动实际上是毛泽东探索农村包围城市革命道路的开端。

《湖南农民运动考察报告》写成之后，首先以连载的方式发表在中共湖南区委机关报《战士》周报上，分别刊发于1927年3月5日第35—36期合刊、3月27日第38期和4月3日第39期。同年3月12日，中共中央机关报《向导》周报第191期转载了报告的前7部分，即第一章和第二章一、二节，并加"二月十八日长沙通信"作为副题。由于毛泽东农民运动思想与当时中共中央书记陈独秀对革命前途的判断有冲突，报告后面占总篇幅2/3的第八部分未及刊载，即被时任中宣部部长彭述之命令停发。

不过，这篇文章引起了广泛的注意，尤其得到瞿秋白的赏识。当他得知陈独秀拒绝刊发该文时，表达了完全不同的意见。他说："目前党内，特别在中央，有些同志不敢支持已经开始，或者正在开始的农民革命斗争，反而横加指责，今天一个过火，明天一个越轨，这不行。毛泽东同志这篇文章，是亲身下去做了几十天实地调查，很有说明力的文章。文章里痛斥党内外一切怀疑、否定农民斗争的论点是没有根据的。"[①] 1927年4月，瞿秋白主持中宣部工作后，将报告交给汉口长江书店，以《湖南农民革命（一）》为书名，出版了第一个单行本。该书正文46页，由长江印刷厂印刷，铅印，32开本，瞿秋白作序。他在序言中热情洋溢地说："中国革命家都要代表三万万九千万农民说话做事，到战线上去奋斗，毛泽东不过开始罢了。中国的革命者个个都应当读一读毛泽东这本书，和读彭湃的《海陆丰农民运动》一样。"

这篇文章还得到共产国际的注意。1927年5月27日，共产国际执委会机关刊《共产国际》俄文版第95期全文转载了报告，这是该刊发表的第一篇反映中国人自己观点的文章。随后，6月12日《共产国际》英文版也刊载了这一报告，并评价说："在迄今为止的介绍中国农村状况的英文刊物中，这篇报告最为清晰。"共产国际执委会主席布哈林称赞报告"字字精练，耐人寻味"。日本在华情报机构"南满洲铁道株式会社"，于1929年以《湖南农民运动情况报告（毛泽东）》为书名翻译出版日译本，将其作为中国共产党指导农民运动最重要的理论文献加以分析研究，从反面证明了该书的战略重要性。

① 羊牧之：《我所知道的瞿秋白》，《忆秋白》，人民文学出版社1981年版，第80页。

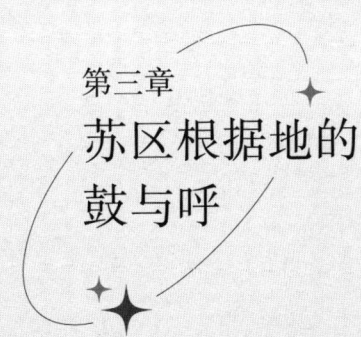

第三章

苏区根据地的鼓与呼

军中第一朵『浪花』

① 《湘赣边界各县党第二次代表大会决议案》(1928 年 10 月 5 日)，井冈山革命根据地党史资料征集编研协作小组、井冈山革命博物馆编：《井冈山革命根据地》(上)，中共党史资料出版社 1987 年版，第 192 页。

② 《陈毅关于朱毛军的历史及其状况的报告》(1929 年 9 月 1 日)，同上书，第 368 页。

"共产党是要在左手拿宣传单，右手拿枪弹，才可以打倒敌人的。"①

这句在今天仍令人感到震撼的话，是 1928 年毛泽东在中共湘赣边界第二次代表大会上提出的。将其放在当时特殊的时代背景下，揭示的正是中国共产党在土地革命战争时期必须首要完成的任务：要革命，就必须先发动充分有效的政治宣传，扩大影响，取得广大工农群众的政治认同，"唤起工农千百万，同心干"，使中国共产党所领导的土地革命斗争以不可阻挡之势发展起来。

土地革命战争初期，中国共产党在极端困难和艰险的环境中，陆续在赣南、闽西建立红色革命根据地。红军在建立之初，"仍沿国民革命军旧习，把宣传工作认为是某一部分人的事"②。甚至有不少同志把宣传工作和军事对立起来，不重视宣传工作，认为军队的任务就是打仗。群众不了解共产党的性质，对突如其来的反帝反封建革命感到陌生，甚至误解，加上敌人对共产党极尽造谣污蔑之能事，当地群众视红军如洪水猛兽，避之不及。在这般白色恐怖的严峻形势下，发动广大群众参加革命极为艰难，根据地的发展、工人运动、农民暴动的开

与墙壁粘连在一起的《浪花》报创刊号（1929年）

展几乎得不到民众的支持。"红军每到一地，群众冷冷清清，经过宣传之后，才慢慢地起来。和敌军打仗，不论哪一军都要硬打，没有什么敌军内部的倒戈或暴动。"① 因此，向群众进行宣传教育，让群众了解共产党的性质、主张及任务，反击敌人对共产党的污蔑，发动群众，使革命事业获得群众的支持，成为共产党这个时期的头等大事。

1928年召开的中国共产党第六次全国代表大会，提出"争取群众是现时的总路线"②。与之相应，共产党在宣传工作上的指导思想也发生变化："现时党的工作重心必须移至夺取广大工农兵群众与实施工农群众之政治训育。此种任务需要党的宣传工作之根本变动而增加对于扩大群众工作的注意。"③ 由于反动派对红军的军事"围剿"和经济封锁，"在残酷恐怖阻碍口头宣传与鼓动的条件之下，各种形式的刊物宣传（报纸、传单、小册子、宣言等等），便获得极重大的意义了"④。

当年10月，毛泽东在中共湘赣边界第二次代表大会的决议案中，再次提出要重视宣传问题，把宣传工作放在与军事斗争同样重要的地位，"笔杆子"和"枪杆子"都是进行革命最重要的武器。

① 《井冈山的斗争》，《毛泽东选集》第一卷，人民出版社1991年版，第78页。

② 《政治议决案》（1928年7月9日），中共中央研究室、中央档案馆编：《中国共产党第六次全国代表大会档案选编》下卷，中共党史出版社2015年版，第860页。

③ 《宣传工作的目前任务》（1928年7月10日），中共中央研究室、中央档案馆编：《中国共产党第六次全国代表大会档案选编》下卷，中共党史出版社2015年版，第913页。

④ 同上书，第915页。

1929年6月，中国共产党六届二中全会把这一思想进一步强化，并对宣传形式进行了论述，提出共产党和红军要"尽可能的公开发行日报及其他地方性党报"[①]。

为了配合红四军的"闽西六县的游击计划"，向人民群众宣传党和红军的政策，扩大政治影响，7月27日，红四军政治部利用第三次夺取龙岩城缴获的印刷设备和相对稳定的军事环境，创办发行了《浪花》报。

《浪花》是中国共产党领导下的工农红军第四军创办发行的首份军报。4开2版，采用闽西特有的玉扣纸铅印而成，设有发刊词、特讯、短评等栏目。

《浪花》的发刊词公开鲜明地提出了该报的宗旨："效力于它的主人——被压迫阶级。""唤起被压迫阶级和弱者，去踏死那些为非作歹的败类——国民党反动派。"创刊号用大幅版面刊文报道了红四军在闽西地区的军事行动，集中宣传了红四军攻克汀州，夺取龙岩、永定、上杭，歼灭军阀陈国辉和郭凤鸣的军事胜利。同时，《浪花》还以生动的漫画形式，报道了闽西各地举行工农暴动，及时而广泛地宣传了党和红军的政策，有力地打击了敌人，扩大了政治影响。

红四军在闽西的胜利，引起了蒋介石的震惊，急调闽粤赣3省国民党军队，对闽西进行"会剿"。为此，红四军宣传员四处刷写革命标语，张贴《浪花》报和红军布告，揭露敌人的真实面目和反动性质，积极动员广大工农群众联合起来。

为打破敌人的"三省会剿"计划，1929年8月，红四军军长朱德指挥二、三纵队向漳平进军，途中一举攻占宁洋县城，其后又攻克漳平县城。红四军进驻漳平县城后，宣传员在漳平县城内的许多建筑物上，张贴了许多《红军第四军司令部政治部布告》和《浪花》报（创刊号）等红色宣传品。

令人意想不到的是，在红四军宣传员当年张贴在漳平县城

① 《中共六届二中全会宣传工作决议案》（1929年6月25日），中国社会科学院新闻研究所编：《中国共产党新闻工作文件汇编》上卷，新华出版社1980年版，第54页。

的宣传品中，竟有一份《浪花》报（创刊号）奇迹般地存留了下来，半个多世纪后被人们发现。这份报纸被发现时，已与土墙牢牢粘在一起，无法单独剥离，为完整地保存好红军最早创办的军报原件，文物工作者只能采用连同张贴的土墙一道切割下来的办法，把重达200多公斤的"军报文物"运回古田会议纪念馆，用特制的玻璃罩罩起来保存。

红四军创办的《浪花》报，是战火硝烟中绽开的一朵奇葩，突破重重困难，呈现一种崭新的姿态。

找到思想
工作方向

1929年1月，井冈山银装素裹，一支红军队伍跟随迎风飘扬的鲜艳红旗，行进在崎岖蜿蜒的山间小路上。他们是红四军主力第二十八团、第三十一团军部特务营和独立营的战士，在毛泽东、朱德的率领下转战赣南，开启新的征程。

红四军3月进入闽西后，取得入闽第一次大胜仗——长岭寨战斗的胜利，歼灭国民党福建省防军第二混成旅2000余人，击毙旅长郭凤鸣，缴获大量武器弹药，解放了长汀。

"朱毛红军入城啦!""红军枪毙郭凤鸣!"消息传来，汀州百姓欢欣鼓舞，奔走相告。

长汀为闽粤边重镇，人称"小上海"，商业经济、文化教育发达，商人和知识分子集中。红四军长期转战于湘、赣山区，第一次进入这样富庶的城市。战斗环境的改变，新的问题出现了，如何解决? 毛泽东靠的是深入调查研究。入城当晚，毛泽东不顾行军疲劳，立刻派人寻来《汀州府志》《长汀县志》挑灯夜读，还请地方党组织的同志找来老佃农、老裁缝师傅、老教书先生、老钱粮师爷、老衙役和流氓头子"六种人"召开调查会，要他们讲"熟悉的事情"。

毛泽东做调查，目的非常明确，为的是系统、真实地掌握长汀当地各方面情

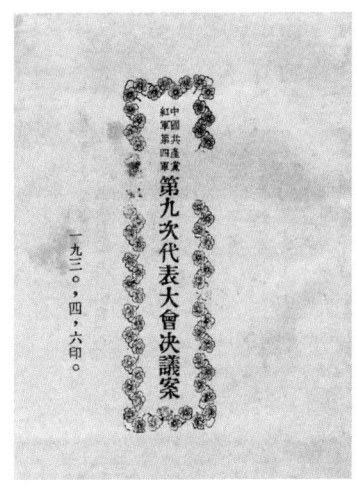

《中国共产党第四军第九次代表大会决议案》即《古田会议决议》铅印本（1930年）

况，"由此来决定斗争的策略和工作的方法"①。

调查会结束当天，毛泽东代表红四军前委起草了《告商人及知识分子书》，并由当地地下党的秘密联络点——毛铭新印刷所，采用楷书体，石版印刷了1000多张，和《中共六大决议案》《十大政纲》《共产党宣言》等文告一起，由红军宣传员到城乡各地张贴，进行广泛宣传。这些文告在稳定当地民心、争取中小商人和知识分子等方面发挥了巨大的作用，有力地扩大了社会基础，为红四军在当地的发展争取到了更大的空间。

4月，蒋桂战争爆发，在长汀停留不到20天的红四军回师赣南，进占瑞金、于都、兴国、宁都，恢复了湘赣边界的割据局面。5月间，红四军二次入闽，拿下了闽西一大片土地，红色区域扩大到龙岩、永定、上杭、长汀、武平、连城等6县，各级红色政权、党组织得到了空前的发展，工农武装也得到了迅速补充。

然而，随着根据地和队伍的不断发展，红军队伍成分日益复杂。党和军队长期处在农村的游击环境里，农民和其他小资产阶级成分的党员在党内占大多数，相当多党员的马列主义水平不高；很多被俘的国民党士兵参加红军后，把国民党军队的

① 《关于纠正党内的错误思想》，《毛泽东选集》第一卷，人民出版社1991年版，第92页。

一些不良习气带到红军中来；还有不少官兵来自旧军队……红四军中蔓延着单纯军事观点、极端民主化、平均主义、流寇主义、盲动主义和军阀主义残余等错误的非无产阶级思想，"若不彻底纠正，则中国伟大革命斗争给予红军第四军的任务，是必然担负不起来的"[1]。

1929年4月3日，特派员刘安恭给红四军前委带来了中央的"二月来信"，形势变得更加复杂。

这天，朱德刚回到军部，毛泽东便让他看信。展开信，朱德的表情逐渐凝重。原来信中提到，根据共产国际的指示，主张将红四军分成小部队的组织，"散入湘、赣边境各乡村中进行和深入土地革命"，来信还指出，"深信朱、毛两同志目前有离开部队的必要"，两同志"应毅然地脱离部队速来中央"[2]。

看完信，朱德锁眉不语，毛泽东背着手踱步。良久，毛泽东丢掉烟头，"我不离开！不走。拿轿子抬我也不走！"

经过红四军前委讨论，朱、毛给中央复信，陈述了不同意见，并向中央报告了红四军的状况和计划。党中央接到回信，采纳了朱、毛在闽西开展武装斗争的意见。

然而，关于"二月来信"的消息不胫而走，加之刘安恭的到来，红四军内部自井冈山时期就存在的，表面上看是党权和军权的分歧，实质是党和军队关系问题的争论愈加明显。

1929年5月底和6月上旬，在永定湖雷、上杭白砂，红四军前委分别召开了前委会和前委扩大会议，对红四军党内的思想分歧进行了讨论。不想，会议演化为分歧的总爆发，争论扩大。"争论结果，未能统一，前委的民主集中制领导原则无法贯彻实行，书记[3]难以继续工作。"[4]

毛泽东认为，红四军内部的分歧和争论，实际是思想路线之争。他在1929年6月14日给林彪的复信中，第一次系统地提出了中国共产党对红军的领导和红军建设的一系列根本原则，

① 《关于纠正党内的错误思想》，《毛泽东选集》第一卷，人民出版社1991年版，第85页。

② 中共中央文献研究室编：《毛泽东年谱（1893—1949）》上卷，中央文献出版社2002年版，第55—57页。

③ 毛泽东时任红四军前委书记。

④ 中共中央文献研究室编：《毛泽东年谱（1893—1949）》上卷，中央文献出版社2002年版，第277页。

第一次提出了"思想路线"这个概念，认为要化解红四军内部的争论，最根本的就是要解决思想路线问题，克服各种非无产阶级的不正确思想。但毛泽东提出的正确意见未能被多数人所认识和接受，在随后召开的红四军七大会议中，毛泽东落选前委书记。会后，毛泽东离开红四军主要领导岗位，到闽西特委休养并指导地方工作。

9月下旬，红四军八大会议召开，依旧没能解决七大所没有解决的问题。而此时，陈毅已抵达上海，向中共中央报告了红四军当前出现的争论的情况。听取陈毅汇报后，中央政治局讨论通过了《中共中央给红四军前委的指示信》，即著名的"九月来信"。来信充分肯定了红四军两年来的斗争经验和正确做法，并对红四军党内的争论问题作了结论，明确要求朱、毛团结合作，毛泽东"应仍为前委书记"。

为进一步统一红四军党内的思想，11月28日的红四军前委扩大会议决定召开中共红四军第九次代表大会。会议前，红四军在连城新泉进行了10天的整训。由朱德负责军事整训，陈毅负责政治整训，毛泽东集中精力开展调查研究工作，筹备九大会议。

经过10来天的调查工作，毛泽东搜集了大量的素材。这天夜里，正当毛泽东在望云草室的煤油灯下凝神静思起草《古田会议决议》时，灯里的火苗噗噗地跳动了两下，眼看快要燃烧尽了。毛泽东忙让前委派来协助他工作的宋裕和去厨房找来一把松枝和竹篾，扎成火把，用来替代油灯，就着火光继续写作。

夜越来越深。不知过了多久，正在打盹的宋裕和突然闻到了一股煳味，他连忙起身查看，原来是火星溅到了毛泽东的棉衣上，烧了一个小窟窿，正冒着缕缕青烟，可是毛泽东毫无察觉。宋裕和见状，连忙上前拍打，把专心写作的毛泽东吓了一跳。火星熄灭后，毛泽东又埋头伏案赶写。

每一项伟大事业的成功，都必然建立在实事求是的基础上。中国共产党就是在不断实践探索中，校正着自己的航线，最终带领人民抵达胜利的彼岸。

1929年12月28日，又是一年隆冬，古田镇大雪纷飞，中国共产党红四军在曙光小学召开了第九次代表大会。这次会议成功地把马列主义的普遍原理与中国革命的具体实践相结合，找到了党和人民军队建设的正确方向，确立了思想政治工作的重要地位，对党的建设具有重要意义。会议通过了毛泽东起草的《中国共产党红军第四军第九次代表大会决议案》，即《古田会议决议》。这是一份中国共产党和红军建设的纲领性文献。决议的中心思想是要用无产阶级思想进行军队和党的建设。在军队建设方面，确立了党对军队的直接领导。在党的建设方面，强调从思想上建党。

古田会议结束后，红四军立即开展了传达贯彻会议决议的宣传，把决议当作党课教材，视为红军法规。各级党组织都先后印发许多版本的《古田会议决议》。决议的第一个全文版本由毛铭新印刷所在 1930 年 4 月 6 日刊印完成，为石印本，32 开，封面印有花纹。

伴随着红四军的发展壮大，《古田会议决议》影响逐步拓展，在其他各部分红军中逐步得到实行，极大地促进了根据地的发展，革命的星星之火终成燎原之势。

『好像见到了三十多年没见过面的孩子』

"没有调查，没有发言权"。

"一切结论产生于调查情况的末尾，而不是在它的先头。"

"调查就像'十月怀胎'，解决问题就像'一朝分娩'。调查就是解决问题。"

"中国革命斗争的胜利要靠中国同志了解中国情况"。

这些今天大家耳熟能详的经典论述，出自毛泽东最早的一篇马克思主义哲学著作《反对本本主义》，原名《调查工作》。

1929年初，毛泽东、朱德率领中国工农红军第四军主力离开井冈山转战闽赣边界，先后开辟了赣南、闽西革命根据地。随着革命根据地的扩大，党内、红军内的部分同志盲目乐观，认为全国的革命高潮就要到来，机会主义、盲动主义和教条主义思想在党内开始冒头。他们脱离实际，机械地照搬共产国际决议，迷信"本本"去指导土地斗争，对中间阶级甚至执行了一些过左的政策和策略，失掉群众支持又没有解决问题。

这个时候，毛泽东意识到，要开展土地革命，巩固农村革命根据地，必须从实际出发，认清中国农村和小城市的经济状况，特别是弄清中国的富农问题和城市商业状况，解决党在土地革命斗争中的路线问题。"斗争的发展使我们离开山头跑向平地了，我们的身子早已下山了，但是我们的思想依然还在山上。我们要了解农村，也要了解城市，否则将不能适应革命斗争的

中共闽西特委
1930年翻印的
《调查工作》
石印本

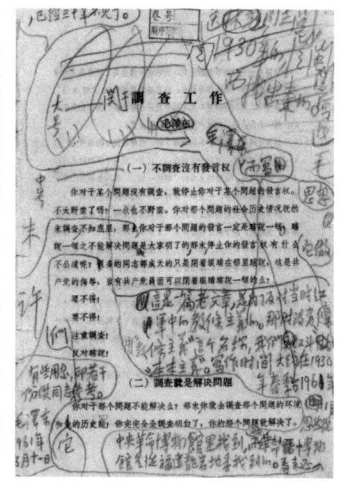

毛泽东1961年
亲笔修改的
《调查工作》
文稿

① 《反对本本主义》，
《毛泽东选集》第一
卷，人民出版社1991
年版，第114-115页。

② 当时县名为寻邬，
1957年经国务院批准
改为寻乌。

需要"①。

1930年5月，红四军攻克江西寻乌②县城。此时外部环境相对稳定，毛泽东决心利用红四军分兵寻乌、安远、平远发动群众的机会，下大气力做一次深入的社会调查。在中共寻乌县委书记古柏的协助下，毛泽东走街串巷，深入商人、工人、农民、店员、穷苦读书人等阶层之中，接连开了10多天座谈会。因为寻乌方言不易听懂，古柏承担了会议记录和翻译工作。会后，他还协助毛泽东整理调查会议记录，研究分析调查资料。毛泽东把这次调研情况整理成文，写出了著名的《寻乌调查》。

5月下旬，在寻乌调查后期，毛泽东从哲学的高度对自己在长期调查研究中形成的经验进行理论总结，写出理论著作《调查工作》。在这篇著作中，毛泽东第一次鲜明地提出"没有调查，没有发言权"的论点，并提出"中国革命斗争的胜利要靠中国同志了解中国情况"和"从斗争中创造新局面"的思想路线。文中还表达了学习马克思主义必须同中国的实际相结合的思想。文章写成后，曾在党内少量印发，在红四军中和中央革命根据地曾有油印本、石印本流传。

注重调查研究的毛泽东，对这些调查研究成果十分珍视，尽管敌人向中央苏区发动了几次大规模"围剿",频繁转移,资料难以保存,他仍坚持把《寻乌调查》《调查工作》等材料捆好,带在身边。1930年6月上旬,毛泽东来到上杭,把两篇文章初稿交由闽西特委翻印出版。

遗憾的是,《调查工作》文稿在第五次反"围剿"中不幸遗失。为此,毛泽东十分惋惜,多次与人谈起这本小册子。

新中国成立后,这本小册子竟然失而复得。在战争年代冒死藏下《调查工作》石印本的,是我们党在当地的一位地下交通员,叫赖茂基。《调查工作》的石印单行本末页上印有"特委1930.8.21翻印"的字样,证明为闽西特委翻印本。1957年2月,赖茂基老人把这本小册子作为重要的革命文物捐给中共上杭县委,后上交龙岩地委。

赖茂基,上杭县茶地官山村人。20世纪30年代,赖茂基曾担任代英县苏维埃政府粮食部部长、县苏维埃执行委员会委员,是一名奔波于红色交通线为红军送信送物的老共产党员。他的家曾作为红军地下兵工厂,生产枪支弹药。红军长征后,赖茂基偶然在家中发现《调查工作》石印本,他意识到这是一本极为重要的小册子。当时,茶地已沦为国民党统治区,假如被敌人发现家里私藏毛泽东的书,后果难以想象。为了保存好书,他将书用油纸包好,装在一个木盒中,爬上屋顶,将两个夹墙顶部的楼板和瓦片拆掉,将木盒子藏入其中,再恢复成原样。他相信:总有一天,革命会胜利,毛主席的这篇文章总有机会重见天日。

1958年11月,中央革命博物馆[①]到龙岩地区征集文物时发现了这本小册子,决定收藏。1959年8月,《调查工作》石印本由龙岩地区文教局邮寄到北京,入藏中央革命博物馆。1960年底,中共中央政治研究室调用此件文物。1961年1月,毛泽东的秘书田家英听说此事后,将其送给毛泽东看。毛泽东如获至

① 1960年更名为中国革命博物馆,2003年与中国历史博物馆合并为中国国家博物馆。

宝，感慨万分：见到这本小册子，就好像见到了三十多年没见过面的孩子。

1961年3月11日，中共中央中南局、西南局、华东局负责人和三个地区省、区、市党委负责人在广州开会，毛泽东批示转发这篇文章。他仔细改正了打印稿中的错别字，并将此文改名为《反对本本主义》，还亲笔作了批示："这是一篇老文章，是为了反对当时红军中的教条主义思想而写的，那时没有用'教条主义'这个名称，我们叫它做'本本主义'。写作时间大约在一九三〇年春季，已经三十年不见了。一九六一年一月，忽然从中央革命博物馆里找到，而中央革命博物馆是从福建龙岩地委找到的。看来还有些用处，印若干份供同志们参考。"[①]

在会上，他回忆了这篇文章的写作经过：这篇文章是经过一番大斗争才写出来的，其目的是为了反对当时红军队伍中的官僚主义。"别的文章丢了，我不伤心，也不记得了，这两篇文章我总是记得的。忽然找出一篇来了，我是高兴的。"[②]在写《调查工作》这篇文章之前，"先写了一篇短文，题名《反对本本主义》，是在江西寻乌县写的。后来觉得此文太短，不足以说服同志，又改写了这篇长文，内容基本一样，不过有所发挥罢了。当时两文都有油印本"[③]。可惜的是，《调查工作》虽然发现了，但毛泽东所说的《反对本本主义》的短文却始终没有找到。后来公开发表《调查工作》一文时，毛泽东便把题目改为《反对本本主义》。

为感谢赖茂基，毛泽东曾派人联系，要邀请赖茂基到北京见面。可遗憾的是，赖茂基已于1960年去世了。

作为红四军的主要领导者，毛泽东从1927年带领秋收起义部队上井冈山开始，先后进行了宁冈调查、永新调查、寻乌调查、兴国调查、东塘调查、大桥调查、李家坊调查、才溪乡调

① 中共中央文献研究室编：《毛泽东年谱（1949—1976）》第四卷，中央文献出版社2013年版，第553页。

② 《在广州中央工作会议上的讲话》（1961年3月23日），《毛泽东文集》第八卷，人民出版社1999年版，第257页。

③ 《关于〈反对本本主义〉一文写作情况的说明》（1964年3月25日），《建国以来毛泽东文稿》第11册，中央文献出版社1996年版，第47页。

查等众多调查研究，撰写了大量调查报告。在抗日战争、解放战争，乃至新中国成立后，在极其繁重的工作中，毛泽东还亲自做过或组织过无数次深入细致的调查。这一份份调查报告，指导中国革命和建设不断走向胜利。"没有调查，没有发言权"的工作作风，成为璀璨而恒久的时代之光。

了解青年，不可不读！

1931年4月，中共中央派出由任弼时、王稼祥与顾作霖组成的"中央代表三人团"，前往中央苏区工作。3人的分工各有不同，任弼时、王稼祥着重于苏区中央局的组织和宣传，时年23岁的顾作霖则负责苏区的共青团工作。

为更好传达党、团组织对于青年的期望，促进青年之间的交流、发动青年加入革命队伍和做好后方工作，经过中国共产主义青年团苏区中央局（简称"少共苏区中央局"）多次会议研究，决定创办一个面向广大青年读者的报刊。经过多方努力筹措，1931年7月1日，《青年实话》在江西永丰县龙岗创刊。

少共苏区中央局书记顾作霖为报纸撰写了发刊词《建立团报的领导作用》，强调《青年实话》作为共青团"苏区中央局的机关报，是苏区团的最高的报纸"，要求"这个报纸要成为苏区团的工作和群众工作的领导者，成为团在青年群众中扩大政治影响的有力的工具，成为青年群众的组织者"，"力求文字作风的青年化大众化"。

《青年实话》是少共中央局联系广大团员青年的纽带，亦是少共苏区中央局成员集体智慧的结晶。少共苏区中央局宣传部部长陆定一、副部长魏挺群（笔名阿伪）先后担任主编，团的各级领导人如顾作霖、凯丰、张爱萍、王盛荣、曾镜冰、陈丕显、萧华、刘志坚，都是报纸的主要撰稿人。

作为青年思想的向导，《青年实话》的主要受众为青年，想要办出青年人喜爱的报纸，就必须紧紧抓住他们的特点。《青年实话》虽然是团中央的机关报性

《青年实话》第三卷
第六号（1934年）

质，但在刊物中也有不少别致生动的描述。如第二卷列李卢纪念号刊载的《列宁》："你的心是人间的洪钟，你的心是红的，活的大旗。哦，世界鹏鸟呀！你飞腾时羽翼掩了大地，你雄立在那山之高巅，向全世界的无产阶级狂喊：'全世界劳动者联合起来呵！来！随我开启那幸福的乐园！来！来随我向这旧世界决战！'"这种通俗易懂、简单明了的文字风格，受到了苏区青年读者的喜爱，奠定了扎实的群众基础。

《青年实话》刊载的内容围绕苏区青年所关心的问题展开，除了刊登他们乐于接受又急于想了解的革命道理、工作经验、科技知识，还有体育、游戏、歌曲等多种栏目，是苏区青年了解天下大事、学习革命理论、指导实际工作、提高自身能力的重要工具。每期一出版，大家争相传阅，先睹为快，成为中央苏区最受欢迎的报刊之一。正如时任团中央书记凯丰在《青年实话》两周年纪念文章中谈道："《青年实话》成为我们最尖锐的武器……《青年实话》的确是苏区较好的报纸，他不仅获得了广大青年的拥护，而且也获得了成年人的爱戴。"

《青年实话》创刊时正值第二、第三次反"围剿"期间，最初编辑部设在于都，单面油印，16开，传单版式，在出版了第1、2期后，因战争原因暂停刊。在瑞金复刊后改为32开小册子，开始为半月刊、旬刊，后改为周刊，由长汀毛铭新印刷所负责印刷发行。

长汀是中央革命根据地新闻出版事业的发祥地。毛铭新印刷所是长汀地下党

①《红色号角》丛书编委会编:《红色号角——中央苏区新闻出版印刷发行工作》,福建人民出版社1993年版,第222页。

支部长期革命活动的秘密联络点,曾为中央苏区最早的红色出版机构——闽西列宁书局提供印刷设备和人员,被毛泽东誉为制造"精神炮弹的兵工厂"①。

毛铭新印刷所承印《青年实话》,用长汀本地的玉扣纸双面印刷,封面双色套印,每期32—40页不等。同时采用铅印和石印两种技术、两套设备,正文为铅印,内附石印插图。印刷任务极为繁重,石印机全靠人力手工操作。为了每期能如期出版,印刷所全员日夜加班。印刷所的创始人毛焕章和他的母亲、妻子常年上夜班生产,几个弟弟、弟妹也先后加入其中,甚至连毛焕章年幼的孩子也主动承担起折叠书页、捏纸钉的辅助工作。

1933年初,设在上海的共青团中央局迁入苏区,与少共苏区中央局会合,《青年实话》成为团中央机关刊。7月间,毛焕章、毛钟鸣兄弟将印刷所全部设备捐献给少共苏区中央局,毛铭新印刷所改名为青年实话印刷所。消息传出,在当地引起轰动。团中央特在《青年实话》刊文"表扬毛焕章及其弟弟们"。此后,团中央先后派古显斌、凌开宣到厂担任领导,毛铭新印刷所原有的技术人员和工人也留下在青年实话印刷所工作。1934年秋,红军长征前,中央对苏区印刷厂(所)进行精简合并,青年实话印刷所并入中央印刷厂。

青年是革命的先锋,《青年实话》作为中央苏区最具有代表性、影响最大的报刊之一,对中共中央苏区的重要文告、决议、指示和苏区文化教育、革命斗争等事迹进行大量刊载,对苏区青年,尤其是红军青年产生广泛的影响,促进了苏区革命工作的开展,在党的新闻出版史上具有重要的历史地位。

中华苏维埃共和国中央印刷厂

"一个大的印刷机关"

从红军初创到中央苏区革命根据地建立，残酷的斗争实践，使中国共产党更加重视宣传工作。1931年11月，中华大地上第一个苏维埃政权——中华苏维埃共和国临时中央政府在瑞金叶坪成立。为适应革命战争形势的需要，指导各地开展革命斗争，粉碎敌人"围剿"，建立中央革命根据地自己的出版印刷系统，成了这个新生政权迫在眉睫的大事。

在党和苏维埃政府的领导下，从1931年至1932年，中央革命根据地新闻、出版、印刷、发行机构和其他的配套设施逐渐发展起来，形成了党领导的一整套完整的出版体系。

印刷方面，中共中央于1931年8月16日创办苏区中央印刷厂，全称"工农民主政府中央印刷厂"。中华苏维埃共和国临时中央政府成立后，改名为"中华苏维埃共和国中央印刷厂"。厂址最初设在兴国东固，后移至宁都青塘，再搬到瑞金下陂坞，1933年4月转移到沙洲坝。

中央印刷厂直属中央苏区政府中央印刷局领导，陈祥生、杨其鑫、古远来先后担任厂长。印刷厂设有编辑、铅印、石印、铸字、排字、刻字、裁纸装订、油墨8个部门，各部工作人员不等，全厂工人多时达200多人。主要任务是印刷《红色中华》《斗争》《苏区工人》以及各类布告、文件、小册子等，还印制过纸币、公债、谷票、邮票等有价证券。1934年3月16日，党和政府机关报《红色中华》称："该厂（中央印刷厂）每月有七千元以上的营业收入，是一个大的印刷

中央苏区中央出版局、
中央印刷局旧址

机关。"中央印刷厂称得上苏区当时规模最大的国家企业之一。

纵然革命千般苦，工人仍保持乐观主义精神。愈艰苦，愈奋斗！

由于当时敌人对苏区的经济封锁非常严厉，印刷厂缺少各种原材料，纸张、油墨甚至铅字短缺的现象经常出现，再加上电力缺乏，印刷工序全部需要依靠人力来完成，生产条件极为艰苦。但就是在这样的条件下，大家都以苦为荣，以苦为乐，发挥创造性，自己铸铅字、制油墨，有时铅块也没有了，就用传统木活字顶上。工作时间虽明确规定为8小时，一日两班或者三班，但印刷工人工作热情高，时常主动义务加班，昼夜生产不停，印制了大量出版物。

中央印刷厂既是生产革命精神食粮的工厂，又是锻炼革命人意志与信念的熔炉，更是提高工人文化知识的劳动大学。在条件艰苦、设备简陋的情况下，工厂经常举办各种劳动竞赛，经过评比选出模范工人。获奖者没有奖金，但会发衣服、帽子等生活用品，并绣上"模范工人"的字样，工人都积极参与。1933年5月7日，《红色中华》发表了《中央印刷厂工友的积极》一文，表扬"中央印刷厂的工友平常对于参加革命战争，提高国家生产是非常积极的，每日在未到上班前半点钟就上工，八小时内增加到百分之五的生产，在四月份之内工友节省了四十五元。本月十五日的职工大会上又提新口号"。

中央印刷厂非常重视职工的文化生活。厂里设有俱乐部，定期组织唱歌、表演，并设有识字培训班。体育方面，置备了乒乓球台、篮球场及秋千，定期举办比赛。职工实行工资制度，工人享有社会保险优选和免费医疗，每月缴固定伙食费，逢年过节还有加餐。

　　毛主席在延安时曾说过：印刷厂生产精神食粮，办好一个印刷厂，抵得上一个师。[1]中央印刷厂是中国共产党建立自主性革命宣传能力的重要基础。在党中央和苏维埃政府的领导下，中央革命根据地的印刷出版事业与根据地内其他各项革命事业一样蓬勃发展，为鼓舞军民斗志、繁荣苏区文化发挥了重大作用。

[1] 曹国辉：《延安时期的印刷事业》，《新文化史料》1998年第6期，第40页。

瞿秋白办的最后一份报纸

1931年12月11日，广州起义四周年纪念日，《红色中华》在江西省瑞金县城北叶坪老村一所简陋的民房里正式创刊。报纸由中国共产党成立后创建的第一家通讯社红色中华社（简称"红中社"，为新华社前身）主办，和红中社是一个组织机构，一套人马，两块牌子。

《红色中华》最初为中华苏维埃共和国临时中央政府的机关报，也是中国共产党在革命根据地创办的第一份中央机关报。1933年，中共中央机关迁入瑞金后，《红色中华》改为中央党、政、团、工会合办的机关报。报纸由中央印刷厂承印。创刊初期为周报，从第50期起改为三日刊，与《斗争》《红星报》《青年实话》并称中央苏区四大红色报刊。

《红色中华》是在毛泽东悉心指导下创办的，他经常在工作间隙到访红中社，指导办报工作。这一时期的《红色中华》配合苏维埃党政中心工作，围绕反"围剿"斗争，苏区扩红，查田、整风、劳动竞赛等运动，刊发了大量新闻、社论、典型的人物和事件报道，被苏区的读者亲切地赞誉为"我们苏维埃人民新生命的表现""全苏人民的喉舌"。从1934年2月12日出版的《红色中华》第148期起，瞿秋白接任主编。他丰富的办报经验，给《红色中华》注入了新的活力。从第149期起，报纸改为双日刊，并创办子报《工农报》，以更有力教育团结广大工农群众。至1934年10月第240期，报纸发行量已从最初的3000份增至4万多份，成为中央革命根据地影响力最大的一份党报，实现了发刊词中说的"发挥中央政府

《红色中华》创刊号
（1931 年）

对于中国苏维埃运动的积极领导作用"。

1934 年 10 月，中央红军从于都出发，开始了举世闻名的二万五千里长征。红军主力长征时，瞿秋白身患肺病留守中央苏区，组织上安排他继续负责《红色中华》的编辑出版工作。对于一个长期患病的人来说，这是一个沉重的压力。但他愉快地接受了这一光荣而艰巨的任务，以惊人的毅力顽强地坚持工作。他与编辑韩进和袁血卒，以及原红中社秘书长徐名正等人一起继续出版《红色中华》，迷惑敌人，掩护红军主力转移。

当时，为了保守红军撤离中央苏区的秘密，《红色中华》仍以中央机关报的面目出现，社址不变，印刷厂不变，版式不变，只是把报纸改署苏维埃中央政府办事处编印。报纸内容仍以报道战争通讯为主，刊载军事电台收到的各苏区捷报，但不在报上透露红军主力远征的消息，使敌人不知红军的具体情况，不敢轻举妄动，有效延缓了敌人进攻，为红军主力的转移赢得了宝贵的时间。

敌人进入苏区后扑了空，恼羞成怒，对红军游击队实行"清剿"，所到之处实行惨绝人寰的大屠杀，公开叫嚣要"大乱三天，大杀三年"，还建立各种反革命组织和县、区各级反动政府，日夜寻门挨户四处追踪，妄图把留在中央苏区的红军、游击队饿死、困死在崇山峻岭之中。

在形势非常严峻、处境十分艰难的情况下，《红色中华》仍接连原期数进行编号，每周出版 3 期，后来由于环境恶化，改为每周两期，最后每周一期。主要向中央苏区发行，但数量越印越少，最后仅有两三千份。

1935年2月5日，中共中央书记处指示中央分局发动群众，开展游击战争，停止集中作战。根据中央分局的部署，《红色中华》报就此停刊。现存最后一期中央苏区《红色中华》为1935年1月21日出版的第264期。2月26日，瞿秋白不幸被俘，6月18日英勇就义。《红色中华》也成为他办报生涯中的绝笔之作。

中央红军历经千辛万苦，1935年11月到达陕北，《红色中华》于11月25日在陕北瓦窑堡复刊。由于转移到陕北的中央机关与中央苏区失去联系，不了解苏区继续出版《红色中华》的情况，因此，复刊第1期的《红色中华》延续长征前最后一期即240期的序号，从241期开始印发。报纸为4开4版，使用手写油印。

毛泽东十分关心《红色中华》复刊，接受了记者的采访，并撰写了题为《毛泽东同志斥蒋介石荒唐无耻的卖国辩》的文章，随后还亲笔题写了报头。陕北版《红色中华》继承和发扬了中央苏区《红色中华》的办报风格，充分发挥了红色政权的舆论宣传作用。

1937年1月29日，基于国内形势的变化和国共联合抗日的需要，中央决定停止出版《红色中华》，改出《新中华报》。至此，《红色中华》完成了它的历史使命。

《红色中华》作为苏维埃中央政府的机关报，是中央苏区出版事业的标志性刊物，是党和苏维埃政府的主要舆论宣传工具，是引导人民群众支持革命、投身革命的航标，见证了中央苏区革命和建设的历程，为巩固、发展中央革命根据地作出重要贡献。

张人亚衣冠冢中藏宝

2017年10月31日，习近平总书记带领中央政治局常委赴上海瞻仰中共一大会址。在参观过程中，总书记仔细端详了一本《共产党宣言》。得知这本出版于1920年9月的《共产党宣言》中文译本，是由一位共产党员的父亲藏在儿子的衣冠冢里保存下来的，习近平总书记连称很珍贵，说这些文物是历史的见证，要保存好、利用好，还问起了那位共产党员。

保存这本《共产党宣言》的共产党人，正是张人亚。张人亚原名张静泉，1898年出生于浙江宁波霞浦镇的一个八口之家，谱名张守和，曾用名张亚，"人亚"是他在参加革命后自己取的名字。

张家以务农为生，家中仅有二三亩土地，远不能支撑一大家子人生活。父亲张爵谦兼做厨师，用微薄的收入勉强维持。张家虽不富裕，但张爵谦重视教育，节衣缩食供子女读书。张人亚上过中学，是家中受教育程度最高的。他深知走入学堂的不易，不但刻苦读书，而且对课本及书籍分外珍惜。这为他后来能高度认识文献资料的珍贵性奠定了基础。

为了分担家累，张人亚初中还没毕业就辍学来到上海，在英租界南京路老凤祥银楼当工人。在银楼做工期间，资本家的残酷剥削，使张人亚萌发了革命意识，他开始接触并很快接受了进步思想，积极投身工会活动。

1922年4月，张人亚被吸收加入中国社会主义青年团，正式开启了他的革命生涯。7月16日至23日，中国共产党第二次全国代表大会在上海秘密举行。大会

《红色中华》1933年1月7日发表邓颖超撰写的追　　张人亚墓藏文献钤印
悼文章

制定了党的最高纲领和最低纲领，通过了第一部《中国共产党章程》和一系列重要决议案。会后，党中央将二大的党章、决议等10份文件印成小册子，发给党员和骨干团员，供学习、宣传之用。作为团员的张人亚也得到一本，他精心地保存起来。此后，张人亚被党组织安排到闸北的商务印书馆，从事工人运动，并承担党、团领导机关出版的书籍和《平民日报》出版发行工作。同年11月，经历多次实际斗争考验的张人亚，光荣地加入中国共产党。

　　在他的一份手迹中，他表达了自己的坚定信念："我虽是带小资产阶级性的手工业工人，可是我的境遇，已够使我忠于无产阶级……过去的事实已告诉我了，所以我加入共产党并不是偶然的事。"[1]

　　1927年四一二反革命政变爆发，白色恐怖笼罩上海。当时，张人亚手里保存着中共二大、三大的十几份机密文件，有中国共产党第一部党章、《共产党宣言》1920年9月中文全译本等重要资料。这些文件一旦暴露，不但会引来杀身之祸，文件也将岌岌可危。关键时刻，张人亚冒着巨大风险，把这批文件资料带出上海，托付给宁波老家的父亲保管。

① 张人亚：《家庭状况及个人历史》，1924年，中央档案馆藏。

1927年底，许久没有回乡的张人亚，匆匆地推开了宁波霞浦的家门。张爵谦见到儿子，喜出望外。让他没有想到的是，儿子此行归来，交给他一个重大而秘密的任务——妥善保管一批文件和书刊。把事情交代完后，张人亚趁着夜色返回上海。当晚，张爵谦把这批文件和书刊偷偷塞进停放张人亚亡妻顾玉娥棺材的草棚。

漏夜相逢，父子俩都没想到，这竟是此生最后一面。

几天后，张爵谦神色哀戚，告诉邻居们：儿子静泉这么长时间没回来，是在四一二反革命政变中去世了。就这样，张爵谦编了个"不肖儿在外亡故"的故事，为张人亚和他早逝的妻子在霞浦镇东面的长山岗上修了一座合葬墓穴，再用好几层油纸把这些文件和书刊精心包扎好，密藏进空棺里，埋入墓内。谨慎的张爵谦甚至没有将儿子张静泉的全名刻于碑上。墓碑上刻的是"泉张公墓"。

从此，张爵谦成为这批珍贵文件的守护者。他日夜盼望着与儿子重逢并把这包文件亲手交还给他的那一天。可直到新中国成立，张人亚始终杳无音讯。

与父亲匆匆一别后，张人亚辗转上海、安徽，继续进行革命工作。1931年中华苏维埃共和国临时中央政府成立，张人亚经由党组织安排，被秘密送入瑞金，先后担任中央苏区工农检察委员会委员、中央出版局局长，同时兼任中央印刷局代局长。他在主管苏区出版发行工作的半年多里，组织出版发行了一大批苏区急需的政治、军事、经济、文教等方面的书籍报刊，为普及马克思主义和文化科学知识，提高苏区干部群众的思想觉悟和受教育程度，发挥了重要作用。

常年在危险、艰苦条件下忘我的工作，张人亚最终积劳成疾。1932年12月23日，张人亚病故于从瑞金去长汀检查工作的途中，时年34岁。

噩耗传开，闻者无不悲戚。1933年1月7日，《红色中华》发表了邓颖超撰写的悼念文章《追悼张人亚同志》："人亚同志对于革命工作是坚决努力、刻苦耐劳，在共产党内始终是站在党的正确路线之下与一切不正确思想作坚决斗争，在党内没有受过任何处罚，因为努力工作为革命而坚决斗争使他的身体日弱，以至最后病死了。"张人亚的去世，"是我们革命的损失，尤其在粉碎敌人大举进攻中徒然失掉了一个最勇敢坚决的革命战士"。这是中央政府自成立以来，第一次在其机关报上为悼念逝去的同志而专门发表的悼词。

1951年，年事已高的张爵谦请人打开了儿子的空坟，将文件取出捐献给国家。至此，这些珍贵文献终于得以重见天日。

　　张人亚父子两代冒着生命危险保护下来的珍贵文献一共36件。其中有：国家一级文物21件、二级文物4件、三级文物9件、未评定的珍贵藏书2件，包括目前已知唯一存世的中国共产党第一部党章、1920年9月版《共产党宣言》中文全译本和人民出版社早期出版的图书。张人亚和他的亲属用"使命重于生命"的担当，为后人留下了一份宝贵的精神财富。

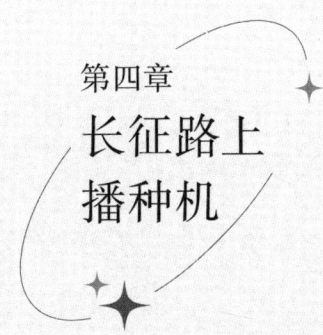

第四章
长征路上
播种机

长征中的"红星"

向世界高明地讲了一个长征故事

上百个长征亲历者的原始记录

画笔下的长征

长征中的「红星」

在二万五千里的长征途中，有这样一支"与众不同"的队伍：七八个人，用两副扁担挑着4个铁皮箱子，箱子里放的是印刷的设备和物料。一到宿营地，他们顾不得休整，立刻就忙碌起来，采编稿件，刻版油印，忙得不亦乐乎。不到半天的时间，一份份散发着油墨味的《红星报》就送到了红军将士手中。原来，这支特殊的队伍是《红星报》编辑部。

《红星报》创办于1931年12月11日，是土地革命战争时期中央革命军事委员会的机关报，由红军总政治部负责编辑出版。当时，总政治部在江西瑞金郊外下肖村西边的"白屋子"办公，《红星报》编辑部也设在那里。报头的"红星"二字由钱壮飞设计。《红星报》使用当地生产的毛边纸印刷，铅印4开，初定为五日刊，实际不定期出版，还出过号外和《红星副刊》。这份报纸办得很有特色，既有思想教育、指导工作、传播消息、批评监督的内容，又兼知识普及和文化娱乐的功能，被誉为"革命战争的一只有力喇叭"①。

《红星报》能够得到广大红军将士和苏区群众的喜爱，离不开邓小平担任主编期间的倾力付出。1933年夏，邓小平调任红军总政治部秘书长，同时负责主编《红星报》。出版工作对

① 中国社会科学院新闻研究所《新闻研究资料》编辑室编：《新闻研究资料》第一辑，中国社会科学出版社1979年版，第7页。

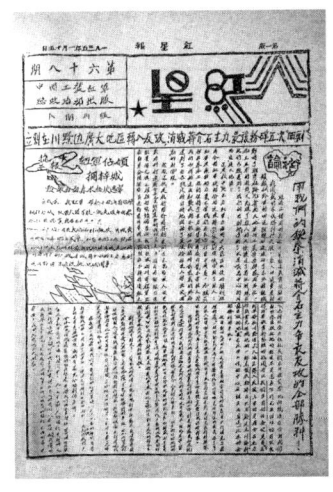

油印出版的《红星报》
第68期（1935年）

邓小平来说，并不陌生，早在10年前，他在巴黎勤工俭学时就参与过《少年》和《赤光》的编务工作，被大家亲切地称为"油印博士"；在瑞金当县委书记时，他又指导创办了中共瑞金县委机关报《瑞金红旗》。

当时，由于战斗需要，《红星报》编辑部原有工作人员开赴前线，报纸已停刊3个多月。邓小平接手报纸后，深感责任重大——《红星报》作为中国工农红军总政治部主办的第一张军报，要为人民战争服务，为党和苏维埃事业作出更大的贡献。他提出"优待投稿同志"，鼓励广大红军将士积极投稿，约请中央领导同志撰写社论、专栏文章；亲自参与采写、组稿、编辑工作，以化名或不署名的形式在报纸上发表了大量文章……在邓小平的精心策划和努力下，1933年8月6日，改版后的《红星报》以崭新的形象出现了，受到红军将士和苏区群众的欢迎，仅在苏区，发行量就高达17300份。有红军将士给《红星报》编辑部来信说："红星在部队中起到了很大的领导作用，成了我们战士的良友"，"现在我们火线上时刻地盼望着红星的速来，无论行军驻军总听得着我们战士热闹的读报声"。①

1934年10月，红军主力开始长征，《红星报》随军转移。

① 中国社会科学院新闻研究所《新闻研究资料》编辑室编：《新闻研究资料》第一辑，中国社会科学出版社1979年版，第7页。

① 赵发生:《长征号角〈红星报〉》,《新闻三昧》1996年第9期,第28页。

从1934年10月至1935年8月,《红星报》"改为油印,约十天一期,每期二至四版,下发到每个连队"①。一共出版了28期,真实详细地记录了红军长征中的重大事件。

长征途中出版条件极为艰苦,为保证出报,《红星报》编辑部将报纸改成手刻蜡版油印,每期印刷七八百份。从中央根据地带出的毛边纸用完后,途经藏区时,还曾在印过藏文的纸张背面印报。由于出版条件简陋,报刊登载的文章大多短小精悍,不饰辞藻,但号召力和针对性丝毫不减。

1934年10月20日,长征后仅10天,《红星报》长征途中的第一期油印报纸出版了。《突破敌人封锁线,争取反攻敌人的初步胜利》《当前进攻战斗中的政治工作》等文章,传达了党中央、中央军委的转移计划,发挥了积极的战斗动员作用。11月7日,《红星报》长征途中唯一的一份号外,刊登了宣传加强组织纪律内容的《本报号召创造争取群众工作的模范连队》。1935年1月15日,《红星报》第68期《军委奖励乌江战斗中的英雄》的报道,被红四团政委杨成武称赞说:"它会像乌江的流水那样,扬名在历史的长河中。"同年2月10日至3月4日,《红星报》连续刊载《共产党中央委员会与中革委告全体红色指战员书》《军委纵队党的干部会议决议案》和《准备继续作战,消灭周纵队和四川军阀》的社论,及时传达党中央、中央军委关于红军长征的战略方针和遵义会议精神。6月15日,《红星报》以《伟大的会合》为题发表社论,称红一方面军与红四方面军的会合"是历史上空前伟大的事件,是决定中国苏维埃运动今后发展的事件","是中国苏维埃运动新的大开展的基点"。7月10日的社论《以进攻的战斗大量消灭敌人 创造川陕甘新苏区》,号召大家发扬工农红军刻苦耐劳的精神,开展反机会主义的斗争。经过民族地区,《红星报》刊发《关于瑶苗民族工作的原则指示》《注意争取彝民的工作》《把遵守纪律提到生活的最高位》等文件文章，广泛宣传中国共产党的民族政策，争取了少数民族群众对红军的信任和支持。

在二万五千里长征中，作为唯一的中央级报纸，《红星报》对红军的重要活动及政治工作倾注了巨大的热情，克服重重困难坚持出报，及时传达党中央的方针、政策，加强了红军上下对长征局势和情况的认识，鼓舞了广大红军将士，是闪耀在长征路上的一颗耀眼"红星"。

向世界高明地讲了一个长征故事

《随军西行见闻录》

1935年11月5日，在陕北甘泉县象鼻子湾村的漫天大雪中，面向300多名红军战士，毛泽东发表了著名的"雪地讲话"："长征是历史纪录上的第一次，长征是宣言书，长征是宣传队，长征是播种机。"①伟大的长征精神，随着不久后到来的埃德加·斯诺和他笔下的《红星照耀中国》，开始产生世界性影响力。

而最早向世人讲述长征故事的，却是一本叫《随军西行见闻录》的书。故事的讲述者自称"廉臣"。他说自己是一名国民党军医，在1932年的黄陂战役中被俘，因有一技之长被留在红军中服务，后随军西行至四川时被川军冲散，经蒋姓同窗帮助，历经千辛万苦回到上海家中。他写下这本书，记载自己1934年10月从江西兴国出发，至1935年6月到达四川懋功，随红一方面军长征8个月的所见所闻。

这个故事全文约3万字，1936年3月发表在巴黎《全民月刊》上。同年7月，莫斯科出版了《随军西行见闻录》单行本。这样，在国内红军消息封闭的局面下，外界第一次从"廉臣"笔下知道了中国红军长征的情况。

"这次行军，真是我有生以来第一次，除在黔北之遵义府

①《论反对日本帝国主义的策略》，《毛泽东选集》第一卷，人民出版社1991年版，第149—150页。

《随军西行见闻录》
莫斯科1936年初版本

休息十余日，以及渡过金沙江后在会理县地界休息五日以外，不分晴雨，终日行军，由江西而湖南、广东、广西、贵州、四川、云南、西康，而转入四川之理番、松潘。足迹几遍大江以南，历时八月余，约计行程一万二千里，历尽无数高山大川……"《随军西行见闻录》开篇就交代随红军行经8省的艰苦经历，文章具体描述了红军过乌江、取遵义、四渡赤水、佯攻贵阳、巧渡金沙江、飞夺泸定桥等主要战役，让外界知道红军长征的主要情况。

红军领袖毛泽东、朱德，在国民党的宣传中凶狠异常。在书中，"廉臣"借行医之机近距离接触了二人。他说："这些闻名全国的赤色要人，我初以为凶暴异常，岂知一见之后，大出意外。"

对毛朱二人的样貌气质，他写道："毛泽东似乎一介书生，常衣灰布学生装，暇时手执唐诗，极善辞令。我为之诊病时，招待极谦。朱德则一望而知为武人，年将五十，身衣灰布军装，虽患疟疾，但仍力疾办公，状甚忙碌。我入室为之诊病时，仍在执笔批阅军报。见我到，方搁笔。人亦和气，且言谈间毫无傲慢。这两个赤军领袖人物，实与我未见时之想象，完全不同。"

经过一段时间的观察，这位国民党军医对红军领袖发出由衷赞佩："这些领袖，非但聪敏，且有才能。""朱毛非但是人才，而且为不可多得之天才！"这种类似报告文学的细节白描，生动地展现出红军领袖的精神风貌和气度，很令人信服。

文章最后，"廉臣"已经脱离红军队伍平安回家，但是他的认识已然改变。他呼吁国民党政府停止内战、一致抗日，因为"赤军总是中国人，总是自己的同胞，放任外敌侵凌，而专打自己的同胞，无疑是自杀政策"。

《随军西行见闻录》在国外发表后，很快引起国内出版界反应，迅速印行了多个版本，书名也有所不同。1937年春，王福时等人编译《外国记者西北印象记》一书收录此文，在北平秘密印行。1937年底，民生出版社、陕甘人民出版社先后出版《从江西到四川行军记：八路军光荣的过去》。其他还有《从东南到西北》《随军西征记》《长征两面写》《红军长征随军见闻录》等多个版本见行于世。一直到1955年，人民出版社出版《中国工农红军第一方面军长征记》，收录长征回忆文稿52篇，第一篇即为包括《随军西行见闻录》在内的长征记，影响之深，历久弥新。

然而，普通读者始终不知"廉臣"究竟是谁，一些版本甚至直接给他标成美国人。直到1985年1月，在纪念遵义会议50周年之际，中共中央理论刊物《红旗》杂志，第一次说明"廉臣"是陈云的笔名，并以陈云为作者署名公开发表了《随军西行见闻录》全文。同年6月，红旗出版社重印了单行本。至此，困惑大家50年的谜题终于解开。

原来，1935年初遵义会议召开后，陈云被派往上海恢复党的秘密工作，并肩负向共产国际汇报遵义会议的使命。于是他离开红军长征队伍，"廉臣"就在此时回家了。1935年秋，陈云假托国民党军医身份，在莫斯科完成了《随军西行见闻录》，用一个细腻的故事高明地回击了关于红军长征的种种荒谬传言。《全民月刊》是中共在巴黎以华侨组织身份创立的刊物，文章因而首发于此。而第一个单行本出现在莫斯科，也有了合理的解释。

《随军西行见闻录》至今仍被人津津乐道，一个原因就是陈云高超又有趣的写作技法。据说，当年谜底揭晓，好多人大呼惊奇。陈云的警卫员赵天元说："我还是第一次看到这篇文章，要是不看前面的编者按，还真以为是一位医生写的呢。"陈云自己也说过，他的夫人于若木看了都以为这真是个医生写的。难怪该书在国统区流传10多年，都没有引起怀疑。

上百个长征亲历者的原始记录

《二万五千里》

"红军经过了半个中国的远征，这是一部伟大史诗，然而只有这部书被写出后，它才有价值。"1936年，《字林西报》出现了关于红军长征的消息。这份由英国商人于1850年在上海创办的英文报纸，有"东方的《泰晤士报》"之称。由于经常对中国政局与中外关系发表意见，反对中国人民的革命运动，所以当时红军队伍中不少人认为，《字林西报》此举虽是在破例惊叹红军的奇迹，也是在嘲笑红军的"粗陋无文"，写不出描写长征壮举的著作。

事实上，自1927年四一二反革命政变到1935年红军抵达陕北，国民党政府持续9年的新闻封锁和虚假宣传，使得世人对中国共产党和红军有诸多的猜疑和误解。正如斯诺在《红星照耀中国》中所说："在世界各国中，恐怕再没有比中国红军更神秘，被传述得更扑朔迷离的了。"因此，宣传中国共产党的政策、纲领，做好对外形象的宣传工作，把红军和根据地的真实情况告诉全国人民和国际社会，成为中国共产党当时的一个首要任务。

1936年春天，中共中央开始酝酿向参加长征的同志征集个人日记、回忆、文件等，以澄清社会上的谣传。到了7月间，美国记者斯诺来访，中共中央和毛泽东决定利用这个极好的机会，把红军长征宣传出去，打破国民党的新闻封锁。8月5日，毛泽东与总政治部负责人杨尚昆联名向参加长征的同志发出函件：

现因进行国际宣传，及在国内和国外进行大规模的募捐运动，需要

《二万五千里长征记》
抗战出版社1937年出版

出版《长征记》，所以特发起集体创作，各人就自己
所经历的战斗、行军、地方及部队工作，择其精彩有
趣的写上若干片段。文字只求清通达意，不求钻研深
奥，写上一段即是为红军做了募捐宣传，为红军扩大
了国际影响。来稿请于9月5日以前寄到总政治部。
备有薄酬，聊志谢意。

同时，毛泽东与杨尚昆联名向各部队首长发出电报，称：

现有极好机会，在全国和外国举行扩大红军影响
的宣传，募捐抗日经费，必须出版关于长征记载。为
此，特发起编制一部集体作品。望各首长并动员与组
织师团干部，就自己在长征中所经历的战斗、民情风
俗、奇闻轶事，写成许多片断，于9月5日以前汇交
总政治部。事关重要，切勿忽视。①

① 丁玲主编，董必
武、陆定一、舒同
等：《红军长征记》，
毛泽东、杨尚昆：
《为出版〈长征记〉
征稿》，解放军文艺
出版社 2006 年版，
前言第3-4页。

党的领导人亲自发出倡议、公开征稿，红军将士们热情高
涨，纷纷积极响应。但在艰苦的战争年代，完成这样的出版工

作谈何容易？征文消息发出后，征编人员曾一度担心稿件的数量和质量，"我们仍放不下极大的担心，拿笔杆比拿枪杆还重的，成天在林野中星月下枪林里的人们是否能不使我们失望呢？"然而令人意想不到的是，8月中旬已有来稿，接着稿件源源不断地被送到编辑部，到10月底已收到稿件200多件，50余万字。写稿者中既有从事文化工作的"知识分子"，亦有持枪扛炮的"赳赳武夫"，更多的是参加红军后才开始接受文化教育的普通战士。他们以朴实无华的语言，描述长征途中亲历之事，记录长征中如何浴血奋战、抢险飞渡、翻越雪山、跋涉草地，如实展示了长征的真实面貌。可以说，这是一次由中国共产党直接组织和领导的集体写作活动。

为做好编辑工作，军委总政治部成立编辑委员会，徐梦秋、成仿吾、丁玲等承担编辑工作。编辑委员会以"尊重原作，酌情修改"为原则，对稿件进行了采录、整理和加工。经过半年的努力，1937年2月，《红军长征记》（即征文所说《长征记》）在延安编辑完成，最终选定100篇文章、10首红军歌曲、"乌江战斗中的英雄"等英雄榜2张，以及"红军第一军团长征中经过地点及里程一览表"等4张表格，形成了初稿，定名为《二万五千里》。

《二万五千里》全稿编定后，由于抗战需要，一些编辑人员奔赴前线，使得编辑人手短缺，加之当时延安艰苦的条件和紧张动荡的环境，稿件一直未能付印。为了后续出版和存档，编辑委员会组织人手对《二万五千里》全部定稿进行了誊清复写。其中一部留存于延安总政治部，另外一部曾被秘密送往上海，计划于上海出版，后来由于局势变化未能如愿。另一方面，1937年5月，地下交通员董健吾根据从延安带出的一部分《红军长征记》材料，撰写了《红军二万五千里西引记》，发表在上海人间书屋7月5日的《逸经》杂志第33、34期合刊上，在国民党统治区引起轰动。七七事变后，冯雪峰奉命回延安，将《二万五千里》的誊清稿交给谢澹如保管。1962年谢澹如去世，家属将誊清稿交给上海鲁迅纪念馆保存，2006年得以影印出版。

红军《长征记》的征稿始于陕北瓦窑堡，编辑工作在保安县，最后在延安编定完稿。斯诺1936年在陕北根据地采访期间，就曾翻阅过红军正在编写的长征稿件。在10月离开陕北时，他携带了"十几本日记和笔记，三十卷胶卷——是第一次拍到的中国红军的照片和影片——还有好几磅重的共产党杂志、报纸和文件"。其中就有红军《长征记》的部分稿件。

后来，斯诺根据陕北根据地采访的记录和征文初稿，撰写了《长征》（Long March），在美国《亚细亚》（Asia）杂志上连载。这两篇文章的中文版由上海复旦大学《文摘》杂志社组织翻译、编辑、出版，以《两万五千里长征》为题，1937年11月8日至1938年1月18日在《文摘战时旬刊》分5次连载。并于1938年1月1日列入"文摘小丛书"，由上海黎明书局出版《二万五千里长征》单行本图书。

1942年11月，延安文艺座谈会讲话之后，八路军总政治部将留存于延安总政治部《二万五千里》誊清稿本排版印刷，改名为《红军长征记》，作为党内参考资料少量发行。《红军长征记》在延安内部印制以后，朱德曾亲笔签名赠送一套给斯诺，后来被斯诺带回美国。

1954年2月，中共中央宣传部党史资料室编辑出版的内部读物《党史资料》，选载重印了《红军长征记》的大部分内容。1955年5月，人民出版社选取《二万五千里》中的51篇文稿，另收入《救国时报》编辑的《长征记》（即陈云所著《随军西行见闻录》与杨定华所著《雪山草地行军记》《由甘肃到山西》的合稿），将此书改名《中国工农红军第一方面军长征记》公开出版。从此，红军长征的故事走进了千家万户，成为妇孺皆知的传奇史诗。

《二万五千里》是由长征亲历者用生命和鲜血写成的原始记录，它真实、质朴地呈现了长征的最初形态，向世人讲述了独一无二的长征故事，扩大了中国共产党和红军的影响，使红军长征精神广为人知，是一部当之无愧的"英雄史诗"。

画笔下的长征

1938 年 10 月的一天，上海的左翼作家阿英（钱杏邨）收到八路军一一五师三四三旅政委萧华辗转托人送来的 25 张照片。阿英看过之后，心潮澎湃，"内心的喜悦和激动，真是任何样的语言文字，都不足以形容"。原来，萧华托人送来的是黄镇在长征途中绘制的珍贵画稿的照片。这些画在长征途中产生，写实性地记录了长征。

阿英认为这些照片有很大的出版价值，考虑到这些画的历史价值和宣传长征的意义，他决定尽快把这些漫画编印出来，公开出版。

当时特殊的环境不宜直接用二万五千里长征一类的字样，恰巧美国记者斯诺访问延安的专著《西行漫记》中译本出版不久，阿英就给书取名为《西行漫画》，以便读者联想到它的内容。

很快，画册在上海风雨书屋出版，初版印刷 2000 册，其中铜版纸精印本 500册，道林纸普及本 1500 册，很快销售一空。阿英不知道漫画的作者是黄镇，只知道这些漫画是萧华从陕北托人带到上海来的，而萧华本人又参加了长征，所以在画集初版时署名作者是"萧华"。阿英在《题记》里写道："我谨以无限的敬意，呈现给这一本漫画的萧华同志！"此后不久，风雨书屋被查抄，这本画册没有机会再印。

《西行漫画》画册出版之前，赵家璧主编的《大美画报》在第 2 卷第 1 期刊载了部分画稿，并在"编辑的附言"中说："《西行漫画》，得在本书出版前在本报

《西行漫画》
风雨书屋1938年出版

先行发表，是我们认为一件很光荣的事情。这里所选七幅，可以说是全部作品中最精彩的代表作。……证明用中国画法所作成的漫画，不但在技术上超越了洋画，并且保有了中国国画中独有的风韵。"

1941年，阿英举家从上海前往苏中抗日根据地。在采访参加过长征的老同志的过程中，得知画集作者署名可能有误。他在1943年6月25日的日记中写道："得悉萧华同志不会画，前在沪，余所刊《西行漫画》，实为中央红军宣传部人所画。"

1958年12月，一位读者在北京图书馆（中国国家图书馆前身）发现了这本署名为萧华的初版《西行漫画》。他认为这本画册是极其珍贵的红军时期的作品，很有重新出版的价值。当月，这位读者向人民美术出版社作了推荐，出版社非常重视，很快同意再版。

人民美术出版社的编辑请萧华写序。萧华这才见到初版《西行漫画》。他告诉美术出版社的编辑，当年是他托人把画稿照片辗转带到上海去的，但自己不是作者，也不知作者是谁。因为不能确定作者，1958年版《西行漫画》没有署名。萧华在序言中说："这本《西行漫画》是二十年前在上海出版的，漫画的作者已经查不清楚是什么人，我想很可能是红军第五军团中做宣传工作的同志们。"随着时间的推移，画稿的作者成了一个历史的谜团。

直到1961年，黄镇卸任印尼大使，返回国内出任外交部副部长后，这个谜团才得以解开。在一次外交部宴请画家们的宴会上，人民美术出版社社长邵宇无意间向黄镇提及《西行漫画》画集，并说其中一幅画的是林伯渠提着马灯拿着手杖连夜行军的场景。黄镇说他当年在长征途中也画过这样的画。于是，几天后邵宇拿着画集拜访了黄镇。

黄镇翻开《西行漫画》第1页后激动不已，立即问："这是在哪找到的？我还以为找不到了呢！"原来这批画稿的作者正是黄镇。时隔多年，25幅漫画的真正作者终于找到了。

那是在1934年10月，第五次反"围剿"失败后，当时做宣传工作的黄镇随军开始长征。在长征途中，黄镇一路走一路画，用土制画笔先后创作了四五百张画，但由于行军打仗、风餐露宿，最后只保留下25张。在这些画中，最有代表性的是《二万五千里长征图》，这是一张全景式的写意画，完整形象地描绘了长征的漫漫征途。为配合中共中央的指示精神，开展宣传活动，《新华日报》1938年3月刊登了这幅画，使之广为流传。

1962年，第三版《西行漫画》首度署名"黄镇"，并配发了"作者小传"，书名也由黄镇改定为《长征画集》。黄镇回忆说："当我翻开《长征画集》的第一页，画上的形象使我激动不已。记得在长征途中，一位年已五十开外的老同志，戴着深度的近视眼镜，不管白天或黑夜，左手提着马灯，右手执着手杖，老当益壮地走在红军队伍之中。这就是林伯渠同志。他和徐特立、董必武、谢觉哉同志都是德高望重的老人，以半百的年纪，参加了长征的壮举。往事历历在目，一切犹如昨日。"

《西行漫画》虽只保存下25幅反映长征的漫画，却充分证明了红军的伟大征程与苦难辉煌，反映了民族艺术在革命战争中的顽强生命力。它独特的价值，正如阿英在该书序言中所说："在中国漫画中，有谁表现过这样伟大的内容，又有谁表现过这样的战斗！"

第五章
万众瞩目
清凉山

抗日战争指导思想的诞生

《论持久战》

1937 年 7 月 7 日，日本侵略军悍然炮轰宛平城，发动全面侵华战争。

七七事变第二天，中共中央向全国人民发出通电："平津危急！华北危急！中华民族危急！只有全民族实行抗战，才是我们的出路！"[1]

远在延安的毛泽东，密切关注着战局，思考着这场战争的战略方向。其实，到达延安后，毛泽东已经开始了有计划的军事理论研究工作。1937 年底，黄埔四期毕业生郭化若在延安中央党校学习结束。因为有比较系统的军事教育背景，毛泽东马上聘他为军事教育上的顾问，并安排了一间大房子，请他"专注于战略问题的研究及编辑部事务，务把军事理论问题弄出个头绪来"[2]。

从理论上论证共产党主导的游击战将会是抗战持久和胜利的关键所在，是毛泽东希望延安方面撰写总结出来的军事理论。郭化若按照毛泽东的要求，写了一些篇章文字。毛泽东看后亲自改写，并在 1938 年 5 月 30 日第 40 期《解放》周刊上发表了《抗日游击战争的战略问题》。这篇文章运用马克思主义哲学方法，分析阐述了抗日战争中正规战争与游击战争的辩证

---

[1]《中国共产党为日军进攻卢沟桥通电》(1937 年 7 月 8 日)，中央档案馆编：《中共中央文件选集 (1936—1938)》，中共中央党校出版社 1991 年版，第 274 页。

[2] 郭化若：《郭化若回忆录》，军事科学出版社 1995 年版，第 134 页。

《论持久战》战地文化协会
1938年翻印版本

关系，全面深入地论述了抗日游击战争的战略问题，成为毛泽东关于抗日军事理论的一篇代表性著作。

在这篇文章的写作前，毛泽东已经读了大量军事著作。《毛泽东年谱》记载：1938年3月18日，开始读克劳塞维茨《战争论》。20日、21日、23日、28日、31日和4月1日，继续阅读。他还要人找来黄埔的战略讲义，日本人的《论内外线作战》，鲁登道夫的《全体性战争论》，蒋百里的《国防论》，苏联的野战条令等，以及报纸上发表的抗战以来论战争的文章通讯。

《抗日游击战争的战略问题》写作之时，正是台儿庄战役取得胜利之时。战前流传着中国必亡论，说"中国武器不如人，战必败"；而一次胜利，舆论上又产生轻敌倾向，出现了中国速胜论。4月25日、26日，《大公报》连续发表社论，说："我们这一战胜利了，其有形无形的影响，就可以得到准决胜的功效。"又说："这一战当然不是最后决战，但不失为准决战，因为在日本军阀，这一战就是他们最后的挣扎。"正在各方为"必亡论"和"速胜论"争得不可开交时，毛泽东写完了《抗日游击战争的战略问题》，他深感有必要再写一篇更宏观的、讨论整个抗日战争战略方针的文章。

这次，他写得很快！连续数个深夜，凤凰山下毛泽东的窑洞内，都燃着一豆烛光，映着一个高大的身影，时而略有沉思，然后更快地奋笔疾书。终于，5月间的一个清晨，这篇大作完成了，一摞厚厚的文稿，封面上道劲有力的4个大字——论持久战。

洋洋5万言，一气呵成，第一次系统完整地阐述了自己的持久战思想。文章开宗明义提出：身受战争灾难、为着自己民族的生存而奋斗的每一个中国人，无日不在渴望着战争的胜利。然而战争的过程究竟会要怎么样？能胜利不能胜利，能速胜还是不能速胜？很多人都说持久战，但是为什么是持久战？怎样进行持久战？很多人都说最后胜利，但是为什么会有最后胜利？这些问题，不是每个人都解决了的，甚至是大多数人至今没有解决的。

在《论持久战》中，毛泽东解决的就是大多数人没有解决的这些问题。他认为，中日战争存在着互相矛盾的4个特点，即敌强我弱、敌小我大、敌退步我进步、敌寡助我多助，"这些特点，规定了和规定着双方一切政治上的政策和军事上的战略战术，规定了和规定着战争的持久性和最后胜利属于中国而不属于日本"①。他预见到，持久战将经历日军战略进攻、双方战略相持、中国战略反攻3个阶段，中国的胜利在于全民族的努力，在于对抗日民族统一战线的坚持和对持久战争的坚持到底。

这部著作集中体现了毛泽东的军事思想。他首次提出人民军队政治工作的三大原则——官兵一致、军民一致、瓦解敌军；提出了"兵民是胜利之本"的人民战争思想，战争的伟力之最深厚的根源，存在于民众之中；还明确了八路军的战略方针为"基本的是游击战，但不放松有利条件下的运动战"②。

陈云回忆，《论持久战》写成后，毛泽东先在小范围讲了讲。5月26日至6月3日，毛泽东在延安抗日战争研究会演讲了《论持久战》的基本内容。陈云听了觉得太好了，"我们党里头没有第二个人写出这样好的著作"③，于是建议毛泽东到更大的范围去讲。

① 《论持久战》，《毛泽东选集》第二卷，人民出版社1991年版，第450页。

② 同上书，第500页。

③ 《陈云文选》第三卷，人民出版社1995年版，第284页。

毛泽东考虑后，觉得一个人讲，范围还是太有限，于是决定将著作发表出来，全党全国人民就都能读到了。于是，他亲手整理了讲稿，先是油印出来，在延安党员干部中传阅。大家争相抢读，前线的将上也纷纷来要，好多人还是看不到。于是，1938年7月1日，中共中央机关刊《解放》周刊第43、44期合刊正式发表《论持久战》，标题由毛泽东题写，全文120个自然段，约5万字。该期杂志封面印有毛泽东题写的"坚持抗战，坚持统一战线，坚持持久战，最后胜利必然是中国的"字样。同月，解放社迅速出版了《论持久战》单行本，浅黄色封面，题名和封面题词均与《解放》发表版本一致，出自毛泽东亲笔。

《论持久战》清晰透彻的论述，一下子为中国抗日战争指明了方向，党内高级干部无不服膺。陈云说："过去我认为毛泽东在军事上很行，因为长征中遵义会议后的行动方针是毛泽东出的主意。毛泽东写出《论持久战》后，我了解到毛泽东在政治上也是很行的。"[1]吴玉章说过：《论持久战》的发表，毛泽东以他对马克思主义哲学的娴熟应用和对抗日战争的透彻分析，征服了全党同志特别是高级干部的心。王震说："我们这些抗日战场上直接参加战斗的人，在战斗的间隙，土炕油灯，如饥似渴，欣然阅读，备受鼓舞。完全可以说，一部光辉的《论持久战》，鼓舞和指引我们夺取了抗日战争的伟大胜利。"[2]

这部书传到国统区，一时洛阳纸贵，人人争读。国民党高级将领不仅自己读，还发给属下将士学习。冯玉祥得到此书，立即自费印刷3000册，遍送国民党要人。白崇禧得到周恩来所赠《论持久战》，大为赞赏，也印发给桂系军官阅读，还将持久战精神总结为"积小胜为大胜，以空间换时间"，并由军事委员会通令全国，作为抗日战争中的战略指导思想。

为让世界了解中国人民的抗战，争取最大的同情和支持，

[1] 中共中央文献研究室编：《陈云年谱（修订本）》上卷，中央文献出版社2015年版，第386页。

[2] 王震：《学习〈论持久战〉哲学笔记·序言》，《人民日报》1990年6月23日。

《论持久战》出版不久，我们党就启动了翻译出版英文译本的工作。

在上海，《大公报》女记者、地下党员杨刚住进美国女作家项美丽的寓所。这位女作家与诗人、出版家邵洵美一起创办了孤岛秘密英文刊物《公正评论》，刊载反日爱国文章，在沪上外籍人士中秘密发行。杨刚此来，是接受了党的任务，要尽快翻译《论持久战》。这样，从1938年11月1日的第3期到1939年2月9日的第6期，杨刚译稿以 *Prolonged War* 为题，分4期在 *Candid comment*（《公正评论》）上连载。作者署名 Mao Tse Tung（毛泽东），译者署名 Shih Ming（士敏）。文章连载的同时，杨刚在邵洵美帮助下，还将英译稿编成单行本。书印成后，不少在上海的外籍人士读到了这个版本。

另一方面，周恩来把《论持久战》从武汉寄给了在香港的宋庆龄，请她找人翻译成英文，在海外发行。收到书，宋庆龄一读再读，深为书中高论所折服，找来自己的朋友爱泼斯坦等人译成英文。毛泽东特地为英译本写了序言，题为《抗战与外援的关系》，"希望此书能在英语各国间唤起若干的同情，为了中国利益，也为了世界利益"。《论持久战》的海外出版是卓有成效的。据说，丘吉尔、罗斯福的案头，都放着这本书的英译本，斯大林还专门请人为他翻译了俄文版的《论持久战》。

《论持久战》中论述的中国抗日战争指导思想，在马克思主义与中国共产党革命实践相结合中诞生，从小范围的演讲到刊物发表、出版单行本、外文译本，成为全国人民抗战的精神纲领，又将影响力扩大到世界范围，争得了国际社会广泛的理解和支持，出版的作用功不可没。

战争中吹响『民族的号筒』

"我们的革命根据地不仅在政治上是最光明的地方，在文化上也应该是最先进的地方。"①

1937年，卢沟桥事变爆发，中华民族全面抗战由此开始。中国共产党领导的八路军挺进华北，创建了晋察冀边区抗日根据地。为了宣传党的方针政策、联系群众、动员组织边区军民战胜敌人，1937年12月11日，在抗击日寇第一次围攻的战斗期间，晋察冀军区政治部在阜平县城创办了《抗敌报》。军区政治部主任舒同兼任报社社长，袁同兴任总编辑。

三日刊，土黄毛边纸，单面油印，一期两版，每期的发行数约1500份——这份在敌后抗日根据地创办最早的大区党报，初创时的面貌堪称简陋，但发挥了很大作用。邓拓评价报纸："就在这幼稚草率的面目中，却是最忠实地反映了当时军区在初期发展阶段中的新的变动和姿态和艰难创造的精神。"②

《抗敌报》创办后连续刊载八路军挺进敌后抗击日寇的事迹，积极宣传共产党、八路军的抗日主张，号召广大人民群众起来打日本、救中国，很快获得了根据地百姓的信任和喜爱。曾有张家口读者给报社来信说："敝人是住在本市极北角相当远的地区里，一院有7家邻居的大杂院贫民窟，虽然大多数不

① 《聂荣臻传》编写组：《聂荣臻传》，当代中国出版社2015年版，第146页。

② 邓拓：《〈抗敌报〉五十期的回顾与展望》，《邓拓全集》第五卷，花城出版社2002年版，第260页。

《抗敌报》
第83期（1938年）

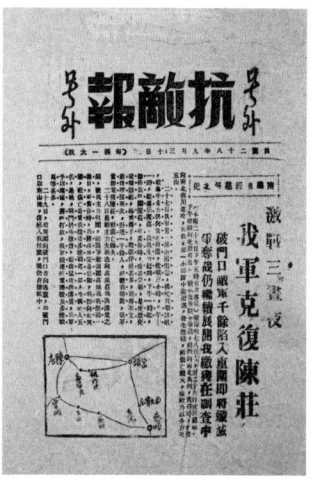

《抗敌报》
号外（1939年）

识字，但是他们爱听消息，每天每个人都盼这一张报到来，比小孩盼过年还盼得利（厉）害。"

在读者的信任和爱护下，《抗敌报》逐渐发展，从1938年1月20日出版的第12期起改用新闻纸，每期扩大为4版，双面印刷。报纸内容有社论、通讯、专刊，还有诗歌、漫画、顺口溜，文章内容通俗易懂，语言诙谐幽默，有时还使用河北方言，令读者耳目一新。从第13期起，报纸改为石印，增加了边区消息和言论。经过革新，报纸销量大增，为宣传抗战，传达党的声音发挥了重要的作用。

然而，在抗日斗争异常残酷、物资条件极端困难、生活条件非常艰苦的环境中，经办一份报纸谈何容易！

晋察冀抗日根据地处于华北抗战最前沿的重要位置，日本侵略者把这块抗日根据地视为心腹大患，必欲除之而后快。1938年3月初，日寇从平汉线向边区的中心阜平等地方发起进攻。3月5日，敌机轰炸阜平县。正在印刷的第24期《抗敌报》和石印机都遭到破坏。报社转移至五台山大甘河村和附近海会庵寺庙内继续出版。

《抗敌报》初试啼声即经历战火残酷围攻，3月25日出版的第25期发表《本报重要启事》，庄严宣告："这次敌人进攻阜平县，本报社的石印机因十分笨重，且时间紧迫，人力有限等原因，未能来得及搬撤，致为敌人火力所毁，殊为痛惜。然而丧心病狂的敌人，虽能毁掉了本社的印刷设备，却不能毁掉了本社同志们坚决以笔代枪诛伐日寇的信念！现在报社的全体同志们决以尽我们所有的力量来努力恢复这次轰炸给我们造成的损失，并更加扩容我们的抗敌武器——《抗敌报》来回答敌人的残暴行径，这期《抗敌报》篇幅已略微扩大，预算在不久的将来，我们还要出两张纸。"

这是宣传阵地捍卫者的呐喊，更是抗日战士战斗意志的宣誓。也是从这一期开始，《抗敌报》走上了新的发展道路。

1938年4月，《抗敌报》划归边区党委领导，由26岁的邓拓担任社长，主持报社工作。5月间，为了解决报社的物资保障和技术问题，在军区领导的关心下，报社从冀中任丘、定县秘密调拨来铅印机和一批印刷器材，并调来了20多名技术工人。这是《抗敌报》储备铅印出报的第一批印刷工人。

6月3日，《抗敌报》第45期4版刊出"本报革新预告"，通告即将出版铅印报的消息。6月27日，《抗敌报》第50期出版了纪念特刊版，采用套红印刷，共8版。多位领导同志为该期报纸题词，晋察冀军区司令员聂荣臻的题词是："民族的号筒"。

8月16日第63期起，《抗敌报》改为铅印和隔日刊，4开4版。据有关同志回忆当时情形，报社虽有从冀中秘密运来的铅印机，却没有铅字，同志们想方设法使用替代品，想出了用胶泥做成手翻盒子来翻字；排版以纸条代替铅条，以铅条代替水线；买不到煤油，没有油墨，发动群众收集锅底烟灰，掺上松香、胡麻油来替代。报社的同志们自制油墨常被烟灰弄得满脸乌黑，大家相互打趣说："咱们这是'黑人牌'油墨！"没有纸，报社自力更生，建起纸厂，用旧麻绳头、破布、麦秆等做原料，用石碾子压碎煮成纸浆，在火墙上一张张地烤出来。

改版后，报纸的印刷数量增到3000份。随着印数的增加，报社开始设立代销处，并出版书籍。9月10日，《抗敌报》在头版头条刊登了《论持久战》即将出版面世的巨幅广告，并以"七七出版社"名义陆续出版书籍。自此，报社既是报社又是出版社。

9月下旬至11月上旬，日军对晋察冀边区实行"大扫荡"，妄图摧毁晋察冀抗日根据地。在这一段时间内，报社一直处于反围攻的游击战争中。报社编辑人员带着机器、物资，在深山里艰苦地进行"游击办报"，并坚持铅印出报。他们避开大路，钻进险峻山区的瓦窑村里出报。瓦窑村是个十几户人家的贫困小村，报社向乡亲们借了几间柴房做排字房、机器房，借几张门板当案子来排版，在昏暗的麻油灯下拣字、排版、印刷。记者编辑坐在乡亲们的门槛上、小凳上，在膝盖上写稿、编稿。校对人员在乡亲的炕桌上校对稿样。大家睡地铺，吃土豆，就咸菜下饭，在艰苦条件下坚持出了4期报纸，直到日军逼近瓦窑村，报社同志们才继续转移出报。

这次反围攻的一个半月中，《抗敌报》一直坚持出版，连续报道了我军胜利的消息。事实证明，在游击战争的条件下，在残酷的战争中，守住党的宣传阵地，坚持出版报纸，是办得到的。聂荣臻在粉碎敌人围攻后的报告中赞扬道："报馆在战争中，没有被打坍，报纸在群众中有威信。"陆定一称赞报社通讯员不愧为"战地报人"。

《抗敌报》在民族和国家命运危难的关头，肩负起晋察冀抗日根据地抗战新闻报道、抗日救亡号召、政策舆论宣传的历史重任，激发了人民大众的民族意识和抗日爱国热忱，吹响了民族抗日救国的号角。

一份党的建设伟大工程的专门党报

1939 年 10 月 20 日，中共中央在延安创办了一份专门给党员干部看的刊物，毛泽东亲自为它题写刊名，并撰写发刊词，这就是《共产党人》。

《共产党人》在党的建设史上赫赫有名。今天，我们所熟知的"三大法宝""党的建设是一项伟大的工程""将马克思主义的理论和中国革命的实践相结合"等提法，都出自毛泽东所撰写的《〈共产党人〉发刊词》。

《共产党人》的创办不是偶然的。正如毛泽东在发刊词中所说："中央很早就计划出版一个党内刊物，现在终于实现了。在当前的时机中，出版这样一个刊物十分必要。"

这是什么时机呢？1939 年，抗日战争转入战略相持阶段，日本将打击主要目标转为共产党，集中兵力进攻抗日根据地；国民党在日本转以"政治诱降为主、军事打击为辅"后，抗战意志发生动摇，开始实行"溶共、防共、限共、反共"的反动方针。同时，中共在 1938 年 3 月 15 日发布《关于大量发展党员的决议》后，党员人数猛增，组织建设亟须加强。在这种情况下，中共中央决定创办一个刊物，来统一全党的思想认识，牢固党组织，进一步加强党的建设。

《〈共产党人〉发刊词》是关于党的建设的一篇重要文献，是党的建设伟大工程的奠基之作。它回答了党的建设中的几个基本问题：

首先，要建设一个什么样的党？文中写明刊物创办的任务是："帮助建设一个全国范围的、广大群众性的、思想上政治上组织上完全巩固的布尔什维克化的

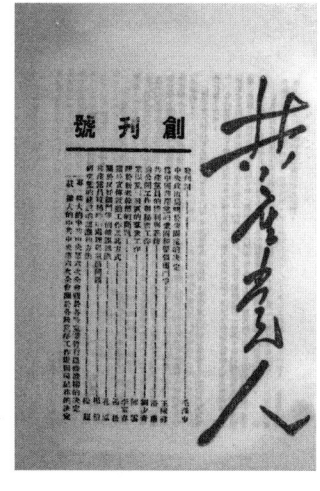

《共产党人》创刊号
（1939年）

中国共产党。"而"帮助进行这件伟大的工程，不是一般党报所能胜任的，必须有专门的党报，这就是《共产党人》出版的原因"。这就在中国共产党的历史上，第一次论述了建设一个什么样的党的问题。

其次，为什么要建设党？该文第一次提出"三大法宝"——"十八年的经验，已经使我们懂得：统一战线、武装斗争、党的建设，是中国共产党在中国革命中战胜敌人的三个法宝。"并论述了党的建设是"三大法宝"的核心，这就说明了建设党的重要性。

最后，怎样建设党？文中写道："集中十八年的经验和当前的新鲜经验传达全党，使党铁一样的巩固起来，而避免历史上曾经犯过的错误——这就是我们的任务。"向历史学习，不断总结经验和教训，不断加强党的建设。

《〈共产党人〉发刊词》提出的党的建设这一光荣传统，在新时代被完整继承和发扬光大。习近平总书记在党的十九大报告中明确指出："伟大斗争，伟大工程，伟大事业，伟大梦想，紧密联系、相互贯通、相互作用，其中起决定性作用的是党的建设新的伟大工程。"2021年初，全党开展党史学习教育，习近平总书记在动员大会上讲道："当年，毛泽东同志总结革命斗争经验，把统一战线、武装斗争、党的建设概括为克敌制胜的'三大法宝'，为我们党取得新民主主义革命胜利发挥了重要作用，至今依然发挥着重要作用。"这是我们党历经百年风雨得出的真知灼见，也说明80多年前的伟大思考永不落伍，永远有它鲜活的时代价值。

除了这篇著名的发刊词，《共产党人》这份刊物上，还发表了毛泽东的《中央关于吸收知识分子的决定》《中国革命与中国共产党》《没有调查者没有发言权》等重要文章。其中，发表于 1940 年第 4、5 期的《中国革命与中国共产党》是一篇非常重要的文章，新民主主义革命理论的概念最早即出于此文。

《共产党人》初刊时定为月刊，后受客观条件所限，改为不定期刊，多至每月两到三期，少则几月一期，至 1941 年 8 月停刊，共出版 19 期，刊登文章 196 篇，每期发行量达 1000 余份。张闻天（洛甫）任主编，李维汉（罗迈）任编辑主任，编辑委员会由毛泽东、陈云、王稼祥、康生、范文澜、艾思奇、吴亮平、杨松、柯柏年等人组成，几乎囊括了在延安的所有中共中央领导人和马克思主义理论骨干力量，可见此刊的分量之重。

由于是党内刊物，中央特别重视《共产党人》刊物发行的保密工作，多次强调："《共产党人》是党内刊物，只限于党内同志阅读。《共产党人》是非卖品，不得向党外出售。凡是读《共产党人》的每一个同志，都应当好好保护它，不得遗失。""因为注意它的安全，也就是注意党的安全。"[1]中国社会科学院原副院长武光回忆，他在延安得到过 18 期《共产党人》，多年一直带在身边，爱若至宝。1942 年，他在敌后游击区病倒，在一个山洞中躲避，无医无药，濒于绝境，仍然与这 18 本刊物寸步不离，所幸后来奇迹般自愈。除了珍爱，这份刊物本身的保密性也要求每个党员必须尽到妥善保管责任。这位老党员的举动，说明他党性坚强，也证明《共产党人》对党的自身建设发挥了巨大作用。

① 《本刊编委启事二则》，《共产党人》1939 年第 1 期，第 81 页。

八匹骡子办报纸

1939年1月，中共中央北方分局成立，《抗敌报》改为北方分局机关报。1940年11月7日，根据中共中央北方分局的指示，在晋察冀军区创建三周年之际，《抗敌报》更名为《晋察冀日报》。《晋察冀日报》伴随着晋察冀根据地一起发展壮大，从创刊到终刊历时10多年，共出版2854期，是中国共产党在敌后根据地创刊最早、连续出版时间最长、影响最大的大区党报之一。

1940年，改版后的《晋察冀日报》发行量增到2.1万份，报社出版的抗战新书达到180多种、71.6万册，发行到北岳、冀中、冀热察、晋东南、延安和大后方等地区。报社的发展壮大，引起了日寇的仇恨和恐惧。

1941年初，侵华日军对华北敌后抗日根据地进行疯狂的"扫荡"，对晋察冀抗日根据地实行有计划的"蚕食""清剿"和惨无人道的"三光政策"。根据地面临既要从舆论上反击日伪宣传，又要巩固和发展根据地的严峻形势。在这种情况下，《晋察冀日报》利用社论、专论、典型报道、通讯等报道，从舆论上提出和解决根据地广大军民的思想认识问题，积极宣传党的主张和根据地建设的各项方针政策，发挥了巨大的"民族号筒"作用。为适应反"扫荡"大战的迫切需要，在战争的残酷环境持续出版，《晋察冀日报》的同志们带着沉重的印刷设备，开始了"游击办报"。为了安全，报社给每个编辑和记者都配发了步枪和手榴弹。从此，一支"一手拿笔，一手拿枪"游击办报的新闻队伍转战于北岳高山峻岭，在风雨硝烟中，千方百计坚持出报，对抗日根据地的宣传出版事业作出巨大贡

《晋察冀日报》第2854期
终刊号（1948年）

献。《晋察冀日报》成为"边区文化战线上铁的正规军"①。

为方便转移，报社必须轻装再轻装，减轻印刷机器设备重量刻不容缓。为此，工人们苦心钻研。他们把铅字字身改短，字盘也被浓缩为常用的3000字，又把字架改装成可以拆开放在马背上转移的活动架，提高了印刷器材的便携性。邓拓还制作了便携的书箱，箱子中间有格子，立起来是书架，合起来是书箱，编报时必备的书籍和参考资料可以随身带走。

1941年11月20日，由石印机改造而成的铅印机试制成功。这次改创的铅印机，重约250公斤，加上办报的必需物资，8匹骡子便能运走。经过改造的印刷设备拆装方便，敌人来时，拆解开来装入箱子搬到骡背上就能转移。等到了安全的地方，卸下设备，安装好就可以办报，"凡有24小时较安定的时间，绝对保证出报一期"②。这便是中国共产党新闻出版史上广为人知的"八匹骡子办报纸，三千字内著文章"的由来。

在抗日战争反"扫荡"过程中，《晋察冀日报》还书写了"七进七出铧子尖"的新闻传奇。铧子尖是滚龙沟南山一座最高峰的俗称。1940年冬到1942年春，晋察冀日报社曾长期在滚龙沟一带驻扎。报社没有专属的警卫部队，全体人员在遇到敌

① 《彭真为〈晋察冀日报〉改刊题词》，《晋察冀日报》1940年11月9日。

② 出自1941年秋晋察冀日报社社务会议通过的《反扫荡工作提纲》。《提纲》对邓拓"游击办报"思想首次作了系统概括。

情时都是战斗员，枪支不多，编辑记者基本是每人两颗手榴弹，"永远要留着两颗手榴弹，一颗给敌人、一颗给自己和印刷机。万一走不脱，就什么也不给敌人留下！"1941年8月，敌人向边区开始"大扫荡"，日伪军合围滚龙沟一带。当时，报社为了赶印当天的报纸，行动迟了一步，来不及转移设备，原计划撤退的山路已被截断，此时又和中央断了联系，危急时刻邓拓决定利用复杂地形，化整为零，隐蔽活动，他们把印刷设备埋藏在铧子尖，报社人员则和当地群众、民兵、游击队一起与敌人周旋。8月23日到10月10日，他们冒着生命危险，勇敢机智地"七进七出铧子尖"，将印刷器材埋了挖，挖了埋，埋了又挖，如此反复7次，印刷出报32期，对稳定根据地民心军心、鼓舞军民抗战起到了不可估量的作用。

《晋察冀日报》能在日寇残酷的"扫荡"时期坚持出版，和党的坚强领导、人民群众的大力支持是分不开的。在反"扫荡"中，报社"游击办报"，转移时，印刷设备和物资的接运主要依靠当地群众帮忙。每到一村，干部群众积极响应，为报社侦察、站岗、打掩护。在1943年秋季的"大扫荡"中，日寇在马兰村找不到报社，威逼村民说出报社人员的去向，老乡们宁死不说，敌人残忍杀害了17位乡亲，挖了村民的几代祖坟相威胁，仍一无所获。后来，社长邓拓采用马兰村的谐音"马南邨"为笔名撰写文章，以此表达对马兰村乡亲们永志不忘。

《晋察冀日报》和报社的同志们与晋察冀边区人民同甘苦，共命运，10余年来在异常艰苦的战争环境中坚持出报，准确地宣传了党在不同时期的政治任务，守住了党的宣传阵地，是晋察冀边区军民对敌作战的一面不倒的旗帜。可以说，这份报纸就是一部完整的晋察冀边区军民抗战史。1948年6月14日，《晋察冀日报》与晋冀鲁豫《人民日报》合并，改组为中共华北中央局机关报《人民日报》（中共中央机关报《人民日报》的前身）。社长邓拓在《终刊启事》中说："本报始终成为党领导人民并与人民结合的战斗武器。"这是对《晋察冀日报》最精辟的评价。

一张完全的党报

1941年，是中国共产党抗日战争中特别艰难的一年。日本对华政策调整，诱降国民党，进攻根据地。国民党开始反共，发动了震惊中外的皖南事变。中共中央根据国内外形势，决定加强领导党的宣传工作。

当时的延安，已有几份党报党刊，比如中共中央机关报《新中华报》，机关刊《解放》周刊，还有一份在党员内部发行的刊物《共产党人》。但是这几份报刊规模都比较小，刊期也长，最快的《新中华报》也是三日刊，只有4开4版，阵地太小。这样，中央政治局委员、中央党报委员会主任博古，就向党中央提出"延安需要有一份日报与一个强有力的通讯社"①。

5月15日，中共中央发布了由毛泽东亲自起草的《关于出版〈解放日报〉和改进新华社工作的通知》，明确指出："5月16日起，将延安《新中华报》《今日新闻》合并，出版《解放日报》。"博古为第一任社长，杨松为第一任总编辑，新的编辑部办公地点设在清凉山上。

说起清凉山，这可是新中国红色新闻出版事业的摇篮。这座名山，矗立在延安城东北，延水之滨，山上有隋唐古刹、万佛石窟，摩崖石刻处处，吕洞宾传说绕耳，步移景异，甚是优

① 张越霞：《悼博古》，《解放日报》1946年4月20日。

《解放日报》第881
期首次全文发表毛
泽东《在延安文艺
座谈会上的讲话》
（1943年）

美，由于体势挺拔，到了夏天自生清凉，得名清凉山。中共中央到了延安，把新华社、新华书店、中央印刷厂、新华广播电台都集中到清凉山办公。党的抗战思想、各种主张，源源不断从清凉山发向全中国。正如陈毅所赋诗歌：百年积弱叹华夏，八载干戈仗延安。试问九州谁作主，万众瞩目清凉山。

　　新成立的《解放日报》移入此处，可算一个理想的办公场所。两个报社的编辑人员接到通知，立即赶来清凉山集中。博古给大家开了第一次编辑部会议。他强调了《解放日报》的性质："我们的报纸是战斗的党的机关报，是以党的立场分析认识世界，这是方向。"这份报纸日出对开半张两版（当年9月扩大为日出对开一大张4版），比以往任何报刊规模都大、任务都重。我们党在五卅运动期间办过一张《热血日报》，比这个规模小得多。现在要出的《解放日报》，可以说是党办的第一张大型日报！编辑部的同志们听了都很兴奋，摩拳擦掌，纷纷表示不怕困难，准备大干一场。

　　第二天，也就是5月16日，《解放日报》正式创刊了。毛泽东撰写了发刊词，指出："本报之使命为何？团结全国人民战胜日本帝国主义一语足以尽之。"报纸之使命，正是抗战中的中国共产党之使命。报刊出版，以最大能力、最强音量宣传党的主张，成为党的事业的播种机、扩音器和记功碑，这就是出版工作最鲜明的党性、最顽强的战斗性！

　　但是，《解放日报》创办初期还是走了弯路。什么弯路呢？主要是版面安排死板，不从实际出发，僵化模仿苏联《真理报》。当时报社有个不成文的规定：一版国际，二版国内，三版边区，四版才轮到延安或副刊。不管当天中央有什么重要指示，都一律被挤到边边角角，头版重要位置净是和党工作实际没关系的苏联译文稿。1942年2月1日，毛泽东在中央党校开学典礼上发表《整顿党的作风》的演说，这是对全党整风的动员报告。这么重要的消息，《解放日报》只在三版右下角发了条三栏题消息。2月8日，毛泽东在延安干部会上作《反对党八股》的讲演，《解放日报》又在三版左下角发了条三栏题消息。

我们现在都知道，版面有自己的语言，通过位置安排就能传达出许多信息。所以，我们说版面上有政治，有意识形态。这种版面安排，严重脱离了工作实际，脱离了群众，也背离了党报要求。发生这种情况，一方面，是我们缺乏办大型日报的经验；另一方面，是王明的思想路线还在起作用。

中共中央注意到了这种情况。3月8日，毛泽东给《解放日报》送来一幅题词："深入群众，不尚空谈"。是批评，也是期望。中共中央决定改造《解放日报》，把这个作为整风运动的一部分。3月16日，中共中央宣传部发出《为改造党报的通知》。这份约800字的通知，高度凝练了马克思主义新闻观，指出："报纸是党的宣传鼓动工作最有力的工具。""报纸的主要任务就是要宣传党的政策，贯彻党的政策，反映党的工作，反映群众生活。""各地党的领导机关，必须亲自注意报纸的编辑工作。""党报要成为战斗发生的党报，就要有适当的正确的自我批评。"这些论述，成为党的新闻报刊长期性的指导思想。

从4月1日起，《解放日报》改版，这是中国新闻史上的一件大事，因为从此确立了党报的原则，党性与人民性是一致的、统一的。在前一天改版座谈会上，毛泽东说了一句话："共产党的路线，就是人民的路线。"①版面首先做了调整：一版

① 《在〈解放日报〉改版座谈会上的讲话》（1942年3月31日），《毛泽东文集》第二卷，人民出版社1993年版，第409页。

为要闻版，以边区消息为主；二版是陕甘宁边区和国内消息版；三版为国际版；四版为副刊。改版后不久，陆定一接替积劳成疾入院的杨松，担任总编辑。他上任后，改掉了每天发一篇社论的定式。《解放日报》以前学《真理报》，学《大公报》，有没有必要都写社论。陆定一坚决反对这种做法，他说："我的社论十年以后还要经得起审查，不能只管二十四小时。"①不是每天写，反而有人爱看了，因为写的都是需要的话、有用的话。这是从实际出发的最大好处。

《解放日报》的改版是成功的，它本身是整风运动的一部分，完成自身革命后又有力推动了延安整风运动。到1942年底，报纸共发表300多条整风运动消息，很好地宣传配合了运动的深入。1942年9月，中共中央机关报《解放日报》，同时承担了中共中央西北局机关报的任务。9月22日，该报社论《党与党报》提出："报纸是党的喉舌，在党报工作的同志，一切要依照党的意志办事。"1944年2月16日，《解放日报》发表社论《本报创刊一千期》，指出："我们的重要经验，一言以蔽之，就是'全党办报'四个字。""全党办报"这4个字，标志着经过1年零10个月的整风，《解放日报》终于成长为一张完全的党报。

这张报纸上面，发表过毛泽东的《论联合政府》《在延安文艺座谈会上的讲话》、刘少奇的《论共产党员的修养》《论党内斗争》等重要文章。1947年，党中央战略撤离延安，《解放日报》出至3月27日停刊，共出版2130期。它在党的新闻报刊史上具有里程碑式的意义。

① 《延安〈解放日报〉的改版》（1981年3月12日），《陆定一文集》，人民出版社1992年版，第709页。

马背上的印刷机

1941年到1943年间，面对敌人的频繁"扫荡"，晋察冀抗日根据地的生存环境更加残酷。为保证极端情况下仍能出报，《晋察冀日报》社长邓拓提出要改造出轻便印刷机。报社机务小组成员牛步峰、孟广印等人，在只有几件简单工具如锉刀、锯条、手摇钻的条件下，根据铅印机的原理制造出木头零件，经过几个月的反复研究试验，成功制造出一台木质轻便印刷机。

这台轻便印刷机体积小，只有小手提箱那样大，重量约30公斤，拆卸装配方便，可以拆为7个大部件，最大的部件只有5公斤，一个成年人可以较容易地装卸。遇到紧急情况，每人背上一个部件就可翻山越岭，十分灵活并且不容易损坏。因此，晋察冀日报社的印刷工作人员每到一个地方，只需向老乡借用一个饭桌，几分钟的拼装过后就可以印刷作业了。这就是"马背上的印刷机"。改制的轻便铅印机大大方便了印刷厂的迁移，为宣传抗战作出了不可磨灭的贡献。

1945年初，边区党政军民联合召开了战斗英雄、劳动模范大会，把报社改造轻便印刷机的牛步峰评为劳动英雄。在大会的决议中，表扬了《晋察冀日报》对边区文化出版事业的重大功绩和在反"扫荡"中坚持出报的贡献，奖励报社1万元（边币）。

在战火硝烟中坚持出版的《晋察冀日报》创造了游击办报的历史奇迹。木质轻便印刷机便是这一奇迹的实践产物，也是擂响晋察冀边区抗日战争战鼓的"擂

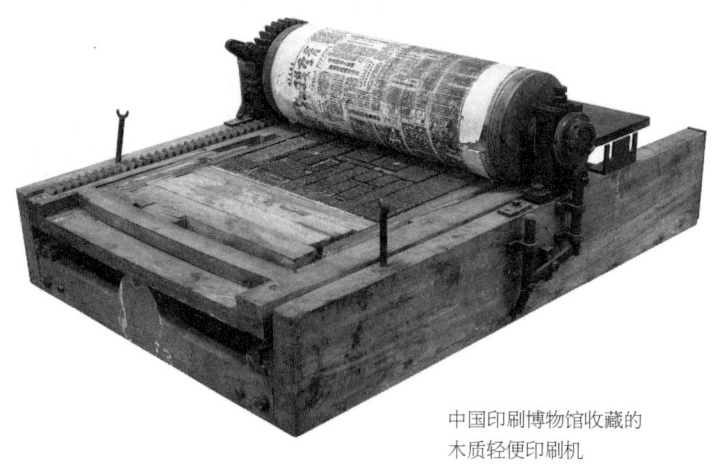

中国印刷博物馆收藏的
木质轻便印刷机

手"。它印刷了成千上万的"抗日号角",经历了抗日战争的风雨洗礼,见证了英雄的智慧和创造,谱写出新闻出版史上的传奇。

解决了文艺工作的方向

1942年4月的一天，100多位在延安的文艺工作者同时收到一封粉红色的油印请柬，上面写着：

> 为着交换对于目前文艺运动各方面问题的意见起见，特定于五月二日下午一时半，在杨家岭办公厅楼下会议室内开座谈会，敬希届时出席为盼。

> 毛泽东 凯丰
>
> 四月二十七日

凯丰是当时中宣部副部长，部长张闻天此时没在延安，他代理部长一职。这个会就是影响深远的延安文艺座谈会，党的文艺工作在这个会上明确了方向。

5月2日，是个星期六。收到邀请的文艺家吃过午饭，拿着请柬，高高兴兴地走进杨家岭"飞机楼"。"飞机楼"是中共中央办公厅大楼的代称，当年是延安最洋气的建筑，主楼3层，左右两翼对称，俯瞰状似一个飞机头。

座谈会在一楼会议室召开。这个会议室不大，平时也做中办的餐厅，参会的百十号人坐不下，有些就直接坐在窗台上、站在门口听，热情都很高。大家坐定，毛泽东、朱德、陈云、任弼时、王稼祥、博古等在延安的中央领导人也

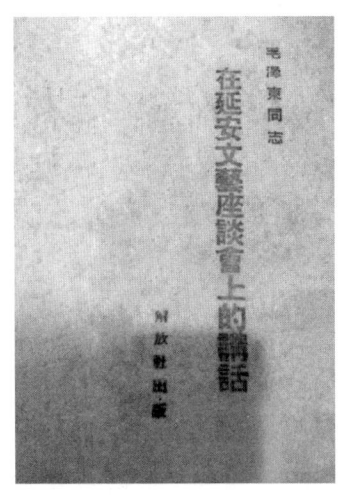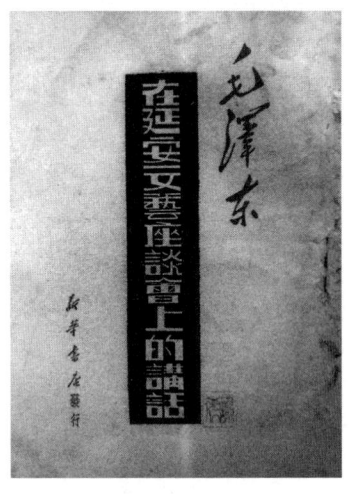

《在延安文艺座谈会上
的讲话》 解放社1943
年版本（左） 新华书
店1950年版本（右）

①《在延安文艺座谈
会上的讲话》，《毛泽
东选集》第三卷，人
民出版社1991年版，
第847页。

到了，凯丰主持会议。毛主席和大家一一握手打过招呼，就率先发言。他讲了开这个会的目的，是"研究文艺工作和一般革命工作的关系，求得革命文艺的正确发展，求得革命文艺对其他革命工作的更好的协助，借以打倒我们民族的敌人，完成民族解放的任务"①。这些话写在后来出版的《在延安文艺座谈会上的讲话》引言部分。大会请了4名速记员做记录，所以会议内容保存得特别完整。毛主席接着说，要实现文艺为革命的目的，有一些问题需要解决，这就是"文艺工作者的立场问题，态度问题，工作对象问题，工作问题和学习问题"。

毛主席为什么提出这5个问题？他说过，没有调查就没有发言权。开会前的延安文艺界情况，毛主席是调查过的。抗战开始后，大批作家、美术家来延安，他们对延安有过度理想化的倾向，创作上也比较自由化，一批作品偏离了革命轨道。中共中央机关报《解放日报》四版副刊，3月9日刊发丁玲的《三八节有感》，3月11日、12日，连续发表艾青的《了解作家，尊重作家》、罗烽的《还是杂文的时代》，这几篇文章指摘延安存在官僚主义、等级观念、男女不平等诸多问题，并说文艺的任务是暴露，呼吁给作家创作自由。3月13日，副刊又发表王实味的《野百合花》，把矛盾激化到顶点。

这些文章发表时，延安正在开展轰轰烈烈的整风运动。《解放日报》不去讨论如何改造学习和作风，却来发表这些不合时宜的作品，很难不引起注意。

为搞清延安文艺界的情况，整个4月份毛主席密集约谈延安的作家、艺术家。延安文艺抗敌协会和中央研究院的萧军、欧阳山、艾青、白朗、舒群、草明等作家，延安美协的华君武、蔡若虹、张谔等画家，还有鲁艺的何其芳、严文井、周立波、曹葆华等人，毛主席和他们谈了个遍，对正反两方面意见有了真实而全面的了解。这样，到了4月底，开会的条件成熟了，中共中央发出粉红请柬。

座谈会开了3次，5月2日是第一次。毛主席说了开场白，让大家自由发言。丁玲说："萧军，你是学炮兵的，你就第一个开炮吧。"萧军霍地站起来，开始激情澎湃地演说。他说要做中国第一的作家，还是做世界第一的作家，还说作家是独立的、自由的，鲁迅在广州就不受哪一个组织的指挥。他越说越激动，甚至有点语无伦次，发言时间特别长，一大壶水都喝光了还没说完。据他自己在当天日记中记载，大概说了40分钟。毛主席都没打断他。

坐在后面的胡乔木听不下去了。萧军刚一说完，胡乔木就站起来，大声说："我发言。"胡乔木说得很尖锐："文艺界需要有组织，鲁迅当年没受到组织的领导是不足，不是他的光荣。归根到底，是党要不要领导文艺，能不能领导文艺的问题。"这个发言，令毛主席很赞赏，会后专门请他吃饭，说"祝贺开展了斗争"。这番争论，却使萧胡二人结下40年的心结，一直到古稀之年，才互相致信，彼此谅解。

5月16日，开了第二次大会，整整开了一天，接着上次自由发言。艾青、吴亮平、欧阳山、丁玲、何其芳等人都敞开心扉，真诚地谈了内心的想法，当然也是各持己见。

5月23日下午，开了总结大会，要给文艺座谈会作结论，来的人更多了。朱

① 凯丰:《关于文艺工作者下乡的问题》,《解放日报》1943年3月28日。

② 《中央总学委关于学习毛泽东〈在延安文艺座谈会上的讲话〉的通知》(1943年10月20日),《建党以来重要文献选编(1921—1949)》第20册,中央文献出版社2011年版,第620页。

德先发言,他说:"不要眼睛太高,要看得起工农兵。"①毛泽东后来总结时说:朱总司令讲得好,他已经作了结论。

毛主席讲话的核心围绕"文艺为什么人"的问题,总结成"为人民大众"即"为工农兵"服务,又具体讲了"如何去服务""文艺界统一战线""文艺批评"和作风等方面,号召大家以鲁迅为榜样,做无产阶级和人民大众的孺子牛。

讲话最后一部分说,延安"文艺界还严重地存在着作风不正的东西","需要有一个切实的严肃的整风运动",由此拉开了延安文艺整风的序幕。之后,这些文艺家深入工农群众中,创作出《白毛女》《暴风骤雨》《太阳照在桑干河上》等一大批我们熟知的优秀作品。这次座谈会硕果累累,说明指导方向起了大作用。

毛泽东的这篇《在延安文艺座谈会上的讲话》,会后没有马上发表。经过胡乔木整理,毛主席修改完善,一直到第二年也就是1943年的10月19日,在鲁迅逝世七周年纪念日当天,才全文发表在《解放日报》头版。

第二天,中央总学委发出《关于学习毛泽东〈在延安文艺座谈会上的讲话〉的通知》,指出《讲话》是"中国共产党在思想建设、理论建设事业上最重要的文献之一,是毛泽东同志用通俗语言所写成的马列主义中国化的教科书"②,要求将其作为整风必读文件,在全党学习。

出版工作者立即行动起来,当月就以解放社的名义出版了《讲话》单行本,32开铅印。有两种版本,一种用光纸单面印刷,另一种用延安特产马兰纸双面印刷,总共印了2.3万册。随后,各抗日根据地、国统区纷纷出版该书,新中国成立后又陆续推出新版本,总共有近百个版本。《在延安文艺座谈会上讲话》影响深远,它所确立的为人民大众服务的文艺方向,一直被坚守至今。

第一部《毛泽东选集》的诞生

　　坡山村，是河北省阜平马兰村属的一个仅有10来户人家的小山村。抗日战争时期，《晋察冀日报》的印刷二厂就设在这里。这个小小的山村，在艰苦的战争年代，承担了晋察冀边区报刊图书的印刷任务。而少有人知道的是，新中国成立前的第一部《毛泽东选集》也出自这里。

　　1944年，全党整风运动正在深入进行中。1月10日，中共中央书记处对晋察冀分局干部扩大会议的指示电报要求，在干部中特别是高级干部中"建设正确的思想——毛泽东同志的思想，以达到统一党的思想，增强干部党性，巩固党的纪律，建设成为一个统一的马列主义的布尔什维克党"。分局宣传部1月31日发出《关于1944年宣传工作方针与任务的指示》，明确要求在党内外广泛深入宣传毛泽东思想。为此，晋察冀分局在征得毛泽东、王稼祥批准后，决定编辑出版《毛泽东选集》，由晋察冀日报社社长邓拓主持该项工作。

　　邓拓对毛泽东非常热爱和崇敬，热衷于学习和搜集毛泽东散见于各报刊的著作。尤其在调任到报社工作后，凡是毛泽东新作问世，邓拓都要求尽快在报上发表，还要印成单行本出版发行。1938年10月，报社出版的第一本铅印书就是毛泽东的《论持久战》。

　　邓拓在接受这项重要出版任务后，倾注全力、废寝忘食，付出了极大的劳动和心血，仅用三四个月就完成了有史以来第一部《毛泽东选集》的编辑工作。

　　这部《毛泽东选集》共收文章29篇，46万字，分为5卷，包括有关新民主主

《毛泽东选集》精装本、平装本　晋察冀日报社 1944 年编印

义革命思想、抗日战争方针政策、军事战略、经济思想和党的思想作风建设等方面的著作。邓拓在卷首撰写的《编者的话》使用了"毛泽东思想"这一科学的概念，满腔热情地阐述了毛泽东思想，高度评价了毛泽东同志在中国革命史上的伟大作用。

担任《毛泽东选集》印刷任务的是晋察冀日报社印刷二厂。当时，正值 1943 年秋冬 3 个月的"大扫荡"过去不久，在军事、经济的重重封锁下，印厂物资奇缺，连印刷用的白纸也很难买到，印刷设备陈旧，完成印制《毛泽东选集》这样重大而部头又厚的书，几乎是"不可能完成的任务"。但印刷厂的同志们热情很高，他们千方百计克服物资和技术上的困难，保证出书质量。

为节约物资，报社自力更生，办起了造纸厂，以稻草、麻绳头为原料，生产土造麻纸印报，省出白纸印《毛泽东选集》。报社还派人深入敌占区，想方设法买来一部分较好的凸版纸。书页装订手工锁线的技术靠老工人崔振南现场示范，精装本采用的布面烫金字的技术也是现学，糊壳的纸板是用草板纸裱装起来的。印刷的各个工序都围绕这一任务制订了完成计划，食堂的工作人员热情高涨地提出："要把饭菜做得更好一些，保证大家精力旺盛地工作。"①

① 黄禹康：《首部〈毛泽东选集〉出版的艰难经历》,《党史纵横》2009 年第 5 期，第 42 页。

1944年7月，晋察冀日报社编印的《毛泽东选集》五卷本正式出版。有两种版本：一种是用凸版纸印刷，分为5卷的锁线平装本；另一种是5卷合订、布面烫金的精装本。平装本为小32开本，竖排老五号字，每页16行，每行38个字。每卷封面用头号红色字体从右向左题名"毛泽东选集"，下署卷次。封二后是扉页、照片、书名页、版权页、编者的话、总目。每个分卷各有详细的目录，正文中每篇著作的题目单独占一页。在扉页后书名页前，以整页的篇幅用铜版精印毛泽东在延安时的照片，下方印一行字：中国人民领袖毛泽东同志。书名页上方署"毛泽东选集"，下方署"晋察冀日报社编"。背面版权页上印有：晋察冀日报社编印，晋察冀新华书店发行，定价300元（边币），1944年5月出版。

当时的设备非常简陋，能印平装本的《毛泽东选集》已经很不容易，但还要印封面有毛主席头像、烫金的精装本，其难度就更大了。可以说，从排字、打纸型，到垫铅版、印刷，再到装订，各个环节的工作人员都付出了最大的努力。仅用两个月，印刷精美的《毛泽东选集》就和边区人民见面了。

需要说明的是，在这一版《毛泽东选集》的版权页上，标注出版的时间是1944年5月，实际上，5月是发稿付排时间。在付排前，临时补充了6月份发表的《同中外记者团的谈话》，但版权页未变更。这才出现了1944年5月出版的《毛泽东选集》收入了6月的谈话文章这一矛盾现象。

这部《毛泽东选集》的出版，是党的出版史上的一件大事。它的出版掀起了根据地人民学习毛泽东著作的热潮，初版5000套仅两个月便销售一空。此后，在这个版本的基础上，又进行了4次增订再版。1945年4月至6月召开的中共七大，确立了毛泽东思想在党内的指导地位。从此，《毛泽东选集》不断涌现新版本，广泛传播并有力地指导着中国的革命建设事业。

第六章
点亮暗夜的
征途

韬奋精神

"左联五烈士"血写的《前哨》

编辑火场救出《子夜》手稿

如果不当编辑，"《大众哲学》也许永远不会开始写"

鲁迅为知己瞿秋白出版遗著

起来，不愿做奴隶的人们！

为出《西行漫记》成立一家出版社

"中国人民之友"的前线报道

《鲁迅全集》编号纪念本

跳出历史周期率的"窑洞对"

韬奋精神

　　邹韬奋，中国现代史上伟大的爱国者、卓越的文化战士、杰出的出版家和新闻记者。他主编过《生活》周刊、《大众生活》、《生活日报》、《抗战》、《全民抗战》等刊物，出版过《读者信箱外集》（第一辑）、《小言论》（第一集）、《韬奋漫笔》、《萍踪寄语》（初集）、《患难余生记》等一批有影响力的图书。邹韬奋，是我国出版事业的模范。韬奋精神，永远激励着出版工作者前行。

　　韬奋以笔名闻世。他原名邹恩润，祖籍江西余江，1895年生于福建永安，少时就有理想"宜做一个新闻记者"。因为家贫，初时遵从父亲安排读工科，24岁那年终于听从本心转入圣约翰大学读文科，两年后毕业，中英文俱佳。他自荐进入黄炎培主持的中华职业教育社，担任编辑股主任，主持《教育与职业》月刊，编译"职业教育丛刊"，可以说是"出了校门就踏上编辑之路"。1926年，他开始担任《生活》周刊主编，"韬奋"一名就在这时期使用，并在出版界响亮起来。

　　《生活》周刊时期，韬奋开始树立"竭诚为读者服务"的出版理念。他在刊物上设立《信箱》栏目，专门回答读者来信提出的各种问题。几乎有信必回，一个人回复不过来，他就请人来回信，最忙的时候请了4个人，但是每封信他都要看过，再端端正正地署上自己的名字，然后寄出去。韬奋说过："我回复读者来信的热情，不亚于写情书。"读者的欣喜与苦恼，韬奋都感同身受。一次，有女青年给《生活》周刊写信，说自己患了肺病不想活了。韬奋连夜写了5000字长信，劝导她。甚至有读者来信托刊物买鞋袜，韬奋也一一帮助办理，买得不合适

《生活》周刊九一八事变　　　《大众生活》创刊号　　　《抵抗》三日刊第11号　　　《全民抗战》三日刊
后一期（1931年）　　　　　　（1935年）　　　　　　　　（1937年）　　　　　　　　（1938年）

还帮忙退换。1931年九一八事变后，《生活》周刊转变为时事新闻性刊物，积极宣传抗日救亡，在内容上"以读者的利益为中心"，刊物受到广大读者欢迎，销量从刚接手时的2000多份扩大到15万份。1932年一·二八淞沪抗战中，为鼓舞抗敌斗志，韬奋紧急出版增刊《上海血战抗日画报》，在炮火硝烟中，售出15.5万份，创造了当时杂志最高销量纪录。

胡绳20世纪30年代曾在生活书店当编辑，与韬奋共事。他回忆说："韬奋有一个特点，非常关注社会上小人物的命运。他经常跟那些小职员、小店员、普通的农民、穷学生通信，看他们的信，帮他们解决问题，交往信件，变成他们的知心朋友。"真诚地为读者服务，这是韬奋给出版界留下的一笔宝贵精神遗产。

由于《生活》周刊政治立场越来越鲜明，为了避免牵累中华职业教育社，1932年，韬奋将《生活》周刊与教育社脱离，于7月1日建立生活书店。生活书店以"为进步文化出版事业努力"为志业，采取经营集体化、管理民主化的合作社方式经营。书店成立后，韬奋参加了宋庆龄、蔡元培、鲁迅、杨杏佛等人发起的"中国民权保障同盟"。1933年，同盟总干事杨杏佛被暗杀，韬奋也上了特务暗杀黑名单，不得不在当年7月14日流亡海外。在这期间，他考察了欧洲各国、社会主义苏联和美国，写下《萍踪寄语》三集和《萍踪忆语》等著作。这次考察，使他有了难得的空闲时间，在马克思写作《资本论》的大英图书馆，他阅读了大量马列著作，对马克思和列宁燃起"心向往之"的火花。

1935年，韬奋流亡归来，马上着手创办《大众生活》周刊，大声疾呼抗日救亡，在新闻界集体失声中，以封面照片和大篇幅文章报道北平学生一二·九爱国运动情况，被誉为"人民大众的喉舌"，销量一度达到20万份，又创造了新的纪录。

1936年11月23日，韬奋与全国各界救国联合会其他6位负责人沈钧儒、李公朴、沙千里、章乃器、王造时、史良一起被逮捕入狱，这就是震惊中外的"七君子事件"。直到七七事变后，全民族抗战开始，7人才被释放。出狱仅仅10余日，上海爆发八一三淞沪抗战，韬奋连续工作5昼夜，创办了《抗战》三日刊，实时报道上海战况，而且刊登了去延安的道路和方法。在这份刊物的指引下，无数热血青年奔赴革命圣地，加入抗日救国的队伍中。

《文汇报》原副总编辑陆灏回忆："我从《抗战》三日刊上面，看到陕北公学招生的消息，还看到八路军驻京办事处给韬奋先生的信，介绍了延安陕北公学的情况。而且告诉广大读者，要去延安的话，怎么走，走哪条路，要带点什么东西。还说，延安很苦，吃小米饭，要有思想上的准备。如果没有这个刊物，我不会想到到延安去。可以说，我一生的命运的转折，都是靠韬奋办的这个刊物，靠他的思想给我的教育。"上海沦陷后，《抗战》三日刊辗转香港到汉口，改名为《全民抗战》继续出版，为全民族抗日尽最大力量呼喊。抗战中的生活书店，开到14省16个分店，还在中国香港、新加坡设立分店，出版10多种杂志、1000多种图书，发行抗战读物500多万册，广泛传播了进步出版思想。在他的领导下，生活书店成为在国统区宣传抗日和党的救国思想，以及马克思主义理论的重要阵地。始终和祖国站在一起，和人民站在一起，以笔为刀，顽强战斗，这是韬奋留给出版界的又一笔宝贵精神财富。

韬奋多次向党组织提出加入中国共产党。但是鉴于韬奋的个人影响力，党组织认为他留在党外能发挥更大的作用。1942年，韬奋从上海到苏中革命根据地，在苏中解放区大众书店落脚一晚。当时在书店工作的沈一展后来回忆，他曾问韬奋是何时入党的。韬奋回答他："我在抗日战争开始时，在武汉曾向恩来同志提出要求入党，他回答说：'你现在以党外民主人士身份在国民党地区和国民党做政治斗争，和你以一个共产党员身份所起到的作用不一样。这是党需要你这样做的。'"接着韬奋又说："我接受恩来同志的指示，到重庆后，又向恩来同志提出要求入党，他还是以前的意见，目前党还是需要你这样做。从武汉到重庆，直到我离开重庆到香港，其后，回到上海，转到解放区，我的一切工作和行动都是在党和恩来同志指示下进行的。"

1944年春，因韬奋不幸罹患耳癌，徐雪寒受组织委托去看望他。在生命的最后时光，韬奋仍然想的是加入中国共产党。徐雪寒回忆当时情景，韬奋对他说："我的心意，我的希望，寄托在延安，寄托在党中央，我要求入党，请你代我起草一份遗嘱，也就是一份申请书，请求党在我死了之后，审查我的一生行为，如果还够得上共产党员这样光荣的称号，请求追认我为伟大的中国共产党的党员。"①

1944年7月24日，韬奋告别了心爱的新闻出版事业，与世长辞。他在遗嘱中写道："请中国共产党中央严格审查我一生奋斗历史，如其合格，请追认入党，遗嘱亦望能妥送延安。"②韬奋去世后，他出版事业的战友徐伯昕，将这份遗嘱送到华中局，由其送到延安中共中央。党中央决定隆重追悼纪念韬奋，并接受他的入党请求。9月28日，中共中央向韬奋家属发出唁电："我们谨以严肃而沉痛的心情，接受先生临终的请求，并引此为吾党的光荣。"③

周恩来组织拟定了纪念韬奋的办法，包括：将延安的"华北书店"改名为"韬奋书店"；设立韬奋出版资金；向陕甘宁边区文教会议建议电唁他的家属；在延安举行追悼会，并在大会上陈列展览韬奋的著作和他所办的期刊；建议解放日报社在举行追悼时出追悼专刊；成立追悼会筹委会；等等。参加延安韬奋追悼会发起筹备工作的张仲实回忆，上述的追悼办法会议讨论后，由他整理了一份记录，送周恩来审阅。周恩来在"向陕甘宁边区文教会议建议"项下，补充了一句"提议

① 邹嘉骊：《韬奋年谱（节选·下）》，《新文学史料》2004年第4期，第180页。

② 同上书，第181页。

③ 同上书，第182页。

① 邹嘉骊：《韬奋年谱（节选·下）》，《新文学史料》2004年第4期，第182页。

以韬奋为出版事业模范"，并送毛泽东。毛泽东批示"照此办理"。①

1944年11月15日，毛泽东题词："热爱人民，真诚地为人民服务，鞠躬尽瘁，死而后已，这就是邹韬奋先生的精神，这就是他之所以感动人的地方。"朱德题词："韬奋同志 爱国志士 民主先锋"。两幅均刊于1944年11月22日的《解放日报》。1949年7月，韬奋逝世5周年，毛泽东又为其题词："纪念民主战士邹韬奋"；周恩来题词："邹韬奋同志经历的道路是中国知识分子走向进步走向革命的道路。"3位开国领袖的题词，让我们更深刻地认识和理解了韬奋和他所代表的一代进步知识分子，及其蕴含的精神力量！这种精神，激励着一代又一代出版人，薪火相传，大道直行。

血写的《前哨》

"左联五烈士"

1931年1月17日，左联5位成员在上海东方旅社参加党的秘密会议，不幸被捕。2月7日深夜，国民党淞沪警备司令部院内响起密集的枪声，这5人与其他19位革命者一起血染龙华。牺牲者便是"龙华二十四烈士"。其中左联的柔石、胡也频、殷夫、李伟森、冯铿被称为"左联五烈士"。

白色恐怖笼罩在城市上空，龙华的血腥已弥散到黄浦江两岸。连鲁迅也受到牵连，因为柔石被捕时口袋内装有一份他与北新书局的书稿合同，他不得不匆忙离家住进一处日本公寓避难。此时，刚接任左联党团书记的冯雪峰找到鲁迅，同他商议出版《前哨》以纪念死者。

其实，早在1930年8月，左联就打算出版《前哨》，并将其定为"中国无产阶级文学运动之总的领导机关杂志"，即左联的机关刊，并组建了鲁迅、茅盾、冯雪峰、夏衍、阳翰笙、丁玲、郑伯奇、沈起予等人在内的编委会。由于时局动荡，该刊迟迟未出。这次，5位年轻的左联作家罹难，组织决定尽快出版《前哨》，以揭露国民党的屠戮真相并纪念死难者。所以，《前哨》创刊号被确定为"纪念战死者专号"，由冯雪峰、鲁迅和茅盾负责编辑工作。

冯雪峰回忆，他去找鲁迅，看到先生脸色阴暗，沉默地坐在炕上，好一会儿不说话，后来从炕桌的抽屉里拿出一首诗来，只低沉地说了一句话："凑了这几句。"冯雪峰接过一看，原来是一首诗："惯于长夜过春时，挈妇将雏鬓有丝。梦里依稀慈母泪，城头变幻大王旗。忍看朋辈成新鬼，怒向刀丛觅小诗。吟罢低眉

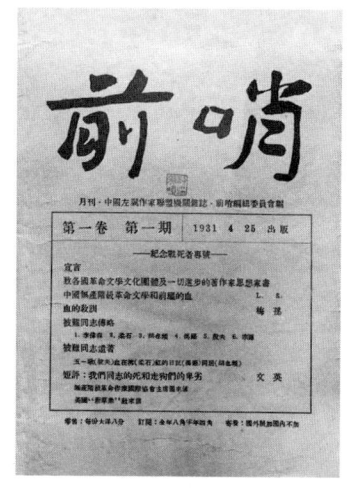

《前哨》创刊号
（1931年）

无写处，月光如水照缁衣。"这首诗后来出现在《为了忘却的记念》一文中，脍炙人口。冯雪峰和鲁迅一起商定了《前哨》创刊号上的内容，决定分头为五烈士写传略、登载他们的照片和遗作，发表宣言、悼文等。

鲁迅写了《柔石小传》，又写下一篇充满战斗激情的檄文。文章开篇写道："中国的无产阶级革命文学在今天和明天之交发生，在诬蔑和压迫之中滋长，终于在最黑暗里，用我们的同志的鲜血写下了第一篇文章。"署名"L.S."，冯雪峰取的题目，名为《中国无产阶级革命文学和前驱的血》。刊物还以左联的名义发表《中国左翼作家联盟为国民党屠杀大批革命作家宣言》和《致各国革命文学文化团体及一切进步的著作家思想家书》，由茅盾起草，鲁迅定稿，史沫特莱和尾崎秀实将文稿译成英文和日文，在《前哨》出版前率先发表在美国共产党所办刊物《新群众》和日文版《中国小说集：阿Q正传》序言中。这样，左联的主张迅速传向了世界。

4月间，《前哨》全部文章编辑完成，印刷却成了大问题。当时，白色恐怖还未散去，人人自危，印刷所听说印革命刊物，个个避之不及，没人愿意接活儿。左联的几个同志奔走了几个月，最后终于有一家私营小印刷厂勉强同意承印，但开出了翻倍的价格，还不准印刊头和照片。夜间印刷，左联要派人在场，一旦出事，要顶上责任，不能牵连老板。

冯雪峰同意了这些条件。一个晚上，左联成员楼适夷和周介福来到白克路的这家小印刷厂，《前哨》开始静悄悄地排印了。为赶时间，排好铅活字版后，不打纸型，不浇版，直接在脚踏印刷机上印刷。杨姓老板睡梦中惊坐起几回，不停地催促。到天微微亮，刊物印好了，老板一时也不许放在印刷厂里。两位同志便把油墨未干的《前哨》拖回住处——位于老靶子路公道书店楼上的一个小亭子间。

已经有其他同志等在那里了。因为杂志只印了正文，刊头和烈士照片都还空着，现在大家要赶紧把这些空白的地方补齐。楼适夷拿出预先在别处印好的左联五烈士和另一名牺牲者宗晖的遗像，大家一张张贴到《被难同志传略》旁边画好的方框里。另外一拨人负责印刊名。"前哨"两个大字是鲁迅亲笔题写，用木板刻成印章的样子，同志们一张张扣印在刊头上。一开始用红色印油，后来用尽了，又倒进蓝色印油，这样印出来的刊头有的是红色"前哨"，有的是蓝色"前哨"，还有的是红蓝混合成紫色的"前哨"。其中一个负责钤印的孟通如，回忆当时的情景说，心中怀着对同志遇害的悲痛和对敌人的仇恨，敲击时用力特别大，以至于印油穿透纸背留下痕迹。这种印刷方式，在党的出版史上留下壮丽一页。

《前哨》为16开本，铅印，机印加手工完成后，迅速分销到各地，一时舆论哗然，国民党政府大为震惊，迅速查禁了该刊。不过，这两三千份《前哨》已经大部分送到读者手中，发挥了重要的作用。作为左联机关刊，《前哨》从第2期改名为《文学导报》，在敌人的暗夜统治下顽强战斗着，又继续出版了8个月。

编辑火场救出《子夜》手稿

1916年夏天，20岁的沈德鸿从北京大学预科毕业，经表叔卢学溥推荐到商务印书馆工作。沈德鸿，字雁冰，就是大名鼎鼎的茅盾。他的这个表叔也不是一般人，当时正在北洋政府财政部公债司司长任上，商务印书馆想承揽印制政府债券业务。这样，茅盾拿着商务印书馆北京分馆经理孙伯恒的一封信，到上海面见总经理张元济，很容易就进了商务印书馆的王牌部门——编译所。

茅盾英文很好，工作之余，开始翻译外国文学名著，几篇稿子在《时事新报》副刊《学灯》上登出来，很快引起主编张东荪的注意。1920年，陈独秀出狱后避走上海，《新青年》需要翻译一些共产国际的通讯文章，于是张东荪推荐了茅盾。茅盾本就是《新青年》的忠实拥趸，对马克思主义颇为热衷。当时，"南陈北李"相约建党，维经斯基也找到了陈独秀，茅盾经常进出老渔阳里2号，成了上海共产党早期组织最早的成员之一。除了给《新青年》译共产国际《国际通讯》上的文章，他还翻译了列宁的《国家与革命》第一章、《美国共产党宣言》等旗帜鲜明的马列理论文章，刊登在《共产党》月刊上，署名P.生。

茅盾是中国共产党最早的党员之一。建党前后，他一直在为党工作。1921年，中国共产党成立后，他利用工作之便，承担了不少党对外联络的工作。上海商务印书馆差不多每天都有几封信件是"沈雁冰先生转钟英小姐台展"。"钟英"，"中央"之谐音。党中央对外发函、通知，好多都落款"钟英"，中央档案馆现存毛泽东手书"钟英"函件数份。但是，大革命失败后，茅盾被通缉，转入地下活

《子夜》开明书店
1933年版本

动，接着又流亡日本几年，与组织失去了联系。直到1930年才回国，茅盾加入左翼作家联盟，和鲁迅、瞿秋白一起，领导了20世纪30年代的左翼文学运动。

《子夜》就是这一时期左翼文学的代表作，1933年初由开明书店出版。这部小说长达30余万字，描写了民族资本家吴荪甫与帝国主义买办金融家赵伯韬斗法，最终惨败破产的故事。20世纪30年代的工农运动、复杂的阶级斗争和社会关系，是小说人物展开活动的宏大背景。

大革命的失败，使很多人对社会性质和革命前途产生了怀疑。革命派坚定认为，中国社会依然是半殖民地半封建性质，工农是革命的主力，革命领导权必须掌握在共产党手中；托派认为，中国已经走上资本主义道路，反帝反封建的任务应由资产阶级来担任；还有一些资产阶级学者认为，民族资产阶级可以在夹缝中求生存和发展，建立欧美式的资产阶级政权。

这是《子夜》写作时面对的社会现实。1930年夏末秋初，茅盾刚从日本回来不久，胃病、眼疾、神经衰弱一起袭来，尤其是眼病最麻烦，遵医嘱半年内不能看书写字。他就借此机会开始构思一部长篇小说，体验生活的地方是推荐他工作的卢表叔的家。卢学溥卸任财政部公债司司长后，又任南京中国银行监察、交通银行董事长，是有权势的银行家，沪上的达官贵人常常在卢公馆聚会互通消息，茅盾混在他们中间，把金融界摸了个门儿清，因此小说中金融交易的诸多细节描写得栩栩如生。

1931年10月，茅盾身体好转，便投入紧张的创作中，到1932年12月，用时一年多，完成了《子夜》全书19章。写作前期，瞿秋白因中共中央机关被破坏，避居茅盾家中一段时间，给小说提了不少好建议。比如，茅盾本来给吴荪甫安排的座驾是福特轿车，瞿提议像吴这种上海滩数一数二的大亨应该坐更高级的雪铁龙；结局也由吴荪甫、赵伯韬握手言和，改为一败一胜，小说的文学性、艺术张力和政治寓意都大大提升了。这样，通过民族资本家吴荪甫的失败，同伙杜竹斋倒向买办赵伯韬，有力地回答了社会性质之争——在帝国主义统治下，民族工业资本家斗不过金融买办资本家，中国民族资产阶级是没有出路的，这样左翼文学的旗帜更加鲜明了。

　　茅盾写作《子夜》期间，打算从1932年1月起在商务印书馆的《小说月报》上连载，而且已经交了几章手稿给时任主编郑振铎。还预备连载时署名"逃墨馆主"，取《孟子·尽心下》中"逃墨必归于阳"之说，"阳"即阳朱。茅盾曾谈起这个名字，说"朱者赤也，表示我是倾向于赤化的"。一个笔名，费了这么多心思，可以看出茅盾与党组织失散多年，心之所系未曾改变。谁知，稿子已经进了排字车间，日军突然轰炸闸北，一·二八淞沪抗战爆发。商务印书馆总馆一片火光，东方图书馆化作焦土，《小说月报》编辑徐调孚冒死冲进排字房，将《子夜》手稿抢救出火场，这才幸存下来。经过这场劫难，《小说月报》不得不停刊，连载也只能作罢。

　　1933年初，《子夜》由开明书店出版单行本，署名茅盾，书名为叶圣陶手写篆书。该书在社会上引起了强烈反响，出书3个月内即印了4次，初版3000部，此后重版各为5000部。不仅青年学生爱看，资本家的少奶奶、大小姐也都争着看，一时风头无两。关于书名，其实茅盾一开始定的是《夕阳》，与第一章名称相同。现存中国现代文学馆里的《子夜》手稿，还保存着"夕阳"书名字样，另有一行英文 *The Twilight: a Romance of China in 1930*，说明小说是关于"黄昏，太阳落山时候，1930年发生在中国的故事"。待到正式出版时，茅盾决定将书名改为《子夜》，因为"夕阳"只能代表旧中国日薄西山的景况，而"子夜"既是最黑暗的时刻，也孕育了随后的黎明，在破坏中也给人以希望。

　　《子夜》的出版，打破了左翼文学作品的荒芜，也以作品回击了文坛对革命文学的嘲讽。新月派理论家梁实秋说:"'我们不要看广告,我们要看货色。'马克思唯物史观、列宁阶级斗争等等的名词,我们已听过了不少,请拿出一点点'无产阶级文学'的作品给我们看看。"[1]第三种人、自由人更指责左翼作家是"左而不作"。《子夜》的出现,对这些言论是一个有力的反击。左翼文学领袖鲁迅读后击节赞赏,几天后给友人曹靖华的信中谈道:"国内文坛除我们仍受压迫及反对者趁势活动外,亦无甚新局。但我们这面,亦颇有新作家出现;茅盾作一小说曰《子夜》(此书将来当寄上),计三十余万字,是他们所不能及的。"[2]小说创作的见证者瞿秋白,更是连作两文高度评价小说的文学价值。在《〈子夜〉和国货年》续篇里,他说:"一九三三年在将来的文学史上,没有疑问的要记录《子夜》的出版。"在《读〈子夜〉》里,他又欣喜地说:"从'文学是时代的反映'上看来,《子夜》的确是中国文坛上新的收获,这可说是值得夸耀的一件事。"

《子夜》以前,茅盾已发表了《幻灭》《动摇》《追求》的"蚀"三部曲,作家身份已经确立;《子夜》则奠定了茅盾在现代文学史上的地位。瞿秋白评价它是"中国第一部写实主义的成功的长篇小说"[3],《子夜》的德文版早在1938年就在德国德累斯顿出版,1979年又出了修订版,德国著名汉学家顾彬在跋中说:"《子夜》是中国现代第一部伟大的作品,它的意义和作用至今仍未有丝毫衰减。"

① 梁实秋:《"无产阶级文学"》,《梁实秋文集》第6卷,鹭江出版社2002年版,第482页。

② 鲁迅:《330209致曹靖华》,《鲁迅全集》第十二卷,人民文学出版社2005年版,第368页。

③ 乐雯(即瞿秋白):《〈子夜〉和国货年(续)》,《申报·自由谈》1933年4月3日。

如果不当编辑，《大众哲学》也许永远不会开始写

艾思奇是著名的理论家、教育家，以能把马克思主义哲学讲得通俗易懂而为人称道，被称为马克思主义哲学大众化的第一人。但很多人不知道，他还做过编辑，办过出版社，代表作《大众哲学》就是从事出版工作时期的作品。艾思奇能写到青年人的心坎儿里，指导他们找到人生的出路，除了深厚的哲学理论基础，另一大原因就是他的出版工作经历。

艾思奇原名李生萱，生于云南。他是蒙古族，先祖为成吉思汗麾下大将，奉命镇守腾冲。父兄都是进步人士，大哥李生庄是共产党人。艾思奇少年时参加共产党人组织的爱国运动，因此被反动军阀追捕，17 岁时还入过狱，第一次去日本留学也为避难。1932 年，他来到上海，做翻译和教学工作，参加了共产党领导的反帝运动。其间，上海反帝大同盟负责人杜国庠发现艾思奇有理论研究的能力，于是介绍他加入社会科学家联盟（简称"社联"）。社联是中共领导的马克思主义理论研究和传播的组织，汇聚了一大批著名的社会科学工作者。艾思奇来到社联研究部，哲学研究从爱好变成了系统的工作需要。他很快写出《抽象作用与辩证法》等文章，为开展编辑出版工作打下理论基础。

1932 年底，在民主爱国人士李公朴建议下，《申报》总经理史量才在上海最繁华的南京路上开办申报流通图书馆，服务店员、工友、学徒等一切爱读书者，来的青年人尤其多。李公朴便进一步说服史量才，在《申报》开辟《读书问答》专栏，由柳湜、艾思奇、夏征农 3 人轮流当值，撰写稿件回答读者来信提出的共

《大众哲学》 重改本
华中新华书店1949年版本

性问题，为广大青年破解思想上的苦闷和疑问。由于这3人都是社联成员，复信稿件使用马克思主义的立场、观点、方法并以通俗易懂的语言写就，很快就得到广大读者的热烈欢迎。短短半年，"读书问答"就发表了30余万字的文章。

为满足读者需要，李公朴叫来3位主理人，商量单独办一个半月刊，这就是大大有名的《读书生活》。1934年11月10日，《读书生活》创刊，发表宗旨提倡"读活书""读生活需要的书""把读书融化在生活中"，立志做一本真正通俗的、大众的杂志，以在最广大的人群中发挥"生活斗争、民族解放、理论指导"的作用。这样，杂志设立了一系列理论通俗化的"讲话"栏目，比如《文学讲话》《科学讲话》，当然，最有名的还是《哲学讲话》。

艾思奇是《读书生活》的主编之一，也是《哲学讲话》栏目的负责人。创刊号上，他的第一篇"讲话"——《哲学并不神秘》亮相了。从此，他一边在"量才业余学校"兼职当哲学教员，一边就青年学生、读者关心的话题撰写文章。这种如话家常，又使人看透道理的写法，在当时很有创新性，读者特别喜欢。刊期压力变成了艾思奇写下去的动力，这样一连写了24期。到了1936年1月，读书生活出版社成立，艾思奇为编辑部主任，第一本书就是结集而成的《哲学讲话》单行本。很快，国民党当局就以"宣传唯物史观，鼓吹阶级斗争"的罪名将其列入黑名单。于是从1936年6月第四版起，书名改为《大众哲学》。

在民国出版史上，《大众哲学》是现象级的超级畅销书，短短两年就印行到第10版。到1948年底，《大众哲学》已印至第32版。20世纪三四十年代，一支歌、一本书在进步青年中影响最大。一支歌是《义勇军进行曲》，一本书就是《大众哲学》。无数革命青年受此书影响，接受了马克思主义哲学理论，走上革命道路。当年，有《大众哲学》动员了10万青年参加革命的说法。思想的力量，无远弗届！

难得的是，国共两党领袖都对这本书发表过重要言论。毛泽东在延安时，曾通过交通人员在国统区秘密购得一本。书中圈圈杠杠画了不少，但书皮仍然如新，那是因为毛泽东喜欢这本书，特别注意保存。1937年，艾思奇奔赴延安。毛泽东特别高兴地说："搞《大众哲学》的艾思奇来了！"[1]蒋介石也把《大众哲学》放在案头，不过他更多是恨国民党人不争气，他曾在高层会议上说："我们同共产党的较量，不仅是输在军事上，乃是人心上的失败。一本《大众哲学》搞垮了我们的思想战线！这样的东西，你们怎么就拿不出来！"[2]他的高层顾问马璧后来还写了一首诗："一卷书雄百万兵，攻心为上胜攻城。蒋军一败如山倒，哲学犹输仰令名。"

列宁说："最高限度的马克思主义=最高限度的通俗化。"[3]《大众哲学》有如此威力，正是因为它以生动的语言、通俗的笔法，满足了人民群众对革命理论的渴求。这一创造，为艾思奇赢得了"人民哲学家"的光荣称号。这是他自觉践行以人民为中心、群众路线的生动体现。

这一光辉著作的诞生，还和他当年所从事的编辑出版工作密不可分。艾思奇自己说过："如果不是为着做了《读书生活》的一个编者，不能不服从编者的义务的迫逼，如果不是朋友们的鼓励和督促，《大众哲学》也许就永远不会开始写的。"[4]这些话，充分说明了一个出版工作者的责任与境界。

① 沙平：《艾思奇与毛泽东》，《广东党史》2006年第1期，第25页。

② 王丹一：《我的点滴回忆》，李景源、孙伟平主编：《怀念与思考——艾思奇与马克思主义哲学中国化》，中共中央党校出版社2008年版，第10页。

③ 《列宁全集》第36卷，人民出版社1959年版，第467页。

④ 艾思奇：《我怎样写成〈哲学讲话〉的》，《新认识》1936年第4期，第216-219页。

鲁迅为知己瞿秋白出版遗著

鲁迅的知己是谁？

"人生得一知己足矣，斯世当以同怀视之"，这副对联由鲁迅手书，赠予共产党人瞿秋白，很长一段时间都挂在瞿家客厅中。

鲁迅不仅将瞿秋白引为知己，还在信中称他为"同志"。这种称呼在其他信中是没有的，可见两人志同道合，有着超乎寻常的友情。1935年6月，瞿秋白在福建长汀被国民党杀害。鲁迅闻讯悲痛不已，为了纪念亡友，立即着手整理瞿秋白尚未出版的文艺论文和翻译作品。筹集经费、编校、设计、印刷、赠书及发行售卖等出版事宜，皆亲力亲为。鲁迅1936年10月去世，其时已在病中，仍整夜不眠不休地赶改书稿，为早一天出版好友遗作尽了最大心力。

这本书就是《海上述林》，在鲁迅和郑振铎、茅盾等好友的奔走努力下，1936年分上下两本先后出版。书的著者署名"STR."，为鲁迅手书，这是瞿秋白俄文名字的简写，"史铁儿"这个笔名也来源于此。出版方署"诸夏怀霜社"，这又是鲁迅为此书创造出来的一个名字。"诸夏"寓指全中国；瞿秋白原名瞿霜，"怀霜"则是怀念秋白之意。

书名也是鲁迅起的，别有匠心。有研究者认为，"林"指瞿秋白，因为"瞿"字上有双"目"，谐"木"，双"木"可成"林"。瞿生前也常化名林某，被捕时亦自称林祺祥。"海上述林"可理解为鲁迅在上海编辑的一本怀念瞿秋白之书，还可倒念成"林述上海"，即为瞿秋白在上海的著述作品之意。这种回文诗写法，

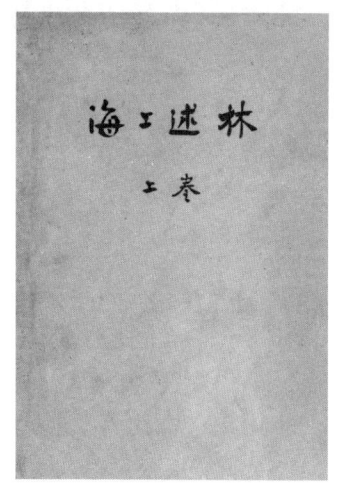

《海上述林》上卷平装本
诸夏怀霜社出版 1949年印刷

也就深谙文字趣味的鲁迅才想得出来。

1936年10月，《海上述林》上卷《辨林》正式印成，共有500本。精装皮脊麻面100本，金顶金字；平装蓝色绒面400本，蓝顶金字。书印得精美，鲁迅见到样书时已很高兴，自豪地说："皮脊太'古典的'一点，平装是天鹅绒面，殊漂亮也。"[1]想到好友又悲哀起来，说"倘其生存，见之当亦高兴，而今竟以归土，哀哉"[2]。

瞿秋白曾是党的最高领导人，《海上述林》上卷出版后，鲁迅托冯雪峰带了两本送到延安，将一本皮脊的送给毛泽东，一本蓝绒面的送给周恩来。《在延安文艺座谈会上的讲话》发表前，毛泽东曾仔细读过这本文艺论著。

《海上述林》精编精校精印，被认为是从来未有的最漂亮的版本，堪称当年"最美的书"。这样的书，是怎么出版出来的呢？瞿秋白牺牲后，收集并出版瞿秋白文稿以表纪念，是左联的好几位同志的共识，但鲁迅出力最多。他在给白莽（殷夫）《孩儿塔》作的序中有这样的话："一个人如果还有友情，那么，收存亡友的遗文真如捏着一团火，常要觉得寝食不安，给它企图流布的。"这团火让他连肺病沉疴都不顾了。

[1] 鲁迅：《360831致沈雁冰》，《鲁迅全集》第十四卷，人民文学出版社2005年版，第140页。

[2] 鲁迅：《360827致曹靖华》，《鲁迅全集》第十四卷，人民文学出版社2005年版，第136页。

1934年，瞿秋白离开上海前往瑞金时，曾将自己的著作稿件一抄为三，其中一份交由鲁迅保管。这样，鲁迅就有了出版其作品的原稿。但是，当他操持出版事宜时，发现其中一部分稿件已经交由现代书局并领取过稿酬，于是费力筹集200元赎回版权。接着，郑振铎又募捐了一部分资金，叶圣陶、夏丏尊、胡愈之、陈望道、耿济之等文人好友均有出资。这部分钱用于排版及打纸型，交开明书店美成印刷厂办理。其他的，据许广平回忆，从编辑、校对、设计封面、装帧、题签、拟定广告及购买纸张、印刷、装订等项工作，则都由鲁迅经办。

所以，从1935年秋天到1936年去世前，编印《海上述林》是鲁迅的一项重要工作。常去鲁迅家的萧红在文章中回忆道："瞿秋白的《海上述林》校样，1935年冬，1936年的春天，鲁迅先生不断地校着，几十万字的校样，要看三遍，而印刷所送校样来总是十页八页的，并不是统统一道地送来，所以鲁迅先生不断地被这校样催索着，鲁迅先生竟说：看吧，一边陪着你们，一边看校样，眼睛可以看，耳朵可以听……"[1]

鲁迅的方向被誉为中华民族新文化的方向。他是文学家、思想家，一生还办过许多刊、经手出版了好多书，对编辑出版工作极有经验和心得。关于出版工作，他自己说过："这是一种非常需要而又很有意义的工作，我自己是搞过这一行的，其中也大有学问啊！"[2]《海上述林》打好纸型后，他托内山书店店员镰田寿带回日本，由岩波书店印刷成书。这本漂亮的书，就是在这样高标准下出版的。

鲁迅有写日记习惯，数年不间断，病到最后，日记也空了半个月。但他去世前两天，仍发出一封信，安排下卷《藻林》的出版事宜。这最后一封信是写给青年俄文译者曹靖华的，写道："它[3]兄译作，下卷亦已校完，准备付印，此卷皆曾经印过的作品，为诗，戏曲，小说等，预计本年必可印成，作一结

① 萧红：《回忆鲁迅先生》，《中国校园文学》2017年第23期，第12页。

② 赵家璧：《回忆鲁迅给"良友"出版的第一部书——关于〈苏联作家二十人集〉》，《新文学史料》1981年第2期，第173页。

③ "它"是瞿秋白笔名之一。

① 鲁迅:《361017致曹靖华》,《鲁迅全集》第十四卷,人民文学出版社 2005 年版,第171页。

束。……"①然而,鲁迅还是没能等到这一天。幸好,当年冬天,同样标准的下卷也面世了,对作者和出版者都是告慰。

才华相当、互相欣赏而终成莫逆之交的两人,在彼此眼中是可以生死相托的。瞿秋白托付手稿如此,鲁迅精印好友遗著亦是如此。

起来，不愿做奴隶的人们！

1931年，九一八事变，不到半年，东三省全境沦亡。日本人的铁蹄踏向整个中国。大上海的达官显贵仍然歌照唱，舞照跳，一片靡靡之音，盖过了国难当头的伤痛。

一天，田汉找到聂耳，激愤地说："唱吧，唱吧，不当亡国奴才怪呢！"聂耳也深有同感，两人约定要创作一首歌曲，抒发民族的呼声。

田汉和聂耳，同是左翼戏剧家联盟成员。这是一个中国共产党领导下的进步文化组织，与左翼作家联盟同属中国左翼文化总同盟，上级领导是党的中央文化工作委员会（简称"文总"）。大革命失败后，中国共产党军队力量全面转移到农村根据地。但是，在大城市，党的声音并没有消失。上海这座党建立的地方，一大批进步文化人在党的直接领导下，通过办刊办报、创作歌曲、拍摄电影，与敌人进行着文化战线上的顽强斗争，掀起了20世纪30年代轰轰烈烈的左翼文化运动。

1931年1月，左翼戏剧家联盟正式成立，简称"剧联"。剧联旗下有一大批进步电影音乐工作者，其中就有我们熟知的夏衍、阿英、田汉、聂耳等人。按照组织安排，这些艺术家分批化名进入电影公司工作。用瞿秋白的话来说就是："在文化艺术中电影是最富有群众性的艺术，一定要大力发展电影，现在有这么好一个机会，不妨利用资本家的设备学一点本领。"这样，夏衍、阿英、郑伯奇3人进入明星公司任编剧、顾问；田汉、聂耳进入联华影业公司任编剧、作曲；田

《义勇军进行曲》第一版铜制母版（左）、1935年5月3日录制的第一版粗纹唱片（中）、上海百代唱片公司原装封套（右）

汉还担任了艺华电影公司总顾问，请来文总党团书记阳翰笙当编剧主任。上海三大影业公司都有共产党人参与编剧工作，制片方向一下子变了，小情小调的摩登恋爱剧少了，家国大义的革命题材大行其道。

音乐特别有感染力，所以在电影中，插曲使用非常广泛。1934年，新成立的电通影业公司邀请田汉写一个剧本，并说"题材由你定，只是希望在时间上能快点"。正好，田汉当时在构思一部抗日题材的剧本，描写的是诗人辛白华为救国投笔从戎、参加义勇军奔赴前线的故事。初稿时叫作《凤凰涅槃》（也叫《凤凰的再生》），有田汉为主人公辛白华创作的诗歌《万里长城》，里面就包括了《义勇军进行曲》的歌词。田汉琢磨要创作一首主题曲，因为故事以古北口长城抗战为背景，其中就有"把血肉来筑我们新的长城"这句词。结果没多久，田汉被国民党特务以"宣传赤化"为名下了监狱，歌词还未打磨，修改剧本一事也被迫中断。

好在，这个剧本初稿和歌词经中共秘密组织传递，最后转到夏衍手上。对敌人最好的回击，就是赶紧把电影制作出来。夏衍日夜赶写剧本，并把最终名字改作《风云儿女》。与此同时，电影主题曲也要加紧创作。田汉创作的歌词写在一张香烟衬纸上。夏衍在剧本初稿中，发现了这张《义勇军进行曲》原稿。

夏衍曾经回忆："我拿到田汉留下的电影故事本，在里面发现了那张写着歌词的香烟衬纸。歌词写在一张香烟纸的衬纸上，因在孙师毅同志桌上搁置了一段时期，所以最后一页被茶水濡湿，有几个字看不清楚了。"①孙师毅是电通的编导，田汉就是受他之邀创作的剧本。于是，两人一字一字辨认斟酌，将不清楚的字迹一一复原。原稿上有一句"冒着敌人的××××前进"，实在太模糊，两人最后填上了"飞机大炮"4个字。歌词终于完整了。

聂耳听说田汉新歌需要谱曲，马上找到夏衍。他想到与田汉此前的约定，希望创作出一首理想的抗日歌曲。聂耳拿到歌词，展卷一句"起来，不愿做奴隶的人们"，如一声夏日惊雷，震彻心扉，这正是他寻找已久的民族之歌。他决定要谱出激昂进取的曲子，让这首歌像《国际歌》《马赛曲》一样，激励国人团结进来，抵御外侮，保家卫国！

聂耳此时也在敌人追捕的名单上，家中又十分狭小，不利于创作。好友司徒慧敏便邀他来家中小住。司徒慧敏的女儿司徒恩湄回忆当时的情形："聂耳在我们家写曲子，总是边挥手打拍子，边唱词，每次总是从头唱'起来，不愿做奴隶的人们……'。我祖母经常坐在一边看和静静地听，她老人家还说过：'是啊！我也是个不愿做奴隶的人啊！'""聂耳在我家吃饭时，有时忽然拿起筷子打着拍子又唱起来……"②在这种高亢的创作状态下，聂耳仅仅两天就完成了作曲初稿。1935年4月，聂耳为了躲避敌人搜捕去了日本，他又作了完善，很快寄来定稿。原稿名为《进行曲》，电影上映时改作《义勇军进行曲》。

5月初，《义勇军进行曲》在上海百代唱片公司小红楼录音棚里完成录制。百代是实力雄厚的老牌唱片公司，1908年即建立在华公司。20世纪30年代的百代唱片，录制了不少抗日救国题材的革命歌曲，除了时代需要，还和一大批左翼音乐家在此工作有很大关系。冼星海、任光、安娥、聂耳等人都在百代音

① 孟红：《〈义勇军进行曲〉如何成为中华民族最强音？》，《党史博采》2015年第1期，第47页。

② 司徒恩湄：《忆父亲二三事》，中国电影资料馆、中国电影家协会编：《百年司徒慧敏》，中国电影出版社2010年版，第155-156页。

乐部工作。在他们的努力下，《渔光曲》《大路歌》《卖报歌》《救亡之歌》等革命之音被压成唱片，传唱到大街小巷的每一个角落。《义勇军进行曲》录制完成后，当年7月由百代出版。该曲的首版唱片，黑胶材质，片号34848b，片芯标注袁牧之、顾梦鹤合唱。铜制母版现由中国唱片总公司收藏。

随着《风云儿女》的上映，主题曲热度走高，唱片一发行就迅速传向大江南北。"起来"之声振奋了每一个中华儿女的爱国心，成为当之无愧的时代最强音！

为出《西行漫记》成立一家出版社

1935年10月，中共中央经过二万五千里长征，胜利到达陕北。但是，外界尤其国际社会却对中国红军知之甚少。仅有的一点形象，也是国民党政府散布的青面獠牙、杀人不眨眼的土匪形象。为让世人了解中国红军，争取国际舆论支持，毛泽东等中共领导人决定邀请一位外国记者来延安，让他亲自感受并客观报道这里的情况。于是，1936年春，中共中央给在上海的宋庆龄发去电报，请她推荐一名正直的外国记者和一名医生来延安。

宋庆龄推荐了埃德加·斯诺。斯诺，美国密苏里大学新闻系高才生，毕业后因为好奇和热爱来到中国。确实，再也没有比20世纪30年代的中国对一个新闻记者更有吸引力的了。他来到中国后，为宋庆龄写过传记，为鲁迅编译过中国左翼小说集，在燕京大学新闻系任过教，还参与了一二·九学生运动。他受过专业的新闻教育，正直，同情中国革命。最重要的是，他想去延安采访，前不久还找到宋庆龄表达过这个愿望。再也没有比斯诺更合适的人选了。

于是，1936年6月，斯诺和乔治·海德姆（马海德）在宋庆龄、张学良等人的帮助下，冲破重重封锁，辗转从西安抵达陕北。斯诺成为第一个到红色腹地采访的西方记者。周恩来为他拟定了一份为期92天的考察日程表。在陕北，斯诺待了4个月，见到毛泽东并长谈10余次。他还去往苏区前线采访一线将士，采访记录整整有14个笔记本。

他对中国红色革命有了深入理解，回到北平后立即开始写作。写成后，斯诺

《西行漫记》
复社1938年版本

将英文书稿寄给英国戈兰茨公司，1937年10月在西方世界出版。按照惯例，出版后的第一本书要寄给作者审阅。11月初，身在上海的斯诺收到了新书。

胡愈之和斯诺是朋友。北平沦陷后，斯诺就来到上海，重操旧业做了英美外刊记者。胡愈之等爱国文化人为了宣传抗日救亡，组织了国际宣传委员会，专门对外国记者发布消息，宣传中共方面的情况，由此认识了斯诺。一天，斯诺对胡愈之说，刚刚得到一本自己写陕北红军的样书。胡愈之想借来读，因为只有一本，答应看完就还才借走。这本书就是《西行漫记》的英文原版 *Red Star over China*。

回到住处，胡愈之越读越觉得好，想让更多中国人读到，就打算组织人把书翻译出来。但是当时烽火重锁，消息阻塞，斯诺其人其书是否可靠还不能核实。胡愈之找到上海中共临时办事处的刘少文，他是从陕北来的。刘少文说，斯诺确实到了陕北，毛主席和他谈了很多次话，英文记录也送毛主席改过，此书可译。

当时，文化教育界进步人士每周二组织集会，取名"星二座谈会"，讨论抗日宣传问题。胡愈之就在"星二座谈会"上提出翻译《西行漫记》一事。长征之后，一般群众不知道党的动向，国民党拼命造谣抹黑，现在出版这样一本详细报道陕北情况的书，是特别需要的。

在会上，大家都同意赶紧把书翻译出版，纷纷认领翻译章节。由12个人每人一章，最后合稿。这12个人是：王厂青、吴景崧、邵宗汉、林淡秋、胡仲持、倪文宙、陈仲逸（胡愈之）、许达、梅益、章育武、傅东华、冯宾符。因为只有一本书，不得不把书拆散，每人拿走一部分。

书稿珍贵，翻译过程又是险象环生。倪文宙家中遭特务搜查，书稿被搜到，幸亏只有一章没头没尾，没被认出来；冯宾符把书稿放进保险箱，没想午夜被入室贼人撬开，以为是值钱的东西和钱财一并盗走，幸好后来在一位英国人手里又借到一本。不论如何，大家靠着高昂的热情，20多天后都交来译稿。胡愈之负责统稿，他把自己关在一间阁楼，13天日夜兼程，修改、校正错译和笔误，终于完成了全书译稿。胡愈之是一位杰出的新闻出版人，新中国成立后首任出版总署署长。他后来回忆说："为把译稿校对得通顺无误，我一天只睡三四个小时，13天瘦了5斤多。"充分体现了出版文化战线工作者的工作精神。

英文书名为 *Red Star over China*，据说斯诺当时写作 *Red Star in China*。在出版过程中，经纪人海瑞塔·赫茨在给斯诺回信中，误将 in 写作 over，反而更贴切文意，最终成就了经典书名。直译成中文为"红星照耀中国"，考虑到太敏感不利发行，中文出版时改作"西行漫记"，以"西"指称西北腹地蕴藏的"红色中国"。

书稿成形后，出版及印刷却成了大问题。租界和国统区公开宣传共产党的书，不可能出版。1937年12月，胡愈之、胡仲持两兄弟和上海文化界进步知识分子商议，大家决定自己成立一家出版社，专门出版这部书。出版社取名"复社"，借明末文人所结复社来表达民族救亡、收复失地之意。复社开张，并没有实际的业务，只是挂牌出版社，社址就设在胡氏兄弟福煦路的家中。除了《西行漫记》，复社后来又出版过《鲁迅全集》20卷、斯诺妻子海伦的《续西行漫记》，在民国进步出版事业上留有浓墨重彩的一笔，当然这是后话了。

复社成立时，每位成员出资50元集了一点资本。不过，印书还远远不够，于是采取预售方式，原价2.5元的书预售只要1元，筹集了1000元。这是当时常见的方式，上海书店出《社会科学讲义》、鲁迅印《海上述林》都采用预售来筹措资金。据说，杜月笙也曾为此书出资1000元。负责印刷的是商务印书馆的工人。他们听说印和党有关的书，纷纷表示可以后付工资，一个月就把书印好了。

《西行漫记》印制精美，暗红色漆皮封面，书名用隶书金字标出，大32开，插图全用道林纸，清晰美观。内容方面，斯诺特别为中文译本增加了大量照片。如毛主席身穿红军服、头戴红星八角军帽的半身照，是斯诺在采访中拍摄的，英文版里没有，专门补充在中文版中。这幅照片里，毛主席坚定从容，眼神望着远方，表现出一代领袖的非凡气度。此书出版后，这幅照片也广泛传播，成为毛主席的经典形象。

1938年2月，复社出版的《西行漫记》正式面世。当人们得知这本书是写红军、写共产党的，读者一下子多了起来。仅仅两个月，首印1000册一抢而空。当年4月再版，10月出第3版，11月出第4版。不到一年，中国共产党领导下的陕北红军事迹，其鲜活真实的奋斗、牺牲与抗日救国精神，随着《西行漫记》传遍神州大地。无数进步青年，读了这本书，奔赴革命圣地延安，其中有漫画家华君武、翻译家董乐山。斯诺说过："我走到一处地方，哪怕是最料不到的地方，总有那肋下挟着一本《西行漫记》的青年，问我怎样去进延安的学校。"①

Red Star over China 在西方出版后，也为中共争取了广泛的国际舆论支持。对中国人民有卓越贡献的加拿大医生白求恩、印度医生柯棣华，都是读了这本书，毅然来华支持中国革命事业的。美国总统罗斯福也读过这本书，并且专门接见了斯诺。

斯诺，中国人最熟悉的外国人之一。这个名字的译法，首先出现在复社版《西行漫记》中。Snow，是斯诺的姓，他自取中文名"施乐"。胡愈之将其重译为"斯诺"，从此家喻户晓。

① ［美］埃德加·斯诺：《为亚洲而战》，新华出版社1984年版，第213页。

『中国人民之友』的前线报道

史沫特莱，对于中国人来说不是一个陌生的名字。

1892年2月23日，艾格尼丝·史沫特莱出生于美国密苏里州北部的一个小村庄。青少年时期艰辛曲折的生活经历，使她形成了坚忍不拔、勇于反抗的性格，这成为她日后同情人民民主革命和民族主义运动、为贫苦和被压迫人民奉献终身的主要原因。1928年底，36岁的史沫特莱来到中国。从此，她传奇的一生紧紧地和中国人民连接在一起。

史沫特莱在中国居住了12年，是一个"用自己的脚跑遍了几乎整个中国"的外国记者。她跟随八路军、新四军转战华北、华中和华东，获得了独一无二的抗战第一手资料，对中国人民的生活状态和中国的政治情况有深刻了解，认为中国共产党人是"值得支持的"。她写下了一篇篇揭露黑暗、宣传中国共产党真实情况的报道，《中国红军在前进》《中国人民的命运》《中国在反击：一个美国女人和八路军在一起》《中国的战歌》等英文著作随着史沫特莱采访的脚步走向世界。她还救助中共地下党员，结交中国的革命文艺工作者，同时也号召更多的国际友人投身中国的抗战事业。

1936年12月，震惊中外的西安事变爆发。史沫特莱应张学良副官、中共地下党员刘鼎的邀请来到西安。在那里，张学良委托她每日用英语对外广播，向全世界报道西安事变真相。英语电台设在张学良的司令部里，史沫特莱每晚在那里广播40分钟。在西安事变得以和平解决后，史沫特莱受邀访问延安。在延安，

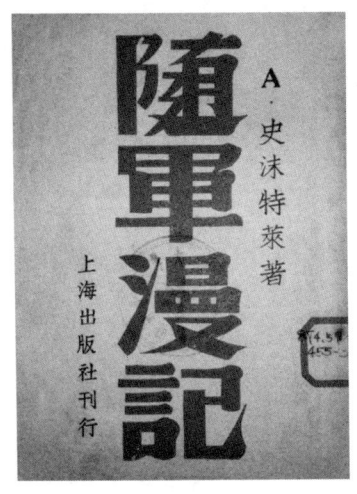

《随军漫记》 上海出版社
1945年版本

她以极大的热情采访了中共领袖和红军将士，为其代表作《伟大的道路——朱德的生平和时代》积累了丰富的素材，也带动了外国记者访问延安的一个高潮。

1937年卢沟桥事变后，中国进入全民族抗战时期，为了及时了解抗日前线的战况，史沫特莱结束了在延安的访问前往山西。她穿上八路军军装，成为第一个八路军外国随军记者。1937年10月中旬到1938年1月初，史沫特莱从太原到达五台山八路军总部，随八路军开始了艰苦的转战，从五台山到晋东寿阳，越过正太铁路，沿和顺、榆社、武乡、洪洞等县，最后到达临汾。一路上她跋山涉水、采访军民，见证了八路军发动群众、开展游击战争的过程，对八路军和中国人民有了更加深刻直观的认识。

史沫特莱白天行军、采访，夜晚就整理文稿，她忘记了行军的疲劳，将全部身心都投入描述八路军这支非凡的工农军队的写作之中，打字机嗒嗒嗒彻夜响个不停……她写道："我觉得，我似乎是在经历着中国历史上，也是世界历史上最伟大的时刻。眼前的情景似乎并不真实，然而却又真实得像岩石峭壁一样。这钢铁的中国人民，注定要决定全亚洲的命运，并以多种方式决定全人类命运。"[1]她将激动人心的战斗生活和身临其

① ［美］艾格尼丝·史沫特莱：《中国在反击》，江枫译，北京出版社2017年版，第101页。

境的采访所得，写成一篇篇介绍华北尤其是山西抗战的战地报道，后被收录在《随军漫记》一书。

《随军漫记》1945年11月由上海出版社出版，译者田瑛，书前有4幅木刻画，32开，共80页。书中收录有史沫特莱的《在华北前线》（摘自《中国在反击》）、合众社记者写的《在北平游击队中》、新华社特派记者石西民的《庐山孤军峰歼敌记》和企程的《从江南到江北》等4篇关于中国抗日战争的通讯报道。《在华北前线》以日记的形式记录了八路军在敌后开展游击战的情况，由于是史沫特莱的亲身经历，行军中的片段描写特别生动。她回忆道：在一个小镇上，一位排长对他带的战士讲话，部队因为不停行军，带的粮食即将用尽。部队现在买不到粮食，也雇不到牲口来驮现有的粮食。虽然已经派人到各地去买粮食，但他们还没有回来。八路军的人绝不可以去找村长要粮食。军人们即使挨饿也要遵守纪律，不打扰百姓。后来这样的情形屡见不鲜，史沫特莱十分感动，她明白了"贯彻着中国工农兵士内心而使他们肯贡献生命以上的东西去奋斗的信念"[1]。

由于报道了中国共产党领导的抗日根据地和解放区内的各项事业的发展，《随军漫记》出版不久，即被上海市国民政府以"内容专事宣扬共军战绩，煽惑民心，以求亲共""确为共党籍外国作家以为宣传之有力资料"等罪名查禁。

史沫特莱是唯一长期亲临中国抗日战争第一线的外国记者，她对八路军的真实报道与其积极声援中国抗战的行为，为抗日战争的胜利提供了支持与帮助。周恩来评价说："这位伟大的美国人，在专心写出更多更好的革命回忆录和革命传记文学作品方面，作出了卓越的成绩，这些作品对中国革命的历史是一个宝贵的贡献。"[2]1950年，史沫特莱在英国牛津因病去世。按照她生前愿望，骨灰送回中国，安放在北京八宝山烈士陵园。墓碑上镌刻着朱德题写的碑文："中国人民之友美国革命作家史沫特莱女士之墓"。

① ［美］A. 史沫特莱：《随军漫记》，田瑛译，上海出版社1945年版，第22页。

② ［美］艾格尼丝·史沫特莱：《史沫特莱文集（一）：中国的战歌》，袁文、买树榛、袁岳云译，新华出版社1985年版，前言第7页。

《鲁迅全集》编号纪念本

　　现在，如果你有一套《鲁迅全集》编号纪念本，足可以在鲁迅的老家绍兴换购一套房子。绍兴的房子很多，但《鲁迅全集》编号纪念本却存世无几。《鲁迅全集》1938年出版后，胡愈之把第058号的一套编号纪念本交由当时投奔解放区的《读书》杂志编辑杜元启、匡乃成等4人，将这套书带到延安转送党中央。毛泽东、刘少奇、周恩来等领导同志在看到全集后非常高兴，每人分几卷交换阅读。毛泽东把《鲁迅全集》编号纪念本作为案头书，常备阅览。在一张"毛泽东摄于延安窑洞"的老照片上，可以看见书桌上摆放着3本首版《鲁迅全集》。毛泽东带着这部全集渡过黄河，带到西柏坡、香山，带进了中南海。晚年时，他还时常翻阅此书。

　　《鲁迅全集》是以鲁迅先生名字命名的集子，由鲁迅先生纪念委员会编、上海复社出版。《鲁迅全集》包括著作、翻译和辑校古籍3部分，由蔡元培作序，许广平题跋。全集分为普通本（丙种本）和纪念本（甲种本、乙种本），均为32开本。纪念本从001-200进行编号，甲种纪念本用重磅道林纸精印，红漆布封面，红色涂顶，书籍纸印，售价50元。乙种纪念本装帧更为豪华，布面精装皮脊装饰，真金滚顶口，皮脊上"鲁迅全集"等字亦使用真金，外套为楠木双层书箱，阴文镌刻"鲁迅全集"，定价100元。普通本的开本、正文和纪念本相同，封面大红纸面布脊精装，标价20元。

　　纪念本共印制200套，逐一编号，标明为非卖品。《鲁迅全集》编号纪念本是

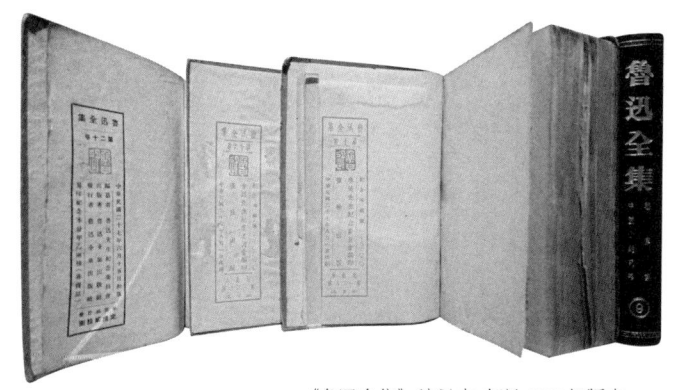

《鲁迅全集》编号本 复社1938年版本

我国最早出版的非卖品纪念本，存世无多。对于很多藏书家来说，编号纪念本非常神秘，只知其名，鲜见其形。根据笔者调研，编号本当下十有八九已佚，存世不多，已知下落的有：

编号第1号，上海鲁迅纪念馆藏，系许广平捐赠。

编号第2号，上海市档案馆藏，系潘汉年所用。

编号第17号，北京鲁迅博物馆藏。

编号第24号，绍兴鲁迅纪念馆藏，系许寿裳的小女儿许世玮捐赠。

编号第58号，毛泽东收藏，系地下党送到延安。

编号第169号，中国印刷博物馆藏。

编号第180号，绍兴鲁迅纪念馆藏，系许广平捐赠。

编号第190号，中国国家博物馆藏。

编号第35号、第40号、第50号、第82号、第96号、第122号、第128号、第149号、第172号、第174号，私人藏家收藏。

另外，还有两套编号不明。其一为柬埔寨西哈努克亲王藏，系周恩来总理20世纪60年代赠送，许广平女士捐献其自藏；其二原为出版家王益所藏，据王益之子王晖告诉笔者，该套全集已于20世纪80年代捐赠中国版本图书馆。

1936年10月19日，鲁迅先生在上海逝世。这时，出版《鲁迅全集》成为一件大事。在国家和民族处在生死存亡的紧急关头，中国迫切需要《鲁迅全集》这样的精神旗帜来指引民众。1937年11月上海沦陷前，许广平曾在租界银行里高价租用一保险柜珍藏鲁迅的各种手稿。上海沦陷后，许广平担心手稿有可能毁于一旦，出版《鲁迅全集》迫在眉睫。中共党员胡愈之在党组织的支持下，决定继续用"复社"名义和前期发行《西行漫记》积累下的资金，尽快出版《鲁迅全集》。从延安派来从事秘密联络工作的刘少文，曾为此事专门请示并获得中共中央同意。

不久，由胡愈之、许广平、郑振铎、王任叔、唐弢、谢澹如、柯灵以及黄幼雄、许寿裳、吴观周、张宗麟、胡仲持等26人组成的编辑团队，想方设法排除困难开展工作。在当时政治条件下，《鲁迅全集》的出版必然会受到国民党当局的干扰，胡愈之考虑请"鲁迅先生纪念委员会"主席蔡元培题写书名。

1938年4月，胡愈之由上海去香港，向蔡元培和宋庆龄报告《鲁迅全集》的出版计划。蔡元培即席挥毫写了"鲁迅全集"4个大字，6月1日前还写了《征订〈鲁迅全集〉精制纪念本启》和《鲁迅先生全集序》，序中给鲁迅以极高评价，称鲁迅为新文学的开山之祖。借助蔡元培在国民党内的资历与声望，《鲁迅全集》的出版避免了当局的干扰。

为了解决出书资金问题，采取当时流行的预售方式。除了普通本预约时折扣发行，另印预售100元一套的精装纪念本，即编号本。在胡愈之、茅盾、巴金、沈钧儒、陶行知等人的热心号召下，复社先后收到来自国内以及南洋、美国的华侨、爱国人士的购书定金，解决了出版的资金难题。当时，上海很多印刷工人很敬仰鲁迅，虽然大批工人已经失去固定工作，可一听说要出版《鲁迅全集》，大家热情很高，主动降低收费。

许广平在《〈鲁迅全集〉编校后记》中说："六百余万言之全集，竟得于三个月中短期完成，实开中国出版界之奇迹。"这奇迹的创造，得力于鲁迅的多位好友与复社同人、印刷工友勠力同心，百般努力。在上海孤岛时期，全集的迅速出版，达到了"扩大鲁迅精神的影响，以唤醒国魂，争取光明"之目的。

跳出历史周期率的『窑洞对』

1945 年春，抗日战争已经绽露胜利的曙光。战后的中国应该组织怎样的政府，是各党派都十分关心的大事。中共主张建立民主联合政府，这是符合各方利益的正义呼声，但国民党当局决意独裁统治，导致国共谈判一度中止。

国民党元老褚辅成邀请黄炎培、冷遹、王云五、傅斯年、左舜生、章伯钧等国民参政会参政员，希望这些民主党派中坚力量出面，促成国共继续和谈。6 月 2 日，7 人联名给延安毛泽东、周恩来发电报："团结问题之政治解决，为全国国人所渴望，近辅成集同人会商，一致希望继续商谈，托王若飞转达，计鉴及。兹鉴于国际国内一般情势，唯有从速恢复商谈，促成团结，不惟抗战得早获胜利，建国新猷，亦基于此。敬掬公意，仁盼明教。"[1] 6 月 18 日，毛泽东、周恩来复电，表示"倘使当局觉悟，放弃一党专政，召开党派会议，商组联合政府，并立即实行最迫切之民主改革，我党无不乐于商谈"[2]，并邀请他们来延安共商国是。蒋介石不愿承担破坏和谈之名，便同意 7 人动身去延安一趟。

1945 年 7 月 1 日，褚辅成、黄炎培、冷遹、左舜生、章伯钧和傅斯年共 6 人（王云五临行时风寒发烧未能成行），乘坐美

① 《黄炎培日记》第 9 卷，华文出版社 2008 年版，第 45 页。

② 《解放日报》1945 年 6 月 30 日。

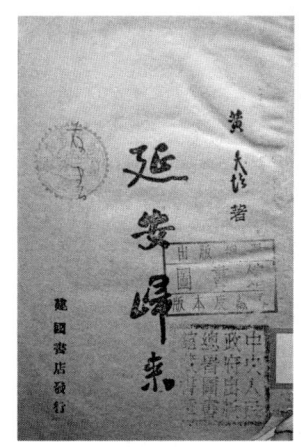

《延安归来》 建国书店翻印本

国专机飞抵延安。机舱门一打开，延安的热情就涌上来。在延安的中共领导人，包括毛泽东、朱德、周恩来、张闻天、林伯渠、吴玉章、邓颖超、博古等人，都亲自到机场迎接访问团一行。

毛主席和6位参政员一一握手，走到黄炎培面前时，他说："我们20多年不见了！"黄炎培面露不解。毛泽东笑着说："1920年5月某日在上海，江苏省教育会欢迎杜威博士，你主持会议，在演说中说中国100个中学生，升学的只有多少多少，失业的倒有多少多少，台下的听众中有一个就是毛泽东。"[1]几句话给黄炎培留下终生难忘的印象。

走进延安城中，这里的山水风景、人文风貌，都与重庆大后方迥异。黄炎培发现这里充盈着蓬勃的生气，他写道："街道是整洁的，阶下有水道。却没有看到茶馆，没有看到一个游手闲荡的人。""男女都气色红润，尤其是女子，特别秀硕。"[2]

7月2日，中共方面与6位参政员会谈，并在晚间举行了盛大的欢迎晚会。7月3日起，6人分头在延安参观，延安大学、医科大学、光华农场，处处都留下他们的身影。黄炎培考察得出的印象是："他们现实所走的路线，不求好听好看，切实寻

① 中央文献研究室科研部图书馆编：《毛泽东人生纪实》（中），凤凰出版社2011年版，第661页。

② 黄炎培：《八十年来》，文史资料出版社1982年版，第126页。

觅民众的痛苦，寻觅实际知识，从事实际工作，这都是我们多年的主张。"黄炎培亲眼所见延安：绝对不拉兵（抓壮丁），信用社、银行贷款很方便，街头到处有意见箱，老百姓随时可以把意见投进去。地主富户的田被分掉一些，但收租有保障。生育、医疗都享受公费，母亲如果缺奶，则供给牛奶。[①]特别是在参观教育机构时，发现延安有一所"韬奋书店"，这是一年前为纪念邹韬奋由华北书店改名而来的。邹韬奋是黄炎培的好友，在此处看到"韬奋"二字，更是百感交集。

7月5日，6位参政员5天95小时的延安之行就结束了。这5天里，除了考察延安的经济发展、民主政治建设、社会治理和军民关系，还发生了一件大事。这就是发生在中共领袖毛泽东和民盟创始人黄炎培之间的一番对话。

对话起源于毛泽东问黄炎培对延安感想如何。

黄炎培说："我生六十多年，耳闻的不说，所亲眼看到的，真所谓'其兴也勃焉'，'其亡也忽焉'，一人，一家，一团体，一地方，乃至一国，不少单位都没有能跳出这个周期率的支配。大凡初期时聚精会神，没有一事不用心，没有一人不卖力，也许那时艰难困苦，只有从万死中觅取一生。既而环境渐渐变好了，精神也就渐渐放下了。有的因为历时长久，自然惰性发作，由少数演为多数，到风气养成，虽有大力，无法扭转，并且无法补救。""一部历史，'政怠宦成'的也有，'人亡政息'的也有，'求荣取辱'的也有。总之没有能跳出这周期率。"

他又说："中共诸君从过去到现在，我略略了解到的了。就是希望找出一条新路，来跳出这周期率的支配。"

毛泽东稍作思考，回答道："我们已经找到新路，我们能跳出这周期率。这条新路，就是民主。只有让人民来监督政府，政府才不敢松懈。只有人人起来负责，才不会人亡政息。"[②]

黄炎培赞同毛泽东的说法。他后来写道："这话是对的。

① 黄炎培：《八十年来》，文史资料出版社1982年版，第128-130页。

② 黄炎培：《八十年来》，文史资料出版社1982年版，第148-149页。

① 黄炎培：《八十年来》，文史资料出版社1982年版，第149页。

只有大政方针决之于公众，个人功业欲才不会发生。只有把每一个地方的事，公之于每一地方的人，才能使地地得人，人人得事。用民主来打破这周期率，怕是有效的。"①黄炎培二子黄方毅，将这番谈话形象地称为"窑洞对"。从此，党的自我建设之路上，又多了一个经典的论述。

黄炎培有写日记的习惯，从辛亥革命时起，30余年日记从不间断。延安5日所见所闻、所感所思，还有与中共领导人的谈话等细节都被记在日记中。据中华职业教育社出版部主任尚丁回忆说，黄炎培出发前，自己曾请他将日记记得详尽些，并搜集一点材料，回来写一本延安访问记的书。当时，黄炎培欣然同意。也许是早有出书的计划，加上回到重庆后，每日上门来打听延安情况的人络绎不绝，黄炎培决定速速成书，仅仅半个月，一部书稿就写好了。

这本书就是《延安归来》。全书分为两部分：第一部分是"延安归来答客问"，共计回答了10个关于延安的问题，比如说：以什么名义去访问延安的？对延安观感怎样？对延安人物的印象如何？延安政治作风怎样？和中共领导人谈话的情形？国共合作前途如何？等等。回答一如上文所引用。第二部分是"延安五日记"，披露了作者访问期间的日访内容。总之，短短5天延安之行，让黄炎培对中国共产党有了新的认识，对中国革命前途有了新的信心。

《延安归来》写成后，首先在中华职业教育社办的《国讯》杂志上发表试水，结果当期销量陡增，说明读者热切欢迎这方面内容。于是，国讯书店决心马上出版这部书稿。但是，一个现实的困难就是，出版必须送检。1931年开始，国民党当局实行报刊图书审查制度，要求所有文稿必须送国民党"图书杂志审查委员会"检查，批准后方能付印。而一经审查，文稿经常被删改得面目全非，有些甚至全军覆没，文化界人士无不切齿痛恨，称其为法西斯审查制度。

尚丁拿着书稿，找到中共党员黄洛峰。黄洛峰当时是以生活、读书、新知为核心的联营书店总店董事长，他和石西民、张志让、叶圣陶等人商议后，决定征求黄炎培意见，如果黄炎培同意，就不送检直接自行出版发行。用这本书起头，发动一场拒检运动。

黄炎培知道后，不但同意，而且打算承担一切最坏的结果。他说："这叫吃了砒霜药老虎，一定要拼他一个鱼死网破！"于是，重庆南岸的润华印书馆突击排印，国讯书店迅速出版，只用短短8天，一本32开74页的《延安归来》就摆上了各大书店的货架。1945年8月7日，这是图书出版的日子，也是拒检运动发起的日子。

拒检出版的《延安归来》，几天工夫，首印两万册就一抢而空。加印又加印，总共销出了十几万册。这是黄炎培勇气所致，更是大众对延安的向往所致。

8月17日，重庆16家杂志社发表拒检联合声明，宣布自9月1日起不再送检。新闻出版界迅速一致地行动起来。9月1日，重庆《新华日报》发表社论《为笔的解放而斗争》，成都、昆明等地旋即响应这场拒检运动。终于，国民党被迫宣布从10月1日起停止新闻报纸和书刊事先检查。从关于延安的一本书开始，在中国共产党的有力领导下，新闻出版界终于打破了这一野蛮的文化枷锁。

第七章

一唱雄鸡
天下白

首报东北抗联
14年的英雄事迹

"母亲和你在生前是永久没有再见的机会了。希望你，宁儿啊！赶快成人，来安慰你地下的母亲！我最亲爱的孩子啊！母亲不用千言万语来教育你，就用实行来教育你。"

这是赵一曼生前最后一封写给儿子的家书。1935年11月，时任东北人民革命军第三军一师二团政委的赵一曼，在对日作战中负伤被捕，1936年8月英勇就义，年仅31岁。

1938年10月，东北抗日联军的8名女官兵，为掩护主力撤退，被困牡丹江乌斯浑河边。战至弹尽粮绝，面对日伪军威逼，誓死不降。在指导员冷云带领下，8人挽臂走进水中，自沉江底，书写了抗日史上"八女投江"的慷慨悲歌。

1940年2月，东北抗日联军第一路军总司令杨靖宇，在作战中被日伪军杀害。敌人剖开他的肚子，胃肠里一粒粮食也没有，只有消化不了的草根、树皮和棉絮。在场日军都大为感叹中国竟有如此威武不屈的人。

这些先烈，都来自同样一支队伍——东北抗日联军。东北沦陷的14年，这支队伍出没于白山黑水、林海雪原之间，在极端饥饿、寒冷的残酷环境中，顽强地与日本侵略者周旋战斗了14年，牵制76万日军，消灭18万日伪军，有力地支援了全国的抗日战争和世界反法西斯战争。

就是这样一支英雄的部队，在1945年抗战胜利之际，国民党政府为了抢先接收东北主权，竟然不承认它的存在。国民党还一再污蔑共产党在日本投降前在

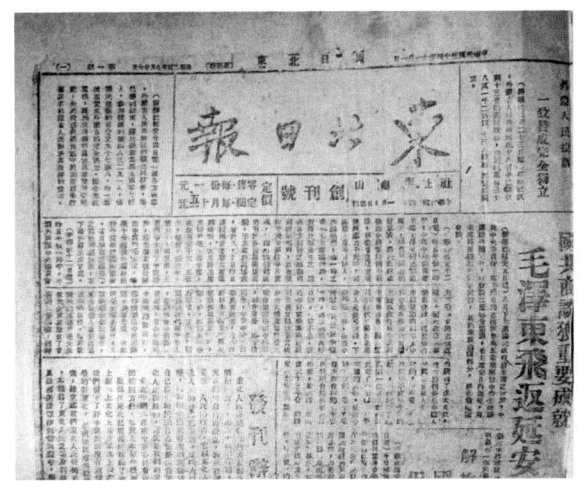

《东北日报》创刊号
（1945年）

东北没有武装力量，这支队伍是共产党为了阻碍国民政府接收东北，在日本投降后才进入东北的。为了反击国民党的造谣言论，中国共产党通过中共中央东北局机关报《东北日报》，组织了对东北抗联的大规模宣传报道。

东北是全国最先解放的地区。1945年抗战胜利在望，中共中央指示林彪率领十万军队和两万干部开赴东北。"二万干部、十万兵、一张报纸"①开辟东北解放区，其中这"一张报纸"指的就是《东北日报》，1945年11月1日在沈阳创立。最初报名由吕正操将军题写，1946年底毛泽东应凯丰之邀又亲笔题写了报名。由于抗战胜利后，苏联政府和国民党政府建立了外交关系，而苏联驻军沈阳，不允许共产党公开办报出刊。《东北日报》只得隐蔽办报，社址采用假地址。从第1期到第10期，报头上都印着社址"山海关"的字样。

这张报纸在解放战争中发挥了很大作用，杨子荣、董存瑞的英雄事迹都由其首先报道发表。它创立后，一个主要任务就是宣传报道东北抗日联军。1946年初，报社负责人廖井丹给东北抗联统帅周保中将军写信："延安急欲要东北抗日联军材料，准备在谈判东北问题前发表，现派去新华社记者关寄晨同志、

① 黑龙江日报社新闻志编辑室编著：《东北新闻史（1899—1949）》，黑龙江人民出版社2001年版，第331页。

东北日报记者魏东明同志,请你同二位同志谈谈,并请介绍与过去抗日联军的同志们谈谈。"①

关寄晨就是著名记者穆青,刚刚从延安来到东北,调入报社工作,一来就接到这个重要的任务。穆青回忆当时的场景,廖井丹把他叫去,说:"现在有个紧急任务,派你赶快去访问周保中同志。中央的意见,要派记者去访问他,请他对东北的形势发表谈话,说明抗日联军在东北坚持抗战 14 年,而国民党未出一兵一卒,现在根本无权接收东北。"接着,又叫穆青去见东北局宣传部部长凯丰。凯丰对他说:"这个任务很重要,我们派一个班护送,还有一个作家魏东明与你同去,到什么地方以及介绍信等,都交代给他了,明天一早就动身。"②

周保中将军要行军到磐石,穆青接受任务是在《东北日报》当时的落脚点海龙县,两地相距甚远。穆青和魏东明两人乘坐东北局派的卡车前去。驾驶室只能坐一人,魏东明年纪大身体又不好,就坐在里面。穆青和战士们坐在露天的车厢里。当时 2 月份,是东北最冷的时候,气温在零下 30 多摄氏度,车一开起来就更冷,真能体会到什么叫"风像刀一样割在脸上"。这样,一路寒冷走了两天三夜,到了目的地,大家早冻成了"冰人儿"。

在磐石,穆青采访了半个多月,首先写了一篇《周保中将军答记者问》,发表在 3 月 12 日的中共中央机关报《解放日报》上。然后,他们就开始详细搜集东北抗联 14 年战斗的历史材料。因为从长征之后,抗联就与中央失去了联系,这方面的情况党中央也不了解。除了周保中将军,他们还采访了许多熟悉情况的抗联老战士。十几天,穆青听老抗联人讲抗日史,讲同志们战死了、饿死了,就是不投降的故事,那种壮烈久久激荡,令人不能忘怀,以至在采访中常常边写边哭。

在回忆文章中,穆青写道:"在抗日战争期间,我亲身经历了无数苦难……但是，比起东北抗联遇到的困难，实在是算不了什么。我也读过不少中外战争史……但是论战争的残酷性、艰巨性，还没有一个是超过东北抗联的。中国人民正是依靠这批伟大的民族脊梁，依靠他们的不死的抗争精神，才免遭灭亡。"①

半个月后，穆青采写的长篇报告《一部震天撼地的史诗——中国共产党与东北抗日联军十四年斗争史略》在《东北日报》和《解放日报》同时发表出来，全面展现了中国共产党及其领导下的东北抗日联军的伟大抗争。随后，他又为《东北日报》撰写了《东北抗日联军史实》《中国共产党与人民的血肉关系》两篇社论，通过东北抗联斗争的历史，狠狠回击了国民党《中央日报》关于"日本投降前东北并没有共产党军队"的言论。

东北书店是《东北日报》的发行部，除了发行本报还做图书出版发行工作。在报纸大力宣传东北抗联事迹的同时，同年4月，穆青的《东北抗日联军斗争史略》单行本出版了，这是东北书店创立半年多来的第一本原创图书。同时出版的还有《东北问题》（第一集、第二集）。

这样，党的新闻出版工作者们，以无可辩驳的事实，全面讲述了东北抗联14年的抗日事迹，有力地揭露了国民党的不作为与中伤行为，起到了说明真相、赢得人心的重要作用。这些艰苦卓绝的抗日史，这些可歌可泣的英雄故事，第一次出现在世人眼前。

① 穆青：《访问周保中将军》，《中国记者》2001年第8期，第36页。

指引黎明方向的灯塔

① 唐弢:《书话》,北京出版社 1962 年版,第 81 页。

从土地革命战争到解放战争时期,中共领导下的出版机构面对敌人的残酷压迫,对革命书刊实行封锁、扣留、禁毁的时候,"采取了一种权宜而又机智的对策:把书刊伪装起来。这种书刊封面名称和内容毫不相干,进步的政治内容,往往用了个一般的甚至是十分庸俗的名称"①。例如,《论持久战》曾伪装成《文史通义》,《新民主主义论》曾伪装成《中国向何处去》《满园春色》,在敌占区和国统区出版发行。

伪装书出版是中国共产党人在国民党反动统治下的一种斗争方式。"革命刊物和政治小册子蒙上一层足以瞒过敌人的保护色,就像战士在前沿阵地用草叶和树枝来伪装自己一样。"1946 年 2 月,在上海出版的《灯塔小丛书》就是一套有代表性的伪装书。

这套丛书由周恩来指挥建立的党的秘密出版机构——中国灯塔出版社出版,主要是将延安整风运动重要文献和中共七大文献,在国统区改装成《灯塔小丛书》的形式,分散出版。小丛书总共 14 本,每本刊发一两篇党的重要文献,陆续登出 23 篇文章,包括毛泽东的《整顿学风党风文风》《反对党八股》《中央关于调查研究的决定》,朱德的《论毛泽东思想》和刘少

《灯塔小丛书》第7册
中国灯塔出版社1946年出版

奇的《论共产党员的修养》，第8本还全文刊载了中共七大通过的党章。《灯塔小丛书》64开大小，每本只有二三十页，携带方便，售价也低廉。这些文献在国统区出版后，如同矗立在暗夜中的灯塔，给迷茫于中国革命前途的人们指明了航向。

说起《灯塔小丛书》的顺利出版，还和传奇女子董竹君有关。董竹君出身贫寒，父亲董同庆是一名黄包车夫，母亲李氏是上海人称之为"娘姨"的用人。由于家贫，她13岁到了名为"清和坊"的堂子卖唱谋生，两年后，在朋友的帮助下成功出逃，后结识革命党人夏之时，赴日本留学，入读东京女子高等师范学校。婚后因不堪夫权肆虐，毅然摒弃荣华富贵，带4个女儿闯荡上海滩，只身奋斗创办锦江饭店。

来到上海后，与进步人士的交往，让董竹君视野更开阔，思想更进步。在共产党员和进步青年的影响下，董竹君接触了更多的关于马克思的著作，了解了更多关于中国共产党救国的主张，从而渐渐萌生加入中国共产党的想法，但当时党组织考虑到董竹君情况特殊，认为她在党外工作更为合适。由此，她一边创业，一边追随革命和进步，秘密帮助、掩护共产党人进行地下革命工作。

1945年初，董竹君根据党组织的指示，决定创办一家秘密印刷所，主要出版和印刷地下党的报纸、文件、指示、宣传品等。当年夏天，董竹君从锦江饭店抽出一部分资金，由锦江饭店经理任百尊出面，盘入马浪路377号永业印刷所，秘密经营。到1946年，永业印刷所机器设备不敷应用，已不能应付印刷任务，董竹君又从锦江饭店抽出30两黄金，在麦色尔蒂罗路43号盘入协森印务局的全部机器设备及一楼一底房屋，仍用协森印务局店名开设，由董竹君任董事长，任百尊任经理，依然是秘密经营。

董竹君经营协森印务局，实际上就是为党工作。根据周恩来的秘书、中国灯塔出版社负责人陈家康传达的指示，协森印务局先后承印过《解放》周刊和党的七大文献，以及这套有名的《灯塔小丛书》。

董竹君在《我的一个世纪》一书中回忆，《灯塔小丛书》每印一批，就会有地下党人来印刷厂把书取走，通过秘密渠道发行。在董竹君的印刷厂中，《灯塔小丛书》是出版延续时间最长的一种读物，曾被打出纸型，一版再版，深受各界人民的欢迎。后因国共和谈破裂，战火重燃，董竹君所办的几所印刷厂也应形势变化而停业。《灯塔小丛书》的纸型被地下党的同志带到香港继续印刷出版，再通过特殊渠道返回内地，继续发挥着舆论号角的作用。

党内文献统一版本的开端

1947年夏，中国的革命形势出现了翻天覆地的变化。中国人民解放军仅用一年时间就粉碎了敌人的进攻，战争由战略防御转入战略进攻阶段。10月10日，毛泽东起草，朱德、彭德怀署名的《中国人民解放军宣言》发布，提出"打倒蒋介石，解放全中国"①的口号。

革命形势和战略目标的变化，迫切需要制定新的行动纲领。当年12月，中共中央决定在陕西米脂县杨家沟召开中共中央扩大会议（即"十二月会议"，又称"杨家沟会议"），讨论制定政治、军事、经济等方面的纲领性文件。会议分为两个阶段进行，1947年12月7日至24日为预备会议。与会者分成政治、军事、土改3个小组，对有关问题进行讨论、交换意见。在此期间，毛泽东负责起草正式会议的主题报告——《目前形势和我们的任务》。由于长期在艰苦环境下高强度工作，毛泽东积劳成疾，手抖得厉害，不能握笔。因此，《目前形势和我们的任务》是毛泽东在病中口述完成的。毛泽东写稿勤奋异常，且向来亲力亲为，这是为数不多请别人代为记录的文件。他曾说过："文件拿来自己选，自己看，要办的自己写，免得误事。只有两个文件，当时因为身体不好，我口述，别人记录

① 《中国人民解放军宣言》，《毛泽东选集》第四卷，人民出版社1991年版，第1237页。

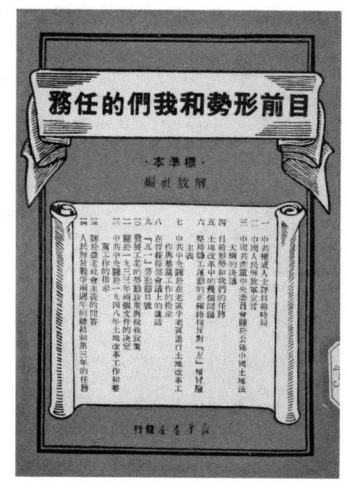

《目前形势和我们的任务》标准本
解放社1948年版本

① 逄先知：《毛泽东和他的秘书田家英》，董边、镡德山、曾自编：《毛泽东和他的秘书田家英》，中央文献出版社1989年版，第26页。

的，最后还是经过自己修改印发的。其中一个就是《目前形势和我们的任务》。"1964年，在一次中央会议上，毛泽东又一次说："我写文章从来不叫别人代劳，有了病不能写，就用嘴说嘛。1947年写《目前形势和我们的任务》时，我病了，就是我说别人记的，写了我又改，改后发给大家传阅，提意见，又作了修改。"①

对于这篇重要的论著，毛泽东极为重视，反反复复地修改，文稿也誊抄了好多遍。为便于修改，毛泽东提了5点具体要求：不要写简笔连笔字，要写正楷；不要写古怪字；标点符号要占半格；标点符号要写清楚，不能出错；问题开头的一、二、三要写大一点。毛泽东身边的工作人员中，字写得最好的是安龙驹，他写的仿宋体，工整又好看。因此，报告最终交给他抄写。在安龙驹完成了誊抄任务后，毛泽东十分满意，特意批准奖给他几斤猪肉补养身体。

预备会议期间，毛泽东将报告稿分发给与会者传阅，供大家讨论，根据大家的意见他本人再做修改。12月25日，会议正式开幕，毛泽东作题为《目前形势和我们的任务》的报告。报告主要解决了两个问题：一是在目前形势下我们敢不敢胜利；

二是胜利之后我们采取什么样的政策和策略以全面走上正轨。

针对第一个问题，毛泽东宣告："中国人民的革命战争，现在已经达到了一个转折点了。……这是一个历史的转折点。这是蒋介石的二十年反革命统治由发展到消灭的转折点。这是一百多年以来帝国主义在中国的统治由发展到消灭的转折点。……这个事变一经发生，它就将必然地走向全国的胜利。"他满怀信心地指出："黑暗即将过去，曙光即在前头。"[1]指明了我们能够胜利，也要敢于胜利的当前形势。

针对第二个问题，毛泽东在报告中公布了"组成民主统一战线，打倒蒋介石独裁政府，成立民主联合政府"的政治纲领；"没收封建地主阶级的土地归农民所有，没收蒋、孔、宋、陈为首的官僚资本归新民主主义的国家所有，保护民族工商业"的经济纲领和十大军事原则为核心的军事纲领，论述了土改、统一战线等方面的方针政策。如会议决定所指出的，《目前形势和我们的任务》是一份"打倒蒋介石反动统治集团，建立新民主主义中国的时期内，在政治、军事、经济各方面带纲领性的文件"[2]。

因此，一经会议发布，报告就迅速传遍全国。1948年1月1日，晋冀鲁豫《人民日报》首先全文发表《目前形势和我们的任务》。紧接着，各个解放区报纸纷纷转载该报告，很多地方还出版了单行本。但是，翻印造成的遗漏和讹误也随之而来，各个版本都存在一些不一致的地方。

中央注意到了这种情况以及在全国解放胜利到来之际加强宣传工作纪律的需求，1948年6月5日，中共中央制定了《关于宣传工作中请示与报告制度的规定》，对出版工作提出要求："凡各地用党及党的负责同志名义所出版的书籍、杂志，在出版前，应分别种类送交党的有关部门审查。""凡中央负责同志未经正式公布的著作，未经中央同意，各地不得擅自出版。中

[1]《目前形势和我们的任务》，《毛泽东选集》第四卷，人民出版社1991年版，第1246页。

[2]同上书，第1243页。

① 《中共中央关于宣传工作中请示与报告制度的规定》(1948年6月5日)，中共中央文献研究室、中央档案馆编：《建党以来重要文献选编（1921—1949）》第25册，中央文献出版社2011年版，第333页。

央负责同志已正式公布的著作，各地在编辑或翻译时，亦须事前将该著作目录报告中央批准。并请作者重新加以校阅或修改。"①

根据这个文件精神，1948年8月，随党中央转移西柏坡的解放社编辑了《目前形势和我们的任务》（标准本），这是撤离延安后首次恢复"解放社"的名义出书。这个标准本是经中央审定的权威版本，收录了《目前形势和我们的任务》，以及1947年5月30日到1948年7月30日的中央文件、毛泽东文章讲话和新华社社论共14篇。书前《编者说明》称："这些文件过去在各地发表时，因为电讯传达的关系，大多或多或少地有些错漏，现在经新华总社根据原稿校对，汇印成册，作为标准本。各解放区翻印这些文件时，请以此本为据。"新华社为此发了专题新闻，《人民日报》标以《一年来党的重要文献集》公开发表。

当年9月，该标准本由华北新华书店出版发行，并制作多副纸型，送给各解放区翻印，以保证版本的统一。为什么将标准本的出版工作交给华北新华书店？因为，1948年6月，晋察冀和晋冀鲁豫两地新华书店率先合并，由中共中央华北局直接领导，成为最早统一归于中央领导的新华书店，因此能够承担重大的政治性出版任务。

正本清源，在我国出版史上本就有着悠久的传统。175年，东汉灵帝刻7部儒家经典，立石碑于洛阳太学门前，史称"熹平石经"。其用意就是消除儒学典籍传播中的错讹，使版本权威而标准。《目前形势和我们的任务》（标准本），是党内政策文献统一版本出版的开端，也是一种对传统文化的借鉴和发扬。

第一大报创刊了

1947年3月，蒋介石指示胡宗南集中兵力进攻延安。中共中央分析了全国战争局势和陕甘宁边区现状后，决定将中央留在陕北不走。毛泽东、周恩来、任弼时留下指挥作战，牵制胡宗南20万军力，为其他战场减轻压力。同时，成立以刘少奇、朱德、董必武等人组成的中央工作委员会，"以刘少奇同志为书记……前往晋西北或其他适当地点进行中央委托之工作"①。5月，中央工委率领组织部、宣传部、党校和解放日报社等中央主干部门，到达晋察冀边区指挥部所在地西柏坡。从解决晋察冀边区军事问题以及统一华北各解放区财政、经济工作入手，目的是为全国解放战争建立一个稳固的指挥中心。可以说，中央工委是迎接中共中央到来的先遣部队。

为了达成这一目标，1948年2月，刘少奇提议合并晋察冀、晋冀鲁豫两个解放区，建立华北解放区，两解放区中央局合并成立中央华北局。中央批准了刘少奇的建议。这样，在解放区合并的大背景下，新闻宣传、党校、军校等重要部门的统一建设就是题中应有之义了。

按照中央的指示，华北局筹备之初就提出办大军校、大党校、大党报、大银行。尤其是办大党报一事，中央非常关心。

---

① 《中共中央关于暂时放弃延安和保卫陕甘宁边区的两个文件》，《毛泽东选集》第四卷，人民出版社1991年版，第1221页。

《人民日报》创刊号
（1948年）

因为，中共中央机关报《解放日报》已于1947年3月27日停刊，一年来中央党报处于真空状态。1948年3月7日，毛泽东以中央名义致电中央工委："华北局成立后，大党报应如延安解放日报那样，是同时代表中央和华北局的报纸，由中央负责，集中新华社（范长江、廖承志两部分）、人民日报、晋察冀日报在一起，有充分条件办一个较好的报纸，其名称似宜恢复解放日报。"①又指示由华北局具体办理。

① 中共中央文献研究室编：《刘少奇年谱》下卷，中央文献出版社1996年版，第137页。

经过中央工委研究讨论，按照中央指示，将晋察冀解放区机关报《晋察冀日报》和晋冀鲁豫解放区机关报《人民日报》合并，创建为华北局机关报。报请中央同意后，仍使用《人民日报》报名。这就是中共中央机关报《人民日报》的前身，1948年6月15日在河北平山县里庄创刊，由原晋冀鲁豫《人民日报》社长张磐石任新报社社长兼总编辑。

当天创刊号上，《人民日报》发表社论《华北解放区的当前任务——代创刊词》。其中提到："华北解放区的成立，还只是晋察冀与晋冀鲁豫两大解放区的合并，它与东北、西北、华东、中原各大解放区处于兄弟的地位，但它在地位上是联系其他兄弟解放区而成为各解放区的中心。故它的地位，在战略上就特别显得重要。"由于华北解放区的重要地位，《人民日报》从这时起就突破了一个局部地区的党报角色，承担并显现出中央大党报的功能和作用，成为党中央的耳目与喉舌。

毛泽东为《人民日报》重新题写了报名。为何是重新题写呢？原来，在晋冀鲁豫《人民日报》期间，报名就由毛泽东题写。这次出新刊，负责看大报清样的华北局第二书记薄一波又请主席题字。毛泽东心情愉悦，欣然提笔。他把首字"人"写得顶天立地，充满胜利的喜悦，末字"报"写得体势开阔，与首字呼应。毛泽东边写边说："人民日报这四个字啊，中间两个字要小一点，两边两个字要大一点，这样就好看喽！"他一连写了4行"人民日报"，共16字，并从中圈出满意的4个字，让薄一波转交人民日报编辑部。这16个字最后交到编辑何燕凌的手里。何燕凌选出主席圈出的"人民日报"4个字，拼制成自左向右的横排报头，送毛泽东审定后，作为华北局《人民日报》的报头，一直使用到今天。

《人民日报》从确定合并到出新报，只用了短短一个月，得益于原来打下的良好基础。两家报纸都有光荣的传统，《晋察冀日报》从前身1937年创立的《抗敌报》算起已有10余年办报经验，晋冀鲁豫《人民日报》是从《新华日报》（太行版）分出的办报队伍，新组成的《人民日报》拥有一支成熟、能打硬仗的编辑队伍。

新报社的地址选在平山县城西南约5公里的里庄村。一直在平山县城办公的《晋察冀日报》距离里庄较近，很快，办报人员就把报社设备搬到了里庄。不久，驻地武安的晋冀鲁豫《人民日报》的工作人员也来到了里庄，这个寂静的小山村一下子热闹了起来。

听说报社的同志们要来，里庄人做的第一件事就是高高兴兴地腾房子，像迎接亲人一样迎接自己的队伍。那时候，只有百十多户的里庄村基本上每家都住着报社的人。他们亲切地把报社的同志称为"文八路军"，热情地接设备、送炊具、搬桌椅，甚至"一户贫农，在土改中分到好一点的房子，拣大的一间做了结婚新房，《晋察冀日报》来了，主人把新房移到差的一间；华北《人民日报》创建了，主人又坚持把新房移到更差的一间。报社坚决不同意这么办，房主急了，说：

① 康文远：《目睹人民日报在农家诞生》，《文史精华》2005年S1，第39页。

'你们实在不用，我不勉强，那就让它空起来，我的心铁了！'"①这样"好房让给报社人住"的情景，在里庄村，几乎每家都上演过。

在战争年代，办报办刊最难解决的是印刷。《人民日报》的印刷也分了好几个地方。一个设在里庄，主要工作是为报纸排版打纸型；另一个设在北焦村，打出报纸纸型在这里上机印刷。报社在里庄还有3台平版印刷机，也承担了印刷少量《人民日报》和书刊文件的任务。印刷厂印报时，使用一台柴油机为印刷机提供动力。但因柴油机经常"罢工"，村里选出10多名年轻小伙子负责轮流为报社"摇把子"，用人工做动力保证报纸出版。

华北《人民日报》创刊时，接收了原来两份报纸的订户，发行量大概在4.4万份。创刊一个月后，重新调整定价，不仅保住了原有发行量，还略有增长，达到4.7万份，充分说明合并办报策略的成功。在当时的战争环境下，发行工作困难很大，极具挑战。在投递方式上，中共中央和中央机关，华北局，华北军区司令部、政治部，北岳区党政机关、团体、学校等各单位订阅的报纸，由报社交通员直接上门投递；其他区县的订户，则由报社将报纸打包好交给邮局，再通过人背马驮，每日跋山涉水完成投送任务。

新中国成立前，党中央的政策文件和毛泽东的许多重要文章都发表在《人民日报》上，著名的如吓退十万敌兵的3份"电报稿"、《将革命进行到底》、《评战犯求和》、《我三十万大军胜利南渡长江》等。到1949年初，北平和平解放。3月15日，《人民日报》全体迁入北平，进入原国民党《华北日报》社址——王府井大街117号，完成了从农村到城市的转移。

解放战争全国性胜利的到来，新中国开国大典进入紧张筹备当中。党中央迫切需要一个正式的中央机关报。一直承担着机关报职能的华北《人民日报》，进入了中央的考虑视野。7月18日，人民日报社社长张磐石在总编室会议上传达了时任中宣部副部长胡乔木的通知："中央给我们的任务是8月1日改为中央党报，时间虽仓促，但应为此目标而奋斗。""人事上，乔木同志是社长，我是副社长。总编辑是邓拓，安岗是副总编辑。"胡乔木全面领导了《人民日报》升格为中共中央机关报的工作，对版面、人事、改版时间等作了具体指示。这样，第一大党报完成了历史性的重大转折。

文艺座谈会结硕果

　　《太阳照在桑干河上》是丁玲完成的唯一长篇小说，也是为她赢得巨大国际声誉的代表作品，享有"土改史诗"的美誉。这部反映解放区土地改革运动的红色文学经典，是丁玲响应1942年延安文艺座谈会精神的创作硕果。它的出版还有一段曲折的故事，而这段波折首先要从丁玲本人谈起。

　　丁玲属于最早觉醒并参加革命的那一批中国女性。她曾经就读于共产党人创办的平民女校和进步的上海大学，主编左联机关刊物《北斗》并任左联党团书记，是20世纪30年代一位有影响力的左翼作家。1936年，被国民党反动派拘禁3年之久的丁玲，出狱后千里奔赴西北，成为第一个到达陕北的文人，从此开始在党中央的直接领导下开展革命文艺工作。创作革命的文艺作品首先要了解革命的现实。因此，当丁玲表示要当红军上前线时，毛泽东当即同意她随杨尚昆所率政治部赴陇东前线。丁玲在前线时，得到毛泽东亲笔所作诗词《临江仙·赠丁玲》，高度评价"纤笔一枝"的威力，至今仍脍炙人口。

　　壁上红旗飘落照，西风漫卷孤城。保安人物一时新。洞中开宴会，招待出牢人。纤笔一枝谁与似？三千毛瑟精兵。阵图开向陇山东。昨

《太阳照在桑干河上》
人民文学出版社1979年重印本

天文小姐，今日武将军。①

从中可以看出，最初毛泽东对丁玲是非常认可的。而丁玲在陕北的文艺工作也卓有成效，她先后担任过中国文艺协会主任、西北战地服务团主任、《解放日报》文艺副刊主编等职务，为延安的文艺建设作出开创性贡献。

1942年5月，中央有感于文艺创作方向出现偏差，召开了文艺座谈会，毛泽东发表著名的《在延安文艺座谈会上的讲话》，回答了文艺"为什么人服务"和"如何服务"的问题，号召"有出息的文学家艺术家，必须到群众中去，必须长期地无条件地全心全意地到工农兵群众中去，到火热的斗争中去"。而开这场文艺座谈会前的一个重要事件，就是丁玲写作《三八节有感》，与当时革命主基调发生偏离。座谈会后，丁玲理解并接受了新的文艺精神，写下《关于立场问题我见》，表达自己的立场："文艺应该服从于政治，文艺是政治的一个环节，我们的文艺事业是整个无产阶级事业中的一个组成部分。"②认识转变带来文艺创作的变化。丁玲开始把目光投向工农革命运动，脚步走到工农兵群体中。1943年、1944年，她先后写出歌

① 此词作于1936年11月，最早发表在《新观察》1980年第7期。

② 《关于立场问题我见》，《丁玲全集》第七卷，河北人民出版社2001年版，第65页。

① 《毛主席给我们的一封信》，《丁玲全集》第十卷，河北人民出版社2001年版，第285页。

② 丁玲：《太阳照在桑干河上》，人民文学出版社1955年版，1979年重印，《重印前言》第3页。

颂八路军战士的《十八个》、采写真人真事的《田保霖》《袁广发》等报告文学。毛泽东欣赏这种"新写作作风"，他在一次高干会上说："丁玲现在到工农兵当中去了，《田保霖》写得很好；作家到群众中去就能写好文章。"①

丁玲一直有写长篇小说的愿望，此时出现一个机会。1945年，抗战胜利后，中央派出"二万干部十万兵"开赴东北。丁玲也要求去东北，她和杨朔、陈明等作家组成延安文艺通讯团，一路边走边写。当年12月，走到张家口，北上交通被国民党军队占据，一时走不通就留在张家口。到第二年，1946年5月4日，中共中央发出《关于土地问题的指示》（简称"五四指示"），决定在解放区实行直接的土地改革——没收地主土地分配给农民。丁玲便参加了晋察冀中央局组织的土改工作队，从7月到9月，先在怀来县辛庄、东八里村一带，后转到涿鹿县温泉屯，进行了3个月的土改工作。就在这场土改运动中，酝酿于她心中的创作火焰猛地烧高了。从温泉屯回到张家口，再从张家口徒步到阜平，丁玲一路走一路打腹稿。到了目的地，她激动地说："《太阳照在桑干河上》已经构成了，现在需要的只是一张桌子、一叠纸一支笔了。"②

从1946年11月丁玲开始创作这部发生于桑干河畔的农村土改题材小说，到1948年6月完成全书——《太阳照在桑干河上》，历时1年零7个月。事实上，小说主体在1947年9月已经写好，但由于时任华北局宣传部副部长周扬对小说持批评态度，所以后面的写作出现了迟滞。

虽然发生曲折，《太阳照在桑干河上》还是在1948年6月完成了。而且，正在此时，毛泽东来到西柏坡。两人见面后，主席很关心丁玲的新作并答应读一读这本小说稿。艾思奇、萧三先看了书稿，觉得很好，认为可以出版。担任毛泽东秘书的胡乔木也读了小说。3人随后向主席汇报，胡乔木说，小说写得好，没有原则问题，个别问题稍加修改就可出版。这样，《太阳照在桑干河上》通过高级别审读，被认定为一部有价值的反映土改运动的作品。

也就在此期间，丁玲被中央选为中国妇女代表团代表，启程参加在匈牙利举办的国际民主妇联第二次代表大会。代表团安排在哈尔滨集合出发，取道苏联去往匈牙利。丁玲带着书稿去东北，8月份到达大连，与光华书店经理邵公文见面，商定在这里出版《太阳照在桑干河上》一书。邵公文火速发排，光华书店全力以赴，当月就出版布面精装本，初版印刷1500册。9月份又出版平装本，初版印刷5000册。随后，各解放区和根据地都翻印了《太阳照在桑干河上》。

11月，丁玲出国，带上了这本新作。苏联女汉学家波兹德涅耶娃·柳芭读后，深受触动，将其译为俄文，1949年，在苏联出版了单行本，发行量高达70万册。1952年，苏联政府授予《太阳照在桑干河上》"斯大林文学奖金"二等奖的荣誉，奖励5万卢布，成为使这部作品经典化的一个重要奖项。

丁玲被苏联作家西蒙诺夫赞为"革命的女儿"，《太阳照在桑干河上》则是她在革命的文艺道路上结出的硕果。对此，丁玲谦虚地说："（这部小说）不过是我在毛主席的教导、在党和人民的指引下，在革命根据地生活的熏陶下，个人努力追求实践的一小点成果。"①

① 丁玲：《太阳照在桑干河上》，人民文学出版社1955年版，1979年重印，《重印前言》第2页。

培养真正的马克思主义者

1949年3月，中共七届二中全会在西柏坡召开。在即将全国执政的历史性时刻，中央认为有必要提高全党尤其是领导干部的马克思主义理论水平，以适应领导建设新政权的需要。方法是读书，而且是读指定篇目的12种马列原著，这就是"干部必读"丛书。

毛泽东在会议总结讲话中说："关于十二本干部必读的书，过去我们读书没有一定的范围，翻译了很多书，也都发了，现在积二十多年之经验，深知要读这十二本书，规定在三年之内看一遍到两遍。对宣传马克思主义，提高我们的马克思主义水平，应当有共同的认识，而我们许多高级干部在这个问题上至今还没有共同的认识。如果在今后三年之内，有三万人读完这十二本书，有三千人读通这十二本书，那就很好。"①

这12本书是：《社会发展简史》（解放社编）、《政治经济学》（列昂节夫著）、《共产党宣言》（马克思、恩格斯著）、《社会主义从空想到科学的发展》（恩格斯著）、《帝国主义是资本主义的最高阶段》（列宁著）、《国家与革命》（列宁著）、《共产主义运动中的"左派"幼稚病》（列宁著）、《论列宁主义基础》（斯大林著）、《苏联共产党（布）历史简要读本》（联共［布］

---

① 《在中共七届二中全会上的总结》（1949年3月13日），《毛泽东文集》第五卷，人民出版社1996年版，第261页。

"干部必读"12种精装本
解放社出版（1949—1950年）

中央特设委员会）、《列宁斯大林论社会主义经济建设》、《列宁斯大林论中国》（张仲实、曹葆华校译）、《马恩列斯思想方法论》（马恩列斯思想方法论编辑委员会）。

这份书单是经毛泽东提议，由负责马列著作编译工作的张仲实和毛泽东的秘书胡乔木在1949年2月党的七届二中全会筹备期间列出的。毛泽东看过书单后，在上面加上"干部必读"4个字，确定为党员干部理论学习读物。

学习"干部必读"丛书的指示在党的七届二中全会上下达后，出版界就面临一个重大的任务——尽快出版一大批全套丛书，以迎接全党理论学习高潮的到来。这项工作交给了刚刚成立的出版委员会来统筹负责。

1949年2月，中宣部考虑到平津解放后华北出版工作需要，临时组建了出版委员会。华北局宣传部部长周扬传达中宣部部长陆定一指示："暂先在华北局宣传部领导下，由中宣部出版组、新华书店、新中国书局等处同志合组临时出版委员会统筹华北出版工作。临出委会委员，除陆部长函中指定的黄洛峰、祝志澄、华应申、平杰三、王子野、史育才、欧建新诸同志外，再加卢鸣谷、王钊两同志。"①由黄洛峰担任主任，出版总署成立

① 《临时出版委员会筹备会第一次谈话会记录（节录）》，中国出版科学研究所、中央档案馆编：《中华人民共和国出版史料》（1），中国书籍出版社1995年版，第14页。

后，出版委员会转立为其内设的出版局，黄洛峰是首任局长。

领导出版"干部必读"丛书是出版委员会成立后的一项重要任务。这些书单行本在各解放区和根据地都有翻印出版，版本不统一。所以，出版委员会接手后的第一个工作就是重新整理审订，统一各版本，然后以解放社名义出版，由华北新华书店发行。经过7个月的艰苦努力，到开国大典时，"干部必读"出版了11种，1950年出齐全套丛书。

"干部必读"丛书12种，有精装和平装两个版本，但并不是12本书。精装本布面装帧，将12种书合订成8册出版，分别是：

第一册：《社会发展简史》《政治经济学》两种合订；

第二册：《共产党宣言》《社会主义从空想到科学的发展》两种合订；

第三册：《帝国主义是资本主义的最高阶段》《国家与革命》《共产主义运动中的"左派"幼稚病》《论列宁主义基础》四种合订；

第四册：《苏联共产党（布）历史简要读本》；

第五册：《列宁斯大林论社会主义经济建设》（上）；

第六册：《列宁斯大林论社会主义经济建设》（下）；

第七册：《列宁斯大林论中国》；

第八册：《马恩列斯思想方法论》。

平装本则有13本，除每种书出单行本，仍将《列宁斯大林论社会主义经济建设》分成上、下两部出版。

这套书出版后供不应求，发行量很大。1950年9月16日，时任出版总署署长胡愈之在第一届全国出版会议作题为《论人民出版事业及其发展方向》的报告，其中称："包含12种马列主义经典著作的'干部必读'已经全部出齐，印行的总数达300万册。"[1]

① 《论人民出版事业及其发展方向》，中国出版科学研究所、中央档案馆编：《中华人民共和国出版史料》（2），中国书籍出版社1996年版，第520页。

在10月1日的闭幕总结上，副署长叶圣陶也高度肯定了这套丛书的成绩。他说："这一年中，通过全国规模的学习运动，在思想战线上取得了很大的胜利。出版业实际成了思想战线的武库，以大量武器装备了一切干部与学习人员。12本'干部必读'（总篇幅约占170万字）的出版与大量发行，是这一年出版工作方面应该特别提起的。"[1]充分说明党的出版工作与理论武装、干部培养有着紧密的关系。

① 《一年来的出版工作》，中国出版科学研究所、中央档案馆编：《中华人民共和国出版史料》（2），中国书籍出版社1996年版，第621页。

第八章
发展人民出
版事业

为新中国奠基

经过辽沈、淮海、平津三大摧枯拉朽战役，中国人民民主主义革命已经基本胜利。1949年元旦，毛泽东发表新年献词《将革命进行到底》，指出："一九四九年将要召集没有反动分子参加的以完成人民革命任务为目标的政治协商会议，宣告中华人民共和国的成立，并组成共和国的中央政府。"

从1949年6月起，召开新政协、创立新中国的工作就进入了紧张的筹备当中。6月15日，中国人民政治协商会议筹备会第一次全体会议在中南海勤政殿召开，确定筹备委员134人，选出毛泽东、朱德、周恩来、李济深、张澜等21人组成的常务委员会。筹备会设6个小组，以周恩来负责的第三小组承担了最为重要的共同纲领起草工作。

共同纲领是为新中国奠基的一个纲领性文件。6月18日，周恩来在第三小组会议上指出：新政协的共同纲领"将决定联合政府的产生，也是各党派各团体合作的基础"。由于时间紧迫，周恩来亲自动手起草。6月下旬整整一个星期，周恩来在勤政殿闭门不出，完成了《新民主主义的共同纲领草案初稿》，送毛泽东审阅。

从8月下旬开始，毛泽东集中修改共同纲领初稿，胡乔木也深入参与到起草工作中来。大的修改就有5次，改动多达200余处。9月5日，毛泽东改后的初稿清样印出30份，名字改为《中国人民政治协商会议共同纲领（草案）》。这一稿上，胡乔木修改较多，经济政策一章的第40条，文化教育政策一章的第41、42

《共同纲领》
新华书店1950年版本

条，胡乔木进行了重写。9月6日，改后的草案重新清样又送毛泽东。毛泽东又进行了一些修改，删去该稿第50条，使全部条文变成60条，定下了基本框架。毛泽东批示："照此改正，印成小册子一千本。"①随后，小册子发给新政协会议代表进行讨论。

此后十几天，这版草案又几经讨论修改，9月17日，在新政协筹备会第二次全体会议上，基本通过了共同纲领草案，并授权常委会提交政协第一届全体会议审议。4天后，中国人民政治协商会议第一届全体会议开幕。全国民主党派、人民团体、人民解放军、各地区、各民族、国外华侨、其他爱国民主分子的代表662人参会。

9月29日，星期四，北京中南海怀仁堂，在现场全体与会代表的见证下，凝聚着中国共产党人和同盟者建国理想的《中国人民政治协商会议共同纲领》迎来历史性一刻。大会执行主席章乃器庄严宣布："共同纲领全体一致通过。"全场爆发如雷掌声。这部开国纲领共7章60条，分为序言和总纲、政权机关、军事制度、经济政策、文化教育政策、民族政策、外交政策，规划了中华人民共和国的国体、政体及各项政策，成为新

① 《在〈中国人民政治协商会议共同纲领〉起草过程中的批语》（1949年9月），《建国以来毛泽东文稿》第一册，中央文献出版社1987年版，第2页。

中国成立之初的实施准则和建设蓝图。

《共同纲领》第49条规定：发展人民出版事业，并注重出版有益于人民的通俗书报。这是新中国成立初期出版事业发展的总方针。10月3日召开的全国新华书店出版工作会议，就如何发展人民出版事业和普及文化、多出通俗读物进行了深入的讨论。胡愈之在大会报告中说："人民出版事业则是为人民服务的，要普及和提高人民大众的文化特别是工农群众的文化。"[1]因此，一个月后成立的出版总署在编审局中设第二处，专门负责通俗读物编审工作，并提出1950年的一项主要工作是编辑工农通俗读物。通俗读物的出版，成为新中国出版业的一大特色。

全国新华书店出版工作会议还确定了由新华书店统编开国文献，主要有《中国人民政治协商会议第一届全体会议重要文献》《中国人民政治协商会议第一届全体会议讲话·报告·发言》和《共同纲领》单行本。

以《中国人民政治协商会议第一届全体会议重要文献》为母本，全国各地的新华书店出版了大量开国文献。其中有东北新华书店辽东分店的《中华人民共和国开国文献》、西北新华书店的《中华人民共和国开国盛典》、苏北新华书店的《中国人民政治协商会议第一届全体会议重要文献》、山东新华书店的《中国人民政协文献》等。另外，有些地方与单位也自行汇编出版开国文献，如中共天津市委总学委编印《人民政协学习文件》、华北人民革命大学编印《学习第一届政协文件参考材料》等等。

通过广泛出版传播和学习理解，各行各业都从《共同纲领》中找到了发展方向和依据。这份代表全国人民意志和利益的重要文献，具有建国纲领和临时宪法的性质，为新中国成立和发展打下了坚实基础，是中国历史上一个极端重要的文献。

① 《全国出版事业概况》，中国出版科学研究所、中央档案馆编：《中华人民共和国出版史料》(1)，中国书籍出版社1995年版，第257页。

『认真作好出版工作』

1949年10月3日，刚刚成立的中华人民共和国召开了全国新华书店出版工作会议。这是新中国第一个全国性的出版工作会议，重要性不言而喻。

在党长达28年的新民主主义革命时期，出版为革命军事服务，为人民的政治斗争事业服务，做了许许多多工作，为革命胜利发挥了巨大作用。

现在，革命终于胜利了！我们的出版工作，有了新的任务、新的发展方向。这个会议，就是要统一全国出版工作者的思想，指明出版业的新征程，在新中国出版史上有里程碑式的意义。

这个新的任务和方向是什么呢？在9月份通过的《中国人民政治协商会议共同纲领》上，对出版的总要求是"发展人民出版事业，并注重出版有益于人民的通俗书报"。为达到这个要求，迎接毛泽东在政协开幕式讲话中所说的"不可避免地将要出现一个文化建设的高潮"①，就要先把出版业内部体系理顺，使之成为一个坚强有力的工作整体。所以，这次会议上的主要议题是将新中国成立前全国分散的出版业集中起来，统一领导。因为，新华书店是党的主要出版机构，集编辑、印刷、

① 《中国人从此站起来了》（1949年9月21日），《毛泽东文集》第五卷，人民出版社1996年版，第345页。

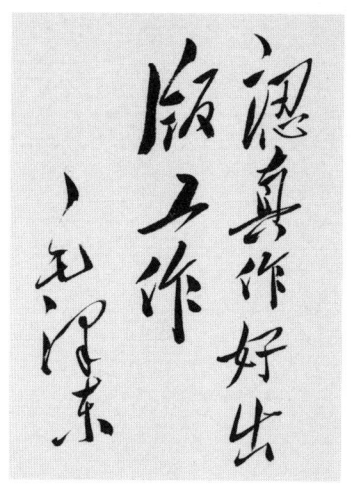

毛泽东主席题词手迹
（1949年）

发行于一体，战争年代各店也是分散经营的，这次会议就聚焦在新华书店的统一问题上。

新中国成立专门的出版管理机构出版总署，隶属中央人民政府政务院，1949年11月1日正式成立，胡愈之为首任署长。但是这次开会时还未建立，所以会议仍由长期管理出版工作的中宣部主办，由中宣部1949年2月成立的出版委员会负责筹备。

经过3个月的筹备，33个单位，74名正式代表，加上列席、旁听共165人。新华书店是其中一个方面，也是主要方面，有来自华北、东北、西北、华东、华中的总分店和705个分支店的代表者。

胡愈之时任新华书店总编辑，主持了开幕式并致开幕词。朱德当天到会讲话，中宣部部长陆定一、副部长胡乔木和陈伯达也在后来的几次会上先后讲话。难得的是，在筹备期间，毛泽东就为会议写下题词："认真作好出版工作"。毛泽东对"认真"是有论述的，他说过："世界上怕就怕'认真'二字，共产党就最讲'认真'。"以"认真"题赠出版界，可见毛泽东对出版工作的重视与高要求。70多年来，"认真作好出版工作"一直是出版界的精神纲领，激励着出版人不断前行。朱德也为会议题词："出版会议 加强领导 力求进步"。

不过，这次开会时间也算是创了纪录。从10月3日开幕到19日闭幕，足足开了17天，如果从9月26日第一次筹备会算起，更是长达24天。由于长期的分散隔绝状态，大家对彼此的情况都不太了解，所以各方面花了很长时间来介绍工作情况。会议最后通过了《关于统一全国新华书店的决定》草案，以及编辑、印刷、发行等业务工作附件，成功完成了会议设定的各项目标。

这十几天里，大家沉浸在新中国成立的喜悦中，都鼓着一把劲儿要为国家建设出力，畅所欲言，为出版事业发展献计献策，一个个都开心极了，兴奋极了。最高兴的事儿，出现在正式会议的最后一天，10月18日晚上，毛泽东在中南海颐年堂接见了74名正式会议代表。

当年代表东北新华书店参会、接受了毛泽东接见的郑士德先生80多岁时提起这段往事，仍然兴奋不已，双手挥动起来，高兴地讲述了当时的情景。郑老当时是哈尔滨分店经理，作为东北区9名代表之一参会，当时才21岁，在整个代表团里最小。

毛泽东怎么会想起来接见大家呢？

郑老回忆：10月4日的会上，陆定一部长来了，问大家有什么要求。这时，北京分店经理史修德站起来说："我们非常想念毛主席，渴望毛主席接见！"这话说出了大家的心声，会场响起热烈掌声。部长没说话。大家想着主席工作那么忙，估计被接见的希望不大。

到了18日下午，会议比预定时间早结束半小时。主持人让大家赶紧吃饭，晚6点集合。到了时间，大家统一上了一辆中型卡车改装的木篷后开门汽车。10月中旬的北京，晚上6点多已经黑天了。车从驻地建国门附近的东总布胡同10号出发，沿着长安街一路向西，进了新华门。下车后，郑老发现院门上挂着一个匾额，上书"丰泽园"，院子里是古香古色的5间平房，房门上匾额是"颐年堂"3个字。这时才有人说，这里是中南海，毛主席要在这儿接见大家。真是没想到，大家高兴极了。

代表们排成3排，等待接见。不一会儿，陆定一、胡愈之陪着毛主席来了。郑老说，毛主席穿着藏青色的呢子大衣，神采奕奕。大家心里又兴奋又紧张，结果发现毛主席很亲切，又风趣得很。他和代表们一一握手，到华中新华书店印刷厂主任倪康华身边时，看到他留着长胡子，就开玩笑地说："你这么老啦！"其实，倪康华才30岁，引得大家一片笑声。和东北新华书店总经理李文握手时，又拉家常道："国民党有个将军也叫李文。"

点到"郑士德"名字，郑老赶紧上前，毛主席紧紧握着他的手，微笑着问道："噢！青年团员?"郑老当时年纪小，又长着一张娃娃脸，主席以为他还没入党。其实，他在1947年就经东北民主联军二支队政治部编辑干事张濬涛介绍，加入了中国共产党。郑老说，毛主席问完，他应该马上回答"共产党员"，可是，太激动了，喉头一下堵住了，脸涨得通红，一句话也说不出来。在大家笑声中，毛主席又接见了下一位代表。几十年过去了，如今他已是耄耋之年，当年一张被误会的"娃娃脸"上也爬满了时光的印痕。可是，每次想起这件事，讲起这件事，都宛如昨日，历历在目，心潮涌动。

郑老说："新中国刚刚成立，百业待兴，蒋介石的残兵败将还在四川等地做垂死挣扎。毛主席日理万机，十分繁忙，仍然挤出时间接见我们全体代表。这是毛主席和党中央对出版工作的高度重视。"

是的，正如陆定一在大会闭幕词中讲的："革命的出版工作是革命工作中必不可少的一部分，在革命的分工中，分配作出版工作，是光荣的，国家给了我们以重大的责任，我们要对人民负责。"[①]

发展人民出版事业，坚持以人民为中心。党的百年荣光、千秋伟业，出版人奋进新征程，建功新时代，一定会牢牢记住：认真作好出版工作！

① 《陆定一在全国新华书店出版工作会议上的闭幕辞》，中国出版科学研究所、中央档案馆编：《中华人民共和国出版史料》(1)，中国书籍出版社1995年版，第445页。

《毛泽东选集》的出版

中华人民共和国成立初期，《毛泽东选集》1—4卷的出版，是国家政治生活的一件大事。为出好这套书，整个出版界编辑、印刷、发行等全面动员，创造了"一字一点无差错"、发行上亿册的出版史奇迹。

其实，新中国成立前，已经有多版本《毛泽东选集》出版，包括1944年晋察冀日报社编辑出版的平装5卷本、精装合订1卷本，1947年中共晋察冀中央局增订再版的平装6卷本、精装合订1卷本，1948年中共晋冀鲁豫中央局编印的精装两卷本，1948年东北书店精装合订1卷本等。但是，这些版本都未经毛泽东本人审定。烽火年代，《毛泽东选集》编印过程相对粗糙，文章选择、分类排序等方面都有缺点，还存在一些错字错句。于是，中共中央进入西柏坡后，在国内大局已定的情况下，1949年开始了新版《毛泽东选集》的编辑工作。

编辑出版一套定本《毛泽东选集》，意义重大，难度更大，严密的组织工作极为重要。1949年2月，中宣部成立出版委员会，其中一项主要任务是出版《毛泽东选集》。1950年5月，中央政治局成立中共中央毛泽东选集出版委员会，由刘少奇任主任，主要成员有胡乔木（时任中宣部副部长、新闻总署署长）、陈伯达（时任中宣部副部长、马列学院副院长）、田家英（毛主席的秘书），以及斯大林派来的顾问尤金、苏联驻华使馆翻译费德林等人。田家英兼任毛选出版委员会办公室主任，兼管出版联络工作。两个委员会各有分工：毛泽东选集出版委员会主要协助毛泽东编辑确定文本内容，出版委员会承担编校、印发等具体工作。

《毛泽东选集》1—4卷精装本 人民出版社 1951—1960年出版 北京新华印刷厂20世纪70年代印刷装订

　　《毛泽东选集》第一卷原定于1949年6月和读者见面，结果一直到1951年10月才出版，比预想的晚了两年半。原因是毛泽东主席对该书十分重视，亲自看清样，亲自修改。但是，毛主席的工作太繁忙了，编校工作时断时续。其间发生两件事，使出版时间推后了不少。

　　1949年底到1950年2月，毛泽东出访苏联3个月，书稿就放下很长一段时间。斯大林很重视总结中国革命的经验，访苏期间，他在会晤时提出要编辑出版毛泽东的著作。据说，当时苏联已将东北局《毛泽东选集》版本译成俄文，打算出版。毛主席希望苏联不要出版这个版本，表示他亲自校正的版本正在编辑当中，希望以此为底本来对照修订后再出版。为帮助该书的编审工作，并及时翻译成俄文，斯大林专门派《苏联书籍》杂志主编、哲学家尤金来华协助工作，苏联驻华大使馆文化参赞费德林和中央政治局秘书室主任兼中央俄文编译局局长师哲负责将《毛泽东选集》译成俄文。

　　但是不久后，抗美援朝战事又起，毛泽东主席腾不出工夫专心修改文章。一直到1951年2月，朝鲜战局出现转机，中央决定让毛主席去石家庄休息一段时间。这样，毛泽东就利用这一休息时间，全力以赴做《毛泽东选集》的审阅工作。毛主席休养的地方是石家庄保育院，地处西郊，空气清新，而且刚落成不久，设施也较好。办公室设在一间大房子里，正中是一张写字台，旁边是一个长条沙发。毛主席亲自修订《毛泽东选集》内容，经常通宵不眠，累了就在沙发上养养神。这样，夜以继日的工作，再加上胡乔木、陈伯达、田家英3人帮助编选注释，到4月返京时基本完成了第一卷的编辑工作。

这里要说明的一点是，毛主席是在已经排好版的书稿上修改的。也就是说，出版界从1949年起就做好了出书的准备。出版委员会将出版《毛泽东选集》作为头等大事，建立严格的保密制度，原稿收发保管、校样来回传递，都专门指定几位老党员负责，校对次数增加到5次，排版由北京新华印刷厂完成。出版委员会主任黄洛峰在1949年《出版委员会工作报告》中说："《毛选》新版在5月6日发稿，6月初排完，6月中旬我们校完了三校，现在编委会（指毛选出版委员会）也已校对完毕，全部校样正送呈毛主席亲自校阅中。"短短一个多月，完成排印样稿和三个校次，在当时的条件下确实是下了大力气。

1949年10月1日，中华人民共和国举行开国大典，一个新的纪元开始了。11月，出版总署成立，出版委员会改组为出版总署出版局，黄洛峰为局长。《毛泽东选集》出版的组织协调工作归入出版总署。1950年12月1日，人民出版社恢复，胡绳任社长，王子野任总编辑，华应申任副社长兼总经理并主持日常工作。人民社的第一个大任务，就是承担《毛泽东选集》的具体出版工作。

这是一个无比光辉的使命，又是一个千斤重担的责任！人民社迅速行动，指定总编室主任梁涛然负责与田家英联络，抽调出版部副主任白以坦和刘锋、张慎趋成立一个专门小组，承担《毛泽东选集》的编校事务工作。上级领导要求《毛泽东选集》成书时"一字一点不错"，这是一个近乎不可能完成的目标。自古就有"校书如扫落叶"一说，落叶扫不尽，差错也挑不完。而且在20世纪50年代，校对难度特别大：当时使用繁体字，异体字特别多；铅字排印，一个铅字使用时间长了，某个笔画被磨掉，也会形成错字；当时又没有任何辅助工具，全凭人眼，排版、打纸型、浇铅版到印刷，任何一个环节出丁点纰漏都不行。

为达成不出错的目标，人民社精准控制每个环节。首先制定《工作纪律》，严格管理稿件和校样，废稿统一销毁，工作情况一律不向外人透露；其次制定《统一用字表》，比如决（决）、够（夠）、阿拉伯（阿剌伯），当时都通用，编校人员提出统一用字方案，报出版总署批准后在校稿时共同遵守；社里还制定了《版式规定》《统一用词》《关于发稿、校对及付印工作的程序和制度》等文件。

清晰有序的管理，是保证《毛泽东选集》出版质量的第一环。

可是，在"铅与火"的时代，印刷环节变数太大了。19世纪下半叶，中文铅字印刷逐渐普及，到20世纪80年代末被激光照排技术取代，铅字印刷作为主要技术形态在中文世界活跃了100多年。这种当年最先进的印刷技术，工序繁复，对工人技艺要求很高。它最基本的程序是铸造字模——根据字模铸铅字——拣铅字排成活字版——打成纸型——用纸型浇制铅版——上机器印刷。工序一多，出错的可能性就加大，比如有的铅字磨损，"太"变成"大"，或者将字排颠倒等情况也很常见。纸型或铅版用的时间长了，可能有些地方要修补抑或内容有变动，挖补版时换错字也常有。照相制版和制铜版也多有出现意想不到的状况，照相底稿上如有杂质，一凑巧就给字填上了笔画，比如"持"变成"特"的事情就出现过。凡此种种，给校对工作带来巨大挑战。

那么，《毛泽东选集》怎么做到一点一字无差错呢？只有选用精兵强将，从文稿到印刷的每个环节都校对过，才有可能做到这一点。一般图书经过3次校对可以付印，《毛泽东选集》基本校次规定为5次，再额外增加两道校对程序：一是校对纸型，《毛泽东选集》付印前打了7副纸型，由4名校对员对第一副和最后一副纸型从头到尾校对一遍。7副纸型是一模一样的，如果首末两副都不出现问题，意味着铅字没有出现错漏和磨损。二是核对铅版样，就是用纸型浇成的整块铅版试印出样书再校对一遍，以防装版磨合中出现塌版空字或是油墨糊字等现象。

据参加《毛泽东选集》校对工作的张慎趋回忆，一校、二校参与的人比较多，三校过后，只剩白以坦和他两人，付印前最后一校，两人校过还交换再校一次。白以坦是《毛泽东选集》校对小组组长，当年才27岁，就有"校对王"之称，一般经他之手一遍扫清错误。校对《毛泽东选集》过程中，白以坦等人以高度责任心，夜以继日地工作，终于不辱使命。1956年，文化部评选全国文化先进工作者，白以坦凭借优秀的校对工作成绩光荣当选。臧克家专门写了他的事迹，以《校对能手白以坦》为题发表在《光明日报》上。

《毛泽东选集》第一版有平装本、精装本、普及本3种版本。其中，精装本印1万册，做高档用书，具有收藏价值。在版式上，采用繁体字竖排，偏角式标点，每篇文章另起一页。以前标点都居中排布，使用偏角式标点是该书首创，美观好读，后来就在图书排印中推广开来。按照毛主席"我的书，设计简单点好"的要求，《毛泽东选集》书籍装帧设计庄重而朴素。精装本封面使用美术加工后的老宋体印书名、卷次，书名以真金烫印能永不变色。封面外加包封，上面不再印书名，使用毛主席侧面浮雕头像，周围底色为浅黄。印刷图像使用照相网目铜版，制层次版时需要加网线（网目），网线的多少指每英寸所容纳的细线，线条越多图像越细腻，一般65至85线就能满足书刊需要。《毛泽东选集》封面像使用120线网目制版，代表了当时最高水平。

精装本原计划只印6000册，交给毛泽东选集出版委员会4000册，新华书店和国际书店承销2000册，结果供不应求，又加印到1万册，主要满足国外友人购买需要。封面使用毛主席浮雕像，由中央美院教授王朝闻创作，烫金使用的黄金是黄洛峰到央行申请特批的。一部传世著作的出版，不知汇聚了多少人的力量。

印刷任务由北京、上海、长春3地承担，它们在全国印刷生产能力最强。《毛泽东选集》印刷要求高，只能使用大型米力机。当时北京新华印刷厂设备不够，从上海紧急调来5台，一共有9台全张米力机日夜开工。这样，3地开足马力，在1951年10月初完成印制《毛泽东选集》第一卷平装本100万册、精装本6000册任务。

1951年10月12日，《毛泽东选集》第一卷正式出版发行。出版总署在人民出版社召开了一个小规模的庆祝会，胡愈之署长讲话说："相信以后10月12日这一天，将永远成为中国人民以及世界人民的一个纪念日子。"1949年，毛泽东主席为全国新华书店会议题词"认真作好出版工作"。《毛泽东选集》的出版，切实践行了这一工作精神，这是新中国出版界交上的一份答卷。胡愈之讲话最后说："今天我们庆祝这伟大著作的出版，同时，也庆贺我们两年多的工作有了成就，庆贺我们实践了'认真作好出版工作'这一伟大指示。"①田家英代表毛选出版委

① 《胡愈之在〈毛泽东选集〉出版庆祝会上的讲话》，中国出版科学研究所、中央档案馆编：《中华人民共和国出版史料》(3)，中国书籍出版社1996年版，第365—367页。

员会出席会议。叶圣陶当天日记载明会议情况，并说"会将终时，有人建议以每年十月十二日为出版节。此事当可考虑"，可见《毛泽东选集》的编辑出版，对整个出版界意义重大。

1952年、1953年、1960年，人民出版社又分别出版第二、三、四卷。至此《毛泽东选集》1—4卷出齐，收录了毛泽东亲自审定的、写于新民主主义革命时期的158篇文章，其中35篇文章首次发表，题解118篇，注释达到872条，成为全党全国人民深入学习毛泽东思想的权威定本。

《毛泽东选集》版本之多、印数之大，创了出版史上的纪录。1951年到1976年，第一版除1951年第一印外，还有1952年重排本（封面改为毛泽东正面像）、照相缩小制版的普及本、1964年合订一卷本、1964年线装大字本、1966年横排简化字本、1967年横排合订一卷本和袖珍本。第一版《毛泽东选集》各版本累计印量超过2.4亿套。1991年7月1日，修订后的《毛泽东选集》第二版由人民出版社出版发行，邓小平题写书名。这个版本保留了原有篇目，另增加《反对本本主义》一文，注释增加到1215条。新版仍然做到"一点一字无差错"，续写了出版工作的传奇。

培育时代新人

　　1949年冬，一艘自宜昌开往重庆的客船上，3位青年小心地看护着随身携带的两个大柳条包，同行的还有一队解放军战士。领头的青年叫夏志诚，时任重庆新闻出版局干部，他与潘健萍夫妇负责将柳条包安全送达重庆。一路三峡风光雄奇，他们却面色凝重，无心观赏。原来，这是一次特殊的"武装押运"，柳条包里装的是新中国第一套中小学各科教材的43种纸型。教育乃国之大计，为全国的中小学校供应符合新中国要求的教科书，是新政府迫在眉睫的大事，看似不起眼的教材纸型，不仅关系着西南解放区数百万孩子能否用上新中国的教科书，更是新生政权能否"肩负起新民主主义文化建设的重要任务"的象征。

　　当时，重庆刚解放不久，仍有国民党残部和土匪四下流窜。为了保护纸型安全，出发时3人不仅配备了手枪和子弹，首长还从四野调拨了一名连长和一个班的解放军战士一路护送。他们先从北京乘火车至武汉，再由武汉乘船去往重庆，历经24天，辗转2000多公里，终于在1950年1月17日顺利抵达。1950年的秋天，虽与北京相隔千山万水，但身处西南的孩子们开学时同样拿到了崭新的课本。这套发轫于新中国成立之前，由华北人民政府教育部教科书编审委员会组织修订和审编，凝聚了叶圣陶、周建人、胡绳、金灿然、傅彬然、宋云彬、王子野、孟超、叶蠖生等当时国内教材编辑和出版领域精英集体智慧的课本，是新中国最早使用的教科书，为新中国成立初期学校教育和国家政权的平稳过渡提供了基本条件和重要保证。

新中国第一套全国通用中小学教材（1951年）

　　教科书常常很明确地尝试去创建一个新文化世界。作为传承文化知识、承载社会主流价值观、代表国家利益、体现国家意志的特殊职能出版物，教材编制事关国家意识形态建设。陆定一在1949年10月召开的全国新华书店出版工作会议上明确提出："教科书要由国家办，因为必须如此，教科书的内容才能符合国家政策"，"教科书对于国计民生，影响特别巨大，所以非国营不可"。因此，编制一套可以准确体现新政权意识形态、培养社会主义建设者和接班人的教材，自然而然地成为新中国教育工作的重要内容。

　　1950年12月1日，负责统一编写和出版全国中小学教科书的人民教育出版社正式成立，叶圣陶被任命为社长兼总编辑，毛泽东题写社名。人教社成立后，将尽快编写新版中小学教材列为首要任务，汇集各学科一流专家的编辑队伍很快被组织起来，吕叔湘、华罗庚、严济慈、许国璋、竺可桢……阵容堪称"豪华"。也是从这一时期开始，教材的编审程序逐渐规范，"其程序先定课程标准，然后分配着手编辑之机构或个人。最后稿成，审阅修订"。即首先明确教材编写原则，其后由出版社拟定计划提纲，分别向有关部门及各学术研究机关征求意见，形成初稿，再由社内外集体讨论进行修订，经教育部组织审阅后方可正式出版。

　　1951—1953年，人教社从已出版的教材中选择较好的版本进行修订或改编，吸收苏联普通教育理论和方法，完成了第一套全国通用十二年制中小学教材（即人教版第一套教材）。这套教材虽然不是严格意义上的"重新编写"，但已具备统编教材的核心特征，新中国教育进入教材统一出版、统一使用的时代。

随着人民政权的巩固和国民经济的恢复，我国教育事业发展进入新阶段。1953年5月18日的中共中央政治局会议上，毛泽东就教育部教材编写报告指示，"三十个编辑太少了，增加到三百人也不算多。宁可把别的摊子缩小点，必须抽调干部编教材"。为执行中央关于提高普通学校教科书质量的指示，教育部决定以人教社为依托，集中力量编辑出版包括教学大纲30种30册，课本41种97册，教学参考书23种69册在内的新中国第一套统编教材（即人教版第二套教材）。一场辐射全国的人才大召集就此展开，大批知名学者和文化干部奉调进京，他们与人教社原有编辑一道，共同组建成200余人的教材编辑队伍，充实和加强了人民教育出版社的领导力量和编辑力量，为1954年自编成套的中小学教材作了组织准备。此次教材编订全部采用集体讨论和编写的方式，学科专家、一线名师和专业教材编辑集思广益、协同攻关。在各方的通力合作下，这套汇集全国之力自主编写的统编教材在1956年完成编订工作，1957年全部出齐，我国教材建设迈上"一纲一本、统编统用"之路。1960—1963年，在第一套统编教材的基础上，人教社又分别编写出版了第三套和第四套全国通用中小学教材。

1977年11月，冬天的脚步刚刚走近，中华大地已悄然孕育着春的复苏。这一年，全国恢复高考统一招生，发展基础教育，提高教育质量成为全社会共识。为社会主义建设培养合格人才，"关键是教材"，"教材非从中小学抓起不可，教书非教最先进的内容不可"，全国中小学教材编写工作会议作出编写"文革"后第一套全国通用教材的决定，并要求1978年秋季开学时全国中小学都能用上新课本。在邓小平的亲自过问下，这套带有调整和恢复性质的全国通用中小学教科书（即人教版第五套教材）如期问世。1977—1985年，人教社又编写出版了两套统编十二年制中小学通用教材（即人教版第六套和第七套教材）。

在"教育要面向现代化，面向世界，面向未来"的国家基础教育课程改革思想指导下，1986年9月，全国中小学教材审定委员会成立。1987年10月，《全国中小学教材审定委员会工作章程》《中小学教材审定标准》和《中小学教材送审办法》颁布，我国中小学教材由国定制改为审查制。1988年，国家教委提出"在统一基本要求，统一审定的前提下，逐步实现教材多样化"，我国义务教育教材

"一纲多本"和教科书建设多样化的新阶段正式开启。"八套半"教材正是这一探索的初步尝试。1993年，中共中央、国务院印发《中国教育改革和发展纲要》，提出中小学教材在"一纲多本"的基础上实行"多纲多本"。2001年，《基础教育课程改革纲要（试行）》出台，我国中小学教材编写出版由"一枝独秀"走向"百花齐放"。

党的十八大以来，党中央坚持以马克思主义及其中国化创新理论指导教材建设，落实教材建设国家事权，成立统筹指导管理教材工作的国家教材委员会，逐步完善教材的编写、审核与发行体系，明确道德与法治、语文、历史3科教材的统一编写和使用制度，我国中小学教材事业进入正规化和科学化发展时期。

小小的课本浓缩了国家对人才的殷殷期盼，培养什么人、怎样培养人、为谁培养人，关乎国家事权、国家意志和国家安全。统编教材是国家教材建设的核心内容和重要基石。70年统编教材建设的历史证明，坚持和加强党的全面领导，准确把握统编教材体现国家意志的载体属性，才能"为培养德智体美劳全面发展的社会主义建设者和接班人、建设教育强国作出新的更大贡献"。

毛主席为李达「点赞」

　　《实践论》《矛盾论》（简称"两论"）是毛泽东的两部重要哲学著作，最早成形于 1937 年。那段时间，毛泽东读了很多马列理论书籍，开始结合中国的实际情况，将自己的思想总结凝练到理论高度上。1937 年七八月间，毛泽东应抗日军政大学邀请，给学员讲授唯物论辩证法，每周两次，每次 4 小时。1938 年春，经过整理后的讲稿以《辩证法唯物论（讲授提纲）》为题在《抗战大学》第 6—8 期上连载过部分章节。《实践论》《矛盾论》就是这部讲稿的一部分，当时并没有独立发表。

　　现在找到的延安当时油印的《辩证法唯物论（讲授提纲）》小册子，封面上注明是"1937 年 9 月印"。《实践论》是书中第二章《辩证唯物论》的最后一节，副标题是"论认识和实践的关系——知和行的关系"；《矛盾论》是第三章《唯物辩证法》的第一节，原标题为"矛盾统一法则"。

　　"两论"的正式发表是在新中国成立以后，《毛泽东选集》的编辑出版过程中。1950 年 7 月，苏联哲学家、理论家尤金来华，帮助编辑《毛选》并及时翻译成俄文在苏联出版。他在工作中读到《实践论》《矛盾论》，特别推崇，要求寄给斯大林阅读，并将定稿后的文章在苏联发表。这一建议得到毛泽东主席的同意。于是 1950 年 12 月，苏联《布尔什维克》杂志首发《实践论》，然后才在《人民日报》上发表。1951 年 10 月出版的《毛泽东选集》第一卷收录了《实践论》。1952 年 4 月 1 日，《矛盾论》也发表在《人民日报》上，同年发表在苏联《布尔什维

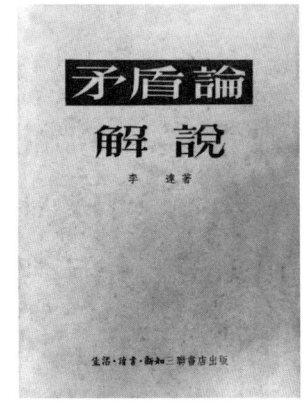

《〈实践论〉解说》生活·读书·　　《〈矛盾论〉解说》生活·读书·
新知三联书店1951年初版本　　　新知三联书店1953年初版本

克》杂志第9、10两期。不久《矛盾论》也收录进《毛泽东选集》第二卷，在第二次印刷时按照成文时间顺序移入第一卷。马克思主义中国化的实现，源于马克思主义哲学的中国化。而"两论"奠定了马克思主义中国化的哲学基础，历史地位非常重要。

新中国成立初期，广大干部和青年学习政治理论，迫切需要通俗解释马列主义基本理论和毛泽东著作的辅导读物。"两论"发表后，李达自觉承担了用通俗化语言和事例进行解说的任务。李达和毛泽东同是中共一大代表，又是湖南老乡，彼此很亲切又很了解。当时，李达是湖南大学校长，工作十分繁忙，但他感到宣传毛泽东思想意义重大。因此《实践论》发表后，李达仅用了半年时间，先后写出《〈实践论〉——毛泽东思想的一个基础》《〈实践论〉解说》《怎样学习〈实践论〉》，刊登在《人民日报》和《新建设》杂志上。

在这些文章中，《〈实践论〉解说》篇幅最长，影响最广。这篇文章有6万多字，逐段解说了原著蕴含的哲学思想，还提出一系列学习毛泽东哲学思想的科学方法，是第一本系统解释、宣传毛泽东思想的辅导读本。

在《新建设》上连载期间，李达曾将文章寄给毛泽东主席。毛主席在1951年3月27日回信道：

鹤鸣^①兄：

　　两次来信及附来《〈实践论〉解说》第二部分，均收到了，谢谢您！《解说》的第一部分也在刊物上看到了。这个《解说》极好，对于用通俗的言语宣传唯物论有很大的作用。待你的第三部分写完并发表之后，应当出一单行本，以广流传。第二部分中论帝国主义和教条主义经验主义的那两页上有一点小的修改，请加斟酌。如已发表，则在印单行本时修改好了。

　　关于辩证唯物论的通俗宣传，过去做得太少，而这是广大工作干部和青年学生的迫切需要，希望你多多写些文章。顺致

敬意！

毛 泽 东

三月二十七日

　　《实践论》中将太平天国放在排外主义一起说不妥，出选集时拟加修改，此处暂仍照原。^②

　　信中可以看出，毛泽东主席对李达的解说文章评价很高，对这种通俗化宣传方式的作用也充分肯定，并叮嘱要出单行本。

　　1952年，《矛盾论》公开发表后，李达以高度的热情，又对其进行了通俗化解说。《〈矛盾论〉解说》写好后，李达也将文章寄给毛泽东主席审阅。毛主席很快回了信：

鹤鸣兄：

　　九月十一日的信收到。以前几信也都收到了。爱晚亭三字已照写如另纸。

　　《矛盾论》第四章第十段第三行"无论什么矛盾，

① 李达(1890—1966)，号鹤鸣，有很高的马克思主义理论修养，毛泽东称他为"理论界的鲁迅"。

② 《致李达》，《毛泽东书信选集》，人民出版社1983年版，第407-408页。

① 《致李达》,《毛泽东书信选集》,人民出版社1983年版,第445页。

也无论在什么时候,矛盾着的诸方面,其发展是不平衡的",这里"也无论在什么时候"八字应删,在选集第一卷第二版时,已将这八个字删去。你写解说时,请加注意为盼!顺候

教安!

毛　泽　东

一九五二年九月十七日①

　　毛泽东主席给两篇文章都一一回信,并提出修改意见和出版指示,不仅由于二人情谊深厚,主要原因还是"两论"解说符合当时的政治生活需要。马克思主义在中国的发展传播有两个显著特色:一个是马克思主义的中国化,另一个是马克思主义的大众化。从艾思奇写作《大众哲学》,马克思主义理论的通俗化、大众化出版就显示出强大的威力,一直为毛泽东等中共领导人所重视和推崇。

　　1951年7月,生活·读书·新知三联书店出版了《〈实践论〉解说》单行本,很受读者欢迎,前后3次印刷,发行量达到18万册。1953年7月,生活·读书·新知三联书店又出版了《〈矛盾论〉解说》单行本。

　　《中国人民政治协商会议共同纲领》对出版工作的总要求是:"发展人民出版事业,并注重出版有益于人民的通俗书报。"这表明,从当时的文化水平出发,出版人民大众看得明、读得懂的书报刊,是一项根本性的任务。对于党的指导思想来说,理论要发挥更加广泛的作用,理论建设与理论大众化是不能分开的,正如列宁所说,最高限度的马克思主义=最高限度的通俗和简单明了。李达从20世纪30年代撰写"中国人自己写的第一本马列主义哲学教科书"——《社会学大

纲》，一直葆有简明透彻的理论写作风格。"两论"解说发扬了马克思主义大众化的光辉传统，能得到毛泽东主席的关注和认可，也就在情理之中了。

深入浅出地解读阐释马克思主义经典理论，让党的基层干部、青年学生和广大群众都能理解党的政策方针，学懂弄通做实，马克思主义大众化在今天仍然是一个重要的命题，马克思主义大众化的出版也愈加显示出重要意义。

抗美援朝精神放光彩

1951年4月11日，《人民日报》在第一版的头条位置，发表了刚从抗美援朝前线采访归来的魏巍一篇3500字左右的通讯特写——《谁是最可爱的人》。报纸送到中南海，毛泽东读了这篇文章，当即批示："印发全军。"

朱德读后，称赞连连："写得好！很好！"

周恩来在1953年全国第二次文代会上作报告时，赞扬《谁是最可爱的人》"感动了千百万读者，鼓舞了前方的战士"。他说："我们就是要写工农兵中的优秀人物，写他们中间的理想人物。魏巍同志所写的，就是这类典型的歌颂……"讲到这里，他推开讲稿，对着话筒大声说："在座的谁是魏巍同志，今天来了没有？请站起来，我要认识一下这位朋友。"随着周恩来的话音，全场的目光都集中在了从座位上站起来的魏巍，大家热烈地鼓掌，周恩来对他说："我感谢你为我们子弟兵取了个'最可爱的人'这样一个称号。"①

《谁是最可爱的人》取材于抗美援朝战争，它的创作与魏巍亲身经历密不可分。魏巍，原名魏鸿杰，1920年出生于河南郑州。他从小就喜爱文学，在求学期间勤于写作，

---

① 于都：《〈谁是最可爱的人〉是这样写成的》，《军事记者》2010年第10期，第31页。

《谁是最可爱的人》东北人民出版社（左）、青年出版社（中）、人民文学出版社（右）1951年出版的三个版本

曾同时给好几家当地报纸副刊当特约撰稿人。1937年，魏巍从简易乡村师范学校毕业后，报名参加八路军，先后编入第一一五师军政干部学校和八路军总部随营学校，抵达延安后，被组织上分配到抗大学习，后来曾在晋察冀军区政治部宣传部编辑科工作，不久到军区独立第一师任教育干事。1944年秋，魏巍调到冀中军区政治部宣传部工作，直到1945年抗战胜利结束。

长年的部队生活使魏巍成了一名"特殊身份"的作家，他随部队参与各种战斗，在战场上积累创作素材，从战地中获得写作灵感，并且长期在部队做宣传工作，与战士们共同生活在一起，培养了彼此之间深厚的革命感情。正如他所说："在血与火的斗争中，伟大的人民群众不仅教育了我，也养育了我，我对此将永远感念不忘。"

1950年10月19日，中国人民志愿军跨过鸭绿江，开赴朝鲜战场。12月，魏巍和新华社的同志一同前往朝鲜碧潼战俘营调查美军战俘情况。在朝鲜前线，魏巍耳闻目睹了志愿军将士许多惊天动地和感人肺腑的事迹，黄继光、杨根思、邱少云、罗盛教……于是，他请求在完成调查任务后留下来进行为期3个月的战地采访。

在前线阵地采访的这段时间里，魏巍的心灵受到极大的冲击和震撼，他亲身体验了朝鲜战场上的残酷，感受到战士们保家卫国的钢铁意志和视死如

① 魏巍：《我写〈谁是最可爱的人〉》，《瞭望新闻周刊》2000年第42期，第28页。

归的英雄气概。那些平凡又伟大的志愿军将士对于祖国的爱深深地感动着他，"'谁是最可爱的人'这个题目不是硬想出来的，而是在朝鲜战场上激动的情况下从心里跳出来的，从情感的浪潮中蹦出来的"①。

魏巍在战火中进行采访，记录了20多个战士英勇抗敌的真实事件。1951年3月，魏巍返回祖国后，选定了3个典型事例进行创作。由于感受深刻，下笔成章，仅一天多时间就完成了。写完稿子，魏巍立马交给了《解放军文艺》主编宋之征求意见，宋之看后激动不已，当即说："马上送《人民日报》!"《人民日报》社长邓拓看了这篇文章也被感动了，破例决定将此文放在《人民日报》头版社论位置发表。

《谁是最可爱的人》一经发表就在全国引起巨大的轰动，中国人民志愿军为了祖国和民族英勇顽强、舍生忘死的革命乐观精神，为了完成祖国和人民赋予的使命、奉献自己一切的革命忠诚精神，激励了朝鲜前线广大将士的斗志，鼓舞了国内人民努力生产、支援前线的干劲。

北京各大学校纷纷邀请魏巍去作报告，《人民日报》编辑部也请他去座谈。魏巍将这些发言整理为《我怎样写"谁是最可爱的人"》一文，作为附录收入到1951年冬出版发行的散文集《谁是最可爱的人》初版本中。由于该散文集十分畅销，供不应求，很快再版，并被翻译成俄文由莫斯科国家艺术文学出版社于1957年出版发行。这篇作品作为教材选入全国中学语文课本，影响了几代中国人。"最可爱的人"跨越了时空，今天还用来称呼我们的人民子弟兵。

英雄的旗帜永远飘扬，精神的火炬永不熄灭。"最可爱的人"用大无畏的革命精神、慷慨奉献的血肉之躯谱写的壮丽史诗是中华民族历史上一座不朽的丰碑。不管时代怎么变化，正如习近平总书记所指出的："抗美援朝战争锻造形成的伟大抗美援朝精神，是弥足珍贵的精神财富，必将激励中国人民和中华民族克服一切艰难险阻、战胜一切强大敌人。"①

致敬"最可爱的人"！

① 《在新时代继承和弘扬伟大抗美援朝精神　为实现中华民族伟大复兴而奋斗》，《人民日报》2020年10月20日。

编辑萧也牧"高级的创作"

《红旗谱》

毛泽东题词"认真作好出版工作",极大提振了各行各业开展出版工作的决心。共青团中央此前只有机关刊《中国青年》杂志,此时决定创办团的出版事业,于是在1950年成立"出版委员会",下设图书编辑部,负责筹备青年出版社和印刷厂。青年出版社成立后不久,出版业开始公私合营,青年出版社与老牌的开明书店合并,1953年正式成立中国青年出版社。

中国青年出版社以青年读物和文学作品为主要出版方向。翻译外文著作是文学编辑室立足的拳头产品,相继出版了《卓娅和舒拉的故事》《牛虻》《高尔基的青年时代》等广为传播的书籍,迎来第一次辉煌。但是,过于倚重翻译书不利于出版社的长远发展,总编辑李庚和文学编辑室主任江晓天商量,要把重点转到挖掘原创作品上来。恰在此时,编辑室副主任萧也牧发现了一部长篇小说书稿——梁斌的《红旗谱》。这部小说,给中青社文学出版战略转移开了一个好头,引出一个"三红一创"的红色经典时代。

《红旗谱》是怎么发现的呢? 一天,萧也牧听曾经的战友、中央实验话剧院演员张云芳说,她爱人单位——中央文学讲习所的党支部书记梁斌在写一部长篇小说,已经完稿。他给江晓天汇报后,和另一位编辑张羽马不停蹄地赶到文讲所找梁斌,当天就把书稿抱了回来。

梁斌是河北蠡县人,1932年8月在他的家乡发生了著名的高蠡暴动。这是中共河北省委和保属特委直接领导的一次规模较大的农民武装斗争,遭到国民党反

《红旗谱》 中国青年出版社
1957年初版本　　　　黄胄绘插图本

动派血腥镇压，那种白色恐怖一直如刺一样扎在梁斌心上。他决心写出当时的情形，以笔为枪，与敌人战斗到底。1935年，他以高蠡暴动为题材写了短篇小说《夜之交流》；1942年，他又写了短篇小说《三个布尔什维克的爸爸》，后来扩展成中篇《父亲》，这就是《红旗谱》的雏形。但是，这个篇幅还是无法纾解心中蓬勃的烈火。新中国成立后，梁斌被任命为《武汉日报》社长，他干了一年，就想辞去职务专心写小说，最后调到文讲所。1953年，北上这一年，梁斌开会、吃饭、听报告都挟着皮包，随时写随处写。所里同事都知道他痴迷创作，却不知道他在写什么。一直到萧也牧找上门来。萧也牧，原名吴承淦，参加革命后改名吴小武，也是作家出身。他本来在团中央工作，因为写作《我们夫妇之间》被批判，"下"到出版社当了编辑。萧也牧拿到《红旗谱》，关在屋里不出来，细细读稿。实话说，梁斌第一次写长篇，没有经验，小说虽然有基础，但离出版的模样还很远。萧也牧看完稿子，却很兴奋。他给梁斌打电话，高度评价小说，鼓励他认真修改充实，成为一部"能一炮打响的杰作"！另一位编辑张羽看完稿子，"和也牧有同感"。

　　在两位编辑的肯定下，梁斌备受鼓舞！他一鼓作气辞去文讲所职务，回老家河北挂名文联副主席，当专业作家去了。用了半年多时间，梁斌在故事的原产地高阳、蠡县走乡串户，寻访当年的革命者，全身心投入再次创作中。诗人T.S.艾略特说："我们所有的探寻的终结，将来到我们的出发之地。"在精神原乡中，

《红旗谱》变得更加丰满了。

1955年秋末，梁斌给出版社交上一稿。张羽、萧也牧又进行详细审读，由张羽执笔给梁斌写了一封长信。信中肯定了小说的修改成果，对细节描写和地下工作艰苦性表现等方面提出修改意见，并鼓励作者说："因为它是描写革命斗争的小说，将会在读者中产生深远的影响，我们和你都应以认真的心态来对待它。"随信寄去约稿合同，预付稿费200元，表明出版的诚意。

梁斌接到信后，很快复信。除了表示同意编辑的意见，还由衷表示"感谢你们尊重我的劳动"。他谈到写作计划："现在我打算分两部出书。第一部（《红旗谱》），约27万字。第二部《七月》约24万字。第一部约在明年夏初交稿。第二部约在秋末交稿。这样，在现在的基础上，可以搞得好一点。"

1956年春末，为了节省作家的写作时间，萧也牧专程去保定审看《红旗谱》，并签订正式出版合同。由于对书稿非常满意，出版社给出千字18元的高稿酬，30000册起印。年底《红旗谱》脱稿，江晓天指定萧也牧担任责任编辑。

既是编辑也是作家的萧也牧，开始了艰苦的修改过程。如切如磋，如琢如磨。坐在他对面的青年编辑王扶回忆说："我记得，当你看过《红旗谱》的初稿第一天起，你怀着不亚于作者的激情赞美它；你为它那些不完善的地方呕心沥血，整夜整夜地思考着修改方案；你为它精心做着文字的加工和润饰。"萧也牧将梁斌的作品当成自己的作品精心打磨。他全心全意地将创作激情转移到梁斌的作品上，放弃了自己的写作，放弃了睡眠，甚至放弃了吃饭，忍着剧烈的胃痛。曾目睹萧也牧修改《红旗谱》的同事黄伊对此印象深刻："也牧有一个坏习惯，一些关键的词句他一时实在想不出来时，他就急得咬手指甲。两三个月下来，我看见他的手指头都咬出血来了。"

萧也牧为《红旗谱》下了这么大功夫，而梁斌当时在文坛寂寂无名，这样值得吗？对此，萧也牧有自己的理解。他对黄伊说："什么叫作名家？你看中了他的作品，他的作品是真正的好东西，你把它出版了，他将来就是名作家了。作者总是从无名到有名的，编辑主要应该看作品而不是作家的虚名。"就是这样朴素的编辑观和奉献精神，成就了《红旗谱》的经典地位。

1957年底，《红旗谱》在没有杂志愿意选刊的情况下，由中国青年出版社直接出书。当时原创长篇很少，《红旗谱》一出版就引发巨大轰动。郭沫若、茅盾、周扬等人高度赞赏，报刊评论赞不绝口。小说中的主要人物，朱老忠、江涛、贾湘农、春兰等英雄形象陆续登上话剧舞台、电影银幕，以至于有人将1958年称为"《红旗谱》年"。从此，革命历史题材的长篇小说不断涌现。

《红旗谱》是中青社建社初期出版的一部重要的原创长篇小说，萧也牧为它题写了第一版书名，还先后主持出版了大开本、黄胄插图本，以及为莱比锡国际博览会特制的道林纸特藏本。在这部书的出版过程中，编辑的作用和价值得到充分彰显。萧也牧曾说："编辑是作家的朋友，同时是作家的学生也是老师。他要真正能够对作家有所帮助。他应该是个高明的艺术品的鉴赏家。他应该是伯乐。他为人民发现一个作家，他的贡献，并不亚于发现一个矿藏。'编辑是高级的创作'，他要善于根据创作劳动的特点来进行编辑工作。"诚如斯言。

《红岩》是怎样炼成的？

"人生自古谁无死？可是一个人的生命和无产阶级永葆青春的革命事业联系在一起，那是无上的光荣！"

"一个人的作用也许是渺小的，但是当他把自己完全贡献给革命的时候，它就显示了一种高贵的品质。"

"为了免除下一代的苦难，我们愿——愿把这牢底坐穿！"

这些感人至深的句子出自被誉为"共产主义的奇书"的《红岩》。这部革命红色经典小说1961年出版，被中宣部、文化部、团中央列入向全国青少年推荐的百种优秀图书，累计发行逾1000万册，至今畅销不衰。

为什么《红岩》的影响持续时间这么长？这么深远？这是因为小说描述的是在中国革命取得胜利的历史关头，光明与黑暗的殊死斗争。那70多年前发生在重庆军统渣滓洞、白公馆监狱里的共产党人的事迹太壮烈、太感人，他们不畏牺牲、视死如归的精神，震撼了千千万万读者的心，带来了强烈、深刻而又持久的感动和影响。

1949年4月，人民解放军解放南京后，国民党政府眼见大势已去，开始疯狂屠杀狱中革命者。重庆解放前夕，更是对囚禁在白公馆、渣滓洞等监狱的革命者痛下杀手，制造了骇人听闻的"11·27"大屠杀。重庆解放后，组织安排幸存者罗广斌、杨益言和刘德彬编辑重庆集中营有关情况的公开读物。3人组成宣讲集中营革命烈士英勇斗争事迹的工作小组，以自己亲历的真实事件进行演讲，受到

《红岩》　中国青年出版社
1961年初版本

广大人民的欢迎。

　　1950年"七一"前夕，重庆《大众文艺》第1卷第3期发表了3人署名的长篇报告文学《"中美合作所"回忆片断：圣洁的血花——献给九十七个永生的共产党员》。《新华月报》进行了全文转载，同年11月出版单行本。

　　1956年秋天，罗广斌、刘德彬、杨益言向组织请了创作假，打算把这段经历写成长篇小说。为此，他们还专门请杨益言的哥哥、长期从事编辑工作的杨本泉做他们写作的老师和教练。与20世纪50年代"集体写作"的惯常做法一样，这次编写先集体讨论确定写作提纲，再根据各自经历分工写作。

　　同年年底，50万字的初稿《锢禁的世界》（又名《禁锢的世界》）完成。由于3人都不是作家，缺乏文学创作的经验和素养，初稿松散粗糙，素材片段互不相连，缺乏可读性，曾被日后《红岩》的编辑张羽评价说"只是一堆材料"。但是这次写作为他们日后的创作打下了基础，其中一些章节的发表扩大了这一题材的影响。

　　1957年2月19日，《江竹筠》《云雾山》《小萝卜头》等篇目在《重庆团讯》第三期上开始连载。同年7月1日，《中国青年报》发表了《江姐在狱中》。1958年2月，3人撰写的《在烈火中得到永生》在中国青年出版社革命回忆录丛书《红旗飘飘》第六辑发表，1959年2月推出单行本《在烈火中永生》。这些作品的发表，引起了社会各界的极大反响，读者纷纷来信。

1958 年 7 月，文学编辑室主任江晓天得知 3 人在创作长篇小说《禁锢的世界》，随即安排副主任萧也牧约稿，准备将这本小说列入中青社国庆十周年献礼出版计划。1958 年 10 月，中青社社长兼总编辑朱语今和文学编辑王维玲去重庆与罗广斌等人见面，正式约请他们根据亲身经历创作一部长篇小说。在重庆市委的支持下，1959 年初，罗广斌、杨益言两人开始了小说第二稿的创作。

不同于第一次的业余创作，这次集体创作的队伍壮大了：专家顾问有四川省文联主席沙汀、中共中央西南局宣传部副部长马识途、重庆市委组织部部长肖泽宽、共青团重庆市委书记廖伯康、重庆市委书记任白戈，还有中青社社长朱语今领衔的多位专家，以及许多参加过四川地下党斗争的老同志。

1959 年秋天，罗广斌、杨益言写出了《禁锢的世界》第二稿。王维玲和江晓天看完稿子后，认为作品在思想、主题上需进一步深化，"小说的精神状态要翻身"。此时，将小说作为国庆十周年献礼已经来不及了，中青社决定将它作为重点书稿进行出版策划。

一般说来，编辑不宜在作者原稿上大动干戈，可改可不改的尽量不改。但面对这样一部一时还不成熟而又很有前途的重要书稿，编辑的工作就不仅是当指挥官，而是直接上场战斗了。征得作者同意后，该书责任编辑张羽开始动笔增删，最后统计大概写了两万字。1961 年上半年，张羽与作者一道将稿件认真修改了一遍，排出清样，听取各方面意见。9 月，罗广斌、杨益言第三次来京，住进中青社宿舍继续修改。1961 年 11 月，到了最后一次修改的关键时刻，张羽停止了其他工作，从自己的宿舍搬到客房，与罗广斌、杨益言同居一室，三人三床三桌，夜以继日，轮番修改。他们桌挨着桌，采用流水作业法，杨益言改第一遍，罗广斌改第二遍，张羽加工润饰后，再请作者过目，一致同意后定稿。

1961 年 12 月，经过了 3 年多时间的精心打磨，小说定名《红岩》正式出版。从初稿到定稿，重写三次，大改两次，字数由 300 万字缩减到最后定稿的 41 万字，其间的甘苦普通人难以想象。也正是因为如此，《红岩》"所反映的生活的广度、思想上所达到的深度和所发挥的艺术感染力量，都有巨大的成就"，成为我国当代发行量最大的革命小说。

柳青蹲点农村14年的创业史

2014年10月15日，习近平总书记主持召开文艺工作座谈会。在讲到坚持以人民为中心的创作导向时，总书记给大家讲了柳青创作《创业史》的故事，他说：

> 说到这里，我就想起了一件事情。1982年，我到河北正定县去工作前夕，一些熟人来为我送行，其中就有八一厂的作家、编剧王愿坚。他对我说，你到农村去，要像柳青那样，深入到农民群众中去，同农民群众打成一片。柳青为了深入农民生活，1952年曾经任陕西长安县县委副书记，后来辞去了县委副书记职务、保留常委职务，并定居在那儿的皇甫村，蹲点14年，集中精力创作《创业史》。因为他对陕西关中农民生活有深入了解，所以笔下的人物才那样栩栩如生。柳青熟知乡亲们的喜怒哀乐，中央出台一项涉及农村农民的政策，他脑子里立即就能想象出农民群众是高兴还是不高兴。①

① 习近平：《在文艺工作座谈会上的讲话》（2014年10月15日），《人民日报》2015年10月15日。

《创业史》是新中国"十七年文学"的代表作品之一。"三红一创，青山保林"，这"一创"指的就是《创业史》。它深刻地描

《创业史》第一部
中国青年出版社
1960年版

写了农村合作化过程中激烈的阶级斗争和农村各个阶层人物的不同面貌，塑造了一个坚决走社会主义道路的青年革命农民梁生宝的真实形象（周扬语）。

柳青，原名刘蕴华，1916年出生在陕西省吴堡县。和同时代的许多人一样，他在救亡图存的民族解放斗争中，选择了马克思主义道路，于1936年加入中国共产党。那一年，他以"柳青"为笔名在上海《中学生文艺季刊》上发表短篇小说《待车》，从此这个名字伴他文学创作的一生。1938年，柳青从西安奔赴延安，很快融入火热的根据地生活。从后方到前线，他人走到哪里，笔就写到哪里，相继创作出10多篇小说。

1942年延安文艺座谈会召开后，柳青率先响应为人民大众服务的文艺创作方向，先后写出长篇小说《种谷记》《铜墙铁壁》，累计发行170余万册。可以说，在写《创业史》之前，柳青已经是一个成熟而且成功的作家了。放弃城市舒适生活和社会头衔，一头扎进皇甫村14年，柳青不是一时心血来潮，而是长期的写作习惯。在前两部小说创作时，为了写好某个情节，他也会搬到别人家住上个把月，一直到心里完全有底了才动笔。

1951年，柳青进京参与创办《中国青年报》，并主编报纸文艺副刊。在一次随中国青年作家团访问苏联时，他看到了苏联如火如荼的合作化农庄，觉得这将是中国农业建设的未来。所以，1952年8月，当走马上任陕西省长安县县委副书记、主管农业互助合作时，柳青满怀着热情到农村创业去了。这位会说英语、俄语，还懂西班牙语，戴金丝眼镜的洋派作家，脱掉制服、皮鞋，穿上当地农民的对襟黑袄，剃了关中老汉光头，戴上一顶草帽就直奔乡下了。

在这里，柳青没把自己当成作家，他是农村合作化运动的直接参与者和建设者，他先用手和脚在农村创业，然后才用笔写作农村《创业史》。柳青在《创业史》中第一句话就说："我这是在写小说吗？不是。我是在写历史。我想要写出来的就是中国的农民在进入社会主义那一瞬间时的生活感受。"

怎样才能写好这种感受？只有一个办法，就是俯下身子，把自己变成和他们一样的人。柳青把户口迁到皇甫村，把家从县里搬到村口的一间破庙里，和他笔下的主人公梁生宝的原型王家斌一起带领农民搞互助合作。柳青成了皇甫村的一个普通农民，《创业史》的写作也在这时开始了，但是外界知道的人不多。

1958年4月底，陕西作家杜鹏程到北京出差，中国青年出版社文学编辑去拜会他。闲聊中，杜鹏程提到柳青在写一部长篇，已经完成了初稿。中国青年出版社和中国青年报社同属团中央管辖，柳青的创作水平出版社是知道的。得知这个消息，出版社文学编辑室敏锐地感觉到这可能是部大稿子，马上给柳青去信，希望待完稿后交由中青社出版。一个多月后，柳青写来回信，没有明确答应。他在信中说，现在写到第三稿还没写完，写完后要先在杂志上发表，然后收集意见再修改，之后才能谈到出版的问题，现在谈这个问题还太早，希望出版社以后再联系。

文学编辑室主任江晓天读完来信，没有气馁，也没有听柳青的话等一等。他叫来特别擅长和作者打交道的编辑黄伊，让他马上买票去皇甫村跑一趟，一定要把柳青的长篇小说约到手。

见面三分情，又加上以前工作的老关系，黄伊和柳青三杯老酒过后，《创业史》交由中青社出版的事儿就谈妥了。

这样，按照柳青原来的规划，《创业史》第一部从1959年4月开始在《延河》月刊连刊，到11月连载完毕。刚开始刊载时，书名叫《稻地风波》，这是《创业史》第一部计划用的名字，后来读者提意见觉得直接叫《创业史》第一部更好，于是从8月起就去掉了"稻地风波"，出书时也接受了这个意见。柳青要先在刊物上连载，也是这个目的。他要读者来当裁判，到底哪里好、哪里不好，听取了批评意见要再改定，才能出版成书。文章千古事，出书在他心里是马虎不得的大事！

《创业史》连载发表的这大半年，社会各界陆陆续续出来不少评价。中青社安排资料室认真收集整理了读者意见，让编辑王维玲专门去皇甫村交给柳青。王维玲后来就当了《创业史》一书的责任编辑。而在《延河》月刊发表时，给它当责编的是当年还寂寂无名的路遥。路遥把柳青称为"我的文学教父"，他在写作《平凡的世界》时曾七读《创业史》，冥冥中的缘分早已种下。

1960年3月，柳青完成了《创业史》第一部上下卷的全部修改，书稿也已寄到中青社。为在7月份召开第三次全国文代会前抢出来，中青社将出版这部书作为社里急件，调动各个部门共同参与。柳青对这部书特别重视，对封面、纸张、开本等细节都提出了具体要求。尤其是开本，他提出用36开本，说这样可以装进口袋，方便阅读。但是36开本不是常规尺寸，社里从来也没出过，后来费了一番功夫，还是满足了作者要求。

当年6月，《创业史》第一部上下两卷普及本，也就是平装本，正式由中国青年出版社出版了，首印10万册，定价1.54元。这个版本被称为《创业史》的初版本。后来，柳青对《创业史》进行过修改，但普遍认为初版本更有价值。出版社还做出一种布面精装本、一种毛边纸本，还有一种32开的平装本和纸面精装本。柳青给师友寄了32开纸面精装本作为出版纪念，16065元稿费则全部捐赠给所在的王曲公社皇甫村，用这些钱支持公社建了机械厂和卫生院。

《创业史》原计划写4部，由于"文革"爆发，最终只写成两部。第二部上下卷于1977年、1979年由中青社出版。在那困难的岁月里，作者与出版社仍然保持着挚友般的关系，甚至在临终时，柳青还给儿女们交代："我不在人世后，有事还可以找中青社的同志帮助。"他去世后，中青社帮助料理了后事，还资助几个未成年子女的生活。王维玲按照柳青的遗愿，将他的骨灰分放在两处，一个送到北京八宝山革命公墓，一个葬在长安县皇甫村。

这种信任和感情，对柳青大女儿刘可风产生巨大影响。她说："我知道了世界上有一种职业叫编辑，是出书的，他们都是热心肠的好人。"后来，刘可风也成为一名编辑，走上了出版道路。

1978年去世后，柳青的名字已经不常被提起。但柳青的这种以人民为中心的创作精神，还有《创业史》背后的出版人情怀，值得长久地留在我们的记忆中。

知识分子小说的曲折出版

1958 年，杨沫的半自传小说《青春之歌》一经出版，迅速成为当年最畅销的作品之一。林道静、卢嘉川、林红、江华……这些青年布尔什维克牢牢抓住了读者的心，尤其在青年群体中激起巨大反响。第二年，《青春之歌》被改编为同名电影，作为庆祝新中国成立十周年献礼影片公映，再次引发轰动。"林道静的道路"，成为那个时代进步青年、知识分子群体觉醒和斗争经历的缩影。

杨沫坦言："林道静革命前的生活经历基本上是我的经历，她革命后的经历，是概括了许多革命者的共同经历。"[①]杨沫原名杨成业，出生于北京一个没落的地主家庭。在北京大学读书期间，她认识了许多共产党员和革命青年，1936 年加入中国共产党，参加过冀中抗日游击战争，做妇女工作和宣传工作。这些人生经历成为她日后创作的丰富源泉。

1950 年，36 岁的杨沫频繁因病休养。在病痛与孤寂中，那些牺牲的战友经常浮现在她的脑海中，杨沫反思自己的成长道路，决定"把我的经历、生活、斗争组织成一篇东西"，把这些可歌可泣的烈士形象再现出来。1951 年 9 月 25 日，她开始着手草拟写作提纲，最初定名为《千锤百炼》，后改为《烧不尽

① 杨沫：《什么力量鼓舞我写〈青春之歌〉》，《中国青年报》1958 年 5 月 3 日。

《青春之歌》 人民文学出版社
1960年新1版

的野火》。由于身体健康状况不好，杨沫每天只能写四五个小时，她边写作边治病，甚至一度支撑不下去，但想到那些在抗战中牺牲的战友和百姓，她又有了坚持写作的勇气。

1955年初，小说尚未完成。但是中青社萧也牧和张羽消息很灵通，听说杨沫正在创作一部青年题材的长篇小说，便要来了上半部书稿。因稿件过于凌乱，编辑室还请人重抄了一遍。到4月底，杨沫写完全书，共35万字。出版社又帮助她重新誊写一遍，经杨沫校对过再次把稿子交到中国青年出版社。

出版社对这部小说很感兴趣，但看完后，又拿不定主意，提出还需要请一位名家外审，若是肯定的意见，就马上出版。由妹妹白杨介绍，杨沫找到中国文联党组书记、秘书长阳翰笙，请他审看这篇稿子。但阳翰笙实在事务繁忙，拖了几个月，仍无暇看稿。倒是中青社编辑张羽先给出了初审意见，他先是充分肯定小说有艺术感染力，同时更多谈到了修改意见："这部小说如能大大压缩、改写，或删削掉一些描写知识分子不健康思想情感的地方，就会大有改进；如再能把前边所述那些薄弱的地方适当增强，是可以达到出版水平的。"

与此同时，分身乏术的阳翰笙抱着歉意，推荐中央戏剧学院教授欧阳凡海审读书稿。欧阳凡海早年留学日本，1937年到延安，曾任鲁艺文学研究室主任。1956年1月26日，欧阳凡海把审读完的书稿送回出版社，并附上六七千字的审读意见。意见共33条，前3条肯定了书稿语言简练、人物生动、"结构活泼而紧张"，余下的 30 条都是谈小说的不足。他提出书稿"最大的第一个缺点是：以小资产阶级知识分子的林道静作为书中最重的主人公、中心人物和小说的中心线索，而对于林道静却缺乏足够的批判和分析"。

1956 年 2 月 4 日，张羽将审读意见和书稿送还杨沫修改，并对杨沫说："稿子很好，我们都很喜欢，希望你在意见的基础上，好好改吧。我们觉得欧阳的意见很好，你觉得有什么地方需要改，由你自己决定，你改好了，我们就出。"此时，杨沫在萧也牧的建议下，将书名改为《青春之歌》。

开始，杨沫很尊重欧阳凡海和中青社的意见，在日记中她写道："我决心改好它。凡海同志的许多意见是极宝贵的。但目前我没有力量，我想多酝酿一下，准备好再执笔。"但是杨沫也对一些意见持保留态度，再加上当时疾病缠身，这种程度的修改无力完成。她给中青社打电话，想看看有没有转圜的余地。但是中青社当时由于萧也牧的《我们夫妇之间》受批判，对"小资产阶级知识分子"题材的作品心有余悸，坚持要杨沫按欧阳凡海意见修改。杨沫只好把书稿放进抽屉，束之高阁。

两个月后，转机来了。4 月 26 日，毛主席在中共中央政治局扩大会议上指出："艺术问题上的百花齐放，学术问题上的百家争鸣，我看应该成为我们的方针。"① "双百"方针的明确提出，让文艺出版空间变得宽松起来。

杨沫看到一线希望，又将书稿送给老战友秦兆阳审读。5 月 17 日，杨沫在日记里写道："秦兆阳已看过了我的小说。他说好，无甚大毛病。他打算替我拿给出版社。大概已经拿去了。我也没问他给哪个出版社。"秦兆阳当时是《人民文学》杂志副主编，他将小说推荐给人民文学出版社当年的"副牌"——作家出版社。5 月底，作家出版社编辑任大心打电话给杨沫，说经过认真审读，认为这是一部很有分量的作品，只

① 《在中共中央政治局扩大会议上的总结讲话》（1956 年 4 月 28 日），《毛泽东文集》第七卷，人民出版社 1999 年版，第 54 页。

要修改一两处就可出版。为表示诚意，作家出版社还预支了1000元稿费。杨沫心中的一块大石终于落了地。她根据欧阳凡海的意见，写出一个修改方案，经作家出版社同意后，开始着手对书稿进行修改，并于6月20日完成了最终稿。

交稿后，杨沫开始了漫长的等待，先是负责书稿的责任编辑任大心被调去搞审干工作，后来出版社又说因为纸张紧缺，要延期出版。1957年2月，杨沫从作家出版社要回书稿，再次做了修改。6月间，当杨沫交还书稿向任大心询问进展情况时，任大心回复说："现在已有四部长篇要付排，你这部挤一挤，也许能挤得下。"言外之意是也有可能挤不下。杨沫一气之下，提笔给作家社总编辑王任叔（作家巴人）写了一封信，发泄心中不满情绪，讲明出书也应该先来后到，要守信用。这封信产生了效果，当杨沫再次打电话询问进展时，出版社表示年内肯定出书。

几经坎坷，1958年1月，《青春之歌》终于面世了。1月3日起，《北京日报》开始连载《青春之歌》，广播电台也进行连播。小说大受欢迎，出版社马上加印5万册。到6月间，小说已经印行39万册，至次年上半年，发行达到130多万册。《人民日报》《中国青年报》《读书月报》及中宣部主办的《宣传动态》等都有介绍和评论《青春之歌》的文章。短短时间，杨沫从一名普通编剧一跃成为广受关注的知名作家。

《青春之歌》还被译为英语、德语、俄语、朝鲜语、泰语、西班牙语、阿尔巴尼亚语等20多种语言文字。其中，日文版《青春之歌》是首个外文译本，到1965年发行近20万册，创造了外国文学作品在日本的出版发行纪录。印尼和越南共产党中央还把《青春之歌》作为党员的学习读物。

王国维在《宋元戏曲史·序》中概括："凡一代有一代之文学"。作为"十七年文学"革命文艺叙事中唯一的知识分子题材长篇小说，《青春之歌》通过讲述一个小资产阶级知识分子向无产阶级战士的转变过程，映射了文学与时代的关系。它的成功出版，更加诠释了文艺创作与时代之需的紧密程度。

从
《
红
旗
》
到
《
求
是
》

为了提高全党的理论水平

1958年5月25日，党的八届五中全会在北京中南海怀仁堂举行。会上，毛泽东用他特有的湖南口音说道，有个办《红旗》杂志的决定，读一下吧。

中共中央办公厅主任杨尚昆随即宣读《第八届中央委员会第五次全体会议关于创办红旗杂志的决定草案》。出席会议的中央委员一致表决通过后，此次会议决定："由中央主办一个革命的、批判的、理论和实际相结合的杂志，定名为'红旗'，每半月出版一次，由陈伯达同志担任总编辑。"[①]

6月1日，中共中央机关刊《红旗》杂志正式创刊，杂志社位于北京沙滩北街2号大院。《红旗》是新中国成立后中国共产党创办的第一份理论刊物。它的创办，和共产主义阵营决定共同创办国际理论性刊物《和平和社会主义问题》有一定关系。1957年11月，毛泽东主席第二次访问苏联，参加莫斯科会议。赫鲁晓夫提出，办一个国际性理论刊物，作为各国共产党和工人党中央委员会的联合刊物，在上面宣传、研究马列主义问题，成为各兄弟党交流经验的平台。毛泽东表示同意，并提出不要展开兄弟党之间的争论、不要在刊物上公开批评另一个党等意见。

有学者认为，国际理论性刊物的创办一定程度上促动了毛

[①]《中共八届五中全会昨日举行》，《人民日报》1958年5月26日。

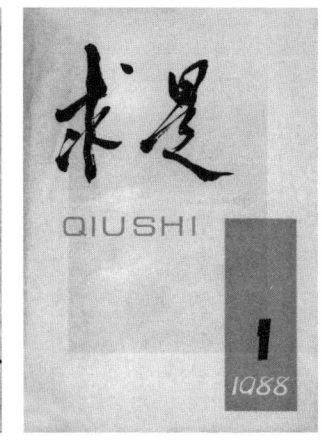

《红旗》创刊号（1958年）　　　　《求是》创刊号（1988年）

泽东决定在国内也办一份理论刊物。1958年1月，在南宁会议上毛泽东正式提出创办中央理论刊物的问题。3月8日，中央在成都召开政治局扩大会议。毛泽东提出25个问题让大家讨论，第24个就是"出版杂志——理论刊物问题"。3月22日，毛泽东在成都会议上讲话，又强调："刊物搞起来，就逼得我们去看经典著作、想问题，而且要动手写，这就可以提高思想。"[1]会上还鼓励各省都要办理论刊物，4月2日，中央向全国各省、市、自治区党委下发《中共中央关于各省、市、自治区必须加强理论队伍和准备创办理论刊物的通知》。

就是在这样的背景下，中央的理论刊物《红旗》也就呼之欲出了。5月25日，中央通过创办《红旗》杂志的决定。在此之前，筹备工作已经基本完成。胡绳执笔起草了发刊词，说明刊物的性质："'红旗'杂志是中共中央主办的，它在中国的这个新形势下创刊，任务就是要更高地举起无产阶级在思想界的革命红旗。"5月24日，毛泽东看到这篇发刊词，表示很满意，批示："此件写得很好，可用。"与此同时，毛泽东为杂志题写了20多幅刊名，并注明字体设计思路——"这种写法是从绸舞来的，画红旗"，请编辑部选用。《红旗》杂志上标明"中国共

① 中共中央文献研究室编：《毛泽东年谱（1949—1976）》第三卷，中央文献出版社2013年版，第321页。

产党中央委员会主办"，也是毛泽东决定的。

《红旗》创刊编委会36人，包括邓小平、彭真、王稼祥、张闻天、陆定一、胡乔木、李达等党内理论高手，名单由毛泽东逐一拟定。编辑队伍，除陈伯达任总编辑，邓力群、田家英、李友九、胡绳为常任编辑。在创刊号上，第一篇文章就是毛泽东写的《介绍一个合作社》。紧接着的文章署名"封丘县委"，介绍了一个合作社成功案例。同期发表文章的人还有陈伯达、张闻天、柯庆施、周扬、王任重和郑刚。

有了毛主席的如此关怀，《红旗》很快形成了很大影响力，成为党的理论研究和宣传工作的一个主阵地。当时，在《红旗》版面上经常出现几个作者的名字，他们其实是杂志的3个评论组。一个是思想评论组，以副总编辑胡绳为首，另有王忍之、丁伟志、郑惠等人，笔名"施东向"；一个是国际评论组，由姚溱负责，加上王力和乔冠华，搞国际评论，笔名是"于兆力"；还有一个"许辛学"，是由"虚心学"演化而来，由副总编辑邓力群牵头，梅行、马洪参加的写作小组，主要写经济评论。这3个评论组写出了很多有影响力的评论文章，受到党内外读者的欢迎和重视。

1978年，中国迎来一个重要的历史节点。党的十一届三中全会召开前夕，在全党全国军民热烈参与真理标准问题大讨论的时候，作为党中央理论刊物的《红旗》杂志，却采取"不卷入"态度。当年11月，为纪念毛泽东诞辰85周年，《红旗》约请谭震林撰写一篇文章。谭在文中支持了"实践是检验真理的唯一标准"观点，结果杂志不愿原样刊登。这场"笔墨官司"最后打到了邓小平面前。邓小平批示："我看这篇文章好，至少没有错误。我改了一下，如《红旗》不愿登，可以送《人民日报》登。为什么《红旗》不卷入？应该卷入。可以发表不同观点的文章。看来不卷入本身可能是卷入。"①小平同志的批示，

① 中共中央文献研究室编：《邓小平思想年谱（1975—1997）》，中央文献出版社1998年版，第98页。

充分说明理论不是虚空的，需要也必须与时代同行，为时代服务才有生命力。1983年，邓小平为《红旗》题词"理论工作要为社会主义现代化建设服务"，再一次为党的理论工作指明了前进方向。

1988年5月30日，为适应改革开放新形势的要求，中央决定创办全党理论刊物《求是》杂志，同时停办《红旗》。6月16日，《红旗》出完第544期停刊，当期封底有"欢迎订阅求是杂志"字样，大标题下内容为："中共中央决定，《红旗》杂志今年6月底停刊，《求是》杂志7月1日创刊。"7月1日，《求是》在北京正式创刊，沿用原《红旗》杂志的邮发代号，办公也仍在原址。邓小平为《求是》题写了刊名，这个名字是李瑞环想出来的。《求是》刚创办时，中央委托中共中央党校主办过一年。1989年7月28日，中央发出通知，决定仍用"中国共产党中央委员会"名义主办，并在9月1日出版的杂志目录页上标出"中共中央理论刊物"字样。

2018年7月4日，习近平致信祝贺《求是》暨《红旗》杂志创刊60周年，指出：《求是》杂志是党中央指导全党全国工作的重要思想理论阵地，要不断提高理论宣传水平，更好服务党和国家工作大局。以《求是》为代表的党的理论刊物，正在书写着新时代的新篇章。

编述中国革命的不朽诗篇

1957年8月1日，是中国人民解放军建军30周年纪念日。为了纪念为新中国成立浴血奋战的人民军队将士，中央军委提前一年开始筹划有关工作。其中一项是，出版一部记录我军30年来英勇奋斗史实的回忆文集。文章向全军、全国人民亲历战争者征集。

1956年7月31日，中央军委机关报《解放军报》在一版刊登征文启事：

> 总政治部最近向全军和全国人民发起"中国人民解放军三十年"征文，以便汇编一部反映我军三十年斗争历史的军事纪实性质的特写散文集，在1957年7月出版，纪念我军建军三十周年。

这则短短的消息一经发布，很快在全军乃至全国掀起撰写革命回忆录的高潮。千千万万参与了20世纪中国革命战争的战士，怀着浓烈的情感，写下记录真实历史的不寻常文字。与此同时，中共中央直属党委、国家机关党委、省市各级党委分别召开座谈会，书面通知布置作业。总政治部组织了征文编委会，军委大部分领导、总参总政和各军区领导基本都是编委会成员。

具体的稿件遴选编辑工作交给一个叫"三十年征文编辑部"的临时办事机构。因为总政治部副主任萧华批示，由总政宣传部和文化部共同完成文集的编辑出版工作，所以从总政宣传部抽调了王彬、黎明、丁芒、邢石操、陈汉民，从文

《星火燎原》第一卷第一集
人民文学出版社1958年初版本

化部抽调了王愿坚、李大我、刘亮、张麟、王梦岩组成"三十年征文编辑部"。编辑部既负责全军征文工作的组织协调，还负责征文的编辑加工。组长分别由总政宣传部宣传处处长黄涛和文化部文化处处长刘亮担任，黄涛主持了具体工作。各军区、军、师、团也成立300多个编辑征稿组，全军1000多人参与了编辑征稿工作。

征文消息发出后，不到一个月，第一篇稿子就投到了编辑部。这是全国人大民委副主任委员兼国务院民委副主任谢扶民寄来的《苗山一夜》，描写红军长征到少数民族聚居的大小苗山时发生的故事。此后，回忆稿件源源不断地寄到编辑部来。不到一年，全国应征稿件有3万多篇，经过各级征稿组的层层挑选，最终11610份稿件被送到北京。

1957年要出书。从年初开始，书稿编辑工作就紧张地开始了。根据最初的编辑方案，全书有一个总书名，叫《光荣的人民解放军》，预定编成10集，每集根据内容特点单独起名。第一集讲建军初期的事情，定名为《星火燎原》。等到编第二集时，发现每集都单独起名很难，有人建议说统一叫《星火燎原》。大家都觉得不错，请示萧华同意后，就将其定为10集丛书的总名称了。

军中老帅、高级将领纷纷为丛书撰写回忆文章。1959年，毛泽东为丛书题写书名"星火燎原"4个字，朱德撰写序言《人民军队、人民战争——纪念中国人民解放军建军三十一周年，并序〈星火燎原〉》。刘伯承写了《回顾长征》《我们在太行山上》《千里跃进大别山》，贺龙写了《湘鄂西初期的革命斗争》，许光达、王震、王尚荣3人合写《湘鄂西和湘鄂川黔的武装斗争》，徐向前写了《奔向海陆丰》《鄂豫皖红军的反围攻斗争》，聂荣臻写了《南昌起义的历史意义和经验教训》《结束第二次国内革命战争的最后一仗——山城堡战斗》和《中国人民怎样战胜了日本法西斯侵略者》，叶剑英写了《大革命失败与广州起义》《伟大的战略决战》。十大元帅中唯一对《星火燎原》不感冒的，是林彪，不写也不看送去的稿子。

"一部《星火燎原》，半部革命史。"在编辑这部伟大革命史诗的过程中，编辑部面临的困难主要是两个方面：

一是对军史知识的匮乏。"虽然回忆录是作者的亲身经历，但时隔多年，难免有错。编辑工作不能完全依赖作者，对文中的时间、地点、人名、事件的提法和观念，须一一核对。"[1]然而为编写这部丛书抽调来的人大多对这段历史并不完全了解，当时的党史、军史也几乎没有太多资料可查，核对谈何容易？于是，编辑部就请专家来讲人民军队的历史，请老红军讲亲身经历，逐渐了解党史军史之后再出去采访。那时，编辑部有一枚"中国人民解放军三十年征文编辑部"的公章，凭这枚红印章，编辑们可以直接与高级将领对话，甚至到他们家里采访。

二是对历史问题的判断不好把握。这是一部军史性质的书稿，内容必须准确。编辑部将来稿质量当作头等大事，在总政内部形成了严格明确的稿件审查制度。所有涉及重要人物、重大事件的文章，要由萧华、傅钟、刘志坚等总政领导审批，大将以上军队领导撰写的或是撰写大将以上军队领导的文章，必须送各位元帅或刘少奇、周恩来、邓小平审定。编辑部还请来事件当事人、相关亲历者来审稿，请来熟悉情况的老同志帮忙把关。

领导同志对审稿工作也极为重视。在第七集中，有篇文章

① 肖文：《从〈星火燎原〉中看红色编辑家黄涛的编辑思想》，《编辑之友》2010年第12期，第72页。

叫《大地重光》，写的是1945年八路军冀热辽军区第十六军分区部队向沈阳进军的情况。作者文中写到去延安见刘少奇的情形。彭真审过，又送刘少奇审阅。刘少奇特别认真，一个月给编辑部打去3个电话，告知审稿进度。他还为这篇文章专门去中央档案馆调取档案，修改了10多处地方。

在这种高规格、严标准的编审工作之下，从1958年9月到1963年10月，《星火燎原》由人民文学出版社陆续出版了8集。由于约稿进度、纸张匮乏等原因，这8集并未按顺序出版，而是哪本出版条件成熟就先出哪本，出来的有第一、二、三、四、六、七、九、十集，第一集曾出修订本却未能发行。

中国革命的历史是由千千万万中国人民共同书写的。这部书中，作者是一支特殊的队伍，包括有9位元帅、437位将军、84位省部级以上领导，还有数万名官兵、复转军人和地方党政干部。他们满怀豪情和使命感，以亲历者的身份讲述历史细节，生动再现了人民军队英勇奋斗的史实。

1978年，中央军委下发通知，被中断的《星火燎原》继续选编修订出版。黄涛当年冒险藏下《星火燎原》征文来稿，这时发挥了大作用。编辑部合并到刚由战士出版社更名而来的解放军出版社中。解放军出版社以人民文学出版社已出版的8集和两集未付印的清样，再加上原文稿，用了5年时间，在1982年出齐《星火燎原》10集。当时征集到的数万稿件中，最终有637篇被选用。至此，《星火燎原》历时26年的编辑出版工作，终于全部完成。

与征文数量相比，收入丛书的毕竟是少数。编余稿中也不乏有价值的文章。为此，又办了《星火燎原》杂志，出版了《星火燎原·未刊稿》，2009年合并出版了《星火燎原全集》。

在半个多世纪的时间长河中，"三十年征文"这笔宝贵的红色文化遗产充分发挥了效用。郭沫若说："《星火燎原》是用红宝石砌成的万里长城，是记述中国革命战争的东方史诗"。它如实记述的一支伟大军队的历史，蕴藏着中国革命胜利的密码，承载着中国共产党人的初心和使命，它所彰显的革命意志和高尚品格将成为宝贵遗产在传承中焕发新时代的光芒。

回答你的『十万个为什么』

太阳为什么是圆的？

萤火虫为什么会发光？

冰棍为什么冒白烟？

小时候的你，面对这世间千变万化的事物，是不是也有许多的"为什么"？从天上到地下，看见什么就问什么，有时候还要打破砂锅问到底。1958年那会儿，曹燕芳面对的就是这样的情况，她的小女儿每天都有无数个关于为什么的提问。那时候，她刚30岁出头，在少年儿童出版社第三编辑室当科普读物编辑。

20世纪50年代的中国，青少年科普读物十分缺乏。1956年，中央发出"向科学进军"的号召。1958年前后，位于上海的少年儿童出版社出版了不少科普图书，但都是"大跃进""放卫星"的产物，不适合少年儿童，完全吸引不了小读者。在上海市出版局的支持下，少年儿童出版社决定出一套有质量的科普百科全书。副总编洪祖年和三编室主任王国忠带领编辑们几经酝酿，决定突破教科书和课堂教学的编辑思路，编写一套大型问答式自然科学丛书，并以此庆祝新中国成立十周年。

为给这套书起一个好名字，编辑们七嘴八舌地讨论着。这时曹燕芳想起了小女儿每天问不完的"为什么"，灵机一动，她在小黑板上写下"十万个为什么"。大家眼前一亮，都想到了苏联科普作家伊林的《十万个为什么》。伊林的"十万个为什么"，取自英国作家吉卜林的一个诗句："五千个在哪里？七千个怎么办？

《十万个为什么》1—8册 少年儿童出版社1961年至1962年初版本

十万个为什么?"在俄语中,"十万"是一个虚指,用来形容许多。曹燕芳觉得,"十万个为什么"非常贴切地反映了孩子们的好奇心。

"太好了,就用这个名字吧!"大家一致同意。

书名确定下来了,组稿工作很快展开。曹燕芳邀请上海一所知名师范大学的7位老师来编写书稿,本以为是很简单的事,没想到老师们花了近一年的课余时间才勉强完成了6万字。《十万个为什么》作为国庆十周年的"献礼书"的计划也就成为泡影。而完成的书稿读起来像教科书,一板一眼,很难吸引青少年读者。这次组稿的失败,促使大家重新对如何出版一套符合青少年特点的科普图书进行了思考。

什么样的问题能抓住孩子们的兴趣呢?编辑们煞费苦心。他们利用每个月到学校做课外辅导员的机会,与孩子们打成一片,了解他们的想法,摸清他们的喜好。1960年,编辑部还印制了1万份调查问卷,送到学校去,送到少年宫去,送到少年科技指导站去,让孩子们来提问题。两三个月后,收回的问卷堆满了编辑部办公桌的两个大抽屉。人是不是猴子变的?先有鸡还是先有蛋?路边大树的下半截为什么要刷成白色?……编辑们发现,日常生活里大人们见怪不怪的问题原来这么有意思。

问题有了,但是"为什么"由谁来回答?正当编辑们一筹莫展之际,叶永烈撞上门来。此时还在北京大学化学系念大三的叶永烈,有一天逛书店时看到少年儿童出版社出版的《塑料的一家》，他立马想到了自己在暑假期间写作的十几篇化学小故事。他给这些故事起名《碳的一家》，寄到了出版社所在地上海延安西路1538号。当时他根本没有想到，自己会由此与科普写作结下不解之缘。别看叶永烈年纪轻轻，写出的文字却生动有趣，把枯燥的科学知识介绍得头头是道。几个月后，这本书就顺利出版了。《十万个为什么》正为编写发愁，编辑部决定让这位年轻人试试。1960年5月，一封署名少年儿童出版社第三编辑室并加盖图章的信寄到了北大化学系，信封上收信人的名字写得工工整整：叶永烈。

最终，叶永烈为首版《十万个为什么》写作了326个问题，成为第一版写作篇目最多的人。按一个"为什么"5元钱的稿费计算，他一共收到了1600多元的"天价"稿费。要知道那个时候，一般图书的零售价不过六七角。

1961年4月，首版《十万个为什么》的第一分册《物理》正式出版，5月出了第二分册《化学》，8月出了第三、第四分册《天文气象》《农业》，10月出了第五分册《生理卫生》。第六、七、八分册《数学》《动物》《地质地理》在1962年陆续出齐。8本分册一共收录"为什么"1484个。

《十万个为什么》甫一问世，便在全国引起轰动，不光孩子爱看，家长读起来也爱不释手。《人民日报》用"不胫而走"形容它的畅销，《解放日报》发表社论《培养孩子爱科学》，描述书店读者"踊跃购买"、图书馆"出借一空"的盛况。在全社会的强烈要求下，首版《十万个为什么》印数高达500多万册，还出版了蒙古文、朝鲜文、维吾尔文、哈萨克文等民族文字版，盲文出版社出版了盲文版。

科学的起点是好奇，每一个充满好奇的"为什么"都是人类认识世界的开端。《十万个为什么》现已出至第六版，总印数超过1亿册，每一版都有时代的印记，影响了几代青少年走上科学的道路。从"冰棍为什么冒白烟"到"为什么要开展航天活动"，每一次再版都表达着时代对科学的认知需要。

『向雷锋同志学习』

"如果你是一滴水，你是否滋润了一寸土地？如果你是一线阳光，你是否照亮了一分黑暗？如果你是一颗粮食，你是否哺育了有用的生命？如果你是一颗最小的螺丝钉，你是否永远坚守在你生活的岗位上？"

"青春啊！永远是美好的，可是真正的青春，只属于这些力争上游的人、永远忘我劳动的人、永远谦虚的人。"

"一块好好的木板，上面一个眼也没有，但钉子为什么能钉进去呢？这就靠压力硬挤进去的，硬钻进去的。由此看来，钉子有两个长处：一个是挤劲，一个是钻劲。我们在学习上，也要提倡这种'钉子精神'，善于挤和善于钻。"

这些格言是不是很熟悉？它们都出自20世纪60年代出版的一本书——《雷锋日记》。《雷锋日记》摘选了121篇雷锋亲笔所写的日记，共计4.5万字，1963年4月由解放军文艺出版社出版。这是第一本正式出版的《雷锋日记》，感动并激励了几代人。

雷锋是新中国成立后出现的一位时代楷模人物，他原名雷正兴，1940年生于湖南长沙望城县，身世很苦，7岁多就成了孤儿。新中国成立后，党和政府给他分了田地，让他免费读书，培养他成才。雷锋心中充满了对新中国、对党和人民的感恩与热爱。他从1957年开始写日记，把自己工作、学习、训练和生活的心得体会和所思所感都记录到日记里。到1962年牺牲时，雷锋一共留下9个日记本，其中有3个是参军前写的，5个是参军后写的，还有1个没有用过。日记里洋

《雷锋日记》 解放军文艺出版社 《中国青年》"学习雷锋"专辑
1963年初版本 （1963年）

溢着朴素赤诚的革命情怀，充满了一名青年党员的共产主义信仰追求。在出版成书前，雷锋日记先在报纸上登载出来。它的发表来自一位总编辑的偶然发现。

那是1960年，由于国民经济困难，中央要求加强军队思想政治工作，全军开展了"两忆三查"①教育活动。雷锋当时已经参军入伍，由于他的苦出身和好思想，沈阳军区工程兵政治部就把他从抚顺借调到沈阳，在军区工程兵所属各单位作"忆苦"报告，还特意叮嘱他带上日记本。《前进报》是沈阳军区政治部主办的报纸，有天接到一篇来稿写到雷锋，引起报社总编辑嵇炳前的重视。嵇炳前把佟希文和李健羽叫来，说这个事儿有挖头，让他们去部队采访。佟希文、李健羽当时分别是新华社和人民日报的军事记者，驻站辽宁，受社里和沈阳军区政治部双重领导。他们就追着雷锋从沈阳到抚顺，抓取人物典型去了。

同时，嵇炳前自己也到了雷锋来沈阳作报告临时住宿的地方。他在床上发现了雷锋的日记，翻开一读，立刻被其中的内容吸引住了。"要记住：在工作上，要向积极性最高的同志看齐；在生活上，要向水平最低的同志看齐。""雷锋同志，愿你

① "两忆"是忆阶级苦、忆民族苦，"三查"是查立场、查斗志、查工作。

做暴风雨中的松柏，不愿你做温室中的弱苗。"……一句句，一行行，这些充满阶级感情的话语，这些对党和人民毫无保留的誓言，不正是报纸要找的先进典型吗？

嵇炳前立刻提出，要借用这几本日记，希望在报纸上摘编刊登，进一步宣传树立雷锋这个典型人物。沈阳军区工程兵政治部副部长王寄语同意了。于是，嵇炳前将带回的5本日记交给《前进报》编辑董祖修，让他看看是否能摘录发表。

董祖修拿到日记，连夜详细读了起来。他也被深深地打动了。第二天，董祖修向社领导报告，日记完全可以摘录发表。为得到更多素材，他还专门到雷锋所在连队采访，可惜雷锋外出作报告没有见到。但是，在雷锋战友的指导下，他又找到几个笔记本和一些在稿纸上写的文字。

这样，经过比较充分的准备，《前进报》开始大规模宣传雷锋的先进事迹。1960年11月26日，报纸用两个整版的篇幅，发表了佟希文、李健羽采访撰写的长篇通讯《毛主席的好战士》。新华社、《解放军报》、《辽宁日报》等媒体随后都刊发了该稿件。12月1日，《前进报》以《听党的话，把青春奉献给祖国——雷锋同志日记摘抄》为题目，用一个整版的篇幅摘发了雷锋写于1959年8月30日至1960年11月15日的15篇日记。这是最早公开的雷锋日记，是人们了解雷锋精神世界的一个重要材料，也是掀起雷锋日记出版大潮的开端。由此，雷锋的名字传遍东北大地，被称为"东北的一团火"。

1962年8月15日，雷锋与战友乔安山准备去洗车。雷锋下车指挥倒车，车轮打滑，撞倒一根晾衣杆，直接打在他头上，雷锋不幸早逝，年仅22岁。雷锋牺牲后，《前进报》又用一个半版面摘录刊载了32篇雷锋日记。《人民日报》《解放军报》《中国青年报》等全国性大报纷纷跟进，摘抄发表雷锋日记。读雷锋日记，学习雷锋，在祖国大地上掀起一股热浪。解放军总政治宣传部决定正式出版《雷锋日记》。

登载在《人民日报》上的雷锋日记摘录文章引起周总理的注意。他让邓颖超打电话给《人民日报》总编辑吴冷西，说读了雷锋事迹和日记很感动，认为日记写得好。但是，《唱支山歌给党听》这首标明"雷锋诗作"的作品，总理好像在哪儿见过，希望报社认真查实，搞清楚日记中哪些是雷锋自己的话，哪些是他摘录别人的话。如果是别人的话，应注明出处。

很快，核实雷锋日记的任务就层层下达，最后落到最初发表他日记摘抄的编辑董祖修身上。董祖修之前为了宣传报道雷锋，曾将雷锋日记一页页拆开，组织10个人抄写了副本，又原样将日记装订复原。这次，他拿了抄写的副本进京，和解放军总政治宣传部的同志一起逐条核实雷锋日记。有了这份原始资料，大家喜出望外，不仅帮助了查核工作，还让出书有了初稿。经过核实，日记中有些话确实是雷锋学习抄录的。

日记是个人化的记录方式，并没有很严谨的格式，雷锋摘录的话有些标了出处，有些没有标出处。这在写日记时是很正常的，但是给公开发表和出版带来了不小的困难。比如周恩来总理提到的《唱支山歌给党听》，原诗作者姚筱舟是陕西焦坪煤矿工人，1958年以"蕉萍"为名在西安《工人文艺》和《延河》杂志上发表了这首诗作，1962年被辽宁的春风文艺出版社编入《新民歌三百首》。恰好雷锋就在当地当兵，可能看到了这本书，摘抄进了日记。当年信息不发达，很长一段时间，大家都以为是雷锋诗作，作曲家朱践耳谱曲时还曾定名为《雷锋的歌》。

1963年2月22日，毛泽东主席应《中国青年》杂志社编辑"学习雷锋"专辑之请，欣然题词"向雷锋同志学习"，随后刘少奇、周恩来、朱德、邓小平等中央领导分别题词，雷锋成为社会主义道德新风尚的标杆。经过解放军总政治宣传部审查确定，第一本《雷锋日记》1963年由解放军文艺出版社正式出版了。它纠正了报刊上不准确的地方，使学习雷锋精神有了可靠的读本。作为学习雷锋的辅导读物，《雷锋日记》有非常辉煌的出版历史，发行超过160万册，再版几十次，有英、法、日等20多个语种的外文译本。

雷锋精神永存不朽，《雷锋日记》长盛不衰，在20世纪70年代和90年代还有过两次整理出版。为了纪念毛泽东主席题词"向雷锋同志学习"十周年，沈阳军区组织审定了新版《雷锋日记选》，1973年8月由解放军文艺出版社出版。1989年11月，解放军总政治部再次整理出版《雷锋日记选》，丰富了新的内容，成为新时期"学习雷锋同志、弘扬雷锋精神"的教育读本。

① 《解放思想锐意进
取深化改革破解矛
盾　以新气象新担当
新作为推进东北振
兴》，《人民日报》
2018年9月29日。

雷锋留下的九个日记本，是最珍贵的历史文物。在雷锋去世后，和其他遗物一起，被收藏到中国人民革命军事博物馆，现在还可以经常在各种重要展览中看到，它们的出现、被观看、被阅读，彰显着雷锋精神的时代价值，正如习近平总书记所说："雷锋是时代的楷模，雷锋精神是永恒的。"①

章士钊85岁写成百万字古籍研究专著

民国，大师辈出的年代。生于清末、活跃于民国的章士钊，是其中颇为有名的一位。他是晚清进步报人，发表邹容、章太炎《革命军》《驳康有为论革命书》引发"苏报案"的报社主笔；他是官员，做过北洋政府司法总长兼教育总长，当过国民政府国民参政会参政员；他是学者，担任过北京大学教授、北大图书馆馆长、北京农业大学校长。历经战火与人事沧桑，他又见证了新中国的成立，参与新政权的建设，成为全国人大常委会委员、全国政协常委、中央文史研究馆馆长。

最为传奇的是，在75岁高龄时，章士钊萌生写作柳宗元诗文研究的想法，历经10载，终于在85岁完成了百万字文稿。1971年，在毛泽东主席几次函批、过问之下，这部56卷14册、堪称大部头的《柳文指要》终于由中华书局出版。两年后，章士钊以93岁之寿去世，有生之年亲见心血之作梓行，也算夙愿得偿。

在那个特殊年代，要出版这样一部如此浩大的著作，殊非易事。从1965年写完初稿到1971年面世，出版过程一波三折，不仅惊动了毛泽东主席，刘少奇、邓小平、彭真等中央领导也看过，周恩来总理还亲自安排了用纸、字号、开本这些具体事宜。由此，《柳文指要》也在出版史上写下浓重的一笔。

这本书为什么得到领袖的垂青？又如何惊动了这么多中央高层领导？这件事还要从章士钊本人说起。

他与毛泽东是有深厚情谊的。早在1920年，青年毛泽东筹备湖南新民学会会员赴法勤工俭学时，就带着岳父杨昌济的信求助过章士钊。章当时非常爽快，

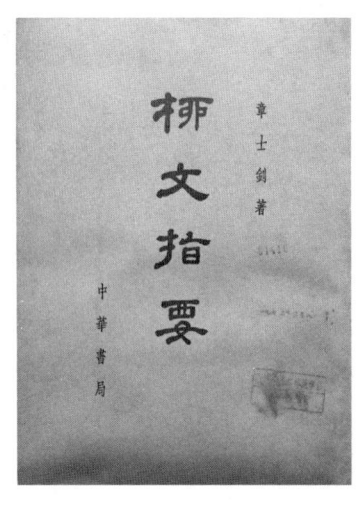

《柳文指要》 中华书局
1971年初版本

为他筹款2万银圆。后来，虽然毛泽东没有去法国，但这笔钱为他在湖南开展革命运动提供了经费支持。1945年抗战胜利后，毛泽东主席飞赴重庆与蒋政府谈判，时任国民政府参政员的章士钊，在看望毛主席时避开监视眼线，在毛主席手上写了"走"字，让他"三十六计，走为上计"。

　　而在柳文这件事上，他与毛主席也有相同的爱好。章士钊13岁时得到一部《柳宗元文集》，自此终身热爱，每读都记录有笔记心得，数十年不间断，一直积累到75岁才开笔。毛主席也喜欢柳宗元的文章，听说章士钊写《柳文指要》，就要章将书稿送他先读。1965年，初稿写成，送到毛主席处。毛主席收到后，6月26日给章士钊送去水果，还写了一封很风趣的信：

　　大作收到，义正词严，敬服之至。古人云：投我以木桃，报之以琼瑶。今奉上桃杏各五斤，哂纳为盼！投报相反，尚乞谅解。①

①《致章士钊》，《毛泽东书信选集》，人民出版社1983年版，第601页。

　　送给毛主席的这部初稿有百万言。其实，在此之前还有一稿，大约40万字。那是1963年，章士钊交给中华书局老编辑陈乃乾，书稿带回中华书局后，当时总编辑金灿然把不准能否出版，就将审稿意见登在内部资料上，向上报告到康生处。康生明确否定了这部书，他批示："我认为中华书局不应该给章出此书。"又说："如章问，可直接告他，书中有许多错误观点，并企图为他过去的丑恶翻案，进而宣传自己。我们的纸张不够，为什么要给他出这样一部四十余万字的书？"[1]中华书局接到批件，就将书稿退还了。

章士钊收到退稿，对原稿做了大量修改，并将内容扩充到百万字，分成上下两部直接呈送毛主席，才有了上面那封信。看过后，毛主席的评价与康生大相径庭。他在7月18日又给章士钊写信说："各信及指要下部，都已收到，已经读过一遍，还想读一遍。上部也还想再读一遍。另有友人也想读。大问题是唯物史观问题，即主要是阶级斗争问题。但此事不能求之于世界观已经固定之老先生们，故不必改动。"[2]"友人"指的是康生，他在1963年提出的批评要害是该书没有用马列观点研究柳文。这回毛主席说"不必改动"，他也随即表态"85岁的老先生有精力作此百万巨著，实非易事"，书中缺点"对一个没有研究马列主义的人，是可以理解的"。这样，当年的书稿由康生处交还章宅。章士钊用了一些时间做出版前的准备，比如写跋文等。

1966年3月8日，中华书局文学组组长徐调孚去章宅取回书稿，书局当作急件安排出版。排版用5号字，32开本，5月31日就打出了全部校样。结果"文革"开始，该书出版又被搁置下来。

这一等就是4年。1970年，章士钊已近90岁。康生反悔，又要他大改书稿内容。章怀着悲愤的心情再一次给毛主席写了一封信。信中说，要用3年时间来学马列和毛选，再来修改书稿。如果上天让他能活到96岁，也许能把稿子改好。毛主席看到信后，再一次指示，马上排印出版《柳文指要》。

周总理落实了出版工作。曾在毛主席著作办公室工作的著

[1] 程毅中：《毛泽东与章士钊〈柳文指要〉的出版》，《百年潮》2000年第9期，第38页。

[2] 《致章士钊》，《毛泽东书信选集》，人民出版社1983年版，第602页。

名出版史料专家方厚枢先生回忆：周总理在1971年4月12日和6月24日接见出版工作座谈会领导小组成员时，都详细询问《柳文指要》的出版情况，并作出具体指示。第一次开会，当他得知排印5号字时，说："能看这类书的人都是老人，不能用大一号的字排吗？"又说："老年人写古人，算是晚年的一个大著，印好一点，可以。"

第二次开会，周总理又问："打算分多少册？"听说准备分成5册，总理计算了一下，认为不妥。他说："太重了。主席看书都是拿在手里，坐着看，不是放在桌子上看。一页按500字计算，120万字，2400页，分成10本怎么样？一本240页，120张纸，是不是还重？因为老年人拿在手上，时间一长受不了，你们终归要替老年人想一想。"①

中华书局按照周总理指示，将字号提至3号仿宋，印成16开特型本，分成14册。《柳文指要》终于在1971年10月面世了，线装3函，共印了3000部。全书分上部"体要之部"41卷，按柳集原文编次逐篇加以探讨；下部"通要之部"15卷，按专题分篇论述有关柳宗元及其文章的各项问题。章士钊早年留学英国，攻读过逻辑学。他一生写3部《指要》，第一个就是《逻辑指要》，第二个是《柳文指要》，第三个是《论衡指要》，第三部没有写成。帮《柳文指要》做校订的卞孝萱说过："章士钊的特色是逻辑，他是从逻辑的角度来研究柳文。"这也是这部古籍研究著作与众不同之处。

《柳文指要》的出版，在当时引起轰动。这是毛主席和周总理为落实政策、恢复出版工作、重新贯彻"双百"方针的一项举措。和这部书一起落实出版的，是大名鼎鼎的二十四史。1972年尼克松访华，在告别晚宴上，周总理向尼克松赠送了二十四史，向他的翻译弗里曼赠送了《柳文指要》。可以说，这部书也见证了中美关系走向正常化的历史。

① 方厚枢：《〈柳文指要〉出版的台前幕后》，《出版参考》2003年第17期，第23页。

《李自成》和它的伯乐江晓天

1975年10月6日，作家姚雪垠收到好友、中国青年出版社编辑江晓天的来信，建议他再次给毛主席写信，汇报《李自成》的创作情况：

> 作为一个编辑，从党的文学事业着想，也应竭力支持把《李自成》尽快尽好出版……最近有个想法供你参考：可以给主席写封信，报告《李》稿的写作情况和你的愿望。所传主席对一卷说的话，虽尚待了解确切，但看来是有这回事，说明伟大领袖对《李自成》一书是关心的。① 你已近高龄，虽然健康状况较好，但要完成五卷，还是抓紧时间为好。

此时的姚雪垠正处于困顿之中。他已经是60多岁的老人，唯一心愿就是完成长篇历史小说《李自成》的创作。1963年，《李自成》第一卷由中国青年出版社出版，在读者中引起强烈反响，没进行任何宣传，一年内就印了近20万册。他备受鼓舞，更加努力写作第二卷，没想到"文革"开始了，创作被迫中断。《李自成》提纲就有8万字，是一部结构宏大的鸿篇巨

① 据《胡乔木传》，毛泽东一向重视明末李自成领导农民起义的历史，读过《李自成》第一卷，认为写得不错。"文革"初期，毛泽东指示保护姚雪垠，让他继续写作《李自成》。

《李自成》第二卷一册
中国青年出版社1976年初版本

制，在当时情况下，看不到任何写完的希望。

江晓天的来信，如同一阵清风，扰动了久久缠绕在姚雪垠心头上的愁云。直接上书最高领袖，要冒极大的风险，万一半路被"四人帮"截去，别说创作，可能性命不保。但是，一旦成功，主席发了话，才有希望继续写下去。姚雪垠曾经征求老友茅盾意见是否要写信，茅盾觉得风险大，劝他三思。左思右想，他觉得再没别的路可走了，于是决定听江晓天的话——给主席写信。

幸运的是，当时文艺界出现了一些松动，毛主席认为"百花齐放都没有了""党的文艺政策应该调整一下""逐步扩大文艺节目"①。在原武汉市委文教书记宋一平的帮助下，姚雪垠的求助信通过胡乔木转给邓小平，又转呈毛主席。姚雪垠从宋一平那里得知毛主席当时眼睛不好，这封信特意用毛笔大字写成，题为《上毛主席的信》，信中诉说了自己的难处：

这部书共有五卷，估计写成字数在二百五十万至三百万字之间。……第二卷稿子已经写成将近两年，约七十万字左右。……虽然我寸阴必争，不论盛暑严

① 《对"四人帮"文艺政策的批评》（1975年7月）、《对文艺工作的谈话和批语》（1975年7月14日、11月15日），《建国以来毛泽东文稿》第13册，中央文献出版社1998年版，第443、446页。

冬，每日凌晨三时左右起床工作，但我已经是进入六十六岁的人了，不能不有任重道远之感。……主席！要在我的老年完成这样大的写作计划，不仅需要我自己加紧刻苦努力，更需要党的切实领导和具体帮助。我多么希望能够得到有关部门或机构的具体帮助。……我希望再次获得您的支持，使我能够比较顺利地完成《李自成》。①

① 姚雪垠：《关于长篇历史小说〈李自成〉》，上海文艺出版社1979年版，第42-43页。

② 《关于文艺工作的一组批语》（1975年7月—11月），《建国以来毛泽东文稿》第13册，中央文献出版社1998年版，第452页。

1975年10月19日发出的这封信，仅仅14天后就得到了毛主席的亲笔批示。凡看过毛主席手稿的人，大多会发现毛主席喜欢用铅笔改稿批示，《论持久战》《调查工作》等原件上都如此。这个批示，毛主席也用了很粗的铅笔，批在胡乔木同志转呈时写的情况报告上：

　　印发政治局各同志，我同意他写《李自成》小说二卷、三卷至五卷。

毛 泽 东
十一月二日②

主席的批示很快到了国家出版管理局，要落实出版单位。按理说，第一卷是中青社出的，后面理应继续由中青社出版。但是，出版单位知识分子扎堆，"文革"中大都下"牛棚"、下干校改造去了，出版社大都关门歇业。中青社也是如此，一直没恢复出书。1972年底，出版社为了复业，把江晓天从五七干校"救"回北京。江晓天要抓大稿子，这才在1975年给姚雪垠想出上书毛主席的主意。

现在小说能出了，中青社却眼巴巴地干看着。这不行！几位社领导和主要编辑一研究，决定派江晓天马上动身去武汉，而且要坐飞机去。一是把这个好消息当面告诉姚雪垠，二是要和他商量继续由中青社出第二卷。

中青社怎么得到的消息呢？说来也巧，江晓天在出版社迟迟开展不了工作，已经调到外文局。11月5日那天回来收拾东西，他偶然接到老朋友、文物出版社副总编丁磐石电话，才知道毛主席给《李自成》写了批示。上面落实第二卷出版，想用人民文学出版社。社里派江晓天去武汉，就是和人民文学出版社竞争去的。江晓天没说二话，第二天就飞到了武汉。结果一下舷梯，就看见姚雪垠和另一位武汉文教局领导在出口接人。原来他们来接人民文学出版社总编辑韦君宜，结果韦君宜当天没买到票，意外接到了江晓天。

姚雪垠看到老朋友，喜出望外又百感交集。12年前，第一卷出版的情形历历在目。1961年，江晓天听社科编辑室的同事邵益文说，武汉作家姚雪垠在写历史小说《李自成》。江马上写信给姚，希望书稿交由中青社来出版。他要姚专心改稿，其他事情不必操心，有什么困难出版社尽可能帮助解决。姚提出稿子改好后，要找几个史学专家看看。为方便改稿，中青社接姚雪垠进京改稿。这期间，江晓天为他找到历史学家吴晗、阿英、李文治，这可是当年的顶级审稿人了。吴晗看了稿子，提了意见，还给姚雪垠打了包票，说："倘若有人从历史方面批评你，我站出来替你打笔墨官司。"这些极大消除了姚雪垠的后顾之忧，让他能放开手脚大胆创作。为提出准确专业的编辑意见，江晓天还用了两三个月恶补史学知识，把明史、清史相关书籍看了个遍。就这样，整整100天，作者、编辑、出版社齐心协力打造出了《李自成》第一卷，成为时代精品力作。

所以，姚雪垠决定，只要出版社能恢复业务，第二卷还交给中青社来出。中青社抓住这个机会，赶紧给团十大筹备组（当时团中央也未恢复正常工作）和中央打报告，说明作者愿意与中青社继续合作，申请恢复出版业务，以承担《李自成》第二卷的出版任务。11月25日，中央批准了中青社复业。这样，中国青年出版社在团中央报刊社中率先恢复出版业务，比团中央恢复工作还早了3年。大家欢呼雀跃，真是一部书救活了一家出版社！

为方便第二卷的修订和后续写作，姚雪垠决定来京长住。中青社落实毛主席指示，也本着竭诚为作者服务的出版精神，为他解决了住房、配备了助手，家中生活一应需要都做了细致的安排，让姚老毫无负担地专心写作。当然，对作者来说最重要的是，编辑能提出好的建议，让作品变得更完美。而中青社的编辑也没有辜负作者的信任。1982年，《李自成》第二卷获得首届茅盾文学奖，这个至高荣誉就包含了编辑的许多功劳。

1999年8月，《李自成》五卷出齐，共12本，330余万字，海内外版本多达15个，总销量超过400万套。这部作者用大半生心血浇铸的作品，与中青社携手走过42年，在出版史上写下一个传奇。对于它的首任编辑，姚雪垠这样评价，他说："如果有人问我谁是《李自成》的伯乐，我只能回答说是江晓天。他是我在困难时期遇到的第一个知音。"①这种认可，对一个出版工作者是没有王冠的加冕。

① 姚海天：《编辑与作家关系的楷模——缅怀江晓天先生编辑〈李自成〉的岁月》，《出版史料》2010年第1期，第96页。

把传统的根留住

历史是最好的教科书。中国是文明古国，自古就有治史修史的传统。中国也是典籍大国，出版庋藏历史书籍浩若烟海。古代图书目录分类专设史部，而又有"六经皆史"之说，可以想见中华史学资源的丰富，"处则充栋宇，出则汗牛马"，诚如梁启超所说："中国于各种学问中，惟史学为最发达"①。

在数以万计的史书当中，有24本被称为正史，也就是官方盖了章认可的正统国史。那么盖棺之人是谁呢？正是大家熟知的文化狂热粉丝乾隆皇帝。本着盛世修书的原则，乾隆朝开四库馆，纂修《四库全书》，钦定了"二十四史"名录，分别是：

《史记》《汉书》《后汉书》《三国志》《晋书》《宋书》《南齐书》《梁书》《陈书》《魏书》《周书》《北齐书》《南史》《北史》《隋书》《旧唐书》《新唐书》《旧五代史》《新五代史》《宋史》《辽史》《金史》《元史》《明史》

修史的原则是后一个朝代编修前一个朝代的史书，所以里面没有《清史》。这24部史书共有3000多卷，约4700万字，记述范围为《史记》开篇黄帝起，到《明史》结束时的崇祯十七

① 梁启超：《中国历史研究法（外二种）》，河北教育出版社2000年版，第16页。

二十四史、《清史稿》点校本 中华书局1959年至1978年出版

年（1644）止，纵横4000多年，可以说贯通了中华文明用笔写出来的历史。民初革命家、思想家章太炎对传统历史有过精彩论述，他说："一国之历史正似一家之家谱，其中所载尽以往之事实，此事实即历史也。"以此作比，二十四史就是中华民族的家谱，"欲为国效力，这本老家谱是非研究不可"[①]。

　　二十四史对国家、民族的重要意义，老一辈党和国家领导人很早就意识到了，尤其是毛主席，对二十四史钟爱有加，从青年时期起，一生都在阅读。他作《贺新郎·读史》，诗中说"一篇读罢头飞雪"。他看过的《旧唐书》《新唐书》从头到尾都有批注，谙熟于心，人物得失更是信手拈来。新中国成立初期，出版史上一次盛况空前的古籍整理出版工作——点校二十四史和《清史稿》，就是在毛主席的两次批示下完成的。

　　新式标点符号是新文化运动以来的产物，古籍中是没有的，不光没有便利的标点，也没有分段，所以看起来很不方便。加上时间久了，讹误阙脱的地方也不少，一般文化水平的人看不懂，做起学术研究来也很不方便。新中国成立以后，郑振铎第一个提出来标点整理二十四史的想法。郑振铎当时是文化部副部长，1956年11月在《人民日报》分两天发表了一篇

① 出自1932年3月24日章太炎在燕京大学的演讲，以《章太炎论今日切要之学》为题首发于《中法大学月刊》1934年第5卷第5期。

《谈印书》的文章，里面写道："应该加以重新整理，甚至必须加以新注、新解的古书……俾能于几年或十几年之内，有面貌全新、校勘精良的中华人民共和国版的'十三经''二十四史'出版"。两个月后，他又在全国政协的《政协会刊》上发表《整理古书的提议》，称"这是千秋的事业"。

其实，新中国成立以来，古籍的整理出版已经在进行了。1952年，人民文学出版社整理出版《水浒》（七十一回本）等一批古典小说名著；1956—1957年，古籍出版社（后并入中华书局）整理出版《资治通鉴》《续资治通鉴》，只是古籍整理出版工作还没有很强的计划性。到1958年2月，国务院科学规划委员会成立古籍整理出版规划小组，由国务院副秘书长齐燕铭任组长，中华书局为其办事机构，古籍工作开始有了系统性。

就在这时，毛泽东主席指示历史学家吴晗、范文澜组织标点"前四史"。为落实毛主席指示，1958年9月13日下午，吴晗、范文澜召集中国科学院历史研究所的尹达、侯外庐，中华书局总编辑金灿然和地图出版社总编辑张思俊，召开"标点前四史及改绘杨守敬地图工作会议"。从会议名称就能看出，当天开会是两件事，标点"前四史"只是当中一件。这个会议非同凡响，因为它决定将二十四史和《清史稿》全部标点！——"其他廿史及清史稿的标点工作，亦即着手组织人力，由中华书局订出规划。"古籍界的人称其为"9·13"会议，这是二十四史整理出版工作的第一个会议。

开完会20多天后，在10月6日，吴晗以范文澜和他两人的名义，给毛泽东写信报告情况，信中说："关于标点前四史工作，已遵示约同各方面有关同志讨论并布置，决定于明年十月前出书，作为国庆十周年献礼。其余二十一史及杨守敬历史地图改绘工作，也作了安排。（标点本为便于阅读，拟出一种平装薄本）现将会议记录送上，妥否，乞指示。"①

①《范文澜、吴晗关于标点"二十四史"前四史工作给毛泽东主席的信》（1958年10月6日），中国出版科学研究所、中央档案馆编：《中华人民共和国出版史料》（9），中国书籍出版社2004年版，第529页。

会议记录全文如下：

标点前四史及改绘杨守敬地图工作会议记录

时　　间：1958年9月13日下午

出席人：范文澜、吴晗、尹达、侯外庐、金灿然、张思俊

（一）吴晗报告标点前四史工作缘起。商订办法如下：

1.《史记》已有顾颉刚用金陵本为底本的标点底稿，由中国科学院历史研究所第三所负责复校。《前汉书》用王先谦补注本，由中国科学院历史研究所第一、二所负责组织人力标点。《后汉书》用王先谦集解本，金兆梓现正进行此书的标点工作，由中华书局负责督促完成。《三国志》的标点由中华书局编辑部负责。

2. 四史的标点分段体例应予以统一，以《资治通鉴》的标点体例为标准，由中华书局负责草拟印发。各书后附载历史地图。书籍装帧应力求简便。

3. 历代避讳字可制成对照表，作为附表，本文中一般不改。

4. 前四史的标点、出版工作应在一年内完成，争取明年国庆前陆续出齐。其中《史记》一书争取今年年底出版。

5. 其他廿史及《清史稿》的标点工作，亦即着手组织人力，由中华书局订出规划。

（二）关于改绘杨守敬地图工作的决议：

1. 此项工作已商请由国务院科学规划委员会领导。中国科学院三个历史研究所负责审阅。

2. 改绘工作原由复旦大学历史系教授谭其骧负责，地图出版社派人协助。拟请科委与教育部联系将此工作列入复旦大学研究工作计划，由该校负责领导完成。

3. 改绘地图分幅陆续出版，限于明年国庆前出齐。

4. 改绘地图以今图为底图，应力求精确和统一。台湾及我国领海

① 据会议记录原始档案誊录。

② 沈杰群:《"二十四史"及〈清史稿〉:"国史"点校往事》,《中国青年报》2017年9月6日。

内的各岛屿必须绘入。①

这份会议记录只有一页零三行,四五百字,言简意赅却丝毫未减其重要性,充分表现了老一辈学人的求真务实。

不久,毛主席复信:"范、吴同志:来信收到,计划很好,望照此实行。"②

接到毛主席指示,中华书局紧锣密鼓地张罗起来,组织顾颉刚、聂崇岐、齐思和、宋云彬、傅彬然、陈乃乾、章锡琛、王伯祥等人,制订了《"二十四史"整理计划》,并列入1960年国家《三至八年(1960—1967)整理和出版古籍的重点规划》。这样,新中国最大的古籍整理工程鸣锣开干了。

1959年,顾颉刚点校的《史记》率先出版。"前四史"除《史记》外,其余三史未能如期完成,主要原因是人手不足。为打破这个瓶颈,中宣部1963年专文第383号给湖北、山东、广东、吉林、河北、浙江6省省委宣传部,要求调人进京。文件强调"整理出版'二十四史',是中央交代的任务",要求"你们同有关学校尽量克服困难,予以支持,务请在暑期内调来"。列出需要进京的专家有:武汉大学的唐长孺,山东大学的王仲荦、卢振华、张维华,中山大学的刘节,吉林大学的罗继祖,南开大学的郑天挺,杭州大学的任铭善。除了任铭善,其他专家如约来京,住进了翠微路2号院的中华书局,开始"翠微校史"。

书中岁月长,一住就是3年。这3年忙碌而平静的时光,点校工作成果斐然。"前四史"全部出版;《南齐书》《周书》《陈书》付型,等待印刷成书;《晋书》《梁书》《北齐书》《隋书》史书内容校点完毕,专家修改完善校勘记就可排版;《明史》也已校点完成,正在复校;其余史书也都或多或少校点了一些。可以想见,如果没有意外,这些心无旁骛的学人很快会完成整理工作。

但是，历史的时针走到了1966年。中华书局歇业，工作人员下放咸宁五七干校，专家各回各家接受改造，二十四史点校工作被迫中断。一直到1971年，周恩来总理主持中央日常工作，4月2日下了指示，要求恢复点校工作，由顾颉刚总其成。当时负责领导出版工作的国务院出版口领导小组，赶紧召集会议研究工作计划，在5月3日拿出了《整理出版二十四史及〈清史稿〉的请示报告》。报告说明了"文革"前二十四史的点校情况、人员组织分工计划、整理校点的原则方法、《清史稿》整理的方法和进度安排。

毛主席批示："同意。"①

在毛主席和周总理的关怀和支持下，二十四史和《清史稿》在"文革"中较早恢复整理出版工作，成为比较幸运的一个。

再次启动的点校工作，分在北京、上海两地进行，统一由中华书局出版。上海负责《旧唐书》《新唐书》《旧五代史》《新五代史》《宋史》五史，由复旦大学、华东师大、上海师范学院和上海社科院历史所承担，中华书局在这5部史书上做好的工作也相应转移到上海来。山东大学王仲荦主持南朝诸史，武汉大学唐长孺带着助手陈仲安主持北朝诸史，南开大学郑天挺负责《明史》，翁独健负责《元史》，张政烺负责《金史》，罗尔纲、启功等点校《清史稿》。顾颉刚总其成，但毕竟上了年纪，实际上由白寿彝主持工作。

为干好"国史"点校工作，史学界进行了空前动员。有一张点校组和参与编辑工作人员的合影，启功收藏并在上面亲笔标注了姓名。那是1973年春天，在王府井大街36号中华书局楼顶照的。照片中有张忱石、陈仲安、崔文印、姚景安、孙毓棠、王钟翰、周振甫、张政烺、王毓铨、启功、赵守俨、邓经沅、魏连科、吴树平、何英芳、阴法鲁、唐长孺、白寿彝、丁树奇、顾颉刚、萧海、翁独健、陈述、杨伯峻，从中可以看出

① 《国务院出版口领导小组关于整理出版二十四史及〈清史稿〉的请示报告》（1971年5月3日），中国新闻出版研究院编：《中华人民共和国出版史料》（14），中国书籍出版社2013年版，第57页。

专家阵容是多么强大！

二十四史与《清史稿》的点校出版，不仅凝聚着史学界的一片丹心，出版界这一方面也付出了无限赤诚。中华书局负责的编辑都是学者型编辑，仅举宋云彬、赵守俨两例。

宋云彬是文史学家，新中国成立前曾为商务印书馆和开明书店工作，选注《资治通鉴》，整理过300万字的大型辞书《辞通》，还有过丰富的革命办报办刊经验，可以说是一位学者加专家。1958年，"赢得头衔右派来"的宋云彬，被中华书局总编辑金灿然慧眼识珠，调来参加古籍整理工作。点校初期，当务之急是统一"前四史"体例，按照点校全部二十四史目标，拟定标点凡例，并对顾颉刚标点的《史记》进行体例上的改造和再校。甫到中华书局的宋云彬承担的就是以上这些奠基性的工作。给点校二十四史发凡起例，给顾氏标点本《史记》当责编并过录重点，哪一项拎出来都是了不起的成绩，何况他还独立点校了《后汉书》，参与了《晋书》和齐梁陈三书的责编工作！被称为"点校本'二十四史'责任编辑第一人"，亦当之无愧。

赵守俨组织全面工作，学问好，人也谦和，学者对他都很服气。他在二十四史和《清史稿》的点校出版工作中起到主要作用。复旦大学参与点校工作的陈允吉，写回忆文章说："赵先生各部史书大抵都摸过，每次来上海，每个点校组都有一些疑难问题向他请教，他也能解决，思路清晰。"其实，赵守俨是赵尔丰后人，赵尔丰的二哥赵尔巽正是《清史稿》总编纂。他本身也是学者，在治史方面有很高造诣，只是做了出版工作，就把所有精力扑在二十四史上，做了许多实际工作，不要名不要利，甘愿为人作嫁衣，践行了一名学术编辑的专业精神。

1978年春，最后一部《宋史》出版。至此，二十四史及《清史稿》点校本由中华书局出齐，单行本分订289册，耗费几代学人心血，终于成就了"大家公认的、学术界普遍使用的最好版本"（杨牧之语）。历尽沧桑20载，动员300余人，巡检于故纸之中，一点一顿反复推敲。每日工作寻常而寂寞，成如容易却艰辛！

第九章
改革开放
启新篇

实践是检验真理的唯一标准

1978 年 5 月的南京，天气有些闷热，南京大学哲学系讲师胡福明心事重重。这位早年出身贫寒、后考入北京大学主修新闻专业、又在中国人民大学读了一年半新闻、三年半哲学的青年教师，凭着对时政的一贯敏感，意识到自己参与起草的《实践是检验真理的唯一标准》一文，此时已在中国政治生活中炸响一声"惊雷"，一场暴风骤雨将至。

时间回转到一年前，南京理论界组织以"深入揭批'四人帮'，划清理论是非"为主题的理论研讨会，《光明日报》理论部哲学组组长王强华前往参加。王强华是一位"老南京"，由于工作已很长时间没有回故乡了，报社领导考虑他的情况，就把去南京参加理论研讨会、采写新闻和为哲学专刊组稿的任务交给了他。

在会上，一位声音洪亮的学者引起了他的注意，"'文化大革命'中批判'唯生产力论'是完全错误的。'唯生产力论'根本上就是历史唯物论的观点嘛！没有生产力，物质靠什么去创造？"这些话引起了王强华的共鸣。他边听边想，"唯生产力论"曾被"四人帮"严加批判，被称为"修正主义的理论"，如今"四人帮"粉碎还不到一年，这位发言的学者敢碰这个"碰不得"的题目，无疑冒着风险。

这位大胆的学者正是胡福明。他的《"唯生产力论"是历史唯物论的基本观点》发言引起了争论，会上当即就有人站起来，指出胡福明的观点是错误的，

《光明日报》1978年5月11日头版刊载《实践是检验真理的唯一标准》

《实践是检验真理的唯一标准》（通俗讲话） 新华出版社1979年出版

"唯生产力论"是修正主义的观点，他那样说是反马克思主义。随后，又有几个人发言驳他，认为这与"抓革命、促生产"的口号不符。原本批判"四人帮"的讨论会骤然变成了与会人员之间的争论。主持人很为难，于是宣布休会。休会时，王强华在人群中找到胡福明，把来南京以前参加过中央和北京地区理论讨论会的情况向他做了介绍，告诉他于光远等人也持有这种看法。复会以后，胡福明意犹未尽，又第一个发言，重申他的观点。

从胡福明的两次发言和短暂交谈中，王强华判断他思想解放，敢于发表和坚持自己的观点，而且有较高的理论素养，是一位比较理想的组稿对象。会议一结束，王强华就向胡福明约稿，希望他为哲学专刊撰写围绕马克思主义基本理论拨乱反正的稿子。这在当时有很大的难度，因为只能批文章中的观点，不能点什么文章，但胡福明欣然应允。

经过构思，文章的主题、观点很快形成，正当胡福明准备动手写作时，他的妻子被检查出了肿瘤，要入院治疗。那段时间是南京最热的时候。胡福明夜间在医院陪护时，心中记挂着未完成的稿子，更加难以入睡。于是，他就把《马克思恩格斯选集》《列宁选集》《毛泽东选集》等著作带到医院，借着走廊上的灯把涉及真理标准的论证材料记录下来。他写得很认真，改了又改，困了就把三把椅子拼起来睡一会儿，醒了再看、再写、再改。一个星期过去了，胡福明的妻子可以出院了，文章也初具雏形。几经修改，胡福明完成了8000字的文章，定名为

《实践是检验真理的标准》（以下简称《实践》）。

1977年9月，胡福明按照约定，将文章寄给了王强华。由于王强华连续到华东、西北出差，文章寄出后，整整4个月，胡福明没有一点关于文章的消息。直到1978年1月19日，王强华在对《实践》初稿进行修改发排之后，来信了。随信寄来上版清样，请胡福明对文章进行删改。随后在2月和3月，王强华连续给胡福明寄来清样，请他继续修改。在3月13日来信中，他说道："您的文章，基本上已定稿，但现在看来，联系实际方面的内容较少。""您的文章，立意是很清楚的，但为了使文章更加（具有）战斗性，请适当增加些联系实际部分……离开具体条件硬套某个指示，结果'心有余悸'，许多工作搞不好。请考虑能否把这样的话加上。"

就在胡福明埋头苦干之时，关于实践与真理标准问题的讨论扩大了范围。曾任中央党校理论研究室理论组组长的孙长江，起草了一篇名为《实践是检验真理的唯一标准》的文章。《人民日报》先后发表了《文风和认识路线》和《标准只有一个》，开宗明义地提出："真理的标准只能是社会实践"。

4月初，经过胡福明多次修改，《实践是检验真理的标准》（这时题目改成《实践是检验一切真理的标准》）由报社分管理论部的马沛文审阅同意，被安排到哲学专刊第77期头条位置，准备刊出。

按照光明日报社的规定，专刊文章需经过报社总编辑审定。《实践》一文的大样送到《光明日报》新任总编辑杨西光的手中。杨西光曾担任中共上海市委候补书记和复旦大学党委书记。中共中央党校复校后，他是"第一期高级干部轮训班"学员，参加了中央党校常务副校长胡耀邦组织的研究第九次、十次、十一次路线斗争问题的讨论。他曾在1978年3月6日的发言中谈道，对"原来的东西（指方针政策），哪些是正确的，哪些是不正确的，要用实践检验"。

杨西光读后认为这篇文章很有力度，放在哲学版发表太可惜了，且文章的主题与中央党校关于真理标准的讨论合拍，应放在第一版作为重要文章发表，但"要加强联系实际，以更有战斗性"。

按照杨西光的意见，文章要做很多修改，而此时胡福明远在千里之外，如何及时征求作者修改意见，又保证文章发表时效呢？正当王强华为难之际，无巧不成书，胡福明"从天而降"。原来，他是到北京来参加国家教委召开的哲学教材座谈会的。杨西光立刻嘱咐王强华把胡福明接到报社，并邀请孙长江、马沛文商议如何修订文稿。按照大家的建议，胡福明白天参会，晚上修改文章。头天夜里改好的稿子第二天一早由《光明日报》的工作人员取走，打出清样，再送回来。这样来回了两天，对文稿做了一次大的修改。胡福明返回南京后，光明日报社和中央党校继续对文稿进行了多次修改。中央党校理论研究室主任吴江最后把关，让孙长江将他自己起草的文章与该文糅在一起，题目仍用《实践是检验真理的唯一标准》。4月27日，吴江修改定稿后，送胡耀邦和中央有关同志审阅。

1978年5月10日，中央党校的内部刊物《理论动态》第60期全文发表了经胡耀邦最终审定的《实践是检验真理的唯一标准》一文。5月11日，《光明日报》在头版以"本报特约评论员"署名刊发了这篇文章。当天，新华社将此文作为"国内新闻"头条转发全国。5月12日，《人民日报》《解放军报》以及《辽宁日报》等十几家地方报纸相继全文转载，引起全党、全国人民的注意。一场影响中国前途命运的伟大思想解放运动开始了。

《实践是检验真理的唯一标准》被视为当年中国最重要的"政治宣言"。对于当时的中国社会而言，其影响不啻一枚核弹，热烈欢迎者有之，但更多的还是指责和压制，甚至在不少思想较为保守的省市，讨伐之声隆隆四起。在关键时刻，人民解放军总参谋长罗瑞卿坚定支持了《实践是检验真理的唯一标准》。6月2日，邓小平在全军政治工作会议上发表讲话，态度鲜明支持真理标准问题大讨论，强调实践是检验真理的标准，指出："实事求是，是毛泽东思想的出发点、根本点。"①

6月16日，《人民日报》发表了哲学家邢贲思的《关于真理

① 《在全军政治工作会议上的讲话》（1978年6月2日），《邓小平文选》第二卷，人民出版社1994年版，第114页。

的标准问题》一文。几乎与此同时，吴江应约写成《马克思主义的一个最基本的原则》，以"本报特约评论员"名义在《解放军报》发表，《人民日报》《光明日报》同天转载，新华社当天转发。各省、自治区、直辖市党委和人民解放军各大单位主要负责人纷纷发表谈话，支持实践标准。真理标准问题大讨论终成燎原之势，席卷全国。

为把真理标准问题的讨论推向深入，中国社会科学院哲学研究所编写了《实践是检验真理的唯一标准》通俗讲话，共24讲，交由新华社陆续广播，受到广大群众好评。1979年7月，《实践是检验真理的唯一标准》（通俗讲话）由新华出版社结集出版。这是新华出版社成立后出版的第一本书。

正如《实践是检验真理的唯一标准》的主要作者胡福明所说："时代是思想之母，实践是理论之源。"这场启迪思想、凝聚共识的大讨论，在全国范围推动了马克思主义中国化的深入，为开辟中国特色社会主义道路提供了思想先导，促进了中国共产党和全国各界的思想大解放，吹响了中国改革开放的前奏。

发出科学春天的消息

1977年秋天，《人民文学》杂志社得到一个消息，要召开全国科学大会。过去10年，科研工作者、知识分子成了"白专""臭老九"，全都靠边站。这个会就是要给他们正名，让全社会尊重知识、重视科技工作，使社会主义建设重新回到正确的轨道上来。

为迎接全国科学大会，《人民文学》想组织一篇写科学家的报告文学，在会前发表出来，在文学界来个报春第一声。写谁呢？编辑部展开了热烈的讨论。有人提到陈景润。这个人是中科院数学研究所的，1966年在国际上发表了破解哥德巴赫猜想的一篇论文，外国人很认他，有美国代表团访华还专门打听他。但是，这个人很怪，闹过很多笑话，和一般人脑海里的科学家不一样。不过，陈景润的科学贡献是受到一致肯定的。小平同志就说过："中国能有1000个陈景润，就了不得了。"[1]于是定下来写陈景润。写陈景润就要写他攻克哥德巴赫猜想。

陈景润的贡献是什么？还是用后来发表的《哥德巴赫猜想》里的一段话说明吧。

早在他的论文发表时，西方记者迅即获悉，电讯

[1] 周明：《春天的序曲——〈哥德巴赫猜想〉发表前后》，《百年潮》2008年第10期，第67页。

《哥德巴赫猜想》发表在
《人民文学》1978年第1期

徐迟报告文学集《哥德巴赫猜
想》 人民文学出版社1978年版本

传遍全球。国际上的反响非常强烈。英国数学家哈勃斯丹和西德数学家李希特的著作《筛法》正在印刷所校印。他们见到了陈景润的论文立即要求暂不付印，并在这部书里加添了一章，第十一章：陈氏定理。他们誉之为筛法的"光辉的顶点"。在国外的数学出版物上，诸如"杰出的成就""辉煌的定理"等等，不胜枚举。一个英国数学家给他的信里还说，"你移动了群山！"

这样的成就，自然是值得写的。

作家，大家想到了《人民文学》的老朋友徐迟。徐迟以诗人名世，也是散文家、翻译家，还做过新闻记者，擅长写报告文学。早在1964年，他就在《人民文学》上发表了写敦煌第一代守护人常书鸿的《祁连山下》，最近还写了地质学家李四光，有把握写好知识分子。

《人民文学》编辑周明和徐迟是老相识，编辑部派他和徐迟联系。徐迟原本是《诗刊》副主编，后来响应号召到地方去体验生活，留在湖北省文联工作。周明给徐迟打电话，徐迟正在办退休手续，准备回老家。为写好陈景润，编辑部和湖北省文联打招呼，徐迟暂不退休，借调进京。

地方上支持，徐迟积极性也高，两天后就到了北京。到京后，他住在姐姐家里。徐迟的姐夫是解放军副总参谋长伍修权将军，听说他奉命采写陈景润，很支持，说："写！陈氏定理了不起！"徐迟本来心里还在打鼓，一怕自己不懂数学，二怕陈景润不好接触，完不成写作任务。听姐夫一鼓劲儿，徐迟也下定决心，要好好写写这位"怪人"科学家。

周明全权负责安排徐迟的采写行程。很快，他给中科院打电话，说明要采写陈景润作为科学家典型人物。接电话的人有点犯难，他建议说："我们科学院有很多又红又专的科学家，陈景润是一个很有争议的人物，你们写出来以后怎么作为典型宣传？"周明又和方毅副院长的秘书联系，希望他支持。幸好，方毅思想开明，表态同意写陈景润。

这样，过了几天，周明就陪徐迟来到当时还是郊区的中关村，陈景润所在的数学研究所就在那里。陈景润的直接领导、第五科室党支部书记李尚杰热情接待了他们。李尚杰是工农出身的部队转业干部，为人热情真诚，陈景润这个别人眼里的"怪人"最信任他。李尚杰对陈景润很关爱，激发了他攻关到底的科研精神。所以，李书记最后也成了作品中的一个重要人物。

过了一会儿，陈景润来了。这是徐迟和周明第一次见他。打眼一看，个儿不高，穿着蓝色棉服，戴一顶棉帽，一张娃娃脸红扑扑，还挺年轻的一个人。陈景润身体不是很差吗？原来哥德巴赫猜想论文发表后，引起党和国家领导人重视，让他住院全面治疗已经糟透了的身体，在医院里住了一年半才基本恢复。

陈景润见到徐迟，觉得亲切，因为他读过徐迟的诗。但是听说要写他，立刻炸了锅，连连说"不要写我，不要写我"。徐迟赶紧哄他："我不是写你，是来写数学界，来写四个现代化的，但是要采访你。"陈景润这才放松下来，说："那行，我给你提供材料。"陈景润科研热情很高，谈到哥德巴赫猜想进展时，还顺口背诵了9月份刚在《人民文学》首发的叶剑英元帅《攻关》诗："攻城不怕坚，攻书莫畏难。科学有险阻，苦战能过关。"说来也巧，这首诗也是周明偶然在对外友好协会会长王炳南家看到的书法作品，后来经叶帅同意后公开发表的，在知识界激起好大一朵浪花。

四个人说着一下午就过去了。周明将徐迟安排住进中科院招待所，直奔东总布胡同46号——《人民文学》主编张光年家里。张光年就是大名鼎鼎的光未然，《黄河大合唱》歌词即出自他的笔下。张光年边听周明汇报，边提了几个问题。

考虑片刻，他拍板道："好哇！就写陈景润，不要动摇。你转告徐迟同志，我相信他会写出一篇精彩的报告文学，就在明年一月号《人民文学》发表。"

徐迟写这篇作品，可写得不容易，最难过的还是专业关。数学，可是科学中的皇后，数论是皇后头顶的王冠，而哥德巴赫猜想就是王冠上最闪亮的明珠。这个地位的顺序也是科研难度的排序。可想而知，陈景润摘取明珠的过程之艰难。但是眼下，徐迟遇到的困难也不小。要想写好数学家的故事，一点不懂他的研究哪能行？徐迟是个负责任的老作家，他买来马克思的《数学手稿》，又一点点啃读了《中国古代数学史》，华罗庚的名著《堆垒素数论》《数论导引》。读不懂，他就向数学家请教，反正住得近便。

他又找来陈景润的论文，天书一样。看得懂吗？"不好懂，但是要写这个人必须对他的学术成就了解一二。虽然对于数学，不能叫都懂，但对数学家本人总可以读懂。"徐迟向周明解释读这些书的原因。

为深入了解陈景润其人，徐迟还把他的同事采访个遍。有人说他好，有人说他痴，通过各个角度的观察，又施巧计到陈景润房间探查一番，徐迟终于有把握动笔了。一个星期写作，一个星期修改，一个星期请各方提意见，又一个星期改定。4周时间，这么一篇有划时代意义的大作诞生了。这份手稿，总共43页，蓝黑墨水写在《人民文学》的方格稿纸上，现在还好好地保存在中国现代文学馆里。

1978年《人民文学》第1期，《哥德巴赫猜想》刊发在最醒目的头条位置。文章成功了！读者热议如潮，全国知名报刊相继转载。2月16日，只有4个版面的《光明日报》拿出两个半版面从头版开始全文转载。第二天，《人民日报》全文转载该文。3月，人民文学出版社出版了徐迟的报告文学集《哥德巴赫猜想》，包括同名文章在内的7篇报告文学。3月18日，全国科学大会在北京召开，小平同志提出"科学技术是生产力"的著名论断。中国的科学事业终于迎来了春天，千千万万科研战线上的工作者也走进充满希望的春天。

《哥德巴赫猜想》被称为新时期报告文学的典范，是"新时代报春鸟"。今天回顾它所获得的巨大成功，除了作者徐迟深厚的创作笔力，编辑人员把握时代脉搏的能力、主动作为的魄力也起了关键作用。可以说，这是一部科学家、作家和出版工作者共同创作的时代精品。

为一部书建立一个出版社

在我国580多家出版社中，有一家出版社很特殊。它是为一部书的编辑出版而建立的，也以这部书的名字来命名。它就是中国大百科全书出版社。

大百科的筹建要从40多年前说起。1978年夏，北总布胡同32号院内，落荒的3间平房，忽然来了十几个人，进进出出，甚是忙碌。原来是大百科全书筹备组的人来了。从5月中央批准大百科全书工作以来，筹备组居无定所，四处打游击。后来，在国家出版局副局长王子野帮助下，向版本图书馆借来3间库房，这才有了相对固定的办公地点。

北总布胡同32号，是中国百科全书事业的发源地。再往前推，这个地方是新中国第一个出版管理机构——出版总署所在地。这里还驻扎过中华书局、人民美术出版社，后来一直是版本图书馆所在地。版本图书馆由出版总署图书室沿革而来。

在筹备组中有一位老人，戴着厚厚的眼镜，异常忙碌。他就是中国大百科全书事业的开创者——姜椿芳。姜椿芳19岁加入共青团，曾在杨靖宇领导下工作，做过共青团满洲省委宣传部部长，主编《满洲青年》（后改名为《东北青年报》）。上海孤岛时期，他从事隐蔽战线工作，先后创办时代出版社、中文版《时代》周刊、《时代日报》，在文化出版战线上为党的革命解放事业作了许多贡献。新中国成立后，姜椿芳创建了上海外国语大学的前身——上海俄文学校，为国家培养急需的俄语翻译人才，1952年调任中宣部斯大林著作翻译室主任，中央编译局成立

《中国大百科全书》第二版 中国大百科全书出版社2009年版本

后又担任副局长，组织领导了马恩列斯三大全集的编译工作。

这样一位忠诚的革命者，也躲不过"文革"的狂风暴雨。1969年1月，姜椿芳被一辆囚车从中央编译局直接拉走，家人失去了他的音信。4年后，才知道他被关进秦城监狱，在那里他没有姓名，只有一个代号6902。五六平方米的囚室中，姜椿芳苦苦思索，是什么导致了这场苦难？若有重见天日之时，他还能做些什么？狱中七年，姜椿芳构思了出版大百科全书的规划。他想，只有祛除愚昧，提高知识水平，灾难才不会重来。所以，当1975年恢复自由时，在单位接他回家的车上，姜椿芳就迫不及待地向编译局领导讲述了编辑中国大百科全书的设想。怎奈当时政治气候还不允许，他虽然到处奔走，事情却没有多大进展。

1978年，气候发生了变化，科学的春潮涌动。姜椿芳再也坐不住了，他以微弱的视力起草了洋洋万言的《关于出版大百科全书的建议》，刊发在1月27日出版的中国社会科学院《情况和建议》第2期上。文中，他介绍世界各国的百科全书出版状况：

中国现在一般词书很缺乏，大百科全书根本没有。世界各主要国家，从十八世纪中叶开始就出版大型的多卷本的百科全书。二百年来一再修订再版，除了综合性的百科全书外，近来还出版了许多分类百科全书，美、苏、英、日、德等国，都有此种类型的词书几十种。现在第三世界国家，也纷纷出版百科全书，连独立不久的苏里南这样的小国，也在编印。

从1772年完成的第一部《狄德罗百科全书》算起，百科全书出版已经有200多年时间。中国还没有一部属于自己的百科全书，是文化史上的重大缺憾。姜椿芳在建议中写道："编辑出版中国大百科全书，是我国社会主义文化事业的一项基本建设，它是历史赋予的任务，是客观的需要，是世界潮流的必然产物。"

这份建议触动了很多人。时任社科院院长胡乔木很重视，他向邓小平建议编辑出版中国大百科全书。小平同志当即表示支持，并指示马上向中央写出正式报告，而且要求要在老一辈学者还健在的时候着手编写。于是，胡乔木让出版局局长王匡找到姜椿芳，由其写出倡议书，送出版局。姜椿芳接到通知后，连夜赶写，并由做文字改革工作的倪海曙抄清后第二天一大早送到出版局。出版局请中国科学院、中国社科院党组会签，联名向中央报送了《关于编辑出版〈中国大百科全书〉的请示报告》。送到中央后，叶剑英、李先念等人画圈表示同意。这样，只用了一个月时间，5月28日，批准文件发了下来。一锤定音，中国大百科全书，一个国家层面上重量级的文化工程，终于迎来属于自己的春天。

同时，出版局也表现出相当的魄力，决定："成立一个出版社，配备三四百人的编辑和工作人员，并成立以胡乔木同志为总编委主任的总编辑委员会，领导编辑《中国大百科全书》的工作。"[1]于光远、贝时璋、华罗庚、吴阶平、张友渔、茅以升、周培源、姜椿芳、钱学森等人为副主任，马大猷、王力、王绶琯、艾中信、卢嘉锡、冯至、吕叔湘、刘开渠、许涤新、苏步青、吴文俊、张钰哲、陈世骧、季羡林、费孝通、贺绿

① 姜椿芳：《中国大百科全书及其出版社在草创阶段的一些情况》，《怀念集——革命·事业·友情》，奥林匹克出版社1997年版，第380页。

汀、夏衍、夏鼐、钱伟长、曹禺等100余人为总编辑委员会编委，指定姜椿芳、中国青年出版社原社长兼总编辑朱语今、人民出版社副社长兼副总编辑曾彦修主持筹备工作。1978年11月18日，中国大百科全书出版社正式成立，小平同志亲笔题写了社名，姜椿芳为第一任总编辑。

《中国大百科全书》是一部大书。大书首先就是规模大，字数多，《永乐大典》3.7亿字，《古今图书集成》1.6亿字，《四库全书》多达8亿字。《中国大百科全书》第一版最后成书1.26亿字，但不用古代类书那种汇编体例，完全用现代科学方法新编，对学术能力和编辑水平要求极高。编纂工作动员了两万余位专家学者，中科院第四届400位学部委员，有336位参加了编纂工作。名家云集，苏步青写"几何学"条，钱伟长写"力学"条，钱学森写"导弹"条，袁隆平写"杂交稻"条，季羡林写《罗摩衍那》条，吕叔湘写"语言和语言研究"条，吴阶平等写"现代医学"条……百科全书是一个国家科学发展水平的标志，知识界、学术界、出版界全情投入，共同打造这个科学文化的基石工程。

百科编辑的一大难题是体例。国家出版局代局长陈翰伯建议按学科出版，得到大家响应。第一个上马的学科是天文学，因为"文革"后中国天文学会最先恢复，有一定基础。天文学卷首发，群情激涨，国际闻名的天文学家、南京紫金山天文台台长张钰哲带领200多个学者集中编写，仅用两年零两个半月就完成了全书，在1980年底正式亮相。全卷155万字，收录1074个条目，有插图827幅，全面展现了中国古代天文学的发展成果，这在国外同类百科书是没有的。科技史家李约瑟评价说："这一卷所达到的水平是很高的，印制也很精良。撰稿人和编辑人员应当为他们在三年中所取得的成果感到自豪。"

1993年，《中国大百科全书》（第一版）全部完成，共74卷，涵盖66个学科和知识领域，有7.8万个条目，历时15年，"铸就中华文化的丰碑"（《人民日报》1993年9月6日报道标题）。

全书第一版的面世，并不是百科事业的终止，而是一个崭新的开始。1995年12月31日，国务院批准《中国大百科全书》（第二版）立项。全国人大常委会副委员长、中科院院士周光召为二版总编委会主任，汇集各界作者25000多人。又是14个寒暑，2009年修订重编的全书第二版正式出版。它和第一版有很大不同，在编排上按照字母顺序排列，在内容上与时俱进、精益求精，最终形成包含80余个学科和知识门类、6万个条目、3万幅插图、约6000万字的32卷新一代百科全书。这是中国第一部符合国际惯例的大型现代综合性百科全书，彰显了"'大辞书'背后的强国梦"（《人民日报》2009年8月28日报道标题）。

2011年11月，《中国大百科全书》又开始第三版出版工作，杨牧之任执行总主编。三版向着数字化、多样化、网络化方向发展，2021年7月首批条目发布。百科梦，折射着出版强国梦，出版人一代接着一代，始终在路上，奋斗着、奔跑着！

《随想录》

『把心交给读者』

① 巴金：《探索集》
（《随想录》第二集），
人民文学出版社1981
年版，《后记》，第
143页。

② 巴金：《病中集》
（《随想录》第四集），
人民文学出版社1984
年版，《后记》，第
150页。

1978年，年逾古稀的老人巴金认为"我有责任向后代讲一点真实的感受"①，于是接受香港《大公报》副刊《大公园》邀请，开始专栏连载《随想录》。12月17日，《总序》及第一篇《谈〈望乡〉》刊发。从那时起，巴金边写边发，总共写了150篇，一直到1986年全部刊完。

巴金开始写《随想录》时已经75岁高龄，完成时83岁。写作过程中经历了生病、摔伤以至长期住院治疗，让这部书的完成极为不易。1983年，巴金患上帕金森病住院8个月，一个字也不能写，几乎让《随想录》夭折。出院后情况也并不很乐观，巴金回忆当时的情景："以后在家里，我开始坐在缝纫机前每天写三四行'随想'时，手中捏的圆珠笔仿佛有几十斤重，使它移动我感到十分困难。"然而，他又想："沉默也使人痛苦，既然活下去，就得留一点东西。"于是，"我还是咬紧牙关坚持下去，终于写出一篇接一篇的'随想'"②。

已经功成名就而身体又如此之差的作家，为什么还要拼命写《随想录》？也许是一种"说真话"的驱动吧。有人以卢梭的《忏悔录》来作比，说它"既敢于大胆剖析自己心灵，又勇于揭露我们时代的种种社会疮疤"。巴金也说："我的写作的最

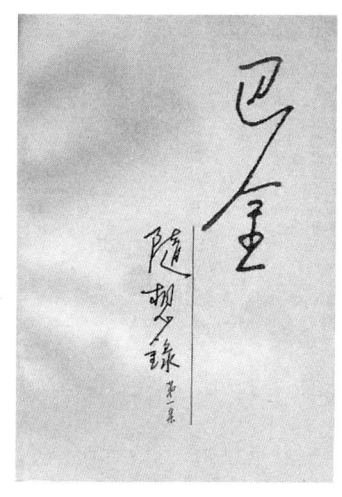

高境界、我的理想绝不是完美的技巧，而是高尔基《草原故事》中的'勇士丹柯'——'他用手抓开自己的胸膛，拿出自己的心来，高高地举在头上。'"掏出心来，把心交给读者，这是巴金老人的写作秘诀。文学评论家刘再复称《随想录》为"鲁迅之后代表民族最高道义和良知的散文"。

　　巴金连载写成《随想录》，有一个人功不可没。他就是《大公园》的主编潘际坰。潘际坰生于1919年，浙江大学数学系毕业，第一份工作即入《大公报》当记者和编辑，说一口流利英语，打一手好桥牌，编写俱佳，在新闻界、文化界有许多朋友。他和巴金早在1946年就相识，只是未曾深交。"文革"结束后，潘际坰被派往香港《大公报》主编副刊。他用笔名"唐琼"，在《大公园》上开设《京华小记》专栏，引来许多关注，也为后来反思"文革"的一系列文章打下基调。

　　这时，巴金也"很想把自己的思想整理一番"，好好反思过去10年，让后世永远不重蹈这场灾难。1978年，正好日本电影《望乡》在中国上映，一时争议纷纷，很多人认为是黄色淫秽电影，大加鞭挞。巴金针对这些议论写下《谈〈望乡〉》，觉得影片不坏，而且青年人是有辨别能力的，"并不是看见妇女就起坏心思的人"。写好后，巴金将这篇文章寄给潘际坰，不久后就发表在《大公园》上，在香港引发读者广泛好评。不久，潘际坰来信提出，希望能在报上开辟一个专栏，定期发表巴金的文章。这与巴金"整理思想"的想法不谋而合，很快潘际坰就收到巴金回信："《随想录》我还想继续写下去，你们愿意发表它，我以后写出新的就寄给你们。"就这样，一篇篇文章寄往香港，一份份报纸寄回上海，文章写了150篇，两人书信也有100余通。

随着《随想录》影响的逐渐扩大，发表遇到的压力也与日俱增，潘际坰总是想方设法刊发出来。而有一次在他不知情下，巴金《怀念鲁迅先生》一文中"文革"相关文字被删除殆尽，惹得巴金几欲搁笔。潘际坰左右斡旋，几经解释，最终才取得巴金谅解，停了两个月的专栏又开了下去。

巴金写了8年，潘际坰也陪了8年。1985年，潘际坰已经到了退休年限，但他仍然记挂着《随想录》，愿意为后续文章继续做一些工作。巴金在当年4月26日给潘的信中写道："您这信讲起退休的事，使我感觉到时间跑得太快了，您到霞飞坊找我写稿，仿佛还是昨天的事情。的确您也该休息了，不过手里还有一支笔，您是不肯休息的。《随想录》继续在《大公报》发表，不成问题，还有23篇文章，今年一定要写完。您愿意帮忙校对，那太好了，很感谢您。"信任之情，溢于言语之间。确实，没有潘际坰的协助，顺利完成一个长达8年的专栏是不可想象的。巴金老人信奉"把心交给读者"，潘际坰又何尝不是把心交给了作者呢？

潘际坰所做的另一项极为重要的工作，是完整保留了《随想录》的150篇手稿，这是一笔多么宝贵的财富。巴金将这些手稿分批赠予上海图书馆、现代文学馆和国家图书馆，从此人们不仅可以从书中阅读这些震撼心灵的文字，还可以触摸一个世纪老人的手写温度。8年保存没有丝毫闪失，我们要感谢这位伟大的编辑！

关于随想录这个名字，和俄罗斯作家赫尔岑有关系。1974年，巴金开始翻译赫尔岑的名作《往事与随想》。赫尔岑的遭遇引起巴金深深的共鸣，并把翻译此书当作"这一生最后一件工作"。幸好完成时"文革"已终结，巴金随即开始了自己的"随想"写作。当时，改革开放刚刚起步，思想界还处于踯躅和迟疑期，巴金的写作打破了沉默，率先发出灵魂拷问，得到思想界的同声应和、高度评价。

在刊发过程中，《随想录》陆续结集出版。主要出版单位是，三联书店香港分店从1979年2月开始出版第一集，以及人民文学出版社从1980年6月开始在内地正式推出第一集，1986年底出完全5集。这5集分别是《随想录》《探索集》《真话集》《病中集》《无题集》，每集收文章30篇，另包括总序1篇、后记5篇、附录1篇。20多年来，《随想录》国内版本已达13种，被翻译成英、法、日、韩等多种语言文字传布海外，产生了世界性影响。因此，《随想录》被认为是巴金晚年最重要的一部散文作品。这部"讲真话的大书"，代表了一代知识分子对历史和时代所持的人文立场，成为当代思想史上的精神高地。

让钱锺书服膺的名编辑周振甫

1972年，钱锺书从河南息县五七干校回到北京，开始写"最后的书"《管锥编》。到了1976年，初稿写成。一天，钱锺书打电话到中华书局，约编辑周振甫下班后到家里吃晚饭。

周振甫和钱锺书是老朋友了。早在1948年，周振甫供职于开明书店时，钱的代表作之一《谈艺录》，就是经他之手编辑出版的。最初交给开明的《谈艺录》没有目录，周振甫根据内文进行了编目，得到钱锺书首肯。两人也由此结下友情。其实，两人还另有一段缘分。周振甫少年就读于无锡国学专修学校，他的业师钱基博，正是钱锺书之父。

当时，钱锺书、杨绛夫妇住在社科院（当时叫科学院哲学社会科学学部）文学所7号楼。那里本是办公用的，只有一大间，起居吃住都在一起，还兼作两人的工作间。周振甫到后，3人一起吃晚饭。饭后，钱锺书捧出一厚摞稿纸，让周带回去提意见。周振甫打开一看，原来是《管锥编》。

《管锥编》是一部奇书。全书用文言文笔记体写成，论述范围上起先秦下达唐前，书中引述4000位著作家的上万种著作数万条书证，文学、社会科学、人文学科几乎无所不包，而且书中还使用了5种语言，可谓是一部百科全书式的古代读书笔记。这样一部书，不好读懂，几乎是一定的。但是，钱锺书却放心把书稿交给周振甫，说明他对这位老友有充分的信任。

周振甫21岁入开明书店，以编辑身份名世，先后编校过《辞通》、"二十五

《管锥编》（全五册）第一册
中华书局1979年初版本

史"、《谈艺录》等重要文史著作。1953年开明书店合并改组后进入中国青年出版社，1975年，他正式调到中华书局，做二十四史的点校出版工作。可以说，周振甫是一个具有深厚学术功底的编辑，是一个学术型编辑，更是一个文史专家。钱锺书在1948年开明版《谈艺录》出版后，就赠书评价他：

> 校书者非如观世音之具千手千眼不可。此书蒙振甫道兄雠勘，得免大舛错，拜赐多矣。七月十日翻检一过后，正若干字，申论若干处，未敢谓毫发无憾也。即过录于此册上，以贻振甫匡我之所未逮，幸甚幸甚。

周振甫还曾为毛泽东主席诗词勘谬。1957年，臧克家讲解、周振甫注释的《毛主席诗词讲解》（一版书名为《毛主席诗词十八首讲解》）出版过程中，周就指出《沁园春·雪》中的"山舞银蛇，原驰腊象"中"腊"应为"蜡"，《菩萨蛮·黄鹤楼》中的"把酒酹滔滔"中"酹"应为"酻"。后经毛主席同意，在正式出版时一一改正过来。由此可见，周振甫不仅有编辑的功夫，更有史家的骨鲠。

周振甫拿到《管锥编》的书稿，读得兴奋，一读再读，不舍得放下。应钱锺书之邀，他对书稿提了一些意见，还摘抄了大量内容。因为钱锺书还没有急于出版此书，而周振甫本人1962年出版的《诗词例话》正在修订准备再版，他觉得《管锥编》里面有很多观点可以引例到《诗词例话》中。于是，和钱锺书商量同意后，他在1979年初新版《诗词例话》里引用了大量《管锥编》内容。

当时《管锥编》还没有正式出版，大家还不知道钱锺书写了这一部大书。结果，新版《诗词例话》传到中国香港，一所大学看到里面引述了钱的文章，从前未见过，便如获至宝般摘出来发在学报上。紧接着中国台湾也翻印《诗词例话》，又传到美国去，大家都知道钱作了。

说起《管锥编》的出版缘起，和当时主管文化的中央领导胡乔木有关。他劝钱锺书早日将《管锥编》出版。胡乔木说，此书引用材料有不少是英、法、德、意、西班牙5种外文，要校对恐怕还得钱自己来，趁着现在身体尚好，还是早点出版的好。

钱锺书打算把书稿交给中华书局，因为有周振甫在。1977年10月24日，周振甫给中华书局编辑室领导熊国祯、方南生、杨牧之及社领导陈原、金尧如等人报送《建议接受出版钱锺书先生的〈管锥编〉》。其中写道：

> 马蓉同志昨天去看钱锺书先生，钱先生谈起他的新著《管锥编》，说最近胡乔木同志去看他，看了《管锥编》的部分稿子，很欣赏，建议早日出版，不宜延搁。钱先生愿意把这部稿子交给我社出版。因为我看过部分稿子，希望由我来做编辑工作。由于这部稿子里有五种外文，校对工作可由他自己看清样。我社是否可根据乔木同志的意见和钱先生的愿望，立即与钱先生联系，接受出版，争取早日付排，由钱先生亲自校定，争取早日出书。①

① 据周振甫《建议接受出版钱锺书先生的〈管锥编〉》原稿影印件整理，下文熊国祯批示意见来源相同。

笔者查看过周振甫《建议》手稿，发现原稿上《管锥编》均写作《管锥录》，后大多处在"录"上圈改为"编"，猜想可能受《谈艺录》书名影响以致写混。

第二天，也就是10月25日，第二编辑室主任熊国祯在《建议》左侧稿纸空白处批道：

> 同意立即联系接受出版。钱先生的治学谨严及其著述成就很受人推重、赞誉。看来这部稿子将是一部有较高学术研究水平，能起标兵、样板作用的论著。建议从校发稿直到排印出书都作为重点书予以优先考虑。是否可由陈原同志或哪位社领导与钱先生面洽，请酌。

除了熊国祯，《建议》上提到的各位领导均圈批。陈原还特别红笔批示，"请办公室即写为情况，登内刊，出一期"。

这样，中华书局就以周振甫为责任编辑，协调全社力量来出版《管锥编》了。周振甫不负重托，短短一个多月时间，在当年12月1日又拿出一份逐条列出意见的《审读报告》。这份报告长达38页，有上万字。

钱锺书很重视周振甫的意见，在《审读报告》空白处对多条意见作了回应。有些是解释自己文章著作的初衷，有些是与周振甫商酌，有些则大呼意见提得妙。《审读报告》第5页，在周振甫对188页书稿讨论"妇女心性"一则提出意见的下方，钱锺书重笔大字写道："吾师乎！吾师乎！此吾之所以'尊周'而'台甫'也！"可见此条意见之中肯，令钱锺书感佩而大呼其快！

《管锥编》采纳周意见的地方还不少，譬如周认为陶渊明《归去来兮辞》写的是作者的想象，不是真实的事情。这个观点，被钱采到书里去了。外人看钱锺书狂傲得很，那也只是一面。对待真正有学问、能给自己提出中肯意见的人，钱是很看重的。周振甫就是一个。

1979年8月，《管锥编》正式出版。凡是遵照周意见修改的地方，钱都在书中一一注明了，并在前序中说："命笔之时，数请益于周君振甫，小扣辄发大鸣，实归不负虚往，良朋嘉惠，并志简端。"周振甫曾让钱不要写这些话，钱坚持，最后还是这样出版了。从中可以看出，钱锺书在学问面前是一个谦虚、不夺人功的大师，而周振甫能让这样一个大家信任、赞佩，也的确是令后辈仰望的大编辑家。

创造性整理古籍的模范

1979 年，48 岁的钟叔河终于从洣江茶场释放回家。

怎么是释放呢？因为那是湖南省第三劳改队。钟叔河在"文革"中因言获罪，从 1970 年开始，已经在狱中待了 9 个年头。

说起来，钟叔河 1949 年就加入《湖南日报》（当时叫《新湖南报》），也算是个老革命了。谁能想到，他日后的命运如此波折：1957 年"反右"时被开除公职，只能拉板车生活，"文革"中又入狱。从 25 岁的青春小伙儿，到 48 岁双目虚花，蹉跎了 20 多个春秋。

出狱后，钟叔河不愿回报社，他觉得整天报道各种活动，沉不下心来做东西。经好友朱正介绍，他到湖南人民出版社当了编辑。相比之下，出版社文化属性更强，可以做些文化积累的事情。到出版社后，钟叔河的想法是做两套书，一个是"外国人研究的近代中国"，另一个是"现代中国人看世界"。后一个想法变成了影响深远的《走向世界丛书》，是"能吃辣、会出书"的湘版图书代表作。

《走向世界丛书》名气很大，可是很多人却不知道它是古籍整理著作，常常以为和中国文化"走出去"有关。其实，这套书以 1911 年为下限，收录的是晚清人物考察西方的记述文章。先行者走出国门、开眼看世界，从而走出国门、走向世界。

钟叔河自小读古书古文，爱思考又"灵泛"（湖南话形容一个人做事灵活）。他敏锐地觉察到，改革开放新时期，解放思想需要第二次睁眼看世界，而 19 世

《走向世界丛书》第一本《环游地球新录》 湖南人民出版社1980年初版本

纪末一批先进中国人所做探索能提供最好的镜鉴。在没有正式工作的20多年里，他一直在想这个事，也收集了不少资料。进出版社后，他迅速把以前读过的，还有从北京、上海等地图书馆搜集到的300多种刻本、抄本和稿本进行了整理，选出其中最具有代表性的100种列为丛书选题。其中包括第一位留学生容闳、第一位驻外使臣郭嵩焘、目睹巴黎公社革命的张德彝，还有黄遵宪、张謇、康有为、张荫桓、伍廷芳、盛宣怀、罗振玉、张元济等人的文章。钟叔河收录丛书的标准，必须是作者亲自出国写出来的一手作品，转述、谈感想，写得再好也不要。

这样，在钟叔河当上编辑的时候，这套书就已经具备出版的条件。按照他的规划，丛书要出100种，而且要连续推出，因为这些书只看一本两本，并不觉得有多大的震撼，但是放在一起就不一样了，史料的完整性和思想的连续性，呈现一种系统的整体价值。办这件事遇到的第一个困难，就是没书号。当时，湖南人民出版社分配给每个编辑每年4个书号指标。钟叔河就把3年的指标攒在一起，全用到丛书身上，一次可以出12本。

1980年8月，丛书第一种——李圭的《环游地球新录》面世。李圭是宁波海关副税司霍搏逊的秘书，1876年公派参加美国庆祝建国100周年的费城博览会，其间详细考察了美国邮政系统情况，回国后提议开办邮政，是近代中国邮政的主要倡议者之一。这本书记载了他出国8个月的环游情况。新书一上市，就受到读者热议和追捧，当年年底《人民日报》也对丛书情况做了介绍。

但也有人不以为然。不就是把老书凑合到一块，起个丛书名，重新一印，有什么难度？说这话的真是外行了。难度起码有三：

其一，选本不易。当年没有数据库，这些书可是古籍，底本就不好找，何况还要筛选出好版本。钟叔河20多年来四处访书，才积累下300多种，一般人根本做不到这个规模。丛书所收包括了刻本、抄本、稿本。刻本是原来印刷出版过的，数量可能稍多些；抄本是对着原稿手抄下来的，数量不会太多；而稿本可是作者的原稿，基本是独一份了。

钟叔河找书有一则逸事，可见不易。张德彝是中国第一代职业外交官，一生在8个国家工作过。他每到一个国家，都会详细记载当地情况，称为"述奇"，总共有八"述奇"，但只出过两本，其他都没公开过。一次，湖南老乡张玄浩带着钟叔河去国家图书馆（当时叫北京图书馆）古籍部淘书，意外发现了张德彝全套述奇日记，真是踏破铁鞋意外之喜！原来，张德彝1918年去世，就将日记留给二儿子张仲英。1951年张仲英已过古稀，为了防止散失，他让自己的儿子张祖铭将这份传家宝上交给国家。《张德彝述奇》出版后，张祖铭感慨："若无先生之努力，先祖遗作恐亦无人能知，湮没于世矣。"是《走向世界丛书》让八"述奇"焕发了新生！

其二，标点勘误不易。丛书所收底本是没有标点的，收录出版成现代人能阅读的书籍，首先得重新点校，校勘错误，拔除错字。这些都需要文史功夫。所以说，《走向世界丛书》是一项古籍整理工作。而在当时，古籍出版方面的人才极缺，湖南人民出版社也不是古籍社，钟叔河当责任编辑，这些考据勘误工作一力承担，殊为不易。凡重要段落他都在书边白处加注要点，书后附《人名索引》和《译名简释》。原本中人名、地名多与现在翻译大相径庭，要没有编者细心考证，读者如何能知道"猫匿啤酒"实为"慕尼黑啤酒"？

钟叔河表现出的古籍整理水平，令人赞叹。《人民日报》登载署名"楚天高"的一篇评述文章，说："（丛书）已刊各种，都讲究版本，认真校勘，对旧本的错字，尽量做了校改。""康有为的《欧洲十一国游记》，虽经梁启超等人五次校阅，这次《丛书》编者又细心校出了40余处错脱倒字，列有校改记。"其中难度，可见一斑。

其三，学术评述更不易。《丛书》每种出版时，文前都有一篇编者精心撰述的叙论，对作者走向世界的背景和该书的好处做详细评述。80年代出版的《丛书》35种，叙论大都由钟叔河操刀，彰显编辑者深厚的学术功力。钟叔河对《丛书》的学术性认识清醒，给青年编辑传授经验时强调这是"一项学术编辑工程"。

《丛书》的学术工作受到了大家的认可，其中一位是才情傲人的钱锺书先生。钟叔河为《丛书》写的文章发表在《读书》上，被钱先生看到，他告诉编辑部副主任董秀玉，说作者来北京时想见见。1984年冬天，钟叔河来京，由董秀玉引路去钱锺书位于三里河的家中，两人终于见了面。钱先生说书编得好，又提了修改意见，还答应为钟叔河新书作序。这本新书是钟叔河在丛书成果基础上撰写的近代文化史研究专著，叫《走向世界：近代中国知识分子考察西方的历史》。中华书局1985年出第一版，第二、三版改名为《走向世界：中国人考察西方的历史》，由钱锺书和中华书局时任总编辑李侃作序。据后来杨绛给钟叔河的一封信披露，钱锺书为人写序仅此一次。

古籍整理出版规划组小组长李一氓也注意到《走向世界丛书》，古籍小组开会，专门请钟叔河来参加，还建议他将叙论结集出版。1986年，湖南人民出版社出版的"骆驼丛书"之一《千秋鉴借吾妻镜》，收录钟叔河所写丛书叙论18篇，并得到李一氓作序："这确实是我近年来所见到的整理古文献中最富有思想性、科学性和创造性的一套丛书。""搞改革的、搞近代史的、搞古籍整理的，对这部丛书，都注意得很不够。"这些极高的评价来自当时古籍整理出版工作的最高领导，非常了不起。后来，该书又增加20多篇文章，由岳麓书社改名为《从东方到西方：走向世界丛书叙论集》出版。"从东方到西方"——From East to West，来自翻译家杨宪益的译笔，这就是《走向世界丛书》的英文译名。杨宪益先生也是《丛书》的忠实拥趸。

《丛书》影响虽大，出版过程却非一帆风顺。前20种在湖南人民出版社出版后，1984年钟叔河调到岳麓书社当总编辑，《丛书》跟着搬家到新单位，又新出了15种，总共35种。按照既定规划，《丛书》要出100种。不巧的是，1988年出版社改选总编辑，一人一票民主选举，钟叔河被迫"下野"。《丛书》从此中断，很长一段时间定格在35种上。直到2008年，岳麓书社提出重新修订《丛书》，不久续编工作也提上日程，仍由钟叔河任主编。不同的是，新时代的出版，背后有国家出版基金的强力支持，有一个"有能力又值得信任"的编辑团队共同奋斗。2016年，第二辑65种整理完成，和第一辑35种双剑合璧终成百种。历经36载，《走向世界丛书》终于圆梦。

从家书到家教必读

　　家书，是亲人之间最真诚坦白的通信，本来是私人性质的，但纵观古今中外，出版成书公开示人的也不在少数。近代以来，已有《曾国藩家书》《梁启超家书》教子明理、珠玉在前，千禧年后又有《沈从文家书》伉俪情深、历久弥新。

　　今天要谈的这部《傅雷家书》，出版于1981年，和它们并称为"四大家书"。著名翻译家傅雷将对知识、艺术和人生的理解，对做人做事的态度，殷殷爱子之情化作笔尖细流，汩汩流淌于百十通书信字里行间。

　　众所周知，傅雷是大翻译家。他对法国文学的译介有开创之功，公认为"没有他，就没有巴尔扎克在中国"；他所译罗曼·罗兰的《约翰·克利斯朵夫》激励几代中国人逆流而上，焕发不灭的英雄主义。傅雷还是杰出的文艺评论家。他对肖邦、莫扎特、贝多芬音乐的鉴赏，对张爱玲小说的点评，都展露非同一般的敏锐与精彩。

　　1954年，傅雷长子傅聪因为在肖邦国际钢琴比赛中获奖，受到波兰政府邀请，到肖邦的故乡留学深造。从那时起，傅雷开始给傅聪写信，一直到1966年离世，总共通了161封信。这些书信，是以傅雷夫妇为代表的中国父母教育孩子的典范，更是傅雷才情与思想坦诚的表达。

　　1981年，《傅雷家书》由生活·读书·新知三联书店出版后，这些私人往来的家书就变成父母家教必读。喜欢傅雷的读者，除了阅读他在巴尔扎克、罗曼·

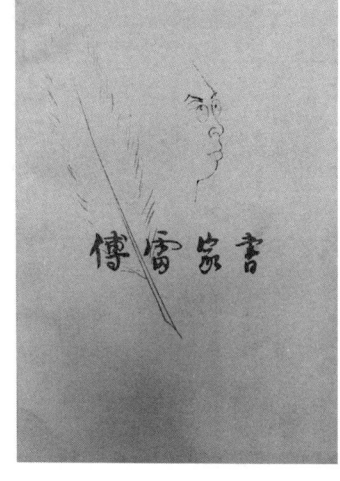

《傅雷家书》
生活·读书·新知三联书店
1981年初版本

罗兰作品中的精妙译笔，又多了听他直抒胸臆纵论学问人情的机会。

而这个机会，是时任三联书店总经理的范用聊天聊出来的。一次，范用和傅雷的好朋友楼适夷一起坐飞机去上海。两人聊天，楼适夷提到有一批傅雷写给傅聪的家书。

楼适夷是怎么知道的呢？原来楼适夷和傅雷是老朋友，在30年代"孤岛"时期就一起工作过。1979年，傅雷得到平反，漂泊海外20多年的傅聪获准回国，参加在上海举行的傅雷夫妇骨灰安葬仪式。在这次见面时，傅聪告诉楼适夷自己保存有父亲写给他的百余封万里家书。这些信件以隽秀的毛笔小楷竖书，一通动辄千言万语。傅聪当作珍宝放在海外寓所中，后来又转交给弟弟傅敏保管。

楼适夷记起20世纪50年代曾在傅雷家里看过他刚刚写好、尚未寄出的家书，确实非常珍贵。刚刚平反不久的老出版人楼适夷，此时没想到这些家书可以出版，后来遇到机会就把这件事说给了范用。

范用听后就上了心，觉得其中可能有"宝"。他一回到北京，就跑到北京七中找傅雷的小儿子傅敏。傅敏小时候学拉小提琴，傅雷认为他不会是一流的音乐家，建议他当老师。后来傅敏就走上了教书育人之路，这时正在北京七中当老师。

范用找到傅敏，开门见山地说："我知道你有一批书信，我们出版社希望出版。"傅敏还不知道他是谁，听同事说这个老头儿坐小汽车来的，恐怕不简单，后来才知道是三联书店鼎鼎大名的范用先生。

傅敏和哥哥傅聪商量，两人觉得能让父亲的文字出版出来，是对父母最好的告慰。这样，在国内的傅敏承担起主要的编选工作。经过精挑细选，最终傅氏兄弟和出版社一起确定了家书篇目，准备出版成书。

结果到了排版环节，却遇到一个不大不小的困难。傅雷的家书都是竖版繁体书写，当作书法作品赏心悦目，奈何排字工人无法直接排版。范用看到这种情况，对责任编辑说，重新抄写一遍吧。编辑特别认真，就一笔一画手抄了15万字的书稿。

书稿抄清了，印刷厂还是不排版，因为1958年傅聪私自从波兰跑到英国定居，他头上还顶着"叛逃者"的帽子。范用急了，到处去解释协调，用处不大。说来也是机缘，正在着急的时候，范用得到一份胡耀邦同志对傅聪情况的批示。

原来，1981年初，傅聪回国演出，各方分歧较大，原定的采访报道都取消了。傅聪受到冷遇，心里很难过，他的朋友——中央音乐学院教师李春光替他不平，给胡耀邦同志写信说明情况。耀邦同志很重视，批示大意说：傅聪的出走情有可原，出走之后，没有做损害祖国的事。他在国外刻苦钻研业务，回国演出、讲学受到欢迎。对他要体谅、爱护、关心。他在国外生活不富裕，回来演出、讲学，要给一点报酬。要派一个人去同他谈一谈，以表示社会主义祖国对这样一个艺术家的慈母心肠。

范用拿了尚方宝剑，印刷厂终于同意排印！1981年8月，第一版《傅雷家书》正式出版，马上在读书界刮起一阵旋风。读者太喜欢这本书了，他们没想到，世间还有这样的父亲！而范用就是要大家知道"世上有这样做父亲的"！楼适夷的评价一语中的："这是一部最好的艺术学徒修养读物，这也是一部充满着父爱的苦心孤诣、呕心沥血的教子篇。"

三联版的《傅雷家书》出过5版，销量过百万册，成就了文化价值与市场价值的双丰收。后来又有译林、辽宁教育等10余家出版社争相出版。《傅雷家书》的成功，得益于出版人慧眼识珠、锲而不舍的专业精神，也来自改革开放带来的文化复苏，更植根于人们心灵中对真与美的永恒追求。

正如楼适夷为该书撰写的精彩序言《读家书，想傅雷》所说：

《傅雷家书》的出版，是一桩值得欣慰的好事。它告诉我们：一颗纯洁、正直、真诚、高尚的灵魂，尽管有时会遭到意想不到的磨难、污辱、迫害，陷入到似乎不齿于人群的绝境，而最后真实的光不能永远掩灭，还是要为大家所认识，使它的光焰照彻人间，得到它应该得到的尊敬和爱。

改革春风催发的一株『蒲公英』

1982年2月5日出版的《人民日报》，发表了时任商务印书馆总经理陈原的《写在〈汉译世界学术名著丛书〉刊行之际》。文章开篇写道：

> 放在我面前的是69册《汉译世界学术名著丛书》。这套书封面装帧庄严简洁，朴实无华，而内容精湛，耐人寻味。通过这些著作，人们有可能接触到迄今为止人类已经达到过的精神世界。这许多书的作者都是一个时代、一个民族、一个阶级、一种思潮的先驱者、代表者，他们踏着前人的脚印，开拓着新的道路；他们积累了时代文明的精华（当然有时亦不免带有偏见和渣滓），留给后人去涉猎，去检验，去审查，去汲取营养。

这部大型丛书，赓续商务印书馆开馆以来编译西学的传统，继承新中国成立初期翻译外国名著的使命，沐浴着改革开放的春风，绽放崭新的活力。陈原所言"迄今为止人类已经达到过的精神世界"一语，成为《汉译世界学术名著丛书》（以下简称《丛书》）公认的定评。

《丛书》荟萃世界各国哲学社会科学领域的优秀成果，分辑出版，从1982年推出第一辑50种，一直以开放的姿态有计划、有系统地翻译出版，到2021年已出至第十九辑共850种，包罗古今哲学、政治、经济、文化和社会历史各方面的

《汉译世界学术名著丛书》第一辑50种
商务印书馆1982年开始出版

代表著作，成为我国现代出版史上规模最大、最为重要的学术翻译出版工程。同时，《丛书》在20世纪80年代初重新规划出版，也是改革开放新时期的产物和文化标志，"是时代的需要"，"标志着一个时代的开端"（陈原语）。它的出版，见证并参与了40多年来改革创新、思想解放的历程，彰显着出版界、文化界开拓创新、勇于担当、开放包容、兼容并蓄的改革开放精神。这个系列每本书封面底端都有一株略显抽象的烫金蒲公英，象征传播知识的种子，春风拂过，落户千万家。

　　说起这部丛书的出版，颇有历史渊源。胡乔木1951年最早提议搞外国名著翻译工作，20世纪80年代又几次提出很具体的方向性意见，并向邓小平同志汇报；邓小平同志旗帜鲜明的支持对丛书出版起了关键作用；陈翰伯、陈原（以下简称"二陈"）前后两位商务印书馆掌门人，在《丛书》身上倾注了极大的心血和精力，对开拓出如此恢宏的局面有不赏之功。

　　"二陈"与《丛书》结缘可以追溯到20世纪50年代。1956年，中央提出"百花齐放、百家争鸣"的文艺方针，以此为指导，中宣部、文化部组织制定了两个学术规划，其中一个是外国学术著作翻译规划，另一个是中国古籍整理规划。外国学术著作翻译规划，交由人民出版社牵头，拟出《外国名著选译十二年（1956—1968）规划总目录》，成为这部《丛书》出版的前因。陈原当时正是人民出版社的副总编兼三联书店编辑部主任，几年来一直在做西方学术名著的选译工作。据1957年8月16日出版的《人民日报》"学术动态"报道：哲学、社会科学著作选译目录共选书1632种，已经约稿294种，已经出版56种，即将出版29种，工作已经有了开头。

到1958年，文化部决定以商务印书馆为出版外国哲学、社会科学学术著作的主要出版机构。同年，调中宣部理论宣传处副处长陈翰伯到商务印书馆任总经理兼总编辑。这样，陈原就将手上的目录交给陈翰伯。

陈翰伯是宣传思想文化战线上的一员老将。他从20世纪30年代起投身革命工作，"青春办报，皓首出书"，是一位重要的当代出版家，曾出任文化部出版局代局长，被誉为新中国新闻出版事业的开拓者。他接管翻译出版工作后，为了搞清楚状况，带头学"洋四史"，即世界通史、西方哲学史、经济学说史和政治思想史。这样，商务先后在1961年、1963年制定出《两年至七年（1961—1967）翻译出版外国哲学、社会科学重要著作规划（草案）》《翻译和出版外国哲学社会科学重要著作十年（1963—1972）规划（草案）》，选列了急需的各学科书目1378种，准备在10年内陆续出齐。怎奈，10年之期未到，1966年"文革"开始，陈翰伯在出版界第一个被打倒，定下的翻译出版规划惜未完成。但是，饶是这样，成果已经很显著了。据汪家镕统计，从1958年到1966年，陈翰伯主政商务8年间，翻译出版西学各科名著395种（不算地理学、语言学），还储备了400种译稿。改革开放后，重提汉译名著之事，短短一年就能出版50种，不能不说有前期储备之功。

1977年，陈原被任命为中华书局、商务印书馆联合出版机构的总经理总编辑，陈翰伯则已成为国家出版局代局长。陈原对出版方向做出深刻思考，他提出：保留书目对一个出版社来说"是头等重要的事，没有保留书目，就不能有文化积累"。汉译名著就是商务的保留书目，《五年设想》提出10年后可以积累1000至1200种保留书目，那将是商务印书馆新的《万有文库》。陈翰伯完全同意这种想法，他在《五年设想》文件上批示："壮哉斯言，我完全赞成。"

1982年，商务印书馆成立85周年。经过喑哑的10年，终于在改革的春风中迎来春天。从1980年初，商务就开始谋划，要有一个隆重的馆庆。陈原认为"出书是最好的宣传"，打算出版一批好书，其中就计划重启翻译外国名著。1982

年2月11日，出版界、学术界、文化界、教育界知名人士和主管部门领导、海外嘉宾400余人，共聚人民大会堂参加商务印书馆建馆85周年纪念会。会上，商务印书馆重磅发布《汉译世界学术名著丛书》第一辑50种。和60年代的单本名著不同，这次是成体系的大型丛书，加上"学术"二字，收录马克思主义3个来源的代表作，还有一些古典乃至当代的代表作。

《丛书》第一辑出版后，送到一直关心支持该工作的胡乔木处。陈原回忆，胡乔木看到后"显得很高兴"。1983年，当他得知第二辑也在印制，便说道："这样就好，要认认真真地去做。"

不仅如此，胡乔木还向邓小平同志汇报了此事。在1984年3月14日向邓小平同志汇报思想工作时，胡乔木谈到《丛书》出版工作，说很多世界学术名著我们都没有翻译出版，可考虑在美国设立商务印书馆编辑部从事这项工作。邓小平同志很赞成，谈了具体意见："这个工作很重要，需要用几十年的时间。除了组织国内人力进行翻译，还可以在英国、日本、西欧分别成立编辑部，组织外籍华人和华侨中的学者进行这一工作，订立合同，稿费从优。"[1]

其实，从20世纪80年代初恢复出版之际，《丛书》就屡遭诘难，"搞资本主义"等质疑之声不断，好比千磨万击，特别是反对资产阶级自由化运动开始，处境更加艰难。幸好有小平同志的这句话，有胡乔木的后续支持和具体指导，还有主管部门中宣部和新闻出版署的大力支持，时任新闻出版署署长宋木文亲自协调1989年底的《丛书》规划座谈会，出版工作得以平稳顺利推进下去。

进入新时代，《丛书》愈加显示出经典的永恒价值。2016年，习近平总书记在哲学社会科学工作座谈会上发表重要讲话，指出"要按照立足中国、借鉴国外，挖掘历史、把握当

① 中共中央文献研究室编：《邓小平年谱（1975—1997）》（下），中央文献出版社2004年版，第966页。

代，关怀人类、面向未来的思路，着力构建中国特色哲学社会科学"，"我们要坚持不忘本来、吸收外来、面向未来，既要向内看、深入研究关系国计民生的重大课题，又向外看、积极探索关系人类前途命运的重大问题"。①出版工作，是为思想播火种，为文化筑脊梁。在新形势新要求下，一代代出版人接力奋斗，沿着前辈开垦出来的路，《丛书》的出版必将焕发新的光彩，续写新的辉煌。

① 习近平：《在哲学社会科学工作座谈会上的讲话》，《人民日报》2016年5月19日。

历史学著作的畅销背后

1982年5月，中华书局出版了美籍华裔学者黄仁宇著《万历十五年》。这本书"大历史观"的写作思路，给历史学研究打开一个新的局面，历史学著作也前所未有地进入大众喜爱的畅销书行列。

中华书局1982年一版一印27500册，出版后旋即一售而空，2006年中华书局又推出新的文字本、图文本两个版本；而在1996年，生活·读书·新知三联书店也取得《万历十五年》在中国大陆的版权，发行了三联版。从20世纪80年代初至今，该书出版40余年累计销量300余万册，创下历史类读物畅销纪录。

在出版效率大大提高的今天，年轻一代可能会忽略掉七八十年代铅字排版、纸张紧缺下的出书困难。不仅如此，这还是一本外国人的书，有一定政治风险。回想当年，中华书局出版《万历十五年》，还颇费了一番周折。事情要从中华书局编辑傅璇琮1979年收到黄苗子写来的一封信说起。信是这样写的：

璇琮同志：

美国耶鲁大学①中国历史教授黄仁宇先生，托我

① 注：原文有误，应为纽约州立大学纽普兹分校。

把他的著作《万历十五年》转交中华书局，希望在国内出版。第一次寄书稿来时，金尧如同志知道。表示只要可用，就尽快给他出版。这样做对国外知识分子有好的影响，并说陈翰伯同志也同意他的主张。但书稿分三次寄来，稿到齐时，尧如同志已离开了。

　　现将全稿送上，请你局研究一下，如果很快就将结果通知我更好，因为他还想我请廖沫沙同志写一序文（廖是他的好友）。这些都要我给他去办。

　　匆匆即致

敬礼！

　　　　　　　　　　　　　　　　　　　　　　　　苗子

　　　　　　　　　　　　　　　　　　　　五月廿三日

　　信中提到的金尧如，原在商务印书馆工作，此时已调往香港《文汇报》任总编辑；陈翰伯则是文化部出版局的领导。廖沫沙曾任中共北京市委领导，是与吴晗、邓拓一起用"吴南星"笔名写作《三家村札记》中的"星"，此时刚刚平反。他与黄仁宇相识于1938年，两人同在田汉领导的《抗战日报》当编辑，朝夕与共以成莫逆。

　　黄苗子是画家、作家，文化界的名人。傅璇琮当时是中华书局古代史编辑室副主任，两人交情很好。《万历十五年》的作者黄仁宇，与黄苗子的妻弟郁兴民（哈维）相识。1978年，供职于IBM的郁兴民回国开拓市场，于是黄仁宇托其在国内寻找出版商。经过黄苗子引荐，中华书局有了初步出书意向。

当年3月27日，郁兴民打电话给黄仁宇，告诉他这个好消息。

然而，黄仁宇当日心情沉重，毫无喜色。因为同一天，校长办公室打来电话，要他第二天去见校长考夫曼，讨论"大学最近删减预算对教职员的影响"。黄仁宇心中明白，这就是要解聘他的消息。

黄仁宇有传奇的人生经历。他本是行伍出身，参加过驻印远征军，也有优秀的文笔，为《大公报》写过多篇战地报道。1946年被保送美国陆军参谋大学，1950年以少校身份退伍再次赴美求学，选择历史学为终身志业，终于在1964年取得博士学位，指导老师之一是余英时。他在纽普兹大学的教职也由余英时偶然机会介绍而成。黄仁宇曾半戏谑"如果航空公司职员没有让特定的两位人士在特定的班机上紧邻而坐，我很可能避免被解聘的命运"，指的是1967年余英时在飞机上遇到纽普兹区域研究系主任彼得·莱特，促成他在纽大13年的执教。

60年代是美国经济的黄金时代，70年代进入滞胀危机，失业率高企。黄仁宇的就职和解职正好呼应了经济周期。实际上，并非黄仁宇学术水平有问题，到1979年欧美史以外的研究领域全部被砍掉了，黄仁宇是最后一批被遣散的历史系教授。

失去教职的困顿，给已经62岁的黄仁宇带来巨大经济压力，他不得不申请救济金过活。更可怕的是精神上的致命一击，他在回忆录里写道："这是侮辱，也是羞耻。这个事实会永远削弱我的尊严。"

失去教职更影响他学术地位的建立。此前，黄仁宇仅出版过一部《十六世纪明代中国之财政与税收》。两部已完成的书稿《中国并不神秘》（*China Is Not a Mystery*）和《万历十五年》（*1587, A Year of No Significance*），在美国的出版都极为不顺利，他能够成为一位重要历史学家的前景一片阴霾。解职无疑雪上加霜，"有威望才有资格提贡献，我却在这个关键时期被一个小学校解聘……这显然无法建立我的可信度和影响力"。

美国出版业有严格的类型划分，以便于商业上的推广。黄仁宇夹叙夹议的写作风格，介于学术出版与大众出版之间，无法定性，这是被拒绝的一个原因。另一个原因来自学术界的异议。黄仁宇在著作中采用一种"大历史观"的思路和方法，堪称美国历史学界的异类。

何为"大历史观"？黄仁宇解释："我的研究手法不同于其他的历史学家：我将中国现代史的底线再往前推数百年，而不是从鸦片战争前夕开始；讨论时事时，会牵涉到社会关系和思想史，这就是我说的大历史。"也就是说，阐明一个历史问题时做长时段的整体历史研究。这与同时代欧洲大陆年鉴学派所倡导的"总体史"心有灵犀，可惜在美国还难觅知己，以致出版困难重重。

黄仁宇似乎陷入了罗生门。"因为我不是权威，所以无法出版一本我觉得重要的书。但如果没有出版具有影响力的书，我永远不可能成为权威！"

就是在这种情况下，他将《万历十五年》书稿译成中文，送回了中国。1979年，《万历十五年》英文版终于由耶鲁大学出版社推出，还没有在东方世界泛起波澜。

傅璇琮接到黄苗子的信后，立即通读书稿。20多天后的6月16日，他写好审稿意见，肯定书稿"着眼点是较广的"，有出版价值，又提出文稿有累赘、词不达意及不宜发表的言论等问题。傅还特别提出建议，请别的同志"再审阅一遍，共同商量一下"。

这样，中华书局安排古代编辑室另一副主任魏连科再审。9月22日，两人联名报出审稿意见：原则上接受出版。但出版社一位领导认为"不宜接受"，因为国内还有许多书出不过来。关键时刻，中华书局副总编辑赵守俨一锤定音：同意出版。这天是9月24日。

《万历十五年》中文版最终出版日期是1982年5月，距离项目启动已近3年。3载寒暑，对于这本不算太厚的书，并不是很短的时间。除了当年铅字排印较费工夫，主要时间花在文稿的修改上，修改硬伤之外，疏通文字是一大项。

黄仁宇说"笔者离祖国已逾三十年，很少阅读中文和使用中文写作的机会，而三十年来祖国的语言又有了不少的发展，隔膜更多"，加之书稿由英文自译成中文，洋腔洋调之处也不少。傅璇琮为了解决这个问题，请来自己北大同窗好友、在社科院文学所工作的沈玉成，给书稿来一次全面的文字加工。加工润色后，还要越洋寄给黄仁宇核准，这样来来往往1000多天，沈玉成为该书的成功作出很大贡献，以至于黄仁宇执意将稿费的三分之一付给沈玉成。

1982年初版后，《万历十五年》迅速热销，中国台湾地区学界反响强烈，日本、韩国也很快翻译出版。相比于在美国出版的艰辛历程，中国给予了黄仁宇更多的温情和支援。从这本书开始，他真正建立起作为历史学家的世界性声誉。

甄别、承载、支撑有价值的思想，帮助其发挥独特的光亮，出版工作这种无私的利他性，在黄仁宇和他的《万历十五年》上，又一次表达得淋漓尽致。

回看《万历十五年》的畅销魅力，正是令人耳目一新的叙事方法、平白晓畅的行文风格，使供少数专业人士阅读的历史学著作赢得了一般大众读者的青睐。用今天的话来说，这就是学术出版大众化。

《邓小平文选》的出版

1981年9月4日，山东省东平县平阴铝厂宣传科干事王允恭，再也按捺不住心中快要喷发的火山，提笔给中央写了一封建议信：

> 建议中央尽快编辑出版《邓小平选集》各卷，供全党学习。出版发行邓小平同志的著作，对于学习马列主义、毛泽东思想，学习党的历史，对于加强党的思想建设和理论修养，对于改变党的领导的涣散状态，根治"文化大革命"的后遗症，对于进一步肃清"左"倾路线的流毒和影响，对于推进当前的现代化建设，必将发生深刻的影响，具有很大的现实指导意义和深远的历史意义……
>
> 伟人健在，尚有修改和推敲其著作的余地。①

全信4页稿纸，1200多字。写罢，王允恭长舒一口气，藏在心中许久的话终于说出来了。第二天一早，他便到邮局，寄出了这封建议信。

不久，这封信到了中央书记处书记、中宣部部长王任重手

① 李义福：《第一个建议出版〈邓小平文选〉的人》，《春秋》2001年第4期，第24页。

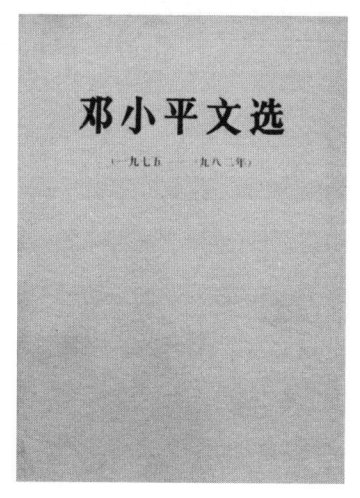

《邓小平文选》（1975—1982年）
1983年由人民出版社出版，1994
年第二版改称《邓小平文选》第
二卷

里。9月20日，王任重向上报告：

耀邦同志：

我认为王允恭同志的提议，出小平同志选集的意见有道理。采取什么形式可以考虑，如先出内部发行的文选，也是一种办法。如你同意，望提交党委研究决定。

6天后，时任中共中央总书记胡耀邦批示：

请力群同志指定人开始编辑和加工，等到有了一个眉目，再请示小平同志作决定。

力群同志，就是时任中央办公厅副主任、中央书记处研究室主任邓力群。随后，邓力群批道：

已经得到小平同志同意，初步提出选目，准备讨论。

这样，王允恭的建议在中央层面得到了肯定，《邓小平文选》正式进入编辑出版阶段。王允恭，第一个建议出版《邓小平文选》的人，却不知道自己的信起了作用。一直到20年后，2001年庆祝建党80周年拍摄专题片《使命》，记者找来采访时他才知道此事。

《邓小平文选》的编辑工作，由中央文献研究室负责。它的前身是中共中央毛泽东主席著作编辑出版委员会办公室。进入改革开放新时期后，中央决定，除了继续编辑出版毛泽东著作，还要编辑出版党的其他主要领袖人物著作，于是在1980年改其名为中共中央文献研究室。

1982年初，中央书记处研究室、中央文献研究室初步确定了文稿的整理原则和出版计划，给小平同志报送了《关于编辑出版〈邓小平文选〉的报告》，提出该著作以中央文献编辑委员会名义出版，内部发行。文稿力求精选精编，使之与《关于建国以来党的若干历史问题的决议》精神一致。小平同志表示同意。

就在这前后，陆续又有群众来信，要求出版《邓小平文选》。1982年4月21日，胡耀邦批转了一封中办信访局摘报的群众来信，让胡乔木、王任重、邓力群考虑。邓力群将信批到中央文献研究室，时任副主任龚育之曾在回忆中感慨："这个过程说明，中央和群众想到一块了。"

改革开放新时期刚刚起步，党员干部和人民群众急需这样一部理论著作，指导人们认清什么是社会主义、怎样建设社会主义，尤其是建设中国特色社会主义这个基本理论问题。因此，胡乔木提出：公开出版《邓小平文选》。1982年12月2日，中共中央书记处第21次会议决定，同意胡乔木意见，《邓小平文选（1975—1982年）》由原定的内部发行改为公开出版发行。

1983年7月1日，《邓小平文选（1975—1982年）》由人民出版社正式出版发行。收入邓小平1975年至1982年的重要讲话、谈话47篇，其中有39篇是首次公开发表。这部《邓小平文选》为什么从1975年编起呢？参与编辑工作的时任中央文献研究室副主任逄先知说："从1975年编起，一个重要考虑就是这个时期邓的许多讲话，反映了他领导全面整顿的一系列正确主张。这对于理解后来他指导全党拨乱反正、改革开放，有重要意义。小平同志就曾说过：'其实，拨乱反正在1975年就开始了。'"

7月12日，中共中央发出《关于全党学习〈邓小平文选〉的通知》，评价

《邓小平文选》：系统地反映了以邓小平为代表的党的正确领导，在1975年针对"四人帮"的破坏，为整顿各方面的工作而进行的斗争；在粉碎"四人帮"以后至党的十一届三中全会召开以前，为纠正"两个凡是"的错误，重新确立马克思主义的思想路线、政治路线和组织路线而进行的斗争；在党的十一届三中全会以后，为全面进行拨乱反正，深刻总结历史经验，特别是"文化大革命"及其以前的"左"倾错误的教训，确定以进行社会主义现代化建设为全党工作的重心，建设具有中国特色的社会主义而进行的斗争。

《邓小平文选（1975—1982年）》一经发行，就引发了全国读者排队长龙。为出版该书作过贡献的王允恭，并不知道里面有自己的功劳。听到《邓小平文选》出版，他除了激动并没多想，赶紧跑到济南新华书店买了4本。除了自己留下一本，其余的分给3个孩子一人一本，全家人如饥似渴地读了起来。

第一本编完，中央文献研究室接着编辑小平同志早年文稿，在1989年5月由人民出版社出版了《邓小平文选（1938—1965年）》一书。收入邓小平在"文革"前28年中的重要文稿、讲话39篇。为什么下限选在1965年，而没有选择接续上一本的起点1974年？逄先知回忆说，因为"1966年'文化大革命'一来，小平同志就被打倒了嘛！"

第二本《邓小平文选》出版后不久，中央文献研究室就作出编辑《邓小平文选》第三卷的决定。小平同志也在南方谈话后提出编辑新一卷《邓小平文选》一事。1992年10月18日，党的十四大胜利闭幕。十四大提出用邓小平建设有中国特色社会主义的理论武装和统一全党思想。此时，编辑《邓小平文选》第三卷为全党提供理论教材的任务显得尤为迫切。因此，在大会闭幕当天，时任中央文献研究室主任逄先知就向小平同志的秘书王瑞林提出要编辑出版《邓小平文选》第三卷。12月8日，邓小平办公室通知中央文献研究室，同意编辑出版《邓小平文选》第三卷，并决定编辑工作由中宣部常务副部长郑必坚和中央文献研究室的龚育之、逄先知3人负责。3人商议决定，从12月14日搬进中南海81号警卫局大楼集中工作。

《邓小平文选》第三卷，是小平同志特别重视并亲自指导编辑完成的。1993年夏天，第三卷文稿已经编好。小平同志没有按照惯例去北戴河休假，89岁高龄的他每日伏案工作，逐篇审阅文稿。到9月27日，书稿审定，收入邓小平1982年9月至1992年2月的重要著作119篇。做完这项工作，小平同志很高兴，几次说"大功告成！"

小平同志重视第三卷，因为在他心里"这是个政治交代的东西"。他对第三卷编者说："我的文选第三卷为什么要严肃地多找点人看看，就是因为其中讲到的事都是我们一直在做的事，不能动摇。就是要坚持，不能改变这条路线，特别是不能使之不知不觉地动摇，变为事实。"①坚持党的领导，坚持党的基本路线不动摇，这是邓小平最挂心的事。1993年10月，人民出版社出版《邓小平文选》第三卷，及时地完成了党和人民交给的任务。

第三卷出版后，经邓小平同意，对《邓小平文选》（1975—1982年）和《邓小平文选》（1938—1965年）又做了修订和增补。1994年由人民出版社出版第二版，按照时间排序，将1938—1965年本改称第一卷、1975—1982年本改称第二卷。

党的出版事业，一个直接体现就是出版中国共产党实践探索得来的马克思主义中国化时代化理论成果。继《毛泽东选集》1—4卷、《邓小平文选》1—3卷出版后，2006年8月，三卷本的《江泽民文选》正式由人民出版社出版，详细阐述了"三个代表"重要思想；2016年9月，三卷本的《胡锦涛文选》正式由人民出版社出版，清晰呈现了科学发展观这一理论成果全貌。党的事业如大江奔腾，理论创新源源不断，出版要做的就是及时准确将理论创新成果传递到全党全国人民中去。

① 中共中央文献研究室编：《邓小平年谱（1975—1997）》（下），中央文献出版社2004年版，第1365页。

信息化革命涌入『科学的春天』

1978年3月，全国科学大会在北京召开。邓小平在会上指出，四个现代化，关键是科学技术的现代化。大会审议通过《1978—1985年全国科学技术发展规划纲要（草案）》，科技工作率先拨乱反正。在大会闭幕式上，中央人民广播电台播送了中国科学院院长郭沫若的书面讲话《科学的春天》："这是革命的春天，这是人民的春天，这是科学的春天！"9个月后，党的十一届三中全会一声春雷，作出以经济建设为中心、实行改革开放的伟大决策。一时间，神州大地春潮涌动，人们摩拳擦掌、奔走相告，誓要夺回失去的十年。

解放思想，打破思想僵化的局面，知识界、出版界当仁不让。1979年，生活·读书·新知三联书店《读书》杂志创刊号上喊出"读书无禁区"，率先解放思想。《读书》与海外华人知识界联系密切，大凡国际上有影响的新思潮新观点，都由其缀网捕捞回来。托夫勒的《第三次浪潮》在华出版，也是这么来的。

1981年，《读书》主编沈昌文与回国的英籍华人作家韩素音见面。在饭桌上，韩素音提到，美国出了本新书，叫 *The Third Wave*，在欧美影响很大，掀起了一场信息社会大讨论。1980年3月出版后，不到4个月就印了3次，上了《纽约时报》畅销书排行榜。沈昌文听了很感兴趣。回英国不久，韩素音就给沈昌文寄来一本英文版新书。

书名直译过来是《第三次浪潮》，是一本讲未来社会发展趋势的著作。作者阿尔温·托夫勒（Alvin Toffler）是成名已久的未来学家，书中观点令人耳目一

《第三次浪潮》
生活·读书·新知三联书店
1984年初版本

新。他说，人类社会划分为3个阶段，即为文明发展的三次浪潮：第一次是农业阶段，第二次是工业阶段，第三次是信息化阶段。在这第三次浪潮中，科学新技术将带来文明大变革，计算机、互联网将重构人类社会的生产生活。如果能够抓住第三次浪潮趋势，落后的非工业国家就有实现弯道超车的发展机会。

当时的中国，在党的十一届三中全会精神的指导下，正在寻找科技发展的方向与动力。托夫勒的浪潮说，令沈昌文为之一振。他将书交给通晓英语的年轻编辑朱志焱。朱志焱又找到当年在复旦大学外语系的同学杨成绪，请他帮忙参详这本书的价值。杨成绪在外交部西欧司德国处当处长，驻外回来不久，对欧美情况比较了解，他的评价很重要。拿过该书，杨成绪越看越兴奋，竟然通读彻夜，第二天就给朱志焱写了一份应该出版的报告。

于是，三联书店同意出版，译者就由朱志焱、杨成绪的爱人潘琪（也从事外交工作）和石油部的张焱3人担任。那时中国还没有书中预言的电脑，更没有智能翻译系统，3人一笔一画，伏案翻译了半年多，才完成初稿。但是，由于种种原因，正式出书还遥遥无期。为尽早咀其精华，在书稿翻译的同时，沈昌文请来老翻译家董乐山，节译主要观点部分，在《读书》1981年11、12月刊上连登两期，让国内读者先望见潮头。果然，未来学、信息革命、第三次浪潮一下子成为思想界、文化界的热词。

就在国内热议"第三次浪潮"时，又一件大事发生了。1983年1月2日，第三次浪潮之父托夫勒和夫人海迪，受中国科协下属的中国未来研究会邀请访华。托夫勒夫妇在中国受到热情接待，得到不少政府高级官员的会见，其中包括广电部部长吴冷西、中国科协主席周培源、上海市市长汪道涵等人。来自政府层面的关注，表达出中国探索改革发展之路的迫切。

纵使这样，《第三次浪潮》的出版也不能说很顺利。毕竟，这是一本来自资本主义国家的图书，充斥大量与马克思主义相悖的观点。在编辑过程中，沈昌文指导删节了敏感词句，并将第24章整体删除。这样，原本28章的《第三次浪潮》，第一版中译本就只剩下27章，1983年3月"内部发行"。虽然只能"内部"，但那毕竟是读书的黄金年代，一下子卖出去10万册！任何一个新生事物，都要接受各种眼光的审视。这本书出版后，有人变成了它的信徒，有人发出激烈的批判，各种声音交织在一起，给出版社带来不小的压力。

转到第二年，形势变得好起来。党和国家领导人对"新技术革命"定调支持，《第三次浪潮》得以在1984年公开发行，各界产生强烈反响。该书还被定为国务院系统司局级干部必读书。据《中国青年报》记者杨浪回忆，1985年他去采访济南军区政委迟浩田，见到将军床头就放着一本《第三次浪潮》，而迟浩田一天都在兴致勃勃谈论这本书，令其至今难忘。1986年对中国大学的一项调查显示，78.6％受访者读过托夫勒的《第三次浪潮》。可以说，在那激情燃烧的岁月，很多人受托夫勒影响成了信息弄潮儿，中关村的知识英雄大抵如此。

40余年过去了，《第三次浪潮》仍然没有过时。继三联书店4次印刷，又有过新华出版社1996年版、中信出版社2006年和2018年版，是总发行量百万级的畅销书。2006年，托夫勒本人也荣登《环球时报》组织评选的影响近现代中国的50人榜单。

回看还未走远的20世纪80年代，托夫勒当日的很多预言成真：

计算机的智慧正在以极高的速度到处扩散，家用计算机的销售量将很快超过电视机。

电子邮政系统将取代邮局。

越来越多的工作，只要有适当的通信设备，可以在任何地方进行，包括在个人的起居室里。

信息和知识将成为未来贸易的中心。

我们必须承认，思想的力量无远弗届。出版人对这种思想力的发现和判断，亦是另一种思想的能量。

告别铅与火，迎来光与电

1979 年 7 月 27 日，北京大学汉字信息处理技术研究室的胶片暗室门外，几个身影焦急地等待着。随着暗室的门打开，大家一拥而上，争先恐后抢着看那张刚刚冲洗出来的底片，不时发出赞叹声。很快，报纸样张印了出来。王选拿起放大镜，仔细查看报样上的每一个字，只见"汉字信息处理"6 个大字，醒目地占据着报头的位置，整个版面大小 10 来种字体字形美观、笔锋明晰……王选笑了，"成功了!"

我国第一张采用汉字激光照排系统输出的报纸样张诞生了!

这是王选和他领导的北大"748"团队取得成功的重要一刻。因为这张小小样张的输出，表明以汉字输入计算机、以激光照排输出版面这一棘手难题，在实验室层面被攻克了。

这一成果关乎汉字未来和国家发展，它的重要性如何评价都不过分。20 世纪下半叶，世界开始进入计算机时代。然而，计算机生在西方，使用的是英文字母，仅有 26 个，而中文常用字就好几千，再加上字体变化，存储量大得吓人，用计算机处理汉字信息难比登天。中国人望"机"兴叹，一时间"废除汉字""汉字拼音化"的论调又甚嚣尘上。同时期的西方国家，不仅轻松录入文档，还将计算机技术运用到各个产业中，尤其是印刷业使用计算机联合照排机组版，逐渐淘汰了近代铅版印刷，使产出效率大大提升。再不突破关键技术，活字印刷术的故乡将再一次落后于世界潮流。

我国用汉字
激光照排系
统排印的首
张报纸样张
（1979年）

王选院士
手稿

在这种内外忧患中，1974年8月9日，当时第四工业机械部、第一工业机械部、中国科学院、新华社和国家出版事业管理局等5部门联合向国家计委提出报告并报国务院批准后，启动了汉字信息处理系统工程，也就是众所周知的"748工程"这一重大科技攻关项目。"748工程"包括3个子项目：汉字精密照排系统、汉字情报检索系统、汉字远传通信系统。王选团队承担的是汉字精密照排系统子项目，也就是要解决上面提到的汉字在计算机中的输入与输出问题。

汉字精密照排系统这个子项目，攻关难题主要有两个：一是汉字的数字存储问题，要让海量的汉字字形在电脑里既高保真又不占地方；二是匹配计算机的输出设备，也就是照排机问题。

基于计算数学的研究背景，王选想到了用"轮廓加参数"的压缩信息表示法。经过实验，这一方法可使字形信息压缩至五百分之一，并实现高速变倍复原和高保真，汉字精密照排的第一个难题迎刃而解。

接下来，就是输出设备照排机的问题了，这一步是取代铅字排版的实质工序。王选在1976年作出一个大胆决策，采取跨越式发展的技术途径，跨过当时流行的二代机和三代机，直接研制世界上尚无商品的第四代激光照排系统机。王选的发明，使我国印刷业从铅字排印直接跨入激光照排，一步跨越了西方走过的40年。

"当时人们很难想象，日本第三代还没有过关，忽然有个北大的小助教要搞第四代，还要用数学的办法来描述字形，压缩字形信息，都讽刺我是在玩弄骗人的数学游戏。"多年后，回想当初，王选很感慨。但他始终坚信，"搞应用研究，必须着眼于未来科技发展方向，否则成果出来就已落后于时代，只能跟在外国先进技术后面亦步亦趋"。

用了近一年时间，经过反复探讨实践，王选研制出了激光照排的控制器。1979年，汉字激光照排系统原理性样机的硬件部分调试成功，输出第一个样张——《汉字信息处理》。1980年夏天，陈堃铢的软件核心部分全部调通，成功地排出了第一本样书——《伍豪之剑》。

1981年7月，第一台计算机激光汉字编辑排版系统原理性样机"华光Ⅰ型"通过项目鉴定。鉴定结论上写着："本项成果解决了汉字编辑排版系统的主要技术难关。与国外照排机相比，在汉字信息压缩技术方面领先，激光输出精度和软件的某些功能达到国际先进水平。"至此，王选领导的汉字精密照排系统任务已成功完成。

但是科研成果只停留在实验室，工业生产中派不上用场，王选是不甘心的。用他的话说，只是"结了一个小果"。1982年，国家经委设立印刷技术装备协调小组，领导在"六五""七五"期间改造全国印刷技术装备，汉字激光照排项目进入了规划，王选领导科研团队与各地机器生产单位联合攻关，相继研发出实用型的华光Ⅱ型、Ⅲ型照排机。特别是华光Ⅲ型，直接用到了《经济日报》的排印车间。能经受住高强度的大型日报生产检验，说明激光照排系统技术在市场上立住了。

把技术用到大型日报上，是王选一直以来的心愿。经济日报社愿意第一个抛掉铅字"吃螃蟹"，也有自己的苦衷。当年，报社印刷厂位于王府井，厂房仅6000平方米，一天只能排10万字，效率低、污染大，周围居民怨声载道。老厂长夏天俊决心改变这个局面，在社领导支持下，购买了两套华光Ⅲ型大报版系统，决定用一年时间磨合后投产使用。1986年底先在报社印刷厂代印的一份《中国机械报》（周三刊）上使用，到1987年3月，《经济日报》正式拿出一个版面进行计算机排版，两个月后的5月22日，4个版面全部改成计算机排版。

印刷效率高了，工人劳动强度降低了。但是另一个部门的工作更紧张了。新生的排版系统，常常有各种意想不到的状况，"校完不改""改后出错"，给编辑带来很大压力和考验。包容、支持新事物，是报社编辑部门的基本态度。转眼到了 10 月中旬，党的十三大即将召开，激光照排系统要接受这个重大任务的检验。原新闻出版总署副署长李东东，时任《经济日报》总编室副主任，正是"告别铅与火"的现场目击者。她曾应笔者之邀，撰写回忆文章《难忘"告别铅与火"》，谈到当时的紧张状态："谭鹏主任和我仍是一人白班一人夜班坚守阵地，我俩立下'军令状'，编辑部决心与照排车间紧密配合，坚持继续电脑组版；但为确保万无一失，同时与印厂厂长商定，备好铅排车间和另一套人马，包括拣字师傅和组版师傅，并将所有铅排骨干师傅的电话和家庭住址一一记录在夜班，以备万不得已时，连夜接人，临时开铅字排版车间。"这样到 11 月初，报社以新排印技术顺利完成了出报任务。大家长舒一口气，"这也就意味着报版永远不会再退回铅排了"，李东东说。果然，第二年，报社印刷厂卖掉了全部铅字，成为第一家淘汰铅字排印的单位。

有了《经济日报》的示范效应，全国新闻出版和印刷单位纷纷上马激光照排系统。到 1993 年，国内 99% 的报社和 90% 以上的黑白书刊出版社、印刷厂采用了国产激光照排系统。在科研人员、印刷人、新闻出版人携手努力下，"铅与火"的时代一去不返，"光与电"的纪元焕然一新。

盛世修大典

《中华大典》

　　党一直十分重视古籍的保存、整理、出版工作。党的十一届三中全会后，中国特色社会主义事业蓬勃发展，中国出版事业进入发展的重要时期。编纂一部新型类书，对中华古籍进行全面、系统、科学的整理分类、汇编总结，是建设中国特色社会主义文化、振兴民族精神的需要，更是为社会主义文化大发展大繁荣的到来铺路奠基。在这种情况下，出版界提出编纂《中华大典》的设想。

　　这一设想最早是巴蜀书社原社长段文桂提出来的。1986年11月，全国12家地方古籍出版社在山东烟台开出版工作会。段文桂在会上倡议：我们要联合起来，整理编纂出版一部古籍文献，以继承和弘扬中华民族的文化；这部古籍文献叫《中华古代文献大典》。方案得到与会人员的赞同。次年，编纂筹备组在成都成立，推举上海古籍出版社总编辑钱伯城为筹备组组长，《中华古代文献大典》改名为《中华大典》。

　　1987年至1988年，段文桂肩负筹备的重任，几次出川赴京，要求有关部门支持，请专家学者向中央呼吁，建议抓紧编纂《中华大典》。他不遗余力地奔走，一心想要促成这件事。与此同时，筹备组广泛征集专家学者意见，向中央各部门写了《关于编纂中华大典意见书》，制定《中华大典》的编纂体例、框架及规章制度……工作得到了各方的支持，包括钱锺书、冯友兰、梁漱溟、钱学森、吕叔湘、季羡林在内的300多位专家学者积极参与论证工作，先后对编纂《中华大典》工作的重要性和必要性发表意见。

云南教育出版社承担出版的《中华大典·哲学典》（2000—2007年）、
《中华大典·生物学典》（2007—2017年）

  1988年10月29日，巴蜀书社、上海古籍出版社、江苏古籍出版社、岳麓书社、浙江出版社等17家单位人员及有关部门负责同志，在成都进一步讨论《中华大典》编纂的落实工作。会上讨论通过了《关于编纂〈中华大典〉的请示报告》《关于〈中华大典〉纲目设置的构想》及《全国各地著名专家学者对编纂大典的意见和建议》等文件；推选时任中宣部出版局局长伍杰为试点领导小组组长，杨牧之、安平秋为副组长，上海古籍出版社、巴蜀书社、江苏古籍出版社为试点单位，以《文学典》《历史典》《法律典》《医药卫生典》《教育典》为试点典。

  1989年1月21日，《中华大典》的试点工作在成都中医学院（今成都中医药大学）图书馆二楼会议室正式启动。同年5月27日至29日，首次试点工作会议在北京召开，会议对编纂工作中涉及的框架设置、书稿体例、资料选录等问题进行了评审和论证。

  1990年8月29日，国务院向国家新闻出版总署正式发文，同意批准启动《中华大典》编纂工作，并将其列为"我国建国以来最大的一项文化工程"和国家重点古籍整理项目。江泽民、李鹏、李瑞环、李铁映等中央领导先后题词和批示。中央领导的亲切关怀，给大典编纂工作者以极大的鼓舞和信心。1992年9月9日，《中华大典》工作、编纂会议在北京召开，会上成立《中华大典》工作委员会、《中华大典》编纂工作编委会和中华大典办公室。由原新闻出版总署副署长于永湛和中宣部出版局时任局长伍杰分任工委会主任、副主任，国家图书馆时任馆长任继愈任编委会主任，办公室实际承担大典项目管理职责。大典的编纂工作正式启动，全面铺开。

我国存世的文献典籍汗牛充栋，浩如烟海，《中华大典》包罗百科，内容广博，编纂一部这样规模宏大、具有传世价值的大型类书，对于参与这项出版工作的出版社和编纂者来说，都是一场旷日持久的攻坚战。根据我国古代文献的保存情况，《中华大典》的经目分为4级，即典、分典、总部、部；纬目依次按题解、综述、论述、纪事、图表、列传、艺文、别录、书目等9项展开。全书初步设定22个典（实际出版24个典），由于大典项目庞大，全国20余家出版社共同承担了这个出版项目。如何将灿若星辰的文献典籍资料编排得井然有序，在结构上形成完备的多线检索网格是首先要解决的问题。经过专家和学者的反复论证，最终确定使用古代类书编排办法和现代学科分类结合的方式，创立了"中华大典分类法"。

文献的取舍原则和收录标准确定了，编制拟定书目又是一个大工程。每一部分典的内容都是从数千种古籍中提取出来的，需要编纂者对所选取的资料进行分类、选编，弄清版本源流，还要广泛搜集相关资料做精细鉴别。以文献版本选择为例，大型类书的出版是对文脉的传承，文献版本的选择尤为重要。既要充分吸收有现代价值的整理研究成果，又要尽可能使用古本、善本，因此，大典编纂者须有专业学术水平，业务精通，还得具备一定的校勘功底和古籍整理能力，组织这样的作者队伍实为不易。为优选版本，有些出版社甚至不吝花费时间和资金，到海外去寻找，只为达成"古代要全，近代要精，小家要全，大家要精"的目标。

稿件编校工作难度大，所需时间长，耗费人力多，涉及的经费缺少必要保障，加之很多专家学者与大典编纂者均为兼职，使得大典编纂工作的实际推动面临重重困难。到2006年，大典24个典实际上只启动了《文学典》《医药卫生典》等8个典。虽然大典编纂工作遭遇困顿，一些典甚至陷于停顿，但大典工委会的老领导、编委会的老专家、大典办的老同志，始终不离不弃、咬牙坚持。至2011年底，《中华大典》共完成书稿约4亿字，共出版约1.6亿字，大典24个典也都已全部启动。2011年，国家新闻出版总署决定将《中华大典》项目纳入国家出版基金。国家出版基金为大典项目提供基本资金保障，这项"前人之未作，后人之不可无"的出版工作终于迎来新的曙光。2019年5月，最后一部典《军事典·战争战例分典》付梓，宣告《中华大典》全面完成编纂出版工作。历经30年钩沉稽索、披沙拣金，这项伟大的文化出版工程终于筑成。这部以国家名义和力量组织编写的大型新式类书共分24个典、110个分典，出版408册、7.45亿字，是明代《永乐大典》的两倍、清代《古今图书集成》的4.5倍，超过我国历代所有类书的字数总和，成为有史以来规模最大的类书。

从倡议编纂到全面完成，整整历时30余载，无数学者、出版人上万个日夜的心血，终于累土成高台、细流汇江海，成就一部鸿篇巨制；全国60余所高等院校、科研院所的逾千位专家学者，15个省（区、市）的19家出版单位以"板凳要坐十年冷"的精神，成就一座巍然耸立的文化巅峰。文化典籍记载着中国的历史，镌刻着中华民族的智慧，《中华大典》的启动源于一群古籍出版人的推动，它的出版"开创了全面整理中国古典文学遗产的壮举，体现了当代古籍整理出版的新水平，是出版界组织编纂出版重大文化工程的成功实践"①。

① 出自原新闻出版总署署长柳斌杰在《文学典》出版座谈会上对《中华大典》的评价，《〈中华大典·文学典〉高质量出版》，《光明日报》2010年1月7日。

出版人真心捧出的《白鹿原》

"倒着走便倒着走，独开水道也风流。自古青山遮不住，过了灞桥，昂然掉头，东去一拂袖。"这几句词是陈忠实1992年写完《白鹿原》后填的。他说，灞河的水受势所逼，只能倒流向西。作家的创作也是这样，有人一路奔流向东，有人走了些弯路，但终归还是流向大海。

1942年夏天，陈忠实出生于陕西省西安市霸陵乡西蒋村。陈家世代务农，家境贫寒。幼年的陈忠实过着吃了上顿没下顿的日子。13岁投考中学的一次外出，让他立志，人不能一辈子只待在西蒋村，应该到更广阔的世界去看一眼，他一心期盼通过读书改变命运。考上中学后，陈忠实愈加勤奋刻苦，"物质上不能与人比，但学习可以走在前头"。也是在那时，他接触到了赵树理、柳青等作家的作品，心里埋下一颗文学的种子。

最擅长捉弄人的就是命运。1962年，陈忠实高考落榜，他满怀的希望竟成幻梦。上不了大学的陈忠实只能回到家乡，当了一名民办教师。陈忠实不甘心，他还想体验更广阔的世界。白天，他教书育人；夜晚，他醉心写作。那时候条件艰苦没有电灯，他就用一只小墨水瓶做成煤油灯照明，常常烧焦了头发，熏黑了鼻孔，伴着昏暗的灯光，这一写就是3年。

1965年3月8日，陈忠实发表了散文《夜过流沙河》。1973年，小说《接班以后》一炮打响，被改编为连环画和电影，反响强烈。1979年，小说《信任》获中国作协全国优秀短篇小说奖。1982年，陈忠实40岁，调入陕西省作家协会从事

《白鹿原》 人民文学出版社
1993年初版本

专业创作，成为一名专业作家。

1986年，陈忠实44岁，人生过半，他突然意识到：二十多年的写作生涯，他还没有一部真正让自己满意的大作品。他开始迫切地"寻找属于自己的句子"。

"我要创作一本死了以后，可以放在棺材里垫头做枕的书。"经过两三年的准备，陈忠实完成了小说最初的构思。1987年底，这位年近知天命的关中汉子带着铺盖卷，背着大蒸馍，只身回到乡下祖屋。他义无反顾，决定放手一搏，"这事弄不成，咱养鸡去！"

漫长的《白鹿原》创作开始了。当陈忠实在笔记本上写下《白鹿原》第一行字时，"整个心理感觉已经进入我的父辈爷爷辈老爷爷辈生活过的这座古原的沉重的历史烟云之中了"。为完成《白鹿原》，陈忠实不知付出了多少心血，在后来回忆中，他说"这个作品我是倾其生活储备的全部以及艺术的全部能力而为之的"。

1992年春天，陈忠实终于完成了这部耗费他7年光阴的长篇小说。他对妻子说："我得给老何写封信，告诉他小说的事，我让他等得太久了。"陈忠实口中的"老何"是时任《当代》杂志常务副主编何启治，两人相识于陈忠实短篇小说《接班以后》发表后不久。那时，还是人民文学出版社编辑的何启治到陕西组稿，他认为这个短篇题材"具备了一个长篇小说的架势或基础"，鼓励陈忠实将《接班以后》扩充、改写为一部20万字左右的长篇小说。彼时还不是专业作家的陈忠实委婉地谢绝了何启治的好意，他觉得"这几乎是老虎吃天的事"。但是何启治耐心地鼓励他"你一定要写长篇，写出来一定要给我发"，还言辞恳切地说："别急，你慢慢写，我可以慢慢等！"

这一等就是近20年。这十几年中，何启治与陈忠实虽有书信往来，却没有过催促。对此，陈忠实有一个著名的"蒸馍理论"：创作就像蒸馍，面要好，酵头要老，功夫要到，汽要饱。馍蒸到一半，最害怕啥？最害怕揭锅盖。锅盖一揭，就跑汽了，馍就生了。

1984年，陈忠实第一个中篇小说《初夏》在《当代》发表。在陈忠实看来，这是何启治以"巨大的耐心和令人难以叙说的热诚"促使自己完成了"习作过程中的一次跨越，得到了属于自己的一次至为重要的艺术体验"，是"一个重要的不可或缺的过程"。

1993年3月，人民文学出版社当代文学一编室主任高贤均和《当代》杂志的编辑洪清波来西安取《白鹿原》的书稿，当陈忠实把厚厚一摞手稿交给两位编辑时，忽然一句话涌到口边："我连生命都交给你俩了。"但他还是把这句话硬给咽了下去，"却憋得几乎涌出泪来"。4月16日，高贤均致信陈忠实，信中给予《白鹿原》极高的评价，"感觉非常好，这是我几年来读过的最好的一部长篇……比《桑干河》更丰富更博大更生动……"并告知小说"出版没有问题"。陈忠实匆匆读完信后，嗷嗷叫了3声就跌倒在沙发上，交稿时没有流出来的眼泪，"顷刻间溅了出来"。随后，陈忠实又收到了何启治的来信，信中充满了一个职业编辑遇到百年等一回的好稿子之后的兴奋和喜悦。

这样，从1992年4月到6月，《当代》杂志和当代文学一编室共6位编辑先后看完了这部50万字的长篇小说并分别签署了审读意见。何启治作为书稿的终审人，在1993年1月18日的审读意见中写道：这是一部显示作者走向成熟的现实主义巨著，有"艺术永久魅力"。随后，《白鹿原》分两期在《当代》连载（1992年第6期和1993年第1期），1993年6月出版了单行本。《白鹿原》初版只印了14850册，很快销售一空，短短4个月内，加印了7次，仍供不应求。1997年，《白鹿原》荣获第四届茅盾文学奖，被教育部列入"大学生必读"系列，陆续改编成秦腔、话剧、舞剧、电影等多种艺术形式。

2013年，由陈忠实提议并提供奖金，在人民文学出版社设立"白鹿当代文学编辑奖"，用以表彰和鼓励社内成绩突出的当代原创长篇小说编辑，这是国内首个由个人出资设立的编辑奖。而最早向陈忠实组稿的何启治，由于1992年9月调任人民文学出版社副总编辑，成就了编辑生涯中的唯一：既是《白鹿原》的组稿人、终审人，又是它的责任编辑。

何启治说："文学是愚人的事业。"从一个业余的农村作者到著名作家，陈忠实用愚人的执着和苦功来刻写笔下的每一个故事，每一个人物，经过许多次的努力，终于"破茧而出"。何启治同样以愚人的执着与坚守，默默奉献着自己的心血，用真心捧出了"一代奇书"《白鹿原》。

中国文化走出去的一张名片

《大中华文库》

1994年7月，中国文化经典外译项目《大中华文库》开始启动。1996年3月，新闻出版署正式批复出版《大中华文库》（以下简称《文库》）。批复文件指出："让中国了解世界，让世界了解中国，是我国出版工作的重要职责。"项目列入国家"九五"重点图书出版规划，这标志着项目实施工作的正式起步。

《文库》是我国历史上首次采用中外文对照形式，系统向世界推介中华优秀传统文化典籍的国家重大出版工程。历经20余载，汇集任继愈、季羡林、杨宪益等顶尖学人，发动30余家出版单位共同参与，《文库》最终完成汉英对照版110种，汉语与法语、俄语、西班牙语、阿拉伯语、德语、日语、韩语等7种语言的对照版25种典籍175个品种。

《文库》的编译是一项大型文化工程，代表了开放的中国走向世界的一种强烈愿望。杨牧之先生是《文库》的主要发起人。早在20世纪80年代，他在中华书局做编辑时就萌生了这个愿望，因为他本人学古典文学专业，对中华传统文化的美与智慧有强烈感受。杨牧之认为，抓紧把它们介绍到全世界去，让世界了解中国，这是每一个学者、每一个出版工作者的使命和责任。但是，完成这样浩大的任务，单凭中华书局一家是不够的。幸运的是，不久杨牧之调任新闻出版署，先后担任图书司司长、党组成员、副署长等职务，有机会协调统合更多力量来办这件大事。

在新闻出版署工作期间，杨牧之便找来现代出版社总编辑马欣来，以及曾经

《大中华文库》以黄河、长城、
故宫门环为统一标志性设计

出版过外译著作的外文出版社、湖南人民出版社和中华书局一起商议项目计划。现代出版社主管部门是中国出版对外贸易总公司，有图书出口权，便于《文库》以后的对外发行。大家热情高涨，纷纷请缨上阵，很快组成了以外文局副局长黄友义，外文出版社总编辑徐明强，时任新闻出版署图书司司长阎晓宏，现代出版社总编辑马欣来，湖南省新闻出版局局长陈满之、副局长张光华，湖南人民出版社社长熊治祁及继任者尹飞舟等为核心的团队。在团队前期论证工作的基础上，《文库》确定由新闻出版署策划组织，邀请学术泰斗、译界名家，集合出版界精英力量来打造这部传世精品。

为保障组织有力，《文库》成立了总编辑委员会和工作委员会。总编委会负责选译版本、确定译者和审查内容；工委会负责遴选出版社和具体的出版工作。杨牧之担任《文库》工作委员会主任兼总编辑。为保证质量，还成立了学术顾问委员会，由丁望道、任继愈、李学勤、季羡林、杨宪益、戴文葆等18人组成。

《文库》出版工作要求做到"三精"：一是精选。选目要能代表中华民族文化的精华部分，版本还要精良。最后选出110种典籍，上起先秦，下迄近代，涵盖哲学、宗教、政治、经济、军事、历史、文学、科技等各个方面。二是精译。《文库》所涉典籍均为文言文，所以就有两重翻译任务，先翻译成白话文，再译成外文。为保证质量，《文库》独创了五审制，出版社进行一、二、三审，总编委会请学术界的中外文专家论证审稿，之后总编辑和副总编辑还要进行第五审，不合格的依然要退回去返工。三是精制。《文库》虽然分多次印制，但都要做到统一版式、统一纸张、统一印刷、统一装帧，并采用有民族特征的设计元素：书脊上方是故宫门环，象征叩开传统文化大门；书脊下方是长城墙垛，排在一起连绵成知识的长城；封面是黄河壶口瀑布，表征中华文化在黄河的奔腾中起源。为了定封面，湖南组织了省内一些主要出版社美编，总共设计了20多个方案。最后选中湖南人民出版社美编廖铁的壶口瀑布设计、贺旭的故宫门环设计，又增加上长城垛口，形成最终封面设计。

《文库》刚刚立项时，还没有出版基金这种补贴机制，都是各社自出经费，经济上很困难，在第一批图书出版前，所有编辑人员都没有领过一分钱。大家是凭着一定要把事儿办成的一股冲劲儿，完成了第一辑的编辑出版工作。2000年9月26日，在人民大会堂隆重召开了出版座谈会，全国人大常委会副委员长许嘉璐、新闻出版署署长于友先等领导高度评价《文库》的出版价值，参与《文库》编译工作的一流学者如季羡林、任继愈、叶水夫、戴文葆、沙博理、金开诚、乐黛云等人畅谈《文库》的意义与出版方向。北京大学著名学者季羡林在这次座谈会上提出："微观，也就是分析，是西方文化的特点；而宏观是我们东方文化，一种以文化为主的东方文化的综合。人类要往前进步，必然是把宏观和微观结合起来。《大中华文库》的意义非常重大，对整个人类的前进、整个人类文化的发展具有不可估量的价值。"事实上，早在立项之初，季老就拍手称快，说我们不仅要有"拿来主义"，还要有"送去主义"，《文库》就是把我们的好东西主动送出去。

两代出版人精工细作，《文库》取得了巨大的社会效益，先后获得国家图书奖荣誉奖、全国古籍整理优秀图书一等奖。2011年12月，《文库》出版工程暨新闻出版走出去先进单位表彰大会在人民大会堂隆重举行。当年只批准两个表彰项目，另一个是"天宫一号"。《文库》被称为社会主义大发展大繁荣的标志之作，是当年新闻出版战线的"天宫一号"。它还多次作为国礼登上外交舞台。2014年9月，习近平主席向斯里兰卡政府赠送《文库》汉英对照版图书100种188册。

今天，中国日益走近世界舞台的中央。《文库》的故事还在继续，目前正在进行的"一带一路"沿线国家语种翻译工作，第一批计划出版29种语言84种典籍。日新不已，望如朝曙。在世界舞台上展现中华文化的永恒魅力，讲好中国故事，传播好中国声音，新时代出版人继续着文化的使命。

『出版为国家科技发展服务的典范』

大飞机是指起飞总重超过 100 吨的大型运输类飞机。很长一段时间，我们都造不出自己的国产大飞机。乘坐自主研制的大飞机，冲上云霄，成了几代中国人的梦想。梦想需要实力来支撑。2007 年，大飞机专项列入《国家中长期科学和技术发展规划纲要（2006—2020 年)》。2008 年，项目实施主体中国商用飞机有限责任公司在上海成立。作为国家重大战略决策，大飞机开始起飞！

几乎同时，一群出版人敏锐地觉察到大飞机专项带来的机遇。研制大飞机涉及机械、电子、材料、冶金、仪器仪表、化工等基础工业门类，需要数学、空气动力学、材料学、人机工程学、自动控制等多种学科知识，是一个复杂的、系统性的科技创新工程。从 1970 年毛泽东主席和周恩来总理推动研制"运10"开始，我国发展大型民用飞机已经有近 40 年历史，积累了很多经验，但是理论、技术和工程等方面仍然严重不足，迫切需要引鉴国外相关领域图书资料，研发中形成的成果也需要及时整理出版。这就使得项目相关的科技出版工作十分必要，且有长远价值。

与商飞同处一地的上海交通大学出版社，自觉担负起大飞机出版项目。背靠一流大学，时任社长韩建民有一个很深的认识：出版是大学科研和教学之外的第三种力量。上海交通大学出版社也一直践行"把出版融入社会，为社会发展、科技进步服务"的理念。国家大力研制大飞机，出版界要跟上。出版一套以"大飞机"为主题的高端学术丛书，以此服务、推动大飞机专项，上海交通大学出版社

"大飞机出版工程"第一期出版11种图书 上海交通大学出版社2010年出版

上下迅速达成了共识。

主题有了，得给项目起个名字。叫什么好呢？主要策划负责人、继任社长刘佩英说，大家想过"丛书""系列""全集"这些通用的，总觉得不够劲儿。"我希望它具有先锋的品质，犹如大飞机制造在科技界的绝对前沿性；我也希望它给人浑厚恒久的感觉，犹如飞行必须传递给人的那种安全感。"几经踌躇，韩社长最后一锤定音：就叫"出版工程"！把这项图书的出版当成百年工程来做，让它伴随着中国大飞机的科研过程一起起飞、翱翔！

为了同步大飞机科研攻关需求，同时确保书稿质量，上海交通大学党委原书记王宗光牵线，出版社聘请中国航空工业集团公司科技委副主任、两院院士顾诵芬担任总主编。顾诵芬是歼8的总设计师，获得了2020年度国家最高科学技术奖。他出生于有"江南第一读书人家"之誉的顾家，是著名版本目录学家顾廷龙之子，和书籍也有天然的缘分。中国商飞副董事长、总经理金壮龙和上海交通大学党委书记马德秀担任副总主编，每个系列的分主编也都是活跃在科研、教学、管理一线的专家。

"大飞机出版工程"从2008年开始策划组稿，首批确定11种书目，预计规模在600万字，需要一大笔资金支持。恰在此时，国家出版基金设立了，专门资助公益性大型出版项目。"大飞机出版工程"入选首批国家出版基金资助项目名单，在其助力下仅两年就完成了首批图书出版。这项出版工程注重实用性，图书出版后成为一套飞机设计技术人员认可的系统教科书，大大优化了航空专业技术教材体系，为大飞机专项科研工作提供了很大支持，被誉为"出版为国家科技发展服务的典范"。

"大飞机"起航以来，围绕大飞机研制、管理的关键性技术，已经出版"总论系列""结构强度系列""适航系列""航空发动机系列""民用飞机飞行控制技术系列""ARJ21新支线飞机技术系列""飞机运行支持技术系列""复合材料手册系列""民机先进材料系列""民机系统工程与项目管理丛书""航空市场及运营管理研究系列""民机先进制造工艺技术系列"等14个系列近200种图书，形成学术专著、译著、精品教材和工具书4个模块，成为科技出版领域高端学术著作的标志性成果。出版不仅为文化软实力贡献力量，也日益成为科技发展进步的筑路者。

马克思主义经典著作的出版

《马恩全集》《马恩选集》《列宁选集》《列宁全集》《斯大林全集》

马克思主义经典著作的编译出版，历来受到党中央的重视，在新中国成立前就开始了比较系统的工作。

1938年5月5日，在马克思诞辰120周年纪念日当天，党中央在延安成立了马克思列宁主义学院（简称"马列学院"），学院设立了中国历史上第一个编译马列著作的专门机构——编译部。

抗日战争时期，由马列学院编译、解放社出版的马列经典著作有《马克思恩格斯丛书》10种、《列宁选集》16卷、《斯大林选集》5卷。其中，《马克思恩格斯丛书》包括《社会主义从空想到科学的发展》《共产党宣言》《法兰西内战》《政治经济学论丛》《马恩通信选集》《德国的革命与反革命》《〈资本论〉提纲》《哥达纲领批判》《拿破仑第三政变记》《法兰西阶级斗争》。而《列宁选集》原计划出版20卷，实际只出18卷（第14、15卷未正式出版），第19、20卷曾在1947年打好纸型，即将正式出版之时延安遭到胡宗南进攻。马列学院编译部的张仲实将纸型埋在瓦窑堡附近，希望日后还能用上，结果被胡的部队找到毁掉了。

新中国成立后，马克思主义经典著作的编译出版走上快车道。1953年，中央俄文编译局与中宣部斯大林著作翻译室合并，整合成中央编译局，全称为中共中央马克思、恩格斯、列宁、斯大林著作编译局，主要任务是"有系统地有计划地

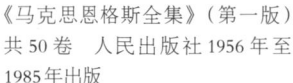

《马克思恩格斯全集》（第一版）共 50 卷 人民出版社 1956 年至 1985 年出版

《马克思恩格斯全集》（第二版）计划出版 70 卷 人民出版社 1995 年开始出版

《马克思恩格斯文集》10 卷、《列宁专题文集》5 卷 人民出版社 2009 年出版

① 《中共中央关于成立马恩列斯著作编译局与撤销中央俄文编译局的决定》（1953 年 1 月 29 日），《中共中央文件选集》第 11 册，人民出版社 2013 年，第 85 页。

翻译马克思、恩格斯、列宁、斯大林的全部著作"①。

《斯大林全集》

中央编译局成立后，最先编译的是《斯大林全集》。作为中苏友谊的象征，中央编译局从 1953 年 3 月启动中文版《斯大林全集》编译工作，翻译底本依据的是苏联 1946 年开始出版的俄文版全集。经过 6 个月集体译校，人民出版社当年 9 月正式出版了全集第 1 卷，12 月出版了第 2 卷，之后 1954 年到 1956 年每年出版 3 卷，1957 年、1958 年各出版 1 卷，《斯大林全集》中文版 13 卷出齐。

《列宁全集》

1953 年下半年，中央编译局以俄文第四版及其补卷为翻译底本开始进行《列宁全集》中文编译工作，1955 年 12 月人民出版社正式出版第 1 卷，到 1958 年一共出版 8 卷，1959 年出版 30 卷，到 1963 年出齐全部 39 卷。

1982 年 5 月，中共中央书记处批准编译《列宁全集》第二版。1984 年 10 月中文第二版开始由人民出版社正式出版，至 1990 年 12 月《列宁全集》第二版全部 60 卷出版完成。这是我国自主编辑出版的资料齐全、符合读者习惯、自己撰写前言和注释的新版本。

从 2010 年起，中央编译局又在《列宁全集》第二版的基础上编辑出版了《列宁全集》第二版增订版，仍为 60 卷，并将《列宁全集补遗》中的重要内容纳入增订版，增订版 60 卷于 2017 年由人民出版社全部出齐。增订版全面校订了《列宁全集》第二版正文和注释中出现的马恩著作引文，修订和勘正了第二版各卷译文中存在的有关问题，修订和充实了中文第二版各卷所附资料。

《马克思恩格斯全集》

《马克思恩格斯全集》第一版编译工作开始于 1955 年，1956 年由人民出版社陆续出版，一直到 1985 年出齐，总共 50 卷、53 册。第一版依据的底本是马恩全集俄文第二版。该版除《资本论》等少数篇章，大部分马恩著作是从俄文转译的，译文不可避免存在不准确之处。

1986 年 7 月，中共中央书记处批准中央编译局《关于重新编译出版〈马克思恩格斯全集〉中文版的请示报告》，开始着手马恩全集第二版的编译工作。如前所述，全集第一版从俄文版转译，而马恩原著 60% 用德文写成、30% 用英文写成，还有法文、意大利文、西班牙文及其他欧洲文字。为更加清晰准确呈现马恩著作原貌，第二版以国际马克思恩格斯基金会编纂的《马克思恩格斯全集》历史考证版（MEGA²）为蓝本，同时参考德、英、俄等其他版本开展编译工作。

这里要简单解释一下，《马克思恩格斯全集》历史考证版全称 die historisch-kritische Marx-Engels Gesamtausgabe，简称 "MEGA"。它是指马恩所有著作、手稿、书信和写作过程的原始文本。20 世纪 20 年代，苏联的梁赞诺夫在列宁支持下领导了第一次马恩全集历史考证版的编辑出版工程，称作 MEGA¹；20 世纪 70 年代，苏联和民主德国学者共同组织了第二次历史考证版，称作 MEGA²，这是当今最权威、最具影响力的马恩文献版本。《马克思恩格斯全集》第二版，从 1995 年开始出版，计划出 70 卷，目前还在编译出版当中。这是中国人首次独立编辑的马恩著作全集版本。

马列经典著作选集、文集

全集卷帙浩繁，为了方便读者学习，中央编译局又编辑了选集。1960 年是列宁诞辰 90 周年，中央编译局编译、人民出版社出版了《列宁选集》4 卷本，收入文章205篇，约257万字。这是《列宁选集》第一版，在《列宁全集》第一版的基础上编选而成。1965年，中央编译局编选了《马克思恩格斯选集》4卷本，受"文革"影响只在内部发行。1971年，全国出版工作座谈会召开，周恩来总理指示要抓紧选集的出版工作。这样在1972年，人民出版社正式出版了《马克思恩格斯选集》4卷本和修订后的《列宁选集》第二版，在1979年出版了《斯大林选集》上、下卷。

1995年，在《列宁全集》第二版出版的基础上，中央编译局调整了部分内容，重新编选了《列宁选集》第三版。选集仍分4卷，共收列宁文献195篇，合计约232万字。

2009年，作为马克思主义理论研究和建设工程的标志性成果，中央编译局编译出版了10卷本《马克思恩格斯文集》、5卷本《列宁专题文集》。在吸收和利用两部文集的编译和研究成果基础上，中央编译局又对两部选集进行调整和修订，于2012年9月由人民出版社正式出版《马克思恩格斯选集》第三版、《列宁选集》第三版修订版，成为"马工程"的又一标志性成果。

《中共中央关于党的百年奋斗重大成就和历史经验的决议》指出：马克思主义是我们立党立国、兴党强国的根本指导思想。在学习方法上，习近平同志指出："马克思主义经典著作思想深刻，要深入理解马克思主义的精神实质和思想精髓，必须专心致志地读、原原本本地读，努力掌握贯穿经典著作中的马克思主义立场观点方法，学懂学通马克思主义基本原理。"[1]马克思主义经典著作精益求精的编译出版，为理论学习提供了权威版本教材，为不断开拓马克思主义发展新境界提供了智力支持。

---

[1]《认真学习马克思主义经典著作，不断推进中国特色社会主义事业》，《人民日报》2011年5月14日。

第十章
新时代出版人的
中国梦

新时代　新思想
新经典

2021年是中国共产党成立100周年。这100年，是我们党在困难中坚持，在挫折中前进，带领人民不断争取自由、争取民主、争取幸福，不懈奋斗的100年，也是马克思主义基本原理深入应用于中国发展具体实践，不断推进马克思主义中国化时代化的100年。

在中国特色社会主义伟大实践中，习近平总书记发表了一系列重要论述，提出了许多新思想新观点新论断，深刻回答了新的时代条件下党和国家发展的重大理论和现实问题，集中展示了中央领导集体的治国理政方略。2014年9月，由国务院新闻办公室会同原中央文献研究室、中国外文局编辑，外文出版社出版的《习近平谈治国理政》，以中、英、法、俄、阿、西、葡、德、日等多语种面向全球发行。10月8日，外文出版社在法兰克福书展举行了《习近平谈治国理政》多语种全球首发式。

《习近平谈治国理政》收入了习近平总书记2012年11月15日至2014年6月13日的讲话、谈话、演讲、答问、批示、贺信等79篇，以专题的形式将内容划分为坚持和发展中国特色社会主义、实现中华民族伟大复兴的中国梦、全面深化改革、促进经济持续健康发展、建设法治中国、建设社会主义文化强国等18个主题，还收入了45幅总书记在各个时期的照片。2018年1月，应广大读者需要，《习近平谈治国理政》进行了修订，改称《习近平谈治国理政》第一卷，由外文出版社面向海内外再版发行。

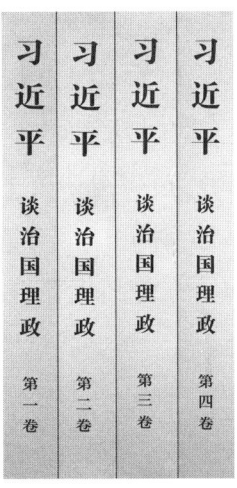

《习近平谈治国理政》
(第一、二、三、四卷)，
外文出版社 2014—2022
年出版

随着中国特色社会主义理论与实践的不断发展，习近平总书记相继提出一系列治国理政新理念新思想新战略。国内外读者迫切希望系统了解掌握习近平新时代中国特色社会主义思想的精神实质和内涵，2017年11月，《习近平谈治国理政》第二卷中、英文版同步出版发行。该卷以坚持和发展中国特色社会主义，实现中华民族伟大复兴的中国梦；决胜全面建成小康社会；将改革进行到底；建设社会主义法治国家等17个专题分类，收入了习近平总书记2014年8月18日至2017年9月29日发表的讲话、谈话、演讲、批示、贺电等99篇，收入习近平总书记这段时间内的图片29幅。2018年2月，第27届古巴书展在哈瓦那举行，中国参展团携《习近平谈治国理政》第一卷再版新书和第二卷中、英文版首次以古巴书展主宾国身份亮相，引起热烈反响。4月11日，《习近平谈治国理政》第二卷多语种版在伦敦成功举行首发式，再次引起广泛关注。

2020年6月，《习近平谈治国理政》第三卷出版，全书分为19个专题，收入了习近平总书记2017年10月18日至2020年1月13日的报告、讲话、谈话、演讲、指示、批示、贺信等92篇，还收入41幅习近平总书记这个时间段内的照片。该卷集中展示了马克思主义中国化的最新成果，充分体现了以习近平同志为核心的党中央为推动构建人类命运共同体贡献的智慧方案，是全面系统反映习近平新时代中国特色社会主义思想的权威著作。

《习近平谈治国理政》第三卷印制工作启动之时，正逢新冠肺炎疫情反弹，负责具体出版工作的外文局随即启动应急预案，最终克服了重重困难，确保印制质量和数量，满足市场和读者的迫切需求。外文局还利用国际传播优势，在出版当天就上架美国亚马逊中国书店，同步启动海外发行推广。

2022年7月2日，《习近平谈治国理政》第四卷中、英文版同步出版发行，收入习近平总书记2020年2月3日至2022年5月10日的讲话、谈话、演讲、致辞、指示、贺信等109篇，以及2020年1月以来的图片45幅，在海内外迅速掀起学习热潮，成为新的经典之作。

《习近平谈治国理政》（第一、二、三、四卷）出版后风靡全球，从政要、学者到普通民众，刮起一阵阵学习旋风。在外国读者心中，它既是有趣迷人的中国故事，也是严谨求实的中国理论，更是解读当代中国发展之道的密码之书。截至2022年10月，该著作已出版37个语种版本，发行覆盖全球170多个国家和地区，在海外受欢迎程度前所未见，发行地区和发行量都创中国出版的历史纪录，成为具有里程碑意义的现象级著作，让世界聆听到最生动的中国故事、最响亮的中国声音。

　　2022年5月，《百年大党面对面》摆上新华书店的货架，不少老读者已经迫不及待地等在那里了。

　　一本新书，哪里来的老读者？

　　原来，新出版的《百年大党面对面》是"理论热点面对面"系列图书，从2003年开始，每年出一本。到2022年，已经是该系列连续出版的第20个年头了。

　　"理论热点面对面"系列是通俗理论读物，由中宣部理论局组织编写，将党的创新理论、国家政策和群众重大关切凝练成专题问题，以大众化的语言解答清楚明白。由于问题和现实贴得紧、和百姓贴得近，回答的内容让人看得进、读得懂，受到读者热烈欢迎和真心喜爱。系列图书每本发行量达三四百万册，成为马克思主义大众化的标志性成果。它的成功，充分说明理论的重要性和理论大众化的必要性。

　　恩格斯说过，一个民族想要站在科学的最高峰，就一刻也不能没有理论思维。习近平总书记多次强调，要坚持用马克思主义及其中国化创新理论武装全党。中国共产党是高度重视理论建设的政党，践行以人民为中心的发展思想。让党的创新理论惠及14亿多中国人民，更好地服务人民群众，就要让广大人民群众看懂理论逻辑、掌握理论方法，这是马克思主义大众化的任务。

　　中国共产党历来重视将马克思主义理论、哲学社会科学理论和科学知识普及化、大众化。出版工作是马克思主义大众化的一个主要传播途径，在党的不同历

"理论热点面对面"系列《百年大党面对面》 学习出版社、人民出版社2022年出版

史时期都出版过大量通俗理论读物，围绕党的中心工作发挥着传播真理、发展文化、普及理论、解读政策、凝聚共识等重要作用。党的历史上出现过《马克思主义浅说》《大众哲学》《社会学大纲》《〈实践论〉解说》《〈矛盾论〉解说》等一大批优秀的通俗理论读物，到今天仍然为人耳熟能详，是马克思主义大众化的典范之作。

"理论热点面对面"系列继承了党注重理论大众化的光荣传统。2001年12月，第一本"理论热点面对面"开始编写。中宣部理论局组织中央有关部门和理论界近百位专家学者参与起草和修改工作，历时一年多，到2003年2月才正式推出。第一本书正式书名叫《干部群众关心的25个理论问题》，由学习出版社出版发行。图书出版后，各方反响很好，于是成为年度固定选题。2004年，书名叫《理论热点18题》，仍然由学习出版社出版发行。

从2004年起，中宣部理论局规范了编写工作。一般在上一年第四季度，理论局就组织力量分赴各地调研，收集干部群众最关注的热点问题，梳理确定全书框架结构，春节前后开始组织力量起草初稿，每年3月份召开改稿会，一轮接一轮直至定稿。

从2005年起，定名为"理论热点面对面"，改由学习出版社和人民出版社联合出版发行。从2010年起，每年主书名随着主题变动，"理论热点面对面"作为系列书名固定下来。比如：2010年《七个"怎么看"》、2011年《从怎么看到怎么办》、2012年《辩证看·务实办》、2013年《理性看·齐心办》、2014年《改革热点面对面》、2015年《法治热点面对面》、2016年《全面小康热点面对面》、2017年《全面从严治党面对面》、2018年《新时代面对面》、2019年《新中国发展面对面》、2020年《中国制度面对面》、2021年《新征程面对面》，到最新一本《百年大党面对面》，都在封面的右上角醒目标出"理论热点面对面"字样，后面跟着当年年份。

据连续十几年参加编写工作的专家何亦农观察，这系列图书面对不断涌现的大量现实问题，经历了几次比较大的变化：2003年《干部群众关心的25个理论问题》、2004年《理论热点18题》，主要以回答重大理论问题为主。2005—2009年，书名启用"理论热点面对面"，每年回答18到21个问题，开始涉及收入分配、住房、教育、医疗等实际问题。从2010年开始，系列书名不变，主书名更加鲜明，选取的热点问题更为精要，与群众利益也更加密切，直接聚焦百姓密切关注的民生问题。从2014年起，聚焦时代主题，作出权威准确、通俗易懂的解释。一路走来，在"面对面"中彰显了理论的力量，在真情讲述中凝聚了奋进新征程的力量，切切实实做到了"举旗帜、聚民心、育新人、兴文化、展形象"。

在2009年开始的"优秀通俗理论读物推荐活动"、2020年启动的"优秀通俗理论读物出版工程"中，"理论热点面对面"系列图书年年榜上有名，社会效益和经济效益双丰收。奋进新征程，建功新时代，大众化理论出版工作大有可为。

"看见"中华优秀传统文化

中国的绘画艺术，以其悠远历史和精湛技艺，在世界美术史上独树一帜。尤其是水墨画，以线造型、以形写意的传统，对西方现代绘画产生巨大影响。莫奈、凡·高、毕加索等一大批西方艺术史上的重要画家，直接或通过日本浮世绘间接学习中国画，开宗立派成为一代大师。

中国历代绘画是中华优秀传统文化的瑰宝，它深植于中华民族广厚的文化土壤，向世界展现了中国特色、中国风格、中国气派，是坚定文化自信的重要物质载体，也是理解中国美学精神的一部教科书。

但是，这些名画又极难见到。近代中国积贫积弱，国宝星散。有许多珍品被外国侵略者劫掠和损坏，还有不少流散不知所终。现存藏在博物馆中的名画，因客观保护需要，大多只能紧锁柜门，连内部人员也无缘寓目，更别提普通观众了，以至于2015年拿出《游春图》《清明上河图》等历代名画真迹的故宫石渠宝笈特展，吸引了数万观众连夜排队，只为隔空瞻仰一眼传世名作的真容。

2014年，习近平主席在联合国教科文组织总部演讲时讲道："让收藏在博物馆里的文物、陈列在广阔大地上的遗产、书写在古籍里的文字都活起来"。对于中国历代绘画作品来说，要"活"，就要能"看"能"用"。2005年，主政浙江的习近平亲自批准部署的《中国历代绘画大系》出版项目，将全世界所藏的中国名画高清拍摄出版，就是文物"活起来"的典范。这项规模浩大、纵贯古今、横跨中外的国家级重大文化工程，习近平同志亲切关怀并多次批示，浙江大学出版社

和中外文博界携手努力十数载，使中华优秀传统文化的代表者之一——中国绘画艺术精品，今天能够以图书和数据库等多种形式被全世界看见、为全人类使用。

《中国历代绘画大系》包括《先秦汉唐画全集》《宋画全集》《元画全集》《明画全集》《清画全集》5个系列，共计67卷240余册，一本本摞起来，足有4层楼高。16年来，出版团队走遍海内外260余家文博机构，拍摄高精度底片2.3万余张，收录中国绘画藏品12405余件（套），绝大部分国家级绘画珍品在这部大系中团圆。它是迄今为止同类出版物中藏品收录最全、图像记录最真、印制质量最精、出版规模最大的中国绘画图像文献。

辉煌背后总是巨大的付出，《中国历代绘画大系》的出版故事还得从2005年说起。为落实浙江省委关于加快建设文化大省的战略部署，浙江大学和浙江省文物局提出编纂出版《宋画全集》的构想，并向习近平同志作了报告。习近平立即表示支持：这一构想很好，值得为此努力。于是，《宋画全集》作为"浙江文化研究工程"首期项目启动，为《中国历代绘画大系》拉开帷幕。

宋画是中国绘画史上的高峰，存世稀少，每一幅都被收藏者视作珍宝。出版方"没有一张藏画，却要集千幅之巨"，项目刚提出时不少人都觉得不可能完成。这时，浙大社发挥浙江人的"四千精神"——想尽千方百计、说尽千言万语、走遍千山万水、尝尽千辛万苦，开干！

第一个表示支持的博物馆是故宫博物院。故宫是宋画的一个主要收藏机构，有大约250件藏品，占存世总量的1/4。故宫同意提供4英寸×5英寸底片的全部宋画藏品图像资料，这是文博机构标准的图像采集数据。可是，这满足不了《宋画全集》的出版需要。从定下项目的那天起，这部书的目标就是做成传世精品，开本特别大，许多长卷还要做成跨页，重要的局部放大处理，不仅满足鉴赏需要，还要供学术研究之用。所以，底片拍摄标准定到了全球最大幅面8英寸×10英寸反转片。这意味着，不但是故宫的宋画，而且全世界博物馆大部分的宋画，都需要一张张从保险柜里取出来——重拍！

能不能重拍？故宫也觉得为难了。不是嫌麻烦，而是国宝安危攸关。1000多年前的《千里江山图》，是天才少年王希孟用生命绘就的青绿长卷。为保护这幅传世名作，故宫已经17年没有打开柜子了。权衡、研究、评估，慎重又慎重，故宫给出了最终答复：开箱！这个回应，对国内文博界起到了示范性作用，使后续的工作顺利了很多。促使故宫作出这个决定的，一定是把中华文化最优秀的成果呈现给全世界的使命与担当。

还有很多宋画收藏在国外，日本就是一个较大的来源。相比之下，他们除了文保的担心，还格外忧虑版权保护是否到位。幸好，出版社早在这方面下足了功夫。浙大社为《宋画全集》配备了专用制作室，安装有24小时监控，信息要调用得输入密码，并规定3人在场才可以。严密的工作机制，打消了藏家重重顾虑，一眼千年的画作一幅幅收进了镜头里。青山踏遍，2010年9月，《宋画全集》终于编纂成功，收录海内外102家文博单位827件（套）画作。有宋300余年的丹青妙笔，就这样铺陈在世人眼前！

宋画整理出版后，项目组又有了更大的目标：以宋画的模式和标准，编纂先秦汉唐、元、明、清各代绘画全集，汇集成《中国历代绘画大系》，将中华民族存世的历史绘画艺术做一次全面梳理，并高规格出版。

2010年9月13日，项目组向习近平同志报告《宋画全集》出版情况，并汇报了出版历代绘画大系的设想。8天后的9月21日，接到习近平同志批示：获悉《宋画全集》出版任务进展顺利，感到很高兴。下一步出版"中国历代绘画大系"的打算很好，可积极向有关部门汇报，争取各方支持。希望你们再接再厉，为弘扬中华优秀传统文化，为浙江文化大省建设作出新的更大贡献。

项目组重整衣装，又马不停蹄出发了。一干又是十年，祖国大江南北、近邻日本、远隔重洋的美国，还有中国绘画收藏重镇欧洲诸国，都留下了大系项目组奔波的身影。一位在项目启动时刚入职的小伙子，到处拍照跑了16年，鬓角竟然也有了银丝。而韶华悄逝竟白头的，又何止他一人？这种保存传播全人类艺术的精神、干事创业的态度，在与外国同行打交道时，不知不觉感染了很多人。美国弗利尔－赛克勒美术馆收藏宏富，中国书画负责人安明远（Stephen Allee）主动提供项目组没有注意的宋画《耕作图》元摹本，为《元画全集》补充了一件重要作品。他说："《中国历代绘画大系》工程令全世界都能清晰地了解中国古代书画，我们没有理由不支持它。"美国波士顿美术馆，按照项目标准，花费一年多时间重拍出版所需照片。英国国家博物馆，提供了从未清晰示人的敦煌藏经洞近200件绢画残片的高清大图。日本黑川古文化研究所藏有《寒林重汀图》，为五代董源所画，被董其昌评价为"天下第一"。为了拍它，项目组四进黑川，终于精诚所至，金石为开。大系的成功，离不开这些国际机构和友人的理解支持。这些做法，让我们更加坚信，全人类有共同价值追求，文化的力量无远弗届。

2012年，《元画全集》完成出版，《先秦汉唐画全集》《明画全集》《清画全集》随后也陆续面世。尽显大唐风华的《步辇图》《簪花仕女图》，涵养五代气韵的《韩熙载夜宴图》《寒林重汀图》，汇聚宋代美学的《摹张萱捣练图》《千里江山图》，从远在深闺万重山的距离来到了你我眼前。摩挲一下，似乎连古画的易折都能感受到。这是因为大系高度还原原作，制作图片有严格标准，色彩、水墨干湿和作品气息还原度都有技术要求。制作人员拿不准时，甚至还会再请求调用原画比对。

《中国历代绘画大系》还是一部艺术史的学术出版著作。在收录绘画的同时，出版方还组织该领域专家撰写概述、题解等文字内容，字数多达几百万。艺术性、系统性、学术性，出版者以同等严谨的态度来对待，帮助艺术史界解决了不少久攻不下的难题。可以预见，《中国历代绘画大系》的出版价值会持续地释放，发挥作用。

2015年5月，习近平总书记到浙江考察，详细听取了项目汇报，再次肯定其出版意义。8月20日，总书记又对推进"大系"工作的报告作出重要批示。多年来，党和国家对该项目给予充分认可和支持。《中国历代绘画大系》被列为"浙江文化研究工程"项目、国家出版基金项目、国家社科基金重大委托项目，并被写入中共中央办公厅、国务院办公厅《关于实施中华优秀传统文化传承发展工程的意见》《国家"十三五"时期文化发展改革规划纲要》和《"十四五"文化发展规划》。

盛世修书，《中国历代绘画大系》这样的华章必然在社会主义现代化建设新征程上展现深远的文化力量。

《辞海》的八秩春秋

2016年12月29日，习近平总书记发来贺信，祝贺《大辞海》出版暨《辞海》第一版面世80周年。信中写道：

　　值此《大辞海》出版暨《辞海》第一版面世80周年之际，我对此表示衷心的祝贺！向为这两项重大文化工程付出大量心血的广大专家学者及同志们，致以诚挚的慰问！

　　《辞海》和《大辞海》是大型综合性词典，全面反映了人类文明优秀成果，系统展现了中华文明丰硕成就，为丰富人民精神世界、增强人民精神力量作出了积极贡献。希望大家坚定文化自信，坚持改革创新，打造传世精品，通过不断实施高质量的重大文化工程，为培育和践行社会主义核心价值观、增强国家文化软实力、建设社会主义文化强国作出新的更大的贡献！[1]

总书记高度肯定《辞海》和《大辞海》的出版工作，极大鼓舞了整个出版战线！

① 《习近平致〈大辞海〉出版暨〈辞海〉第一版面世80周年的贺信》，《人民日报》2016年12月30日。

385

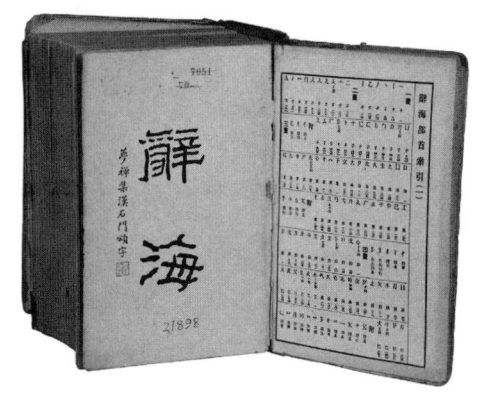

第一版《辞海》 中华书局1936年版本

最新一版《辞海》（第七版）
上海辞书出版社2020年正式推出

从1936年《辞海》第一版面世，到2020年出至第七版，《辞海》是我国标志性的大型综合性辞书。它既收单字和普通词语，又收各类专科词语，集字典、语文词典和百科词典于一体，版本10年一更新，深受读者喜爱。80余载的坚守与奋进，不仅打造出传世精品，也孕育出"一丝不苟、字斟句酌、作风严谨"的辞海精神，滋养着一代代出版工作者。

第一版《辞海》要追溯至1936年，由中华书局在上海正式出版，舒新城为第一主编，而编辑工作在20年前就开始了。早在1915年，商务印书馆推出大型现代化辞书《辞源》，中华书局掌门人陆费逵就决意编纂与之一竞高下的《辞海》。由于两个重要发起者范源濂、徐元诰先后离沪到外地做官，先期编纂工作一度停滞。一直到1928年，陆费逵7次相邀终于请到舒新城担任主编，《辞海》编纂才步入正轨。中华书局为编《辞海》设立了辞典部，由舒新城主理，同时担任中华书局编辑所所长。从此，这位以教育救国为志业的知识分子走上了辞书出版道路。《辞海》编辑历时20年，新词年年有，时时需更新，常有一词编好不久即过时废止。中华书局选条目与时俱进、精益求精，编辑刀子磨得快，随编随删是常事。据陆费逵统计，总撰词条不下50万条，而最后出版仅存10万余条，幸存率仅两成。由于收词严格，又纠正了《辞源》不少错误，所以《辞海》一经出版就引起轰动，能够后来居上。

1958年，在毛主席直接指示下，《辞海》开启第二版修订工作。1957年9月

17日，毛主席在上海视察工作，接见了舒新城。毛、舒二人曾是老同事，20世纪20年代同期在湖南第一师范学校当老师，彼此很熟悉。毛主席提出："解放这么些年了，还查老《辞海》?"鼓励舒新城挂帅修订《辞海》。舒新城当时已经64岁，担心难以胜任。这种担心不无道理，没有编过辞书的人很难想象其艰苦程度，以至于意大利历史语言学家斯卡利格说："十恶不赦的罪犯既不应处决，也不应判强制劳动，而应判去编词典，因为这项工作包含了一切折磨人的痛苦。"在毛主席指示下，上海承担了修订《辞海》的光荣任务，并且将这个使命延续下来。1958年，在上海成立了中华书局辞海编辑所，舒新城任主任，1959年成立辞海编辑委员会，舒新城为主任委员。1959年9月，中央批准将《辞海》修订成以百科知识为主兼顾单字、语词的综合性大辞典。编委会进一步确定编纂工作的"六性"原则（政治性、科学性、通俗性、知识性、稳定性、正面性），为修订工作指明了方向。

1960年底，《辞海》完成二稿，进入征求意见、修改环节。在这个关键时刻，舒新城不堪病痛折磨，去世了。上海市委不得不为《辞海》寻找一位新主编，时任复旦大学校长陈望道是最合适的人选。陈望道是第一本中文全译本《共产党宣言》的翻译者，也是著名的语言学家、教育家，组织管理经验丰富。他接手后，采取主编负责制——总主编对全书负总责，各副总主编对分工主管学科负责，各分科主编对本学科工作负责，定人、定时、定任务，效率大大提高。从1961年上任到1977年去世，陈望道为《辞海》整整操劳16年，却遗憾地未能看到它正式出版。几经波折，1965年4月，第二版《辞海》以"未定稿"身份由中华书局辞海编辑所出版，上下卷，内部发行。

"文革"十年，各项工作受到严重破坏。但是，中央领导始终牵挂《辞海》的修订出版。1971年，周恩来总理主持召开全国出版工作座谈会，专门讨论了《辞海》（未定稿）的修订问题，并列入全国重点书出版规划。1975年5月，国家出版局在广州召开中外语文词典编写出版规划座谈会。会后向国务院报告，提出10年内编写出版160部中外语文词典的规划。《辞海》被列为重点辞书，明确要求1975年开始出版分册，1978年要出合订本。这个报告送到总理值班室时，周总理已在重病中，仍然牵挂着出版工作。8月21日，周恩来总理审阅同意，并在

① 《国家出版局关于中外语文词典编写出版规划座谈会的报告》（1975 年 7 月 16 日），中国新闻出版研究院编：《中华人民共和国出版史料》（14），中国书籍出版社 2013 年版，第 249 页。

报告上加注："因病在我处压了一下。"①这是周总理最后一份对出版工作的批示，弥足珍贵。

1978 年的春天，百废待兴。国务院批转了国家出版局、教育部《关于加快和改进词典编写出版工作的请示报告》，要求在较短时间内新出和重印一批词典，改变"有的国际友人来我国访问，送给我们厚厚的多卷本词典，我们只能回送一本小小《新华字典》"的尴尬局面。其中，《辞海》（修订版二十分册）排在预计 1978 年发排和出版的词典条目第一位。当年 1 月，中华书局辞海编辑所改组为上海辞书出版社，专门负责《辞海》出版工作，原华东局宣传部部长、复旦大学党委第一书记夏征农担任新版主编。日夜兼程，《辞海》第三版终于在 1979 年 9 月 21 日出版了，距离中华人民共和国成立 30 周年庆祝大会只提前 8 天，赶上了国庆庆典。如此紧迫的时间里，还发生了一个小插曲：《辞海》印好了，装订中忽然发现有错误——"反饥饿"的"饿"错印成了"俄"。上海辞书出版社时任副总编巢峰赶忙带了十几个人赶到印刷厂，用黑色圆珠笔把"俄"字改成"饿"。8 万套一本本改，整整改了两天。

经过三个版本编修经验，1981 年辞海编委会定下规矩：每 10 年修订一次《辞海》，与时俱进，保持辞书生命长青。这样，1989 年、1999 年、2009 年和 2020 年，《辞海》又出版了第四版至第七版。第四、五版主编仍为夏征农，第六版由夏征农、陈至立联合主编，第七版主编为陈至立。《辞海》书名字体，第一版取自《石门颂》碑拓集字，第二版至第四版采用陈望道题字，第五版至第七版为江泽民题字。《辞海》的正文字体也很讲究，基本由上海印刷技术研究所专门开发，第七版使用"新辞海宋"，端庄秀雅，舒适美观。在内容上，每版《辞海》词条和字数都有增加。到最新一版，总字数约 2350 万，总条目近 13 万条，图片 1.8 万余幅，新增条目 1.1 万余条，75% 以上条目有修订或更新。数千专家、学者和出版工作者的辛劳，托举起《辞海》"历史和时代的档案馆、大事记和里程碑"之美誉。

习近平总书记在信中祝贺《大辞海》出版。《大辞海》和《辞海》又是什么关系呢？原来，早在20世纪90年代中期，辞海编委会就提出设想：原班人马再编纂一部比《辞海》规模更大、所收字词更多、内容更加丰富的特大型综合性辞书，重点增收《辞海》尚未涉及的新领域和各学科的新词新义，这就是《大辞海》。通过不懈努力，《大辞海》终于实现，全书收词28万余条，5000余万字，2015年38卷42册出齐，2016年9月通过国家验收。

文化是民族的血脉，是人民的精神家园。盛世修书，《辞海》80载，编纂出版生生不息，在中华民族伟大复兴征程上，成为有力的文化见证者、赓续者和建设者。

创造了吉尼斯纪录的《新华字典》

《新华字典》，是新中国成立后出版的第一部字典，也是迄今为止最有影响、最权威的一部小型汉语辞书。对于很多中国人来说，这本只有巴掌大的辞书，承载了太多的记忆：它是小学时代的必带"装备"，记录着青葱岁月的识字往事；它是父母起名时的灵感来源，熔铸着国人的集体记忆；它创造了图书出版史上的世界纪录，影响了中国亿万民众的语言生活，堪称一本"国民字典"。关于它的诞生，有一段悠长而动人的往事。

20世纪40年代，为初学文化者编纂一部合用的小辞书，是语言学者的共同心愿。该领域的专家，如徐伯昕、陈原、夏丏尊、周振甫、叶圣陶、吕叔湘、魏建功等人，或起草编辑计划或编写样稿，进行了多方尝试。其中，叶圣陶在开明书店做总编辑时，多次动议编辑出版字典一事，还曾在1947年增设辞典委员会，由时任开明书店编译所主任吕叔湘设计体例方案。语言文字学家、教育家魏建功，投身推行国家通用语言多年，对编纂字典尤为上心。编写这样一部字典，寄托了民国知识文化界共同的情怀与梦想。

1948年10月，北平城即将解放。在隆隆的炮声里，魏建功把周祖谟、吴晓铃、张克强和金克木等几位北大语言学教授请到家中，商量要编写一部新型的普及性字典，献给即将诞生的新中国。多年后，金克木在一篇文章中回忆当时情景："我们在魏家的大厅中草拟新字典的构想……城外传来的炮声仿佛给我们打节拍，我们当时想不到所拟字典的前途，但有一个信念，中国的未来在于儿童，

1953年至今的《新华字典》各版本 人民教育出版社、商务印书馆先后出版

危险在于文盲和无知。语言文字是普及教育的工具。字典是语言文字的工具。我们不会别的，只能咬文嚼字。谈论字典等于谈论中国的前途，炮声使我们的信心增长。"

1949年4月，魏建功根据讨论的意见，草拟了《编辑字典计划》，提出新编字典要有10大特色，摆脱旧式辞书陈陈相因的老调子。他设想该字典"以音统字，以字统义，以义统词"，且要"突破传统字典部首检字法，采取音序排列检字"。写好后，魏建功将这个编写计划寄给开明书店。吕叔湘回忆此事时说："圣陶先生认为这个计划很好，复信说开明可以接受出版。"1949年11月，叶圣陶出任新中国出版总署副署长。这为他邀请魏建功主持新华辞书社、编辑第一本《新华字典》打下伏笔。

新中国成立之初，中国人口约占世界人口的四分之一，但是中国人八成是文盲。为了普及教育，开展社会主义建设，全国性的扫盲运动开始了。传统辞书部头大、内容艰深，不适合初学者使用，社会迫切需要一本全新的小型实用字典。

1950年3月，因教育部有意将中国大辞典编纂处改属出版总署（后来实际未接收），叶圣陶邀请魏建功到出版总署主持辞书工作。二人一致认为，随着中小学教科书的出版工作步入正轨，编纂新中国自己的普及型字典的时机已经成熟。于是，魏建功辞去北大中文系主任职务，只保留教职，一边给学生上课，一边义务性地投入编辑字典的事业中。1950年8月，新华辞书社正式成立，负责编辑新字典，魏建功任社长。未来的小字典被命名为《新华字典》，寓意"新的中华"。从编纂之日起，这本小小的字典就被寄予理想：为中华民族的文化普及和知识传播建功。

据叶圣陶日记，《新华字典》第一版的编写工作始于1950年7月27日。编辑们"从新中国的小说、文艺作品里选词，然后把这些词抄成卡片，或者剪贴成卡片，按音序排列"。由于人手有限，编写工作遇到不少困难。叶圣陶感喟："欲求成稿之完善，实甚难。"到了1951年夏天，字典的初稿完成。由于分头编写，稿子思想性、科学性、通俗性不能协调一致，初稿质量不佳，最后结合各方意见，辞书社决定推倒重来。有了初稿的教训，编辑们重新拟定编写方针，制定编写原则，还试写了一部分，直到1952年夏天，《新华字典》第一版才正式开始重新编写。字典编写组一共14人，除主编魏建功外，还有萧家霖、孔凡均、李九魁、张克强、张殉芝、李伯纯、刘庆隆、朱冲涛、王蕴明、游禹承、杜子劲、赵桂钧、李文生，朱冲涛、王蕴明、游禹承、赵桂钧负责资料、油印等事务性工作，其余10人为编写者。

1953年12月，历经3个春秋，《新华字典》终于由人民教育出版社付梓。第一版凡例第一条有言："本字典编写的目的主要是想让读者利用这本字典，对祖国语文的语词能得到正确的理解，在书面上和口头上都能正确地运用。"正是由于考虑到当时国民整体受教育程度较低的情况，字典完全用白话释义、白话举例，为了识字者的易学易记，人民教育出版社绘图科绘制了500多幅插图，从动物、植物到农业、工业、建筑都有涉及，使字典图文并茂，不亚于一本小型百科全书。

《新华字典》第一版采用音序排列，使用笔顺检字法，由人民教育出版社出版，封面署"新华辞书社编"。上市不到半年，全部50万册即销售一空。1954年11月，人民教育出版社对《新华字典》修订再版，应南方方言区读者的要求，出版时检字依部首排列。之后的历次版本，都采用音序和部首两种检字法。1955年，新华辞书社对《新华字典》内容进行修订，1956年修订完成，而后按照出版专业化分工原则，将其交由商务印书馆出版。1957年6月，第三版《新华字典》出版，版次标为"新1版"。此后，陆续修订10余次，按照这个版次排序，至今已出至第12版。算上人民教育出版社最初的两个版本，还有"文革"期间未公开发行的版本，《新华字典》已累计出版15个版本，发行超过6亿册。在融合发展的今天，《新华字典》的出版与时俱进，技术不断迭代，2020年首次实现应用程序和纸质图书同步发行。

作为世界上发行量最大的辞书，也是中国辞书史上修订次数最多的辞书，《新华字典》已经成为文化强国路上的一块重要基石，它先后荣获第四届国家图书奖荣誉奖、第三届国家辞书奖特别奖、第三届中国出版政府奖图书奖提名奖，2016年获得吉尼斯世界纪录"最受欢迎的字典"和"最畅销的书（定期修订）"两项殊荣。

每一次修订，都历经字词上的"咬文嚼字"，内容上的"与时俱进"，形式上的"革故鼎新"，如实地记录了时代的变迁。正如第一版主编魏建功所说："字典里，可以看到那时候，人们就是这样说话、写文章。字典就勾勒着一个时代。"

榜样的力量

党的十九大报告指出：推动中华优秀传统文化创造性转化、创新性发展，继承革命文化，发展社会主义先进文化，不忘本来、吸收外来、面向未来。党的二十大报告强调：以社会主义核心价值观为引领，发展社会主义先进文化，弘扬革命文化，传承中华优秀传统文化。

坚定文化自信，建设中国特色社会主义文化，铸就社会主义文化新辉煌需要建设文化的基因库。从一个个优秀的中华儿女身上，寻找中国特色社会主义文化的血脉传承和优秀基因，必将汇聚成磅礴力量，引领时代风气，激发奋斗豪情。2019年首发的《中华人物故事汇》系列丛书，就起到了这样的作用。这部书分"中华先贤""中华传奇人物""中华先烈""中华先锋"4个专辑，邀请专业作家将中华民族杰出人物事迹创作成故事书，讲给大众读者。丛书总规模达310种。

中华文明史上的先贤，如介子推、老子、廉颇、张良、卫青、昭君等人忠义爱国，中国革命史上的先烈，如李大钊、蔡和森、瞿秋白、方志敏、杨靖宇等人为真理捐躯，还有我们身边的先锋楷模，如王选、中国女排、中国航天员、华罗庚、钱学森、钟南山等人闪耀着时代精神。他们的故事给人启迪，催人奋进，激荡着昂扬向上的生命力量，值得每个人学习！

用艺术的手法，将这些先贤、先烈、先锋的事迹呈现出来，是《中华人物故事汇》系列丛书的一大特色，也是取得成功的关键。这套书由中宣部出版局指导

《中华人物故事汇》系列丛书（部分）　中华书局、学习出版社、党建读物出版社、接力出版社2019年开始出版

协调，中华书局、学习出版社、党建读物出版社和接力出版社分系列出版。它的成功，来自出版管理者和工作者的共同努力。

中华书局负责"中华先贤"和"中华传奇人物"两个系列。据时任总经理徐俊介绍，"先贤"人物的标准是：他在所处历史时代曾经发挥了巨大作用，而且在身后又深刻影响了中华民族精神的传承构建。"他们的思想、品德、事迹，是中华优秀传统文化的结晶。他们的故事，是对中华民族的禀赋、特点和气质生动、鲜活的阐释。他们的名字，在五千年中华文明史上光彩夺目。他们为五千年中华文明史书写了光辉灿烂的篇章。他们，是中华民族的先贤人物。""中华传奇人物"则讲述盘古、女娲、神农等远古神话人物，"在蛮荒的世界里披荆斩棘的英雄，是不怕艰险、不畏强暴、不惧牺牲的民族精神的化身。他们的名字，他们的故事，如一幕幕传奇，经久不息地流传在华夏大地。他们，是中华民族的传奇人物"。神话是人类的童年，对口头传统的重视，表现出一种负责任的历史观。

学习出版社负责"中华先烈"系列。社长董保生认为，要通过英雄事迹，"向人们特别是青少年传递正确的政治导向和鲜明的价值取向，力求在新时代发掘和利用革命文化独特的价值功能"。诚如丛书编者所写："一个有希望的民族不能没有英雄，一个有前途的国家不能没有先锋。天地英雄气，千秋尚凛然。英雄始终是我们内心的坚守，崇尚英雄始终是我们不变的追求！"严把政治关、确保权威性，是这个系列的硬杠杠，因此动员了中共中央党史和文献研究院、中国军事科学研究院和中国社会科学院等机构的权威研究人员参与编写工作。

党建读物出版社、接力出版社联合承担了"中华先锋"系列。这个系列特别注重青少年读者，邀请了徐鲁、葛竞、汤素兰等知名儿童作家再创作先锋故事。党建读物出版社社长王英利介绍出版经验："一方面，我们组织作家实地采访采风，通过其家属、亲朋好友，收集第一手资料，争取用新材料、新视角来生动演绎老典型。另一方面，把中华先锋按照普通人来创作，选取有温度的小故事，凸显人物闪光的时代精神，触动孩子心灵，引导他们将自己的人生与祖国、人民联系起来，做一个大写的'人'。"

"有这样一批人，他们是时代的先锋，是国家的脊梁，是中华民族的精神之魂，也是每一个青少年的人生榜样。"阅读他们的故事，可以帮助青少年系好人生第一粒扣子。可是，"三先"人物并不好写。数易其稿，甚至中途更换作者，不止在一本书上发生。"中华先锋"有一本书换了4位作者，中华书局一本书最多换过5位作者。换掉多位作者，是一件多么得罪人的事情，编辑们不知道吗？肯定知道。然而，出版人的看似铁面无情，正是对事业的深情，更是对中华文化传承的真情。

欧阳修《陈公神道碑铭》说：以令率人，不若身先。榜样的力量是无穷的！讲好先贤、先烈、先锋这些榜样的故事，是对中华优秀传统文化、革命文化和社会主义先进文化最鲜活、最生动的诠释，也是出版工作者对党的一片丹心。

最是书香能致远

20世纪70年代末，改革的春风吹遍神州大地，也吹进了地处西北的甘肃。对知识的渴求，对未来的期待，让这片土地孕育出新的生机。甘肃人民出版社刚刚上任的总编辑曹克己敏锐地察觉到出版业即将迎来的发展机遇，他决定创办一本刊物。

办刊的任务——交给了两位年轻的编辑——胡亚权和郑元绪。两个"爱读书的理科生"对期刊出版工作了解不多，创办一本什么样的刊物呢？查资料、问书店、跑市场……两人跑遍了兰州市大街小巷。一次，在出版社图书室查阅资料的时候，胡亚权感慨：要是能把所有重要内容都装进去就好了。两人灵光一闪，决定做一本综合性文摘类杂志。经过讨论，大家一致认为《读者文摘》这个名字最能体现"博采中外，荟萃精华，启迪思想，开阔眼界"的办刊方针，郑元绪专程前往北京，托人请赵朴初为即将问世的杂志题写了刊名。1981年4月，龙尾山下，黄河之滨，《读者文摘》正式创刊，首印3万份，面向国内外公开发行。在创刊号上，编辑部郑重地写下"帮助大家多读书、读好书，是本刊的宗旨"。

在杂志创办之初，胡亚权和郑元绪就意识到，充分尊重读者需求，依靠读者才能办好杂志。发征稿启事、刊登读者稿件、实行"一稿三酬"……"读者模式"取得了亮眼的成绩，期刊月发行量从1981年底的9万份上升到了1984年的180多万份。读者来信如雪花般飞来，有推荐作品的，有指导办刊的，有畅谈读书感受的，还有切磋文学的……太多太多的读者被杂志中的文章深深打动，它陪

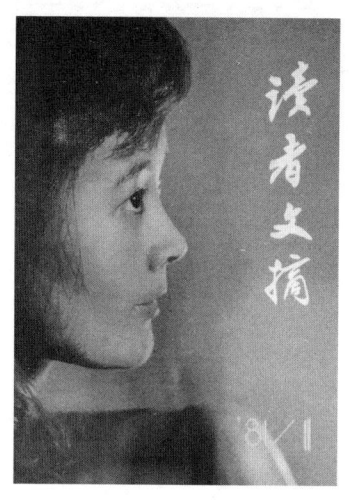

《读者文摘》

伴着几代人走过了温暖的阅读时光。

　　黄河风景线上亮丽的文化地标引起了美国版《读者文摘》的注意，为化解长达数年的版权纠纷，1993年7月，《读者文摘》正式更名为《读者》。此后，经历了改革阵痛的《读者》涅槃重生。1994年，期刊月发行量再创新高，达到了400万份；1998年，国家统计局城市居民期刊阅读率抽样调查报告显示，《读者》阅读人数居于首位，是名副其实的"国民刊物"；1999年，《读者》荣获首届中国期刊奖；2006年，读者出版集团成立，月发行量突破1000万册；2004年以来，平均期印数稳居全国市场销售类期刊第一，创下了"中国和亚洲第一期刊、世界排名第四期刊"的神话；2015年，读者传媒挂牌上市，"中国期刊第一股"就此诞生；2011年，《读者》台湾版正式在台湾地区发行；2021年，《读者》累计发行量已超过21亿册；2022年底，《读者》微信公众号订阅人数突破700万。

　　呼应着时代的变革和社会的发展，从1980年代"博采中外，荟萃精华，启迪思想，开阔眼界"，1990年代"选择《读者》，就是选择了优秀文化"，2000年代"打造中国人的心灵读本"，2010年代"我们塑造健康的价值观"，再到2020年代"在这里，感受中华风度"……办刊方针几经调整，变与不变之间，《读者》恪守着自己的办刊理念，坚持润物无声的人文关怀和对真善美的追求，让读者在书香中浸润心灵，积蓄向上的力量。

　　弘扬真善美，传播正能量，为人民奉献与时俱进的文化精品是《读者》几十年如一日的坚守，是打造"读者气质"的独特密码。在每期杂志50天的制作周期里，编辑要从海量的稿件里优中选优，筛选出50余篇文章刊发。但在真正和读者见面之前，每一篇海淘出来的文章，要经过多次评审和不少于13个校次的精雕细刻，参与整个过程的每位工作者都严格遵守"三审三校一读"和签前会制度。这套严苛的品控体系是《读者》万分之零点五以下差错率的重要保障，被业界作为编辑典范广为称道。"读者人"精益求精的工匠精神和价值追求积淀成《读者》独具的格调和品质，《读者》多次获得国家期刊奖、中国出版政府奖期刊奖、百强报刊、最美期刊等荣誉。

"看好的文章，常有一种豁然开朗、醍醐灌顶的感觉，往往因为一篇文章、一段文字，内心会受到深深的触动。"2019年，习近平总书记到甘肃考察调研时，来到读者出版集团，指出要提倡建设书香社会、不断提高人民思想境界、增强人民精神力量。他叮嘱大家："为人民提供更多优秀精神文化产品，善莫大焉！"牢记总书记的嘱托，读者集团依托品牌优势，加快内容资源融合，打造"点·线·端+全民阅读"的"读者方案"助力书香社会建设，扩展书香新空间，推广阅读新格局。

从一间6平方米的办公室起步，历经40余年的努力和积淀，《读者》已成为具有强大影响力的文化品牌，读者出版集团发展为涵盖多元产业的综合性文化企业。为阅读而生的《读者》，沐浴着改革开放的春风，见证了中国出版业从"书荒"到"书海"的跨越，见证了改革开放和社会主义现代化建设的伟大成就，奋进在新时代新征程上，不断满足着人民精神文化生活的美好需要。

营造浓厚读书氛围，"读者"一直在路上。

一部『社会生活的百科全书』

2020年5月28日，十三届全国人大三次会议审议通过《中华人民共和国民法典》。这是新中国成立以来第一部命名为"法典"的法律。《中华人民共和国民法典》（以下简称《民法典》）与民生息息相关，关乎人民全生命周期，涵盖衣、食、住、行，被誉为"社会生活的百科全书"，包含着一个民族的"精神密码"，是新时代我国社会主义法治建设的重大成果。

中国古代没有成文的民法典。从1954年第一次提出制定，到2020年终于成典，这部《民法典》的诞生历经66个春秋。在1954年、1962年、1979年、2001年和2014年，前后5次启动编纂工作。它的出台，见证了新中国法治建设的不断发展与进步。

1954年秋天，随着全国人大机构的建立，各项立法工作被提上日程，民法典起草工作也随即展开，具体工作由全国人大常委会办公厅下设的研究室负责。当时，除了研究室工作人员，还从全国邀请了30多位高等政法院校的教师、法官、法学研究人员和其他有关部委的同志参加，其中就包括后来被誉为"当代民法史活化石"的民法学家金平。

这一年，32岁的金平结束了在中央政法干校一年多的进修学习，到刚刚成立不久的西南政法学院担任法学教员。走上讲台还没几个月，金平就匆匆赶到全国人大常委会研究室报到。他要参与的，正是新中国第一次民法典的起草工作。经过两年多的紧张工作，新中国第一部民法典征求意见稿成形，分总则、所有权、

《民法典》 中国法制出版社
2020年出版

债权和继承共4编，433条。然而当工作组到达地方准备开始调查研究时，"反右"运动开始，第一次民法典起草工作就此搁置。

1962年，国民经济逐步走上正轨，3月22日，毛主席明确指出："不仅刑法需要，民法也需要，现在是无法无天。没有法律不行，刑法、民法一定要搞。不仅要制定法律，还要编案例。"①民法典的起草再次列入新中国法制建设的日程。同年9月，全国人大常委会重新成立民法研究小组，进行第二次民法典起草工作，金平再次北上。1964年11月1日，民法典第二次起草工作的最后一稿——《中华人民共和国民法草案试拟稿》完成，分总则、财产的所有、财产的流通共3编，24章，262条。但是不久，"文革"逼近，起草工作又停止了。

改革开放之后，中央决定加强法制建设，全国人大常委会法制委员会在1979年底组建了由陶希晋与杨秀峰领导的民法起草小组，36名法学专家、学者和实务部门工作人员共同开始了第三次民法典的起草工作。金平第三次参加民法典起草工作，并被任命为"民法起草小组所有权分组"的负责人。经过10个月的辛勤工作，1980年8月，民法草案"试拟稿"形成，包括

① 周振想、邵景春主编：《新中国法制建设四十年要览（1949—1988）》，群众出版社1990年版，第291页。

总则、财产所有权、合同、劳动报酬和奖励、损害责任、财产继承共6编，501条。经过3次修改，到1982年5月已经修改到第四稿。

当时我国改革开放和经济建设起步不久，各方面条件不够成熟，短时间内难以制定一部完善的民法典。中央研究后决定，民法典的起草工作由"批发"改为"零售"，"成熟一个、解决一个"，待单行法完善后再制定民法典。20世纪80年代以来，陆续颁布了民法通则、经济合同法、担保法、继承法、婚姻法等单行法，就是按照这个工作思路来进行的。尤其是1986年4月通过的《中华人民共和国民法通则》，是新中国历史上第一部正式颁行的民事基本法律，被誉为中国的"小民法典"。

此时的金平已经60多岁了，从初出茅庐的青年教师到年逾花甲的资深学者，他亲历并见证了民法典前3次起草的曲折历程。由于民法典涉及领域的复杂性，每一次起草工作，学者常有不同观点的碰撞和争论，这些争论代表了当时社会上不同思想的交锋，是一个民主立法和凝聚共识的过程。

短暂的第四次启动是在2001年，九届全国人大常委会组织起草《中华人民共和国民法（草案）》，并于2002年12月进行了一次审议，最后仍确定继续采取分别制定单行法的办法。

随着一部部民事单行法的出台、我国社会主义现代化事业的不断发展和民法观念的更新完善，制定民法典的时机成熟了。2014年10月，党的十八届四中全会提出，全面推进依法治国，总目标是建设中国特色社会主义法治体系，建设社会主义法治国家。民法典第五次起草工作随后启动。

2017年3月，第十二届全国人民代表大会第五次会议表决通过了《中华人民共和国民法总则》。2018年8月，民法典各分编草案首次提请十三届全国人大常委会第五次会议审议。2019年12月，"完整版"中国民法典草案首次亮相。2020年5月28日，十三届全国人大三次会议高票表决通过《中华人民共和国民法典》，宣告中国迈入"民法典时代"。

这部民法典7编，1260条，是我国法律体系中条文最多、体量最大、篇章结构最复杂的一部法律，从单主体的物权、人格权和继承，到多主体的合同、侵权和婚姻家庭，小到日常购物、衣食住行，大到成家立业、生老病死，几乎无所不包。

民法典一通过就受到人民群众的热切关注。人民出版社、法律出版社、中国民主法制出版社、中国法制出版社、中国人民大学出版社等相关出版单位快速反应，上线了不同版本"民法典"单行本及相关图书，成为民法典宣传的中坚力量。

从民法到民法典，一字之差凸显的不仅是法律规范从量到质的变化，更是整个国家治理水平的提升，"中国之治"进入更高境界，正如金平所言，"只有这个时代，才能诞生我们自己的民法典"。从民法典起草启动的第一天，中央就要求它必须是一个回应"中国之问"的民法典，"民法典姓民"。唯其艰巨，方显伟大，历经66年磨砺之路，在世界百年未有之大变局下，这部具有中国特色、体现时代特点、反映人民意愿的法典圆满回答了中国之问、时代之问，为人类法治文明写下浓墨重彩的一笔。

怎样办好一份学术期刊？

　　1951年春，在青岛市龙口路40号山东大学校长华岗的家里，经常聚集着一群教授，每每谈起学科方向与发展前途，热火朝天。一天，副校长陆侃如，历史系主任杨向奎，教师赵纪彬、孙思白等人在场，说起《山大生活》这份4开小报，纷纷感慨规模不够，应该办一份大型的学术刊物。

　　当时，山东大学刚和华东大学合并，校址仍在青岛，由职业革命家出身的华岗担任校长。华岗是党的高级干部，曾任抗日战争时期《新华日报》总编辑、中共中央南方局宣传部部长、中共上海工作委员会书记等职务。华岗还是著名学者，他在1930年重新翻译《共产党宣言》，最早喊出："全世界无产阶级联合起来！"成为经典译本，广为人知。华岗作风民主，重视教授意见，当即表示支持。

　　山大文学院和历史语文研究所的几个老师，马上行动起来。他们找到历史系的童书业、赵俪生，文学系的冯沅君、萧涤非、孙昌熙等人，大家都同意办刊。山东大学当时以历史和文学两系力量最强。历史系"八马同槽"，有陈同燮、黄云眉、郑鹤声、张维华、王仲荦、赵俪生、童书业、杨向奎8位名教授，极一时之盛。文学系有陆侃如、冯沅君侃俪治古典文学史，萧涤非治杜诗，开文学研究之新河。

　　在山东大学文史哲学科的黄金时代，《文史哲》杂志创立了。1951年5月1日，《文史哲》创刊的第一次会议在山大文学馆二楼召开。大家推举华岗校长为社长，副校长陆侃如、文学院院长吴富恒为副社长，历史语文研究所主任杨向奎为主编。《文史哲》为同人刊物，没有办刊经费，没有专职人员，校内人员没有

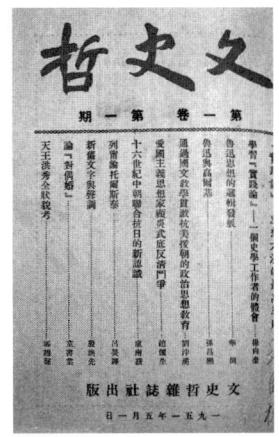

《文史哲》1951年创刊号，1961年、1973年复刊号

稿费。热爱是最强大的动力，学者兼职办刊，踊跃写稿，没有一分钱报酬，有时还要捐款办刊。其中数华岗校长捐得最多，他还坚持为刊物终审稿件，每到临近出刊，经常通宵达旦。《文史哲》是新中国创办的第一份高校文科学报和人文社会科学杂志，大家都以最大的努力呵护着这棵刚破土的幼苗。

这样，靠着山东大学深厚的学术队伍，还有华岗校长的大力扶持，《文史哲》说办就办起来了。5月1日，《文史哲》创刊号也印出来了。16开本，3.5个印张，双月刊，采用繁体字竖排，每册3000元（合新币0.3元）。第1期刊发论文11篇，基本上自产自销。有华岗的《鲁迅思想的逻辑发展》、孙昌熙的《鲁迅与高尔基》，这是新中国鲁迅研究的开端。发表文章的还有杨向奎、童书业、赵俪生、郑鹤声、刘泮溪、卢南乔、殷焕先、吕荧（译）等人。

创刊号没有发刊词，但发表了一篇类似性质的社论《〈实践论〉——思想方法的最高准则》。从这篇文章可以看出，《文史哲》不仅要耕耘底蕴深沉的古典人文历史领域，还把目光自觉对准了马克思主义史观，力图为新中国开辟出辩证唯物主义、历史唯物主义指导下的新的学术空间。这又是华岗的一大贡献。华岗是马克思主义理论家、史学家，他认为马克思主义是真理，宣传真理只能靠说服，强迫人家接受是没有用的。真理会越辩越明，所以他相信通过讨论甚至辩论能够说服人们接受马克思主义。在这一理念指导下，《文史哲》充分提供马克思主义讨论的空间，鼓励百家争鸣，目的是让真理绽放真正的光芒。

在华岗的领导下，学习马列主义成了山东大学的一种时尚。华校长定期在学校广播站前露天广场作时事报告，深入浅出讲解马列主义，折服了许多名教授和青年学子。专攻先秦史的童书业，竟能大段背诵恩格斯的《家庭、私有制和国家的起源》，传为一时佳话。此外，华岗身体力行，从第1期开始到离开时的第35期，他为刊物写了近40篇马列理论文章，每期都有。

现任主编王学典把《文史哲》创刊初期的学术自觉总结为中国人文社会科学的范式变迁。他认为：从1949年开始，我们经历了从民国学术向共和国学术的巨大转型；从1978年开始，我们经历了从"以阶级论为纲"到"以现代化（西方化）为纲"的人文社会科学的巨大转型；而眼下，我们正经历第三次巨大转型——从"以现代化（西方化）为纲"向"以中国化（本土化）为纲"的人文社会科学转变。一本学术期刊，能够把握时代大势，引领学术潮流，从而直接参与到创造历史中去，是成功的关键。陈寅恪先生说："一时代之学术，必有其新材料与新问题。取用此材料，以研求问题，则为此时代学术之新潮流。"学术期刊，考验的正是编者的眼光与洞察力，找到回应时代所需的新问题，预学术之流，才能办出一流的学术刊物。《文史哲》办刊70多年取得的成功与声誉，正是遵循这一规律的成果。

在这种思想的指导下，《文史哲》从一创刊就成为学术界的风向标：刊载鲁迅研究文章并培养一批鲁迅研究学者，推动建立新中国"鲁迅学"；20世纪50年代史学界的"五朵金花"（五个重要问题）——中国古代史分期问题、封建社会农民战争问题、资本主义萌芽问题、封建土地所有制形式问题、汉民族形成问题，前3朵"金花"都盛开在《文史哲》上；1978年刊发胡福明的《理论不是检验真理的标准》、华飞的《从实践的特点谈真理的标准》，在学术界展开"真理标准"讨论；还有20世纪80年代的"文化热"、20世纪90年代的"儒学是否宗教"等话题都率先在《文史哲》上发动。这些话题，不是学者书斋中的自娱自乐，而是波及整个知识界的思想大讨论，以学术研究为时代发展廓清精神迷雾。

如此重大的议题，一本小小刊物如何能荷载？这就不得不说到《文史哲》的另一要旨：专家办刊。创刊时，办刊的都是大学者。虽然从1953年开始，同人刊物变成学报性质，但办刊思路未变。一直到现在，《文史哲》也要求编辑人员必须搞学术研究，走教师职称序列。

"专家办刊，造就学者。"这不是一句空话。《文史哲》一度要求每期刊登一篇新人稿件。第一任主编杨向奎要求："初选稿的要有识别人才的能力，无名氏的来稿也许还有缺点，不成熟，但它如果蕴含着一丝一毫的光芒，要采用它，这毫末的光芒可以蔚为奇观，我们千万不能忽视它而任其消灭。"许多年轻学人在《文史哲》上发表了学术生涯的第一篇文章，从此走上学术道路，日后成为大名鼎鼎的学者。1955年还是中国社科院助理研究员的李泽厚，在《文史哲》上发表了第一篇学术论文《论康有为的"大同书"》，开始对中国近代思想史的研究。这样的例子还有很多，比如：钟肇鹏对中国古代思想的研究，庞朴对先秦诸子的研究，张传玺对中国古代史的研究，郦纯对太平天国的研究，等等。

《文史哲》的高质量出版，换来读者对它的忠诚和热爱。创刊之初，还没有任何发行，全靠同行和朋友代为推销。伴随着好口碑，1954年印数达1.3万册，1955年翻倍到2.7万册。"文革"一度停刊，待到1973年复刊第1期，征订数高达70万册，因为没有纸张，最后只能加印到20万册。现在的《文史哲》不仅保持着"文科学报之王"的冠冕，还与荷兰博睿学术出版社合作，在海外出版了国际版 *Journal of Chinese Humanities*，将中国特色、中国风格、中国气派的人文社会科学成果贡献于全人类的共同发展。

2021年5月9日，习近平总书记给《文史哲》编辑部全体编辑人员回信，肯定几代编辑人员在弘扬中华文明、繁荣学术研究等方面所做的大量工作，鼓励广大哲学社会科学工作者共同努力，在新的时代条件下推动中华优秀传统文化创造性转化、创新性发展，要求高品质的学术期刊坚守初心、引领创新，展示高水平研究成果，支持优秀学术人才成长，促进中外学术交流。[1]这是继2016年习近平总书记在哲学社会科学工作座谈会上讲话后，对哲学社会科学界、对学术期刊出版工作的

① 《习近平给〈文史哲〉编辑部全体编辑人员回信》，《人民日报》2021年5月11日。

又一次明确要求。这封写给《文史哲》的信，沸腾了整个哲学社会科学领域，也点燃了整个学术期刊界的热情。编辑们受到极大鼓舞，对自身使命和价值有了更清醒的认识。大家纷纷热议，如何才能办好学术期刊，不负总书记的嘱托，不负伟大的时代。

《文史哲》不啻一个最好的学习样本。写出它的办刊理念和出版历程，对学术期刊界是有帮助的，长远看对学术界也有好处，诚如杨向奎所说："刊物是培育学术的泥土，没有刊物，就不会有学术的繁荣。"2021 年 6 月，中共中央宣传部、教育部、科技部印发《关于推动学术期刊繁荣发展的意见》。我们有理由相信，学术期刊的春天已经到来了！全面建设社会主义现代化国家，实现中华民族伟大复兴的中国梦，与时代共成长，学术期刊大有作为。

2021年6月29日，中国共产党历史展览馆里，一场出版界精心准备、庆祝中国共产党百年华诞的展览隆重开幕。当晚的《新闻联播》报道了展览开幕盛况。

这个展览就是"播思想火种 铸文化伟业——庆祝中国共产党成立100周年出版专题展"①。它回顾总结了百年来党领导下出版事业的发展历程和伟大成就，以系统完整的逻辑框架、权威准确的图文叙事、生动丰富的文物展示，成为一部党的出版事业全景图和教科书，深深吸引和感染了前来参观的各界人士。

出版专题展从2020年初就开始筹划，得到中央领导和中宣部领导的肯定和关心。整个筹备过程中，中宣部领导指挥，中宣部出版局、中国印刷博物馆等部门和单位全力以赴，笔者3人都是筹备组主要成员，有幸成为从头至尾参与了这项意义重大的展览工作。

出版专题展围绕党的百年出版主题，以时间为轴，设置了序厅、5个主展区和3个专题展区。主展区包括建党准备阶段的出版活动、新民主主义革命时期的出版工作、社会主义革命和建设时期的出版事业、改革开放和社会主义现代化建设新时

① 可通过国家新闻出版署官网观看"播思想火种 铸文化伟业——庆祝中国共产党成立100周年出版专题展"云展览。

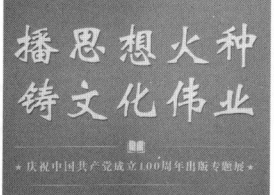

"播思想火种 铸文化伟业——庆祝中国共产党成立100周年出版专题展"现场

期的出版事业和中国特色社会主义新时代的出版事业等5部分。专题展区包括"红船书海"主题特展区、马克思主义经典著作出版专区、重大出版工程及互动体验为主的尾厅区。

　　整个展览占地2000余平方米，展线400米，调用展品约1万件，其中珍贵文物级藏品原件百余件，包括1919年毛泽东主编的5期《湘江评论》、1920年9月印刷的陈望道译《共产党宣言》、1938年3月一版一印《西行漫记》、1938年8月复社版《鲁迅全集》纪念本、1944年晋察冀日报社编辑的第一版《毛泽东选集》、1949年全国新华书店出版工作会议代表签名册、1987年5月《经济日报》"告别铅与火"的最后一块铅版等等。

　　习近平总书记强调"历史是最好的教科书"。出版专题展通过全面展现100年来党领导下的出版围绕中心、服务大局所做的各项工作，讲清楚了党的出版事业从哪里来、做了什么、将怎么做的问题，有利于系统理解文化建设发展思路，有助于鼓舞出版战线奋进新征程、建功新时代的壮志。

　　展览前言对这个核心要义进行了高度凝练：

　　　　出版工作是党的一项重要工作。中国共产党成立100年来，出版工作始终高举伟大旗帜，紧紧围绕党在各个历史时期的中心任务，宣传党的理论和政策主张，汇聚亿万人民磅礴力量，为推动党和人民事业不断从胜利走向胜利发挥了重要作用，作出了重要贡献。

"播思想火种 铸文化伟业——庆祝中国共产党成立100周年出版专题展"由中共中央宣传部主办，旨在全面回顾党领导出版工作走过的光辉历程，充分展示百年来党的出版工作在各领域各方面取得的历史性成就，传承弘扬党的出版工作积累形成的优良传统和宝贵经验，推动新时代党的出版工作固本培元、守正创新，不断开创出版工作新局面，谱写社会主义出版强国建设新篇章。

展览以"红船书海"专题展区开篇。马克思主义主题著作、精品主题出版图书组成"书海"，6米长等比例嘉兴红船模型托举在书海中，象征着党的事业在书的海洋中扬帆远航。长12米、高5米的党旗造型迎面展开，作为红船书海的背景呼应，寓意出版工作在党的领导下，始终坚持以马克思主义为指导，始终坚持正确的出版方向。红船、书海两个核心元素，点题"思想火种""文化伟业"，党的伟大事业从一只小船起航，历经百年奋斗终成巨轮，乘风破浪，行稳致远。

第一主展区为建党准备阶段的出版活动。展示《新青年》《湘江评论》和《共产党宣言》等早期红色出版物，梳理建党前的马克思主义出版传播活动，以及其为建党所作的理论上、思想上的准备工作。前言为：

20世纪初，中国的先进分子在救亡图存、探索国家出路的过程中，十分重视开展编书和办报办刊活动。以陈独秀、李大钊、毛泽东等为代表的先进分子所开展的一系列有声有色的出版活动，促进了马克思主义在中国的广泛传播，为中国共产党的成立作了思想上的准备。

第二主展区为新民主主义革命时期的出版工作。展示人民出版社、中央印刷厂复原场景，展出张人亚衣冠冢中秘密保存下来的第一部党章、福建上杭茶地地下交通员冒着生命危险保存的《调查工作》（后改名为《反对本本主义》）这些存于中央档案馆中、难得一见的原件复制品，还有晋察冀版《毛泽东选集》《论持久战》《论人民民主专政》等毛泽东各个时期的著作、12种《干部必读》、复社出版的《西行漫记》和《鲁迅全集》编号纪念本等珍贵版本。前言为：

在艰苦卓绝的革命战争年代，中国共产党人以书刊和印机为刀枪、为弹药、为播种机、为宣传队，播撒火种、传播真理、动员群众、凝聚力量、投身革命事业，深入广泛传播马克思列宁主义和毛泽东思想，宣传党的政策主张，弘扬民族的科学的大众的新民主主义文化，在理论武装党员干部和人民军队、启蒙和教育民众、揭露和打击敌人方面，发挥了不可替代的重要作用。无数党的优秀出版工作者和受党影响的进步分子投身其中，为中华民族独立和中国人民解放事业谱写了可歌可泣的出版篇章。

第三主展区为社会主义革命和建设时期的出版事业。展示毛泽东为人民出版社题写的社名手迹原稿、1949年全国新华书店出版工作会议代表签名册、首发毛泽东题词"向雷锋同志学习"的《中国青年》、多版本《雷锋日记》和《谁是最可爱的人》、第一版《新华字典》和最新版《新华字典》、第一个五年计划、钱学森著《工程控制论》初版本、舒新城与陈望道先后担任主编的《辞海》老版本等。分为"发展人民出版事业""培育社会主义思想和道德观念""编写出版新教材""大力服务新中国社会主义建设"4个主题。前言为：

1949年10月1日，中华人民共和国成立，中国出版事业也由此翻开崭新的一页。党领导出版业除旧布新，初步确立了社会主义的出版制度体系，在探索中实现良好开端并在曲折中发展。出版战线坚持为社会主义服务、为人民服务的根本方针，热情讴歌党领导人民进行社会主义革命和建设取得的巨大成就，生动书写全国各族人民艰苦奋斗、改天换地的壮丽篇章。

第四主展区为改革开放和社会主义现代化建设新时期的出版事业。展示北京市新华书店1978年在全市各主要门市同时发行的《家》《一千零一夜》《希腊神话和传说》《哈姆雷特》4种图书，中共中央党校内部刊物《理论动态》第60期刊发的《实践是检验真理的唯一标准》和新华出版社推出的《实践是检验真理的唯一标准》通俗讲话读本，《中国社会主义经济问题研究》《社会主义经济论稿》等反映改革先声、推动改革发展的经济管理类图书，《乔厂长上任记》《沉重的翅膀》《平凡的世界》等一批记录和反映改革的作品，《花城》《随笔》《读者文摘》《文史哲》等一批期刊创刊号、复刊号等。分为"勇当文化改革发展排头兵""从'书荒'到'书海'的跨越""重大事件中的出版担当""告别'铅与火'，迎来'光与电'""'走出去'与'引进来'"5个主题。前言为：

> 新时期，出版业贯彻落实党的"二为"方向和"双百"方针，在改革开放中奋进，经历了从计划经济向社会主义市场经济、从事业管理向转企改制、从传统出版走向新兴出版，实现了从"书荒"走向"书海"的历史性跨越，走出了一条中国特色社会主义出版发展道路，为社会主义现代化建设不断提供精神动力、文化支撑和知识保障。

第五主展区为中国特色社会主义新时代的出版事业。展示党的十八大以来，出版界紧紧围绕学习宣传贯彻习近平新时代中国特色社会主义思想这一首要政治任务，推出《习近平谈治国理政》等一大批重要著作和通俗理论读物，推出一批党的十八大、十九大报告单行本、辅导读本、文件汇编等学习读物，在宣传普及党的创新理论成果方面发挥了重要作用的《求是》《旗帜》《党建》等一批理论刊物，《中国共产党怎样解决贫困问题》《文献中的百年党史》《"读懂中国"系列丛书》《为什么是深圳》《中国制度面对面》《民族魂》《为英雄正名》《一百个中国孩子的梦》《信仰的力量》《道路自信：中国为什么能》《账本里的中国》《战国红》《海边春秋》《经山海》《荆棘与荣耀：新时代女排奋斗记》等一大批热情讴歌党、讴歌祖国、讴歌人民、讴歌英雄的精品力作，《中国历代绘画大系》、《大中华文库》、《永乐大典》（国内部分）、《关学文库》等古籍整理出版成果和古籍数字化成果。展出一大批获得"五个一工程"奖、中国出版政府奖、中华优秀出版物奖、"中国好书"奖等奖项的优秀现实题材文学、优秀少儿读物、优秀新技术类图书、优秀经济类图书、服务科技强国建设系列图书、优秀人文社科类图书，以及入选中国科技期刊卓越行动计划的22种领军期刊，还展示有出版融合发展的成果等。

该展区分为"新时代 新思想 新经典""加强党对出版工作的全面领导""主题出版弘扬中国精神 凝聚中国力量""以出版精品奉献人民""推动中华优秀传统文化创造性转化、创新性发展""多读书读好书 建设书香社会""推动出版融合发展""讲好中国故事 传播好中国声音""出版人战'疫'在行动"9个主题。前言为：

> 党的十八大以来，在习近平新时代中国特色社会主义思想指引下，出版工作围绕举旗帜、聚民心、育新人、兴文化、展形象的使命任务，积极推动党的创新理论出版传播，用心出好培根铸魂、启智增慧的精品读物，大力弘扬中华优秀传统文化、革命文化、社会主义先进文化，在正本清源、守正创新中取得历史性成就、发生历史性变革，主旋律更加响亮，正能量更加强劲，文化自信得到彰显，为推动文化繁荣兴盛、建设社会主义文化强国作出重要贡献。

紧接其后的是马克思主义经典著作出版专区，以山体和红旗的组合元素来设计。各版本马克思主义经典著作上墙集中展示，《马克思恩格斯全集》组成"100"的造型；马克思主义中国化理论成果——《毛泽东选集》《邓小平文选》《江泽民文选》《胡锦涛文选》《习近平谈治国理政》，使用独立精品柜进行突出展示。

尾厅专区主要展示中共七大以来的党章、重大出版工程、出版人"薪火相传 接力追梦"、出版机构沿革、新媒体互动体验、党史教育图书等内容。结尾处以《论中国共产党历史》一本大书造型收束，奏响整场强音。

这场展览在出版界和前来参观群众中引发广泛反响，极大激发了爱党爱国热情，激发了行业自豪感和自信心，达到了预期效果。通过专题展，出版工作者对自己的事业有了更清楚的认识，对使命任务有了更明确的目标，诚如展览结束语所总结的：

　　百年风雨兼程，百年春华秋实。100多年来，党的出版工作始终与党同心同向、同步同行，记录时代变迁，推动社会进步，伴随党走过光辉历程。历史充分证明，出版工作是党的宣传思想文化工作的重要组成部分，出版战线是党的宣传思想文化战线中的一条十分重要的战线，出版队伍是党的宣传思想文化干部队伍中的一支十分重要的力量。

　　奋进新征程，创造新伟业，做好党的出版工作，责任重大，使命光荣。让我们紧密团结在以习近平同志为核心的党中央周围，以习近平新时代中国特色社会主义思想为指导，深刻领悟"两个确立"的决定性意义，增强"四个意识"、坚定"四个自信"、做到"两个维护"，坚持中国特色社会主义文化发展道路，担当举旗帜、聚民心、育新人、兴文化、展形象的使命任务，促进满足人民文化需求和增强人民精神力量相统一，为提高国家文化软实力、建设社会主义文化强国，实现中华民族伟大复兴的中国梦作出新的更大的贡献！

后 记

今天，我们当一回"说书人"。

不用折扇和醒木，单是以书说书，这100多年的纸背故事就足够精彩！

溯洄故事的开场。20世纪之初，中华大地烽烟四起，"主义"纷飞，哪一个是救民族于危亡的解决方案？如何选择？谁来选择？无他，著书立说，办刊办报，在公开的舆论场，各种思想、诸般主张千帆竞放，让实践来检验，让人民来选择。

历史最终选择了马克思主义。中国化时代化的马克思主义，与东方文明发生了奇妙的耦合效应，相通相融相成。但是马克思主义不是从天上降下来的，真理也不会自动跑到人的脑子里。因此从建立之日起，中国共产党就将出版作为传播马克思主义的重要手段。

党史上有"两论""两杆子"之说。舆论和理论，"两论"起家，理论当家。"革命要靠枪杆子，也要靠笔杆子。"枪杆子里面出政权，笔杆子里面出的是理论、是思想。

笔底春秋，真理力量，通过出版工作，化身万卷书刊，被阅读和吸收，成为指路的明灯、坚贞的信仰、人民的选择。在这里，出版是媒介，出版工作建构了一种关系，个人与社会的关系，使个体文字转化为全社会公共产品，将个人主张凝结成全社会共识。

在百余年党史上，出版发挥了独特的重要作用。出版是党的事业的一部分，始终在党的领导下，围绕党的中心工作，对于马克思主义信仰的确立，对于以马克思主义理论武装全党、提高全党理论水平，对于培养党的干部，对于不断推进马克思主义中国化时代化，以至于提高全民族的理论素养和文化层次，都起到了不可替代的作用。

出版工作，是一字一句、一针一线的工作，看似寻常，实则奇崛，成如容易却历尽艰辛。投身这份事业的出版工作者，是一个朴素而诚挚的群体。他们"为人作嫁衣"皓首而无悔，为吟安书稿中的一个字，也经常"上穷碧落下黄泉"。他们从不掠人之美、与人争功，甘愿做尘埃、做泥土，培育出最美的花朵。

讲述党的出版故事，我们意在通过那些出版过的"存在物"，探寻它们背后的时代与人物，求索塑造这些"存在物"的精神与心灵。历史不能虚构，也不容虚构。这意味着，我们只能寻找那些在历史上留下了姓名的人与事，只能讲出那些已经找到了的故事。我们铭记经典，礼赞楷模，同时也致敬出版长河中的每一朵浪花，他们共同的名字是出版工作者。

在党的伟大事业中，出版工作者书写了忠诚、奉献、敬业、担当。骋目新时代，在党的全面领导下，出版工作者必将继往开新，与时偕行，书写出新的文化伟业辉煌。

本书作者

2023 年 4 月